Michael Göde

Die Einstein-Papiere

Thriller

ihleo verlag

Bibliografische Information der Deutschen Nationalbibliothek

Die Deutsche Nationalbibliothek verzeichnet diese Publikation in der Deutschen Nationalbibliografie; detaillierte bibliografische Daten sind im Internet über http://dnb.d-nb.de abrufbar.

Impressum

Gesamtherstellung: ihleo verlag – Dr. Oliver Ihle
Schlossgang 10, 25813 Husum
info@ihleo.de, www.ihleo-verlag.de

Die Zitate sind in der originalen Handschrift Albert Einsteins gesetzt.

ISBN 978-3-940926-77-7

Man muss die Dinge
so einfach wie möglich
machen, aber nicht
einfacher.

Albert Einstein

Einsteins Geheimnis

1.

Im Negev, 3. Februar

Die 40 ist die Straße, auf der man das wirkliche Israel kennenlernt, das Land von Steinen und Wüste und Hitze – sagen die Leute. Und das des Hasses. Auf die belebte Straße biegt ein Leihwagen ein. Es muss einer sein, denn diese modisch aufgerüsteten Jeeps haben nur die Autovermieter und einige wenige Neureiche. Und die kennt man. Kurz hinter Gedera. Der Wagen fährt die Herzl-Straße entlang, so heißt die Straße Nummer 40 hier.

Gedera ist einer dieser kleinen, beinahe südeuropäisch anmutenden Orte südlich von Tel Aviv, nicht weit von Jerusalem entfernt. Staubbedeckte Palmen, halb verfallene Mauern, an denen sich Unrat sammelt, scheinbar kurzfristig aufgegebene Baustellen, so als würde man auf die nächste Materiallieferung warten müssen, bis die anderthalb noch verbliebenen Meter Bürgersteig fertiggestellt werden können. Sie werden natürlich nie fertiggestellt. Dennoch verraten die ockerfarbenen, kubischen Häuser einen gewissen Wohlstand, der sich diskret mit einer trockenen Staubschicht bedeckt. Von hier aus schlängelt sich die Nummer 40 rund dreihundert Kilometer nach Süden, Richtung Eilat und Rotem Meer.

Bernard, der in dem großen Wagen mit seiner schlaksigen Statur und schlampigen Kleidung deplatziert wirkt, fährt mit seinem Leihwagen an den Grenzen des Westjordanlandes entlang. Manchmal sieht er Mauern, manchmal meterhohe Zäune. Er weiß: Dahinter sind sie. Von Be'er Sheva, der 200 000-Einwohner-Stadt am nördlichen Rand der Wüste Negev, sind es nur ein paar Kilometer bis zum Gazastreifen. Dort sind wieder sie. Dort bringt man den Kindern bei, mit Kalaschnikows zu schießen, Granaten zu werfen und Bomben zu bauen. Dabei ist das Land, um das so unerbittlich gekämpft wird, eine Wüste, im besten Fall pittoreske Natur und Naturschauspiel. Jede Plantage, jeder Park, jeder Wald ist der Wüste abgerungen.

›Eines Tages wird sich die Natur das alles zurückholen‹, denkt sich Bernard und wischt sich seine widerspenstigen, schwarzen Locken aus dem Gesicht. Er hat dies alles zwar in seinem Reiseführer gelesen, doch so brutal und so überwältigend hat er sich die Wirklichkeit nicht vorgestellt.

Es ist heiß auf der Straße 40. Dreißig, fünfunddreißig Grad Celsius vielleicht. Für gewöhnlich sind Anfang Februar selbst in der Wüste Negev zwanzig Grad und Regen normal. Nicht in diesem Jahr. Die Luft flirrt, die Augen schmerzen.

›Wenn ich mich hier verfahre ...‹, Bernard muss lachen, bitter auflachen. ›Ein amerikanischer Jude! Aber vielleicht kann ich mit meinem coolen Großvater punkten ... Oder nein. Das auf gar keinen Fall! Das ist ja noch gefährlicher: ein amerikanischer Jude aus *prominenter* Familie!‹

Er fährt geduldig, kontrolliert ununterbrochen Motortemperatur, Drehzahl, Tankanzeige, berechnet aus Gewohnheit den Bremsweg bei seinem Tempo. Pingelig hält er jede Geschwindigkeitsvorschrift ein.

Dann nach über einer Stunde endlich das Schild nach Sede Boker, einem Nest mitten im Negev. Bernard holt sich den Zettel vom Beifahrersitz, die Adresse von Peter Grossman.

›Ich sollte mir wenigstens das Hemd in die Hose ziehen‹, überlegt Bernard, auch wenn das ausnahmsweise mal genau die richtige Kleidung für das Wetter ist. Er liebt es leger, seine wichtigsten Unterlagen und Utensilien trägt er in einer Art Briefträgertasche mit sich herum. Es ist eine Marotte von ihm, er macht keinen Hehl daraus. Aber eine Marotte, die ihn unbeschwert macht.

Gegen 15 Uhr erreicht Bernard den Rand des kleinen Ortes, ehedem ein Kibbuz.

Zu dieser Zeit tuckern drei Männer an genau dieser Straße Nummer 40 und nur wenige Kilometer südlich von Sede Boker in aller Ruhe mit einem Traktor samt Anhänger die Autostraße entlang. Es sind drei junge Kerle, die nirgendwo im Land auffallen würden. Zwei von ihnen haben die Kopftücher der Palästinenser umgebunden. Einer, ein sehr kräftiger Kerl, ist gekleidet, als komme er direkt aus der Bronx. Er trägt eine blaue Baseballkappe, ein buntes T-Shirt mit dem Wappen der New York Giants auf der Brust, zerrissene Jeans und Biker Boots. Von seinen Kumpels wird er ›Kuhn‹ genannt, wegen seiner Vorliebe für American Football und speziell für Markus Kuhn, einen begnadeten Abwehrspieler der Giants. An einer Abfahrt gibt es eine Bushaltestelle und ein Hinweisschild auf das Grab des Staatsgründers Ben Gurion; 500 Meter entfernt, immer geradeaus. Auch wenn man zum *Department of Solar Energy and Environmental Physics* will, ein Forschungsinstitut der Negev-Universität, muss man hier abbiegen. Bis zum Portal des Instituts sind es von der Straße 40 aus ebenfalls nur wenige Hundert Meter.

Die Männer stellen ihren Traktor samt Anhänger kurz vor dieser Abzweigung am Straßenrand ab und zerren anschließend die Planen vom Hänger. Obst und Gemüse werden sichtbar. Teils ist es zum Verkauf abgepackt, teils muss es abgewogen werden. Während zwei der jungen Männer die Ware drapieren, baut Kuhn Hinweisschilder und Preistafeln auf. Danach warten sie auf Kundschaft. Irgendwer wird schon halten, die Orangen sehen köstlich aus und die Leute wissen, dass die fliegenden Händler gut und billig sind.

Die drei Männer aber warten auf Professor Rose Shalev, die stellvertretende Leiterin des Solar-Energie-Instituts. Sie sind sich sicher, dass sie kommen wird.

2.

Sede Boker, am selben Tag

›Das sieht doch alles gleich aus! Wo ist denn 28? Er hat doch gesagt, ich könne Haus 28 nicht verfehlen!‹

Bernard rollt mit seinem Jeep langsam durch Sede Boker. Grossman hat ihm erzählt, dass es sich im Grunde bei der Ansiedlung nur um einige Straßen handele, die zudem streng geometrisch angeordnet seien, und das Haus 28 befinde sich nicht weit entfernt vom *Cactus Garden*, dem kleinen Kakteenpark des Ortes. Bernard hat trotzdem Mühe, sich zurechtzufinden: Die meisten Häuser ähneln einander, zumindest die älteren. Es sind hölzerne Häuser mit Terrassen vor den Eingängen und überdachten Terrassen an der Rückseite, anscheinend alle zu Anfang der fünfziger Jahre errichtet. Sie sind durch die Bank weiß gestrichen, die Kanten leuchtend grün abgesetzt. Es gibt auch einige moderne Bauten, die üblichen verschachtelten eckigen Kisten, teils in Rosé und teils in Jadegrün. Rund um die Häuser wachsen leuchtende Blumen; Pinien zwischen den Grundstücken überragen Häuser und Gärten. Sie spenden Schatten, machen die Temperatur erträglich und ihre Wurzeln halten den Regen fest, wenn er mal fällt. Es ist selten genug.

›Wie Spielzeugklötzchen – beliebig auf dem Sandboden verteilt. Da nützt dann auch kein Straßenschema! Verdammt, ich komme zu spät!‹

Er fährt einige Male kreuz und quer durch Sede Boker, bis er endlich ein molliges, kleines Mädchen bemerkt, das einen unwilligen Hund hinter sich herzerrt.

»He, du! Warte mal! Haus 28 – Grossman?«, ruft er durchs schnell heruntergelassene Fenster.

Das Mädchen deutet auf das nächste Haus.

»Jetzt echt?!«

Das Kind bewegt bedeutungsvoll den Kopf und schließt dabei die Augen. Bernard ahnt, was es denkt. Einen Moment lang sieht das Mädchen aus wie seine eigene Mutter, wenn wieder mal ein Brief von den Anwälten kam und sie darauf hoffte, dass sich jetzt, genau jetzt ihr Schicksal wende. Die gleiche Geste. Bernard bedankt sich bei dem Kind, nickt auch dem Hund zu, steigt aus und geht auf das Haus 28 zu. Plötzlich wird ihm bewusst, dass er seine Tasche mit allen Papieren auf dem Beifahrersitz zurückgelassen hat, und er kehrt zum Auto zurück, hängt sie sich quer über seine Schulter. Als er sich erneut Haus 28 nähert, geht die Tür auf und Peter Grossman tritt auf die Veranda.

»Haben Sie mich am Ende doch gefunden«, sagt der alte Mann zur Begrüßung und in einer Art, als seien sie gute Bekannte.

Bernard hatte ein anderes Bild erwartet, einen Greis. Aber Grossman hält sich für sein Alter erstaunlich aufrecht, auch seine Stimme ist beeindruckend fest, nichts von Altmänner-Genuschel. Letzteres hatte Bernard schon bei den zwei langen Telefongesprächen bemerkt, die er mit ihm zuvor geführt hatte. Dabei werde er im nächsten Jahr hundert, wie er Bernard stolz mitgeteilt hatte.

»Sie haben viel von Ihrem Großvater«, mustert auch Grossman seinen Besucher und ergänzt: »Sie sind zwar einen Kopf größer, aber dieselbe Frisur und wahrscheinlich auch derselbe Erfolg bei Frauen.«

»Ich würde sagen, fast zwei Köpfe größer«, erwidert Bernard und lächelt lausbübisch. Er strahlt Grossman an, aber an dem scheint Bernards Jungencharme völlig abzublitzen.

»Aha … Auch so von sich überzeugt wie er. Einstein bleibt eben Einstein, was? Kommt man so auf die Welt?«

»Nein, Einstein wird man erst mit der Zeit«, erwidert Bernard freundlich.

»Sie sind auch Physiker, haben Sie gesagt?«, erkundigt sich Grossman.

»Ja, bin ich. Am MIT … Bedauerlicherweise immer noch ganz am Ende der Nahrungskette.«

»MIT?«

»Das Massachusetts Institute of Technology, Cambridge, Boston«, erklärt Bernard. »Unter Physikern ist es recht bekannt.«

»Na ja, das ist doch schon mal ein Anfang! Sie müssen meine Ignoranz entschuldigen: Ich habe seit siebzig Jahren nichts mehr mit Physik zu tun … Wollen wir reingehen? Oder wollen Sie lieber draußen bleiben?«, will Grossman wissen.

»Gehen wir rein«, erwidert Bernard unsicher, ob diese Frage angesichts der Temperatur ernst gemeint ist.

Der Alte führt ihn in seinen Bau. Beim Gehen sieht man ihm sein Alter an, er tippelt. Das Innere ist spartanisch eingerichtet, mehr Mönchszelle als Wohnhaus und jeder Gegenstand militärisch exakt ausgerichtet. Alle Dinge wurden erkennbar schon vor Jahrzehnten angeschafft, sieht man vom Fernsehgerät ab. Die Fenster stehen auf, sorgen für Durchzug. Eine Klimaanlage gibt es nicht.

»Hatten die ersten Siedler auch nicht, alles Soldaten damals«, bemerkt Grossman, der Bernards Gedanken zu erraten scheint. »Ich habe Ihnen ja gesagt, mit Sede Boker hat sich Ben Gurion einen Traum erfüllt – die Wüste wieder fruchtbar machen und so weiter. Nach seinem Rücktritt hat er hier gelebt und hier ist er auch beerdigt … ganz schlichte Grabstätte. Man sieht vor allem Wüste. Ist nicht weit von hier. Können Sie ruhig mal hingehen.«

»Ich habe den Wegweiser gesehen …«

»Selbstverständlich war das alles hier als Kibbuz organisiert, das war ja die große Idee damals: Ein Israel der Siedler und ein Israel der Solidarität ... Was ist daraus geworden! Wollen Sie etwas trinken?«, fragt er ohne Übergang.

»Haben Sie eine Cola für mich?«

Offenbar ist Grossman anderes gewohnt, schaut Bernd prüfend an und schmunzelt dann.

»Können Sie haben. Auch Limonade, gekühlt oder ungekühlt. Sara hat sie vorhin eigenhändig gepresst!«

»Sara ist Ihre Frau, nehme ich an?«

»Eine Nachbarin ... Ich war nie verheiratet ... Wie steht's mit Ihnen?«

»Einmal, kurzzeitig; eine einzige Katastrophe. Wir waren zu jung.«

»Es gibt keine Garantie, dass es beim zweiten Mal klappt.«

»Aus genau diesem Grund bin ich vorsichtig ... Wenn es Ihnen nichts ausmacht, nehme ich die Limonade.«

»Eine Hitze ist das! Erlebt man selten um diese Jahreszeit, aber ein Weltwunder ist es auch nicht! Und auch kein Beweis für die Erderwärmung.« Grossman kommt gleich zur Sache und weist auf die Mappen mit Fotos, die er auf dem einfachen Tisch vor dem Sofa parat gelegt hat. »Deshalb sind Sie doch da. Ich hab' einiges, war ja die ganze Zeit um ihn herum, für den großen Mann zugeteilt: Attaché, Ehrenwache und Leibgarde gleichzeitig. Herrgott, schauen Sie mal: Ich als blutjunger Leutnant der US Marine!«

Die Bilder zeigen Einstein in ein eindrucksvolles Auto einsteigend; er, Grossman, diskret dahinter. Einstein auf der Treppe vor seinem Haus in der 112 Mercer Street, Princeton; Grossman drei Stufen tiefer. Albert Einstein und Grossman musizierend.

»Unter uns«, sagt Grossman abfällig, »er hatte einen Strich wie ein Holzfäller ...«

»Ein solches Urteil habe ich noch nie gehört«, erwidert Bernard erstaunt.

»War aber so. Durfte man ihm selbstverständlich nicht sagen.«

Dann viele Fotos. »Einstein on the Beach«. In der Hauptsache Einstein auf Nassau Point, einer Landspitze von Long Island. Hier hatte er drei Sommer verbracht und jedes Mal war Grossman dabei. Der alte Mann präsentiert Schnappschüsse von Einsteins Ferienhaus an der Old Grove Road: Einstein, ein Buch in der Hand haltend und sich dabei an eine Säule der Veranda anlehnend, Einstein in einer Hängematte, Einstein wie ein Clown auf den Stufen der Terrasse sitzend.

Bernard hatte sich dieses Sommerhaus nicht so hochherrschaftlich vorgestellt. Als er Kind gewesen war, hatte seine Mutter viel über Nassau Point und das *Belvedere* dort gelästert, über genau dieses Cottage, das Grossman so ausgiebig fotografiert hat. Dabei war es ihr sehnlichster Wunsch, einmal – »wenigstens einmal müsste doch möglich sein!« – von »Einstein« dorthin eingeladen zu werden. Von Albert Einstein sprach sie nie als ihrem Vater; einmal, da war sie allerdings voller Wut, nannte sie ihn ›mein Erzeuger‹, meistens einfach Einstein. Was nun die Einladung in eines von Einsteins Ferienhäusern angeht, so hatte sich das nie gefügt.

»Ich hatte geglaubt, meine Mutter übertreibt wie gewöhnlich, wenn sie von dem Ferienhaus auf Nassau Point als Palast sprach. Nun sehe ich: Allzu dick hat sie nicht aufgetragen.«

»Von Ihrer Mutter habe ich leider keine Bilder«, bemerkt Grossman bedauernd.

»Kein Wunder; sie wurde erst 1941 geboren.«

»Ah, daher … Da war ich bereits abkommandiert. Kurz vor Pearl Harbor bekam ich den Marschbefehl.« Grossman blättert weiter. Verschiedene Aufnahmen zeigen Einstein auf seinem Dinghi *Tinef*, Einstein am Segel, Grossman an der Pinne. »Ihr Großvater war verrückt nach Wasser, das wissen Sie sicher … Ganze Sommer hat er auf dem Wasser verbracht. Wie oft sind wir nach Shelter Island gesegelt oder nach Greenport, nur wir beide. Auf dem Boot war ja nicht mehr Platz. Ich habe mich immer gefragt, wann er mal was arbeitet, aber in dieser Richtung hat sich nichts getan; im Sommer ging Segeln allem anderen vor. Ihr Großvater war zwar nur ein sehr durchschnittlicher Segler, aber die Peconic Bay hat exzellente Bedingungen, deswegen fühlte er sich dort sicher … Sie wissen, dass er nicht mal schwimmen konnte? Hat er nie gelernt.«

»Für die Rettung aus Seenot hatte er ja Sie.«

»So ist es.«

Bernard hört sich geduldig weitere Anekdoten über seinen Großvater an, zumal der alte Mann erstaunlich flüssig erzählt. Die meisten der Geschichten kennt Bernard bereits. Grossman hat sie in seinem schmalen Buch *Meine Jahre mit Einstein* ausgebreitet. Wegen des Buches ist er hier.

»Mister Grossman, wann genau und wo hat Ihnen Einstein gesagt, sein größter Gedanke sei gleichzeitig seine größte Dummheit? Die Idee sei lebensgefährlich; sie bedrohe das Überleben der Menschheit und das Überleben der Welt, und Sie, Leutnant Grossman, dürften niemals darüber sprechen?«

Grossman sieht Bernard einen Moment lang bestürzt an. Dann beginnen seine Lippen zu zittern und er scheint nicht sprechen zu können. Er will etwas sagen, bringt aber nur Laute heraus, so erschreckend, als würde er gewürgt. Wie mit letzter Kraft beugt er sich vor.

»Niemals!«, krächzt er, immer noch Erschrecken im Blick. Dann richtet er sich militärisch straff auf, und damit sind alle Überraschung und Bestürzung und Unsicherheit weggewischt. »Wie kommen Sie auf so was? Wann soll ich je Derartiges gesagt haben?«, sagt er scharf, fast schneidend. Seine Stimme ist dabei wieder so fest wie zu Beginn des Gesprächs und seine Haltung ebenso aufrecht und beeindruckend.

»Gesagt vielleicht nicht gerade, aber geschrieben«, erwidert Bernard.

»Nie! Niemals!«, behauptet Grossman.

Bernard zieht das Buch aus der Tasche, legt es vorsichtig auf den Tisch und schiebt es endlich seinem Verfasser zu.

»Ich habe die kleine Schrift zufällig in der Bibliothek der Jerusalemer Universität entdeckt; auf der Suche nach Wichtigerem, wie ich zugeben muss. Anfangs habe ich es nur überflogen. Aber dann bin ich an diesem Absatz hängen geblieben. Sie haben notiert, mein Großvater habe sich für seinen größten Einfall verachtet und hätte ihn am liebsten aus seinem Kopf reißen wollen. Angeblich habe er gesagt, wenn er das Papier zur Hand hätte, auf dem der Einfall notiert sei, würde er es auf der Stelle verbrennen und die Asche runterschlucken.«

Grossman wirft nur einen Blick auf die Stelle, die Bernard mit einem Post-it markiert hat.

»Ach das … Reine Scheiße! Ich muss besoffen gewesen sein, als ich das schrieb … Hat mir schon oft leidgetan, der Scheiß!«, sagt er abfällig.

»Beim ersten Lesen hatte ich den Eindruck, es sei von der Allgemeinen oder der Speziellen Relativitätstheorie die Rede. Auf den zweiten Blick dachte ich dann, es gehe um die berühmte ›Weltformel‹, die er so verbissen gesucht hatte. Na ja, Sie wissen ja: sein Waterloo. Aber dann blieb ich an der Formulierung kleben: Sie haben geschrieben: ›Sein größter Gedanke‹. Was war der?«

»Was weiß ich? Hören Sie: Das Buch ist 1954 erschienen, hat Gott sei Dank nie Furore gemacht. Ich wusste nicht einmal, dass es noch ein Exemplar gibt. Es war Bullshit. Ich war jung und eitel.«

»Laut der Lesekarte haben in all den Jahren selbst in der Unibibliothek nur sechs Leser das Buch in der Hand gehabt. Das ist wirklich nicht viel. Ich muss zugeben, dass ich dem erst auch nicht viel beimaß. Einstein-Geschichten eben. Aber es ließ mich nicht los, verstehen Sie? Ich habe immer wieder darüber nachdenken müssen und fragte mich selbst, was das soll. Bis ich sah, was die Formulierung so besonders macht: Um diesen Abschnitt ist alles strukturiert. Diese Passage ist der tragende Pfeiler des Buches, und ich meine nicht nur, dass sie exakt in der Mitte platziert ist, auf Seite 64 von insgesamt 128. Unmittelbar davor und danach werden Namen genannt und Vorgänge erwähnt, die im sonstigen Text nicht mehr vorkommen – das hat doch etwas zu bedeuten? Und das ist ja noch nicht alles …«

»Habe ich Ihnen erzählt, dass ich den berühmten Brief an Franklin getippt habe – den Brief, der zum ›Manhattan‹-Projekt geführt hat?«, wechselte Grossman unvermittelt das Thema. »Zur Atombombe? Helen – Sie wissen: Helen Dukas, seine Sekretärin, ich habe ja schon gesagt, eine angenehme Person – war immer mit auf Long Island; wissen Sie bestimmt. Mit Urlaub für die Angestellten war's ja nicht weit her bei Ihrem Großvater. Helen musste immer ran. Aus irgendeinem Grund hat er plötzlich auf mich gedeutet und verlangt: ›Unser junger Mann macht das, von Militär zu Militär.‹ Er hatte solche Einfälle! Also habe ich mich hingesetzt und getippt: ›Sir! Und so weiter.‹ So sind die USA zur Atombombe gekommen, genau so, junger Mann.«

Bernard kennt die Geschichte; in jeder Einstein-Biografie kommt sie vor und in Grossmans Buch füllt sie sechs Seiten. Auch am Telefon hat Grossman selbst ihm die Episode bereits geschildert. Dass der alte Mann sie ihm ein weiteres Mal auftischt, heißt nichts anderes als: ›Wir sind fertig miteinander! Ein zweites Mal wirst du mich nicht überrumpeln. Du kannst es versuchen, wie du willst; ein zweites Mal wird es dir nicht gelingen!‹

3.

Sede Boker, am selben Tag

»Miri, meine Schöne, denk dir was aus: Erzähl denen, was du willst, aber cancle meinen Termin mit Asher … Ich brauche unbedingt mal wieder einen Tag für mich.« Während Rose das sagt, sieht sie aus dem Fenster des hellen Flachbaus außerhalb des Hochsicherheitstraktes, in dem ihr Büro liegt. Sie weiß auch so, dass Miri hereingekommen ist.

»Du kannst nicht schon wieder beim Arzt sein!«

»Ach, was du eben willst! Von mir aus was Buntes, Fantasievolles – Hauptsache, ich muss morgen nicht zu dieser Besprechung.« Rose dreht sich um und packt demonstrativ ihre Unterlagen zusammen.

»Willst du etwa heute noch nach Jerusalem?«

»Ich muss mal wieder einen Tag zu Hause verbringen. In diesem Brutkasten werde ich verrückt. Schau mich nicht so streng an! Auch wenn ich 34 bin und die große Liebe für mich meint, ›mehr als Arbeit braucht die nicht‹: Ich will mal Menschen um mich – so ganz ohne weiße Kittel … Hast du eigentlich den Mahagoniglanz bemerkt?«

Kokett lässt Rose eine Locke ihres langen Haares über die Schulter schwappen und schiebt sie dann langsam mit der ihr eigenen, langsamen Handbewegung zur Seite, so als müsse sie endlich freies Blickfeld bekommen.

»Frau Professorin Rose Shalev – du bist sehr, sehr unartig! – Ich denke mir was aus …«, lacht Miri und geht in ihr über die Maßen heruntergekühltes Vorzimmer zurück. Sie weiß, dass es keinen Ärger geben wird. Den gibt es nie. Denn auch wenn Professor Asher Schemer der Chef des *Department of Solar Energy and Environmental Physics*, wie der offizielle Name des Forschungsinstituts in Sede Boker lautet, ist und seine Besprechungen zelebriert, wissen alle um Roses Position und dass sie sich einiges erlauben kann. Eigentlich genauso viel wie Schemer selbst. Der wird sowieso nur noch aus Pietät geduldet. Im Grunde leistet sie schon jetzt die entscheidenden Arbeiten. Nur noch eine Frage der Zeit, bis sie seinen Posten übernehmen wird.

»Ich muss noch die Hadad anrufen, und dann bin ich weg!«, ruft Rose ihrer Sekretärin zu, die aber nur noch mit einem »Ja, ja« antwortet. Frau Hadad lebt – mitsamt ihrer ewig kläffenden Hunde – in der Wohnung unter ihr und kümmert sich um die Blumen und die Post, wenn sie, Rose, nicht da ist.

Nach dem Telefonat befestigt die Professorin den Koffer mit den Unterlagen am linken Handgelenk.

»Soll ich helfen?«

»Ich hab's schon … Danke für den guten Willen.«

»Ich habe Ehud Bescheid gesagt; er wartet am Auto.«

»Ehm … Dann bis übermorgen!«, verabschiedet sich Rose und ermahnt Miri noch einmal: »Vergiss Asher nicht!«

Die verdreht die Augen: Als ob sie je etwas vergessen hätte!

Ehud wartet vor dem Gebäude. Als er Rose kommen sieht, steigt er behände aus dem gepanzerten Mercedes und öffnet ihr schweigend die Tür. Rose schätzt ihn wegen seiner Schweigsamkeit. Inzwischen. Denn anfangs, als sie das schwere, extrem teure Auto samt diesem Fahrer, dem man nur zu deutlich noch den Soldaten ansieht, gestellt bekam, war sie irritiert von seiner Distanziertheit und Konzentration, mit der er seine Aufgabe versah. Aber wie wichtig hatte sie sich gefühlt! Sie wird nie den Tag vergessen, an dem ihr zum ersten Mal ein General die Tür aufhielt … Heute wäre sie glücklich, wieder mal einen Tag lang ungeschützt und unbeobachtet mit ihrem quittengelben Mini durch die Gegend kurven zu können, das Dach runtergelassen, die Haare im Wind flatternd. Immerhin: Mit Ehud zu fahren, heißt Ruhe zu haben und seinen Gedanken nachhängen zu können. Eigentlich redet Ehud nur über seine Kinder und

Enkelkinder, und auch das nur, wenn man ihn ausdrücklich danach fragt. Er hat acht Kinder und bislang fünfunddreißig Enkelkinder; ein weiteres hat sich angekündigt.

An der Einmündung in die Straße 40 muss Ehud einen Moment lang anhalten. Zwei riesige Tankwagen okkupieren die Straße; einer transportiert Öl, der zweite Wasser. Rose sieht die drei Palästinenser, die gelangweilt auf Kunden warten. Sie überlegt. Sie braucht etwas fürs Abendessen und für morgen sowieso. Ob sie die Sachen nun in ihrem Laden in der Jerusalemer Altstadt kauft oder hier, macht keinen Unterschied.

Als die Tanklaster vorbei sind, gibt Ehud sanft Gas und will losfahren, da verlangt Rose: »Halten Sie einen Moment! Ich sehe mal, ob sie Artischocken haben …«

»Soll ich für Sie gehen, Professor?«, bietet Ehud an.

»Mache ich schon.«

Erst beim Aussteigen wird ihr der Aktenkoffer an ihrem Handgelenk bewusst; er behindert sie beträchtlich. Sie steigt dennoch aus; Ehud folgt ihr, wobei er seine Waffe entsichert. Drei Palästinenser auf einem Fleck sind seine „Alarmstufe Rot"!

»As-salamu alaykum!«

»Wa alaikum assalam«, entgegnet ihr der Hagere mit dem Tuch um den Kopf und stellt sich neben die Auslage des Gemüses.

Sie inspiziert die Ware auf dem Anhänger, will gerade eine Artischocke aufnehmen, da hört sie ein seltsames Surren neben sich, begleitet von einem lauten Ticken. Sie dreht sich um und sieht entsetzt, dass Ehud wie in einem epileptischen Anfall erzittert. An ihm hängen Drähte: ein Elektroschocker! Vier oder fünf Sekunden lang jagt ihm Kuhn 500 000 Volt durch den Körper. Ehud verliert seine Orientierung, dann tritt ein Schock ein, der ihn vollkommen lahmlegt. Er kippt nach vorne und fällt aufs Gesicht. Wie in einem Zeitlupenlauf spürt Rose, dass hinter ihrem Rücken etwas vorgeht, und nimmt eine Abwehrstellung ein. Wie im Training. Aber bei der ersten winzigen Drehung ihres Körpers trifft sie bereits ein Schlag gegen ihre Halsschlagader. Der Schlag raubt ihr den Atem und die Kontrolle. Einer der Männer, braun gebrannt, als würde er die Hälfte des Tages auf der Sonnenbank liegen, fängt sie auf. Der zweite verklebt ihr den Mund mit einem breiten Streifen Klebeband. Dann werden ihre Arme schnell und geübt hinter ihrem Rücken gefesselt. Kein Wort wird gesprochen.

Die ganze Aktion dauert knapp zwanzig Sekunden; dann liegt Rose bereits zwischen Gemüse und Obst auf dem Anhänger. Sie ist dabei immer noch benommen. Die Plane wird über sie gezogen und gesichert.

›Ich kann nicht atmen! Oh Gott! Keine Luft! Nein, beruhige dich, Rose! Wie im Training! Hörst du, wie im Training! Ruhig! Atmen! – Sie werden mich umbringen! Nein! Das hätten sie sofort gekonnt. Oh Gott! Beruhige dich, Rose! Ich muss mir alles merken: Aber ich kann nichts sehen, mich nicht bewegen! Das kann nicht wahr sein!‹

In der Zwischenzeit hat Kuhn Ehuds Waffe aufgenommen, in den Hosenbund gesteckt und Ehud selbst zu dessen Auto gezerrt. Er bemerkt zu seinem Erstaunen, dass die Türen des Mercedes verschlossen sind.

»Mach schon!«, ruft sein Komplize: »Der 55er kommt!«

Es nähert sich der Linienbus aus Richtung Süden.

Kuhn durchsucht ruhig und systematisch Ehuds Taschen, findet die Schlüsselkarte in einer seiner Brusttaschen und öffnet damit die Autotüren. Der Anführer des Kommandos schiebt Ehud in der Zwischenzeit so dicht ans Auto, dass er vom Bus aus nicht gesehen werden kann.

Der Bus hält. Passagiere schauen neugierig aus den Fenstern, ob und was vorgeht. Und zu allem Überfluss steigen zwei ältere Frauen aus und überqueren sehr langsam die Straße. Sie werfen zwar einen Blick auf den Mercedes, auch auf den Gemüsewagen, gehen dann aber weiter.

Ehud scheint jede Sekunde wieder zu Bewusstsein zu kommen. Vorsichtshalber zieht ihm der Anführer der Terroristen mit seiner Waffe einen Schlag über den Kopf. Danach richtet er sich auf, geht zum Traktor und klettert hoch. Kuhn öffnet die Fahrerseite, lässt die Motorhaube hochschweben und macht sich dann wie ein Monteur am Motor zu schaffen.

»Warum fährt der verdammte Bus nicht endlich weiter?«

Nach zwei weiteren endlosen Minuten setzt der sich in Bewegung. Als er außer Sichtweite ist, zerrt Kuhn Ehud auf die Rückbank der Limousine und deckt ihn mit Zeitungen zu, die für Rose parat lagen. Sie blättert gern alle Gazetten durch, die greifbar sind, von *Haaretz* bis *Maariw.* Selbst auf Anzeigenblätter wie *Israel HaYom* legt sie Wert. Allerdings liest sie selten einen Artikel von A bis Z.

Kuhn fährt los und überholt nach etwa einem Kilometer Traktor und Anhänger. Beim Überholen gibt er mit dem rechten Daumen das Zeichen für ›Alles in Ordnung‹ und tritt danach aufs Gaspedal.

Kuhn erreicht den abseits gelegenen, an diesem Tag absolut leeren Parkplatz des *Golda Parks.* Das fast fünfzig Kilometer lange Nahal Revivim Wadi, zu dem der Park gehört, ist ein Paradies – wenn es Wasser führt. Jetzt ist es ausgetrocknet und entsprechend unattraktiv. Kuhn stellt den Wagen in der Nähe eines niedrigen Schuppens ab. Im Schuppen wartet ein leichtes Motorrad auf ihn. Er wechselt das T-Shirt, zieht eine Lederjacke über, setzt einen Helm auf und steigt auf das Motorrad. Beim Wegfahren schaut er kurz, wie es dem Fahrer geht. Der scheint weiterhin ohnmächtig. Kuhn steigt ab, öffnet erneut die Autotür und lässt das Fenster der Beifahrerseite ein Stück herunter. Dann steigt er ein zweites Mal auf die Maschine auf und zieht davon.

4.

Sede Boker, am selben Tag

Bevor Bernard Sede Boker verlässt, tankt er und kauft in einem kleinen Gemischtwarenladen auf der anderen Straßenseite, der großen Konkurrenz der Tankstelle, zwei Flaschen Cola und zwei Riegel Butterfinger.

»Haben Sie kein Wasser mit Kohlensäure?«

In der Bude (sie nennt sich großspurig *North Star Food Market*) riecht es stark nach getrocknetem Fisch. Das ist ein Geruch, den er nicht unbedingt schätzt. Dennoch wartet er geduldig, bis die Verkäuferin lethargisch antwortet.

»Es gibt nur, was da ist.«

»Und was Heißes auch nicht? Tee?«, wird Bernard ungeduldig und schiebt ein leidlich unterdrücktes »Scheiße!« nach.

Die Frau steht langsam von ihrem Hocker hinter dem Kassentresen auf, streicht ihr Kleid umständlich zurecht, als würde dies irgendetwas an ihrem verwahrlosten Erscheinungsbild ändern. Dann sieht sie ihn direkt an.

»Über das, was es nicht gibt, muss man sich nicht ärgern.«

»Wie bitte?«

»Also, ich mein ja nur … Nehmen Sie doch einen Ice-Tea«, weist sie auf einen Stapel Getränkekartons.

Bernard grinst, was die Dame weiter verunsichert.

»Würden Sie sich über etwas aufregen, was es nicht gibt?«, fragt er amüsiert.

»Was? Sie sind doch kein Chassidim – oder so?«

»Nein, nein«, lacht Bernard, dem die irritierte Frau inzwischen beinahe leidtut. Wenngleich nur ein wenig.

Dann, nachdem sie umständlich das Wechselgeld zusammenklaubt, wünscht sie mit einem Mal freundlich: »Haben Sie noch einen guten Tag!«

»Das war bereits ein guter Tag! Dank Ihnen!«

Sie lächelt, und für einen Moment möchte sich Bernard vorstellen, dass sie früher eine schöne Frau war, etwas Begehrenswertes hatte. Er lächelt zurück.

»Bewahren Sie den Beleg auf! Es gibt was zurück, wenn Sie das Land verlassen … Sie sind Amerikaner, nicht wahr?«

»Ja. Mach ich. Ist 'ne Familientradition.«

5.

Im Negev, am selben Tag

Bernard ertappt sich dabei, dass er singt. Er schmettert »I like to be in America, okay by me in America. Everything's free in America, for a small fee in America!«, einen der abgedroschenen Songs der *West Side Story*; seine Mutter hatte ihn dreimal am Tag gesungen. Bernard ist kein großer Sänger, aber jetzt ist ihm einfach danach zu singen. Und niemand, denkt er, kann ihn hören. Wohin er auch sieht, nur Dunst und die unwirklichen Farben, die der Sonnenuntergang auf die Sandflächen rechts und links der Straße zaubert. Seine Laune hatte sich nach dem kurzen Stopp im Laden deutlich verbessert.

›Über das, was es nicht gibt, regt sich niemand auf … Die Frau hat so recht! Aber Grossman hat sich aufgeregt. Oh, was ist das?‹

Mit seinem Jeep nähert er sich einer Baustelle. Eine der beiden Fahrspuren der 40 ist gesperrt. Weit und breit sind keine Arbeiter zu sehen; immerhin wartet eine Teermaschine auf ihren Einsatz. Schon von Weitem hat Bernard bemerkt, dass eine provisorische Ampel auf Rot geschaltet ist, und als er nun herankommt, staunt er: Ein Traktor mit Anhänger wartet geduldig vor dieser surrealen Ampel auf Grün.

›Noch verrückter ist, dass ich mich hinter diesem Gespann aufbaue! Kein Israeli würde das machen, jeder Mensch mit gesundem Verstand würde an der Baustelle vorbeiziehen und darauf vertrauen, dass ihm nichts entgegenkommt.‹

Doch er wartet.

›I like to be in America!‹

Plötzlich bewegt sich an der rechten hinteren Ecke des Anhängers die Plane, eine gefesselte und geknebelte Person wird sichtbar! Mit offenem Mund sieht Bernard zu, wie die Frau sich vom Anhänger fallen lässt, hart auf dem Schotter aufschlägt. Ihr Kopf wird von einem Metallkoffer getroffen, den sie merkwürdigerweise nach sich zieht. Die Frau versucht zur Seite zu robben und zu rollen, wird aber von dem Koffer behindert. Blut läuft ihr über Gesicht und Hals, färbt das Kleid. In diesem Moment springt die Ampel auf Grün, der Traktor zieht los.

›Das hier ist kein Kino.‹

Aus seiner Erstarrung erwacht, greift Bernard in seine Umhängetasche, tastet nach seiner Pistole, holt die SIG Sauer heraus und steigt vorsichtig aus, den wegfahrenden Traktor und die Frau gleichzeitig im Auge behaltend. Nach wenigen Schritten ist er bei der Frau, beugt sich zu ihr hinunter. Sie hat erkennbar Schmerzen, ist aber bei Bewusstsein, versucht ihm Zeichen zu geben. Er reißt das Klebeband über ihrem Mund ab; die Frau japst nach Luft und versucht sich gleichzeitig so zu drehen, dass er an die Knoten ihrer Fesseln gelangt. Bevor Bernard etwas fragen kann, sieht er, dass sich in diesem Augenblick einer der Männer auf dem Trittbrett des Traktors aufrichtet. Sein Palästinensertuch hat etwas von einer Starterflagge, ist ebenso unübersehbar. Der Mann hebt seinen Arm – und schießt auf Rose oder Bernard oder auf beide, jedoch ohne zu treffen.

Bernard rollt sich weg und in der Bewegung schießt er zurück. Der Mann auf dem Trittbrett richtet sich grotesk auf und fällt vom Traktor.

Abrupt hält der Fahrer des Traktors an, steigt dann umständlich ab, weil er zugleich versucht, in Deckung des Gefährts zu bleiben. Bernard erkennt von seiner Position aus, dass er langsam und geduckt am Anhänger entlanggeht. Als der Mann nicht mehr vom linken Hinterrad des Hängers geschützt ist, schießt Bernard auf sein Bein. Der Mann schreit getroffen auf und lässt sich zurückfallen, sucht hinter dem Rad Schutz.

Bernard packt die noch immer gefesselte Frau, reißt sie hoch und schleppt sie mit ihrem Aktenkoffer in seinen Jeep, steigt über sie rüber auf den Fahrersitz.

Während er gepresst »Oh Gott! Oh Gott!« ruft, versucht er hektisch, den Wagen zu starten. Der zündet endlich, Bernard reißt den Rückwärtsgang mit einem kreischenden Geräusch brutal ins Getriebe und drückt das Gaspedal durch. Mit durchdrehenden Rädern schlingert der Wagen zurück, gerät von der Fahrbahn ab und dreht sich um 180 Grad, geradeaus in die Wüste.

Blitzartig legt Bernard den Vorwärtsgang ein und drückt erneut das Gaspedal durch, jagt ohne Rücksicht auf die vor Schmerzen wimmernde, manchmal sogar aufschreiende Frau auf den nächsten Sandhügel zu. Der Wagen springt, landet hart. Mit Mühe stabilisiert Bernard ihn, erklimmt bereits den nächsten Hügel – und nimmt den Fuß vom Pedal. Im Schritttempo erreicht das Auto die Hügelkuppe, hält oben kurz an. In einiger Entfernung sieht er eine Piste in der Wüste.

Beim Abwärtsfahren wird er vorsichtiger und langsamer, erreicht die Piste und folgt ihr in Richtung Norden.

Nach zwei, drei Kilometern hält er an.

»Ich bringe Sie zum nächsten Arzt …«

»Nein!«

»Was meinen Sie? – Soll ich jemanden anrufen? Wo kriegen wir Hilfe?«

»Wir bekommen keine Hilfe! Wir sind in der Wüste, mehr Negev gibt es nicht!«

Er sieht, dass ihr Kleid blutig ist.

»Kann ich Sie verbinden …? Können wir die Wunde reinigen …?«

»Schneiden Sie meine Fesseln durch!«

»Oh.«

Bernard steigt aus und holt den Verbandskasten aus dem Kofferraum. Den Inhalt schüttet er auf dem Rücksitz aus, sucht die Schere und geht dann zur Beifahrertür, öffnet sie. Rose hält ihm ihre auf dem Rücken zusammengebundenen Hände hin, er schneidet die Fesseln durch. Dann geht er wieder zur hinteren Tür, kontrolliert erneut den Inhalt des Verbandskastens, sucht Mull, Pflaster und eine kleine Flasche Desinfektionssalbe heraus, während Rose schwer atmend ihre strangulierten Handgelenke massiert und ihm misstrauisch zuschaut.

»Haben Sie Ahnung davon?«

»Als Schüler habe ich mal einen Kurs mitgemacht; wurde in der Schule angeboten … Was haben Sie mit den Typen zu schaffen?«, fragt er, als er zurückkommt. »Sie haben eine Wunde am Bauch. Ich schlage vor, Ihr Kleid aufzuschneiden und die Wunde zu desinfizieren.«

»Den Teufel werden Sie tun! Das ist ein *Frau-Blau*-Kleid! Wissen Sie, was das kostet?!«

»Sie können es auch ausziehen.«

Rose sieht an sich hinunter, fühlt erst jetzt, da sie den großen, roten Fleck im zerrissenen Kleid sieht, wie sich ihr Bauch schmerzhaft zusammenkrampft.

»Ich hab' nichts mit diesen Typen zu tun«, erwidert sie gepresst. »Gegenwärtig habe ich eine Entführung hinter mir … Die haben Ehud getötet … meinen Fahrer. Ich nehme an, dass sie Pläne für mich hatten, sonst wäre ich ebenfalls tot.«

Sie schreit vor Schmerz auf, als Bernard die Wunde zu reinigen versucht. Blut tritt nicht mehr aus. Dann legt Bernard vorsichtig einen sehr improvisierten Verband an. Sie sieht ungläubig zu; blickt ihn auch einmal an, als könne sie nicht fassen, was sich hier abspielt.

»Fahren Sie«, verlangt sie, »sonst brauchen wir keinen Arzt mehr!«

Er hilft ihr, auf dem Beifahrersitz den Gurt anzulegen, spricht währenddessen vor sich hin.

»Sie halten sich tapfer«, lobt er.

»Fahren Sie los …! Die suchen nach uns, die geben nicht auf … Es waren mindestens drei Männer! Fahren Sie endlich weiter! Ich hoffe, Sie haben Ihr Handy weggeworfen?«

»Bitte was? Wieso? Natürlich nicht!«

»Dann tun Sie es! Wollen Sie, dass wir geortet werden?«

Bernard tritt einen Schritt zurück. Er schüttelt den Kopf. Mehrere Male sieht es so aus, als ob er zu reden beginnen möchte, aber er bricht vor dem ersten Wort jedes Mal ab. Dann holt er tief Luft.

»Sind Sie eine Terro…, äh, Freiheitskämpferin?«

Rose starrt ihn fassungslos an.

»Sind Sie irre?« Dann begreift sie. »Nein. Natürlich nicht. Aber … Der Überfall war geplant, die Leute professionell. Lassen Sie uns kein Risiko eingehen: Man muss nicht zum Mossad gehören, um ein Handy zu orten. Und hier gibt es nichts! Wenn die ein Handysignal sehen, wissen die, dass wir es sind.«

»Sie sind umsichtig«, lobt er sie, fischt sein Handy aus seiner Umhängetasche und schaltet es aus. Dabei erkundigt er sich: »Was ist mit Ihrem? Sie haben vermutlich irgendetwas Spezielles, abhörsicher und noch in fünfzig Meter Wassertiefe zu benutzen?«

»Hatte ich …«, beantwortet Rose trocken, ohne auf Bernards Sarkasmus einzugehen. »Das war das Erste, was sie mir abgenommen haben.«

»Gut, dann brauchen wir uns darüber keine Gedanken zu machen …«

Bernard nimmt wieder hinter dem Steuer Platz, löst die Handbremse, fährt an.

»In welche Richtung?«

»Immer nach Norden, Richtung Be'er Sheva … Ich sage Ihnen, wo Sie abbiegen müssen. Irgendwo vor uns kommen wir wieder auf die Autostraße.«

Eine Weile lang spricht keiner von beiden, eigentlich erst, als mitten im Nichts mehrere Hütten aus Blech und Plastik auftauchen, die ärmlichen Nachfolger der stolzen Beduinenzelte von einst. Kamele schauen aufmerksam zu ihnen herüber, Menschen sind nicht zu bemerken.

Erst da sagt Rose unter Schmerzen: »Denken Sie gar nicht daran, dort um Hilfe zu bitten! Die Beduinen hassen uns! … Wir werden nicht nur in Gaza gehasst!« Nach einer weiteren Pause fügt sie an: »Etwas Derartiges, einen solchen Überfall, haben wir immer gefürchtet und mindestens hundert Mal trainiert … Wenn ich daran denke, dass diese Figuren Ehud umgebracht haben … So viele Kinder, so viele Enkel!«

Bernard ist versucht zu antworten: ›Dafür habe ich einen von ihnen erwischt!‹ Er hält es für klüger, den Mund zu halten.

Nach einer neuerlichen Pause und einen oder zwei Kilometer weiter fragt sie: »Wo haben Sie so gut schießen gelernt?«

»Beim CVJM.«

»Bei den *christlichen jungen Männern*?«, vergewissert sie sich.

Bernard hört Unglauben heraus.

»Die hatten einen eindrucksvollen Schießstand, den größten weit und breit. Außerdem war es der einzige Klub, für den meine Mutter die Gebühren aufbringen konnte.«

»Ich danke Ihrer Mutter … Und Ihnen auch!«

Bernard nickt, dann schweigen sie wieder einige Minuten.

»Ich bin übrigens Bernard … Und wenn Sie keinen Gebrauch davon machen: Bernard Einstein. Wie Albert Einstein.«

»Nicht verwandt und nicht verschwägert, nehme ich an.«
»Leider doch: Er ist mein Großvater ... Möglicherweise auch mein Urgroßvater ... Ist eine komplizierte Geschichte.«
»Ich bin beeindruckt ...«, versucht sie in gleicher Weise zu antworten, ringt nach Atem. »Rose Shalev ... Für meinen Vater war ich immer seine ›Wüstenrose‹, Adenium obesum, aus der Gattung der Seidenpflanzengewächse.«
»Sind Sie Botanikerin?«
»Nein, ich bin in der Branche Ihres Großvaters: Physikerin ... Und Sie?«
»Ebenfalls!«
»Dann ist das ja eine Geschichte unter Kollegen ... Sehr beruhigend; Physiker sind Leute, denen man trauen kann.« Sie atmet mehrmals flach und vorsichtig und offenbar schmerzt selbst diese Bewegung. Nach einer weiteren Pause fügt sie hinzu: »Mein Vater hätte es unheimlich gern gesehen, wenn ich Botanikerin geworden wäre ... Er hat sein Geld mit Exportgeschäften gemacht, aber die Wüste hat ihn fasziniert.«
»Er lebt nicht mehr?«
»Ein idiotischer Zufall ... Er hatte seinem Partner sein Auto geliehen, ist ausnahmsweise einmal mit einem öffentlichen Bus gefahren und dabei prompt in die Luft geflogen, zusammen mit achtzehn anderen Menschen; Schulkindern in der Hauptsache.«
»Tut mir leid.«
»Es lebt sich gefährlich hier.«
»Den Eindruck habe ich auch.«
»Sie sind Amerikaner?«
»Nein, Kalifornier!«
»Ah«, dann schweigen sie wieder. Plötzlich will sie wissen: »Was suchen Sie in Israel, Kollege?«
Er antwortet, als mache er einen Scherz: »Ich versuche, ein Menschheitsrätsel zu lösen ...«

»Das gehört sich auch so für einen Einstein!«, probiert sie es in gleicher Tonlage. »Und? Wie weit sind Sie?«

»Noch am Anfang!«

»Lassen Sie es mich wissen, wenn Sie's geschafft haben.«

»Sie werden die Erste sein, die es erfährt … Ich schicke reitende Boten.«

»Eine E-Mail genügt.«

Er grinst, fragt dann: »Ich habe noch einen Schluck Cola … Wollen Sie ihn?«

»Um Himmels willen!«

»Ich schätze, da vorne ist wieder die Autostraße … Sollen wir sie nehmen?«

»Ich sehe nichts … Aber wenn sie wirklich da ist, nehmen Sie sie … Ich drehe durch, wenn wir weiter über Stock und Stein hoppeln.«

Nach einem oder zwei weiteren Kilometern Fahrt über Sand und Schotter verläuft die Piste parallel zur Straße 40; die letzten zwei- bis dreihundert Meter führen durch puren Sand.

»Es wird hart … Festhalten, wenn's möglich ist!«, warnt Bernard.

Er gibt Vollgas und landet mit Schwung und Glück wieder auf der Straße. Rose stößt dabei einen Schrei aus. Ihr Aktenkoffer hat sie erneut getroffen; sie stöhnt und weint vor Schmerz.

»Können wir den verdammten Koffer nicht abschnallen?«, will Bernard wissen.

Sie zwingt sich zu einer Antwort. Es hört sich an, als würde ein trotziges Schulkind sprechen, als sie sagt: »Funktioniert nicht … Einer der Schlüssel befindet sich an meinem Arbeitsplatz, der andere in meiner Wohnung … Langsamer«, bittet sie dann.

Er geht mit dem Tempo herunter, fährt eine Weile kaum schneller als Schritttempo. Ein Straßenschild macht auf

Ma'agurat Yitma aufmerksam, 4,4 Kilometer entfernt. Er stoppt.

»Was ist Ma'agurat Yitma? Soll ich versuchen, dort einen Arzt zu finden?«

»*Ma'agurat Yitma* ist ein Hotel mit Ausblick auf die Wüste, ansonsten gibt's dort nichts«, erklärt ihm Rose.

»Dann also nach Be'er Sheva!«

»Nein, auf keinen Fall ... Wir fahren nach Segev Shalom, auf Arabisch Shaqib al-Salam ... Eine Ansiedlung ausschließlich für Beduinen ... Ein paar Kilometer vor Be'er Sheva – so etwas wie ein Township in Südafrika.«

»Was meinen Sie? Jetzt doch zu den Beduinen?«

»Machen wir Schluss mit Reden ... Es strengt mich an!«

»Aye aye, Sir!«

Nach einer Weile wirft Bernard erneut einen Blick auf Rose. Das anfängliche Zittern ist wieder da; es ist sogar stärker als vorhin. Außerdem ist sie nun extrem blass. Er hat Angst, dass sie das Bewusstsein verlieren wird. Er spricht sie an. Sie flüstert etwas, ist kaum zu verstehen. Er greift nach der Wasserflasche, die neben ihm in der Tasche der Tür steckt. Vorsichtig lässt er den Inhalt über ihr Gesicht laufen, benetzt damit ihren Nacken. Ihr Zustand bessert sich nicht. Sie öffnet nicht mal die Augen.

»Sprechen Sie mit mir! Sagen Sie was!«, verlangt er. »Irgendwas!«

Rose reagiert nicht.

Je näher er der Provinzhauptstadt Be'er Sheva kommt, desto mehr ist er versucht, sie zum erstbesten Arzt zu bringen. Sie fahren sogar an einem Krankenhausschild vorbei. Doch die Wüstenrose, wiewohl nur am Rande des Bewusstseins, besteht darauf.

»Nein, nicht hier, auf keinen Fall.«

Sie will nach Segev Shalom!

6.

Segev Shalom, am selben Tag

Sterbende Orte haben eine Familienähnlichkeit. Wie es um die Beduinensiedlung Segev Shalom bestellt ist, erkennt Bernard auf den ersten Blick. Es ist wie überall in solchen Orten: In der Hauptstraße sind die Schaufenster vieler Geschäfte vernagelt, zumindest von innen mit Zeitungspapier zugeklebt. Arbeitslose lungern herum, sitzen an einem scheußlichen Denkmal und halten sich an ihren Bierdosen fest. Aus allen Fenstern das Gekreisch von populären Fernsehsendungen. Das Einzige, das hier wirklich anders ist als in Texas oder im Mato Grosso, sind die Kamele und die Kleidung der Leute. Die Männer tragen den Burnus und fantasievoll geschwungene Turbane, die Frauen ihren schwarzen, schweren „dir". Allerdings wirken die Sachen durch die Bank schäbig und zerschlissen. Was Männer wie Frauen wieder mit ihren Schicksalsgenossen anderswo verbindet, ist die Enttäuschung und die Mutlosigkeit, die ihnen ins Gesicht geschrieben stehen.

Bernard saugt dies alles im Vorbeifahren auf. Er sucht das Krankenhaus des Ortes. Rose neben ihm wimmert und friert und zittert, trotz der Wolldecke, die er vor einiger Zeit über sie gelegt hat.

›Die Hauptsache ist, sie lebt; mehr verlange ich nicht.‹

Es ist wie verhext, nirgendwo findet sich ein Hinweis auf ein Hospital, auf ein Medizinisches Center, auf irgendeine Einrichtung, in der man Rose helfen kann.

›Wo ist ein verdammtes Rot-Kreuz-Zeichen oder ein Roter Halbmond?‹

Plötzlich fällt ihm ein, das entsprechende Zeichen hier ist der ›Rote Kristall‹, eine rote Raute auf weißem Grund. Doch auch dieses Zeichen kann er nirgends entdecken. Genau jetzt setzt hinter ihm das durchdringende Geräusch von

Polizeisirenen ein. Das Geräusch kommt näher und näher, wird stärker und stärker. Er fühlt sich entdeckt, selbst Rose richtet sich etwas auf, aber ihre Augen öffnen sich nicht. Im Rückspiegel bemerkt er, ein Krankenwagen hat's eilig, hastet heran, fährt vorbei. Bernard hängt sich an das Fahrzeug und zwei Ecken weiter ist er endlich da, wo er hin will, im ›Medical Center‹ der Ortschaft.

Das Medizinzentrum besteht aus einigen kümmerlichen niedrigen Bauten, hintereinander und nebeneinander angeordnet. Der Eingang der Notaufnahme ist weit aufgerissen, davor steht der Krankenwagen. Ein Mann, dessen Eingeweide ausgetreten sind, wird auf eine fahrbare Liege gehoben; ein kräftiger Pfleger schiebt ihn im Laufschritt ins Krankenhaus. Danach bemüht sich das Personal um einen zweiten Verletzten, der kaum besser dran ist als der erste.

Bernard bemerkt einen jüngeren Menschen in einem weißen Kittel, der sich um diesen zweiten Verletzten kümmern will. Nach seinem Aussehen und nach seinem ganzen Verhalten ist er arabischer Herkunft und Arzt.

»Ich brauche unbedingt Hilfe ...«

»Was fehlt Ihnen?«

»Mir nichts ... meiner Freundin ...«

Der junge Arzt geht mit Bernard zum Jeep.

»War sie auch in die Messerstecherei verwickelt?«, erkundigt er sich dabei sachlich, aber nicht besonders engagiert.

»Nein ... in eine Entführung.«

Der Arzt wirft einen Blick auf die Verletzte, sagt erstaunt: »Rose!« Er tätschelt ihr Gesicht, wiederholt: »Rose!« Dann will er wissen: »Was ist passiert?«

»Sie wurde entführt, konnte sich aber befreien ... Dabei hat sie sich verletzt!«

»Verstehe! Können Sie den Koffer von ihrem Handgelenk abnehmen?«

»Nein! Die Schlüssel sind in Sicherheit.«

»Dann muss es so gehen!«

Der Arzt wirkt plötzlich wie aus Lethargie erwacht. Er sorgt dafür, dass Rose direkt in den zweiten der beiden Operationsräume gebracht wird; dass ihre Behandlung auf der Stelle begonnen wird. Der sonst unumgängliche Papierkram ist zurückzustellen.

Bernard wartet in dem schäbigen Vorraum der Station, sieht, wie immer neue Patienten hereingebracht werden, wie Schwestern, Pfleger und Ärzte von einem Raum zum anderen huschen. Eine Frau versucht auf dem Stuhl neben ihm, ihr quengeliges Kind auf dem Schoß zu halten. Nach einer Weile sieht er, wie Rose in einem Bett den Flur entlanggerollt wird, geht hinterher.

Die Schwester, die Rose in den kleinen Überwachungsraum an eine Apparatur anschließt, sieht ihn an der Tür stehen, scheint Bernard für einen Angehörigen zu halten.

»Nur kurz!«

Rose ist bei Bewusstsein, abgeschminkt, blass und unsagbar matt. Immerhin lächelt sie und hebt den freien Arm – mit irgendwelchen chirurgischen Instrumenten hat man sie von dem verdammten Aktenkoffer befreit.

»Hallo.«

»Hallo Rose. Wie geht es Ihnen?«

Sie winkt ab, will ihm aber offenbar etwas sagen, sodass er näher kommt.

»Keine Polizei! Ja?«

»Was? Aber wieso? – Hören Sie, ich hab' heute auf Menschen geschossen! Ich weiß nicht, was hier vor sich geht, aber meinen Sie nicht, dass …«

Doch Rose schien wieder der Ohnmacht nahe. Bernard kam noch näher an ihr Bett, beugte sich über sie.

»Soll ich jemanden informieren? Angehörige? Oder Ihre Uni?«

»Das macht Ahmed … mein Arzt. Sie verschwinden!«

»Nicht so undankbar! Ich habe Sie hergebracht!«

»Verschwinden Sie, so schnell es geht! Tauchen Sie unter!«

»Was ist mit Polizei …?«

»Vergessen Sie die Polizei! Sie bekommen nur Probleme … Sie haben einen Mann erschossen.«

»Einen Terroristen!«

»Woher wollen Sie das wissen? Und wo haben Sie die Waffe her? Haben Sie einen Anschlag geplant? Auf wen? Wer sind Sie? Was machen Sie hier?« Nachdem sie Luft geschöpft hat, fährt sie fort: »Mein Lieber, Sie sind schneller hinter Gittern als meine Kidnapper und da bleiben Sie auch … Wir haben es nicht gerne mit Leuten zu tun, die mit Waffen hantieren … Verschwinden Sie einfach …«

Die arabische Krankenschwester, die mit ihrer Fülle beinahe ihren Kittel sprengt, kommt zurück ins Zimmer. Sie unterbricht Rose.

»So, das muss reichen!« Zu Bernard sagt sie: »Gehen Sie … Sie können hier nichts mehr tun!«

Bernard erhebt sich, sieht Rose fragend an.

Die flüstert noch einmal: »Ich danke Ihnen … für alles. Aber jetzt verschwinden Sie! Verlassen Sie das Land – solange Sie noch die Möglichkeit dazu haben!«

Bernard zögert, er will sich nicht von ihr trennen; noch nicht. Er möchte etwas sagen oder tun, aber die Schwester drängt ihn aus dem Raum. Letztlich gehorcht er.

Statt Roses Ratschlag zu beherzigen, in den Jeep zu klettern und die ganze Geschichte so schnell wie möglich hinter sich zu lassen, drückt sich Bernard eine weitere Stunde im ›Medical Center‹ herum. So lange, bis er Dr. Abdal-Kian wieder zu fassen bekommt.

»Was ist mit Rose?«

Der Arzt schaut ihn abwägend an, dann scheint er sich anders zu entscheiden und gibt Bernard in drei Sätzen den Befund: »Durch das stumpfe Abdominaltrauma, das sie erlitten hat, kam es zu Verletzungen an verschiedenen parenchymatösen Organen; sowohl ihre Leber als auch ihre Milz sind eingerissen. Es gab innere Blutungen, sie konnten aber gestoppt werden.«

»Wird sie sich wieder erholen?«

»Ja«, erwidert der Arzt. Dann blickt er Bernard herausfordernd an: »Sie ist bei mir in guten Händen … sehr bewährten Händen.«

»Selbstverständlich«, erwidert Bernard. Er weiß, damit ist nun wirklich alles Wesentliche besprochen. Es gibt absolut keinen Grund, länger mit dem Arzt zu reden. Dennoch fragt er: »Haben Sie Zeit für eine Tasse Kaffee?«

Der Doktor nickt: »Gehen wir in die Personalkantine.«

In der Minikantine für das Personal des Centers nimmt sich der Arzt eine Schüssel Salat aus der Kühltheke, Bernard eine Cola und einen Schokoriegel. Danach setzen sie sich an den einzigen freien Tisch. Es ist ein Campingtisch, auf dem ein Tuch aus rotem, brüchigem Plastik liegt. Bernard ist versucht, es abzuwischen.

»Das nur vorweg«, sagt der Arzt, bevor Bernard ihm die erste Frage gestellt hat: »Ich bin Beduine; ich stamme aus dem Negev. Ich komme aus einem Ort, in dem es nur zwei Familien gibt. Entweder ist man ein Jarmal oder ein Abdal-Kian … Und ja, das ist bestimmt Ihre nächste Frage, ich hatte ein Angebot, nach Amerika zu gehen. Aber irgendjemand muss hier bleiben.«

»Doktor, ich muss Sie enttäuschen, die israelische Innen- und Außenpolitik interessiert mich nicht. Das Einzige, was ich wirklich wissen möchte, ist: Sie kennen Rose?«

»Anderthalb Jahre … Wir waren anderthalb Jahre zusammen. Wir haben es ernsthaft versucht, sehr ernsthaft. Es ging nicht! Eine Jüdin und ein Beduine und das auch noch im Negev! Das führt zu Abstrusitäten im Quadrat. Man sollte ein Theaterstück daraus machen … Und Sie?«

»Was ich?«

»Seit wann sind Sie mit ihr zusammen?«

»Wir sind kein Paar, Doktor … Ich kenne sie erst seit einigen Stunden. Sie ist mir sozusagen vor die Füße gefallen.«

»Oh. Ich dachte … Warum sind Sie dann noch hier?«

»Aus privaten Gründen!«

»Dann gebe ich Ihnen den guten Rat: Machen Sie, was sie sagt. Rose ist Staatseigentum! Verschwinden Sie!«

7.

Shin Bet, Tel Aviv, am selben Tag

»Es ist nicht zu fassen! Es sollte eine Charade aufgeführt werden, eine bessere Übung, und was ist das Ergebnis? Einer tot, ein zweiter angeschossen und die Zielperson entführt oder ermordet oder beides. Bislang gibt es kein Lebenszeichen von ihr. Wir reden von Shalev. Von *der* Shalev – Professorin, Topforscherin, ihre Arbeit in dem Negev unterliegt der höchsten Geheimhaltungsstufe! Keine Spuren, keine Zeugen.«

Elyas schreit nicht, und genau das macht Ari Ayalon, der unsicher und schwitzend vor ihm sitzt, Sorgen: Sein Chef schreit nie, wenn er wirklich verärgert ist. Und mit dem Chef der Sektion *mad'A,* Abteilung Wissenschaft, will niemand Ärger haben. Auch Ari nicht. Zudem schmerzt sein Bein höllisch. Die Kugel war glücklich durchs Fleisch gegangen, aber es schmerzt trotz der Spritze und des Verbandes.

»Rose Shalev hat sich also in Luft aufgelöst oder sie ist aufgelöst worden. Und du willst mir erklären, dass dieser Einstein, dieser junge Ph. D. aus Amerika, für den Schlamassel verantwortlich ist. Das willst du mir nun verkaufen; du bist also nicht unfähig. Soll ich glauben … Wahrscheinlich ist Einstein genau so Opfer geworden wie Rose … Also gut. Aber Opfer von wem? Wer hat die Gelegenheit ergriffen? Wer hat sich eine Geisel gesichert? Oder mehrere?«

Eine Vorstellung geht ihm immer wieder durch den Kopf: Jemand hat ihr den Kopf eingeschlagen und sie im Sand verscharrt. Seine Ziehtochter. Rose. Er selbst ist so mit zwei Verdächtigen verfahren. Jahre ist das her, aber die Bilder sind in seinem Kopf. Ist das Verschwinden von Rose die Strafe? Elyas wirkt müde.

»Am Ende sind wir alle tot, mehr passiert nicht.«

»Bitte?«, fragt Kuhn, der in Wirklichkeit Yoram Talberg heißt, Sohn von Neueinwanderern aus den Vereinigten Staaten und übermotiviert, wie Elyas meint. Er steht neben Ari Ayalon, der sich nun wirklich Sorgen macht, was Elyas machen wird. Der aber wird noch leiser.

»Wenn Moram obduziert worden ist, muss ich mit den Eltern reden. Hab' den Jungen gemocht. Er hatte Potenzial und Charakter. Was kann ich seinen Eltern sagen? ›Stümper haben Ihren Sohn auf dem Gewissen!‹ Kann ich das sagen? Selbstverständlich nicht. Aber was dann? ›Ihr Sohn kannte das Risiko! Er hat sich für sein Land geopfert.‹ Unsinn! Er hat sich nicht geopfert. Irgendetwas ist im Negev völlig aus dem Ruder gelaufen.«

»Vielleicht ist dieser Einstein-Enkel nicht der, für den er sich ausgibt«, versucht es Ari.

Elyas dreht sich auf seinem Drehstuhl zum offenen Fenster, blickt auf einen Hinterhof. In diesem Teil von Tel Aviv sind Höfe dieser Art gang und gäbe: An den Rand gedrängt wehrt sich ein knorriger Baum gegen das Abholzen; dann gibt es Rabatte anspruchsloser Pflanzen, die dem Sand und dem Salz des nahen Meeres trotzen; außerdem einige hier abgestellte oder ausrangierte Autos mit den Aufschriften von Fantasiefirmen. Während sich der Mossad am Shaul-HaMelech-Boulevard einen unübersehbaren Hochhausklotz als Zentrale gesichert hat, tarnt sich der Shin Bet, duckt und versteckt sich. Sein Hauptquartier ist ein Komplex verwinkelter, kleiner Straßen und Plätze zwischen der Shenkin Street und der King-George-Street, nicht weit vom

Meir Park entfernt. Eines der Dienstgebäude war früher eine kleine Schuhfabrik und ein anderes die ehemalige Druckerei Kelber. Es gibt gläserne Passagen, die die Gebäude für jedermann sichtbar miteinander verbinden. Es gibt aber auch geheime Gänge, die nach draußen führen. Meistens enden sie in normalen Wohnhäusern, zwei sogar in konspirativen Wohnungen. Andere getarnte Gänge führen zu Kinos und Klubs. Für Angreifer besteht keine Möglichkeit, alle Ein- und Ausgänge zu überwachen.

Elyas schweigt lange, lehnt sich dann zurück und fährt mit der rechten Hand über seinen kantigen Kahlkopf, der ihn wesentlich älter aussehen lässt, als er ist.

»Wir gehen von der schlechtesten Variante aus. Das bedeutet in diesem Fall, wir werden diesen vorgeblichen Einstein-Enkel auseinandernehmen, ihn in seine Bestandteile zerlegen. Einstein junior hat sich den falschen Gegner ausgesucht.« Er steht auf und greift seinen Stock, humpelt zum Fensterbrett neben ihm, wo die dünne Akte liegt, die man für *Einstein, Bernard* angelegt hat. Während er mit der Akte zu Ari um den großen Schreibtisch herumgeht, zitiert er.

»Laut der Akte ist er seit drei Wochen im Land, hat sich ein billiges Appartement im Jerusalemer Stadtteil Pisgat Ze'ev gemietet, nahe der Endhaltestelle der Straßenbahn 1 und über einem Kindergarten. Er besucht regelmäßig die Bibliothek der Hebräischen Universität Jerusalem und hat sich mehrfach mit verschiedenen Professoren der Naturwissenschaftlichen Fakultät getroffen, zwei von ihnen sind Physiker. Hat noch keiner befragt, doch nach den vorliegenden Berichten drehen sich die Gespräche in der Hauptsache um Albert Einstein, der ja nicht nur der Großvater des jungen Mannes ist, sondern auch einer der Gründer der Hebräischen Universität. Der Akte liegt auch ein Memorandum bei. Danach war Bernards Mutter Evelyn Einstein, geboren am 28. März 1941, Chicago, Illinois, Vereinigte Staaten, gestorben 13. April 2011, Albany, Kalifornien, in jahrelange

Prozesse mit der Hebräischen Universität verwickelt. Die Prozesse endeten erfolgreich für die Universität.«

»Vielleicht wollte er sich dafür rächen?«, versucht sich Yoram einzubringen.

»Woher hat er die Waffe?«, fragt Ari.

Elyas fixiert Ari scharf: »Nein: Wozu hat er eine Waffe! Eine großkalibrige Waffe, also eine teure Waffe. In Israel kaum erhältlich. Von außen nicht mitzubringen. Er brauchte also einen Mittelsmann … Aber weißt du, was mich am meisten stört? Die Tatsache, dass eine Nachwuchskraft des *Massachusetts Institute of Technology* bestens trainierte Shin-Bet-Agenten ausschalten und untertauchen kann, samt Geisel! Wie kann so etwas passieren? Ist die Weltordnung auf den Kopf gestellt?« Jetzt schreit Elyas letztlich doch und knallt die Akte auf seinen Schreibtisch.

»Wir hatten ihn doch überprüft«, verteidigt sich Ari. »Er hat immer nur davon gesprochen, dass er sich mit dem Alten über dessen Buch unterhalten wolle … Das hat er dann offenbar auch gemacht. Grossman hat seine Memoiren zu Papier gebracht, *Meine Jahre mit Albert Einstein* … Bernard Einstein will selbst ein Buch über seinen Großvater schreiben und sucht nach Material. Das Gespräch in Sede Boker passt dazu. Es war bislang nichts Verdächtiges dabei.«

Elyas geht zurück zu seinem Sessel, lässt sich hineinfallen. Ari und Yoram schweigen betreten.

»Alles Nachdenken führt zur Erkenntnis, dass letztlich ich der Urheber des ganzen Durcheinanders bin. Mein Fehler war es, dir freie Hand zu lassen, Ari. Das hatte ich entschieden.«

»Chef, bitte …«

Ein Hubschrauber knattert über dem Areal, landet auf einem dafür ausgebauten Dach in der Nähe.

»Habt ihr das Buch von Grossman?«

»Noch nicht«, antwortet Ari. »Das einzige Exemplar, das es in der Jerusalemer Universitätsbibliothek gibt, hat Bernard Einstein ausgeliehen. Ansonsten hat keine Bibliothek in Israel das Werk, auch nicht die Nationalbibliothek. Die Druckerei ist schon lange eingegangen und der Verlag auch. Wir haben Laske angerufen ...«

»Den Antiquar?«

»Genau den! Er hatte nichts. Er hat uns den Tipp gegeben, den Autor darauf anzusprechen. Autoren hüteten normalerweise ihre Bücher wie Kinder ... Der Einfall war uns, ehrlich gesagt, auch schon gekommen. Wir hatten fest damit gerechnet, dass der Alte noch das eine oder andere Exemplar in seinem Besitz hat. Fehlanzeige. Wir waren kurz in seinem Haus, doch nirgends *Meine Jahre mit Einstein*; kein Blatt Manuskript ... nichts in dieser Richtung.«

»Ich verstehe!«

»Ich, ehrlich gesagt, nicht: Grossmans ›Meisterwerk‹ ist nirgends zu kriegen und zu finden? Als hätten es die Außerirdischen eingezogen. Nach dieser Erfahrung haben wir die Sache erst mal zurückgestellt und uns auf die Professorin konzentriert. Wir haben herausgefunden, dass sie, wenn es nur irgend möglich ist, ihre Lebensmittel in Geschäften von Palästinensern einkauft. Sie ist die perfekte Liberale und obendrein die perfekte Intellektuelle. Elyas, du kennst diesen Typ.«

»Wenn ich mich richtig erinnere, habe ich sie ins Spiel gebracht ...«

»So ist es. Umso mehr bedauere ich, was vorgefallen ist.«

Elyas schaut ihn scharf an. »Das würde ich dir ... Das ist aber jetzt alles egal. Ich will wissen, was passiert ist! Wer ist beteiligt? Wer hat sich in die Sache reingehängt? Wer spielt mit uns?«

»Ich kann dir nur sagen, wir hatten unseren Plan auf ihren Gewohnheiten aufgebaut. Wir haben, das war so vorgesehen, das hast du ja abgesegnet, einen fahrbaren Gemüsestand organisiert. Es lief alles wie vorgesehen.«

»Er hat zuerst geschossen?«, vergewissert sich Elyas.

Ari erwidert, ohne mit der Wimper zu zucken: »Absolut!«

»Hast du auch was dazu zu sagen?«, will Elyas Yorams Einschätzung hören.

»Nein … Ich habe den Wagen der Professorin wie vorgesehen zu einem Parkplatz gebracht; das sollte als Ablenkung dienen … Als ich wieder zu Ari stieß, war die Aktion bereits gelaufen.«

»Warum hast du keine Luftunterstützung angefordert?«

»Habe ich. Aber du weißt doch, wie das läuft … Bis sich da jemand in Bewegung setzt … Wenn du auf die setzt, entdeckst du das Wesen der Langsamkeit!«

»Wie kann man am hellen Tag einen Jeep und zwei Leute verlieren? Ein Jeep ist kein U-Boot und selbst der Negev lebt …«

»Es gab keine Ortungssignale; wir haben zumindest keine empfangen. Mehr kann ich dazu noch nicht sagen«, versucht sich Ari zu rechtfertigen.

»Das heißt, unser Freund weiß sogar, wie man sich elektronisch unsichtbar macht? Hat jemand schon mal an die CIA und Konsorten gedacht?«

»Wie ist die Frage zu verstehen? Hältst du Einstein für einen Kollegen oder sollen wir mit der CIA Kontakt aufnehmen?«

»Beides!«, erwidert Elyas sehr beherrscht.

8.

Im Zug nach Jerusalem, am selben Tag

Doktor Abdal-Kian bringt Bernard mit einem alten, klapprigen Krankenwagen, einem Geschenk aus Deutschland, zum Bahnhof von Be'er Sheva. Das ist ein erst vor einigen Jahren errichteter Bau aus Glas und Stahl, der wie ein beliebiges Einkaufscenter aussieht. Bevor er Bernard aussteigen lässt, umkreist der Arzt mit dem Krankenwagen langsam das Gebäude.

»Nichts Ungewöhnliches. Ich denke, Sie können es versuchen.«

Bernard schiebt die Mitteltür des Krankenwagens zurück, verabschiedet sich mit einer kleinen Handbewegung und geht dann zielstrebig in den Bahnhof und dort zu einem Schalter, und zwar ohne nach rechts oder links zu blicken. Der nächste Zug nach Jerusalem fährt in zwei Minuten. Bernard beeilt sich; ein Schaffner hält ihm eine Waggontür der Ersten Klasse auf, und kaum ist er eingestiegen, verlässt der Zug auch schon den Bahnhof.

Der Arzt hat ihn überredet, den Jeep stehen zu lassen und den Zug zu nehmen. Er hat Bernard versichert, die Terroristen werden – falls sie suchen – überall nach ihm suchen, an den Ausfallstraßen, auf der Schnellstraße, am Flugplatz. Am Bahnhof und im Zug werden sie mit Sicherheit nicht sein. Mit der Eisenbahn zu reisen, ist den Einheimischen noch nicht in Fleisch und Blut übergegangen. Man ist hier mit dem Auto unterwegs, mit dem Bus oder selbst mit dem Flugzeug. Doch die Eisenbahn hat einen merkwürdigen Ruf; einerseits zu altmodisch und andererseits eine Sache, die erst irgendwann spruchreif sein wird. Die neue Strecke nach Norden ist vor zwei Jahren fertig geworden und *Israel Railways* prahlt, dass sie Be'er Sheva, Jerusalem und Tel Aviv zu einer Stadt mache; noch hat sich das aber nicht herumgesprochen.

Als der Zug auf freier Strecke ist, kommt er tatsächlich flott voran. Für hiesige Verhältnisse handelt es sich um einen ausgesprochenen Hochgeschwindigkeitszug. Selbst der Waggon riecht neu. Bernard setzt sich in eine Ecke und hat drei freie Plätze um und vor sich. Ein paar Meter vor ihm hat sich eine amerikanische Familie breitgemacht – ein Mann, der aussieht wie ein erfolgreicher Zahnarzt, seine schlanke, ranke Frau, die allem Anschein nach einige Schönheitsoperationen hinter sich hat, und zwei Töchter von vierzehn, fünfzehn Jahren. Ihrem Alter entsprechend kichern und flüstern sie unaufhörlich miteinander, anderweitig machen sie sich nicht bemerkbar. In der Begleitung der Amerikaner ist eine sehr elegant gekleidete Israelin, etwa vierzig Jahre alt, die beim Reden immer wieder kurz mit ihren Händen über ihre üppigen Formen streicht, so als müsste sie ihren Rock glatt streichen oder ihre Bluse zurechtrücken. Von Zeit zu Zeit blickt sie Bernard ungeniert in die Augen, beinahe als wollte sie sagen: ›Na und? Was ist dabei?‹ In der Hauptsache erklärt sie jedoch ihren Freunden die Landschaft und die Geschichte des Landstrichs, durch den man fährt. Sie wird von ihren Freunden »Lea« genannt. Offenbar kennt sie sich besonders gut mit den Auseinandersetzungen der Briten mit den Türken aus, die sich während des Ersten Weltkrieges hier abgespielt haben. Über General Allenby spricht sie, als hätten sie ein Verhältnis miteinander. Bernard würde sie für eine Reiseführerin oder eine Geschichtslehrerin halten, wäre sie nicht so teuer gekleidet. Der Schmuck, den sie trägt, muss ein Vermögen gekostet haben. Allein ihre mit Diamanten besetzte Uhr!

Nach einer Weile bezieht sie Bernard in ihre Erklärungen ein, da sie bemerkt hat, dass er ihr zuhört. Aus Höflichkeit fordert der amerikanische Zahnarzt ihn dann auf, sich zu ihnen zu setzen. Bernard macht es; warum nicht? Der Zahnarzt ist in Wirklichkeit Richter, wie sich herausstellt; sein Name O'Keefe ist irischer Natur und bedeutet »Nachkomme«.

Die Familie O'Keefe will es nicht so recht zugeben, aber es ist überdeutlich. Im Grunde empfinden sie den Ausflug nach Be'er Sheva als vergeudeten Tag. Die Stadt ist jung und hässlich und die Umgebung besteht aus Sand und Staub. Sie haben so etwas erwartet; in keinem Reiseführer wurde Be'er Sheva empfohlen. Sie sind wohl nur mitgefahren, um Lea einen Gefallen zu tun.

»Sie ist verrückt auf alles, was Geschichte ist; sie schreibt sogar geschichtlich angehauchte Romane. Kennen Sie etwas von ihr?«

»Nein, leider nicht.«

»Sollten Sie aber! Lea schreibt unglaublich spannend! Und man lernt sehr viel dabei!«

Bernard verspricht, er werde sich gleich morgen ein Exemplar von *Abrahams Quelle* besorgen; angeblich ihr bestes Buch. Die Autorin tut dabei so, als könne sie kein Wort dazu sagen, blickt Bernard nur spöttisch und auffordernd an.

Die leutseligen O'Keefe' erklären Bernard, dass sie für drei Wochen im Heiligen Land seien, und sie wohnen im *King David*, Jerusalems bestem Hotel.

»Zu Recht eine der Hotellegenden weltweit«, bemerkt dazu die zu stark geschminkte Mrs. O'Keefe. Sie fügt hinzu: »Von unseren Fenstern haben wir unvergleichliche Ausblicke. Die Blicke rechtfertigen alle Strapazen der Reise! Sogar die Kosten! Abgründig!« Es sind Ausblicke auf die Stadtmauern, Minarette und Kuppeln der Altstadt, wie sie Bernard dann versichert.

Er macht bei ihr Punkte, als er erklärt, dass er in den letzten Wochen beinahe täglich am *King David Hotel* vorbeigekommen sei, auf dem Weg zur Hebräischen Universität beziehungsweise zu deren Bibliothek. Die O'Keefe' halten ihn für einen Studenten, und er belässt es dabei.

Als man am Bahnhof *Malcha* im Süden von Jerusalem aussteigt, einem hochmodernen, mit Sandsteinplatten verkleideten Bau, ist Bernard bemüht, sich inmitten der O'Keefe' unsichtbar zu machen. Am Ausgang des Bahnhofs verabschiedet man sich unter den Augen von viel Aufsichtspersonal; man wird hier kontrolliert, als reise man in ein fremdes Land ein. Koffer sind aufzumachen und Fragen zu beantworten. Bei der Gelegenheit steckt ihm Lea geschickt etwas in eine der Außentaschen seines Parkas, so beiläufig, dass keiner ihrer Bekannten etwas davon mitbekommt. Bernard selbst spürt kaum mehr als eine flüchtige Berührung. Er ahnt, was es ist.

Kaum hat man sich getrennt, greift er in seine Tasche. Sie hat ihm ihre Visitenkarte zugesteckt: *Lea Berkovic* steht da in feiner Schrift samt E-Mail-Adresse und Handynummer. Sie wohnt in der Chopin Street, einer »eleganten Straße mitten in der Stadt, nicht weit vom Palais des Staatspräsidenten entfernt«. Das hat Mrs. O'Keefe verkündet. Bernard blickt noch mal auf die Visitenkarte, muss angesichts so viel Selbstvertrauens schmunzeln. ›Eine interessante Frau!‹

Er nimmt sich ein Taxi und lässt sich zum Hertz-Büro bringen. Aber er hat Hunger, hat heute praktisch noch nichts gegessen. Deswegen ist er in Versuchung, unterwegs auszusteigen. Wenn es in Jerusalem außer alten Mauern etwas gibt, dann sind es viele kleine und dabei erstaunlich gute Restaurants.

›Schließlich kann es den Hertz-Leuten egal sein, ob sie jetzt oder in einer Stunde erfahren, wo ihr Jeep abgeblieben ist.‹

Er entscheidet sich dennoch, erst Hertz aufzusuchen. Seine Mutter hat ihm eingebläut: Immer erst die Pflicht erledigen!

Er ist noch dabei, vor dem Hertz-Büro den Taxifahrer zu bezahlen, da sieht er, wie zwei junge Männer in Motorradkleidung ins Büro gehen und sich vor der Angestellten aufbauen. Einer geht um den Tresen, lässt sich den Computer aufrufen. Die Burschen wirken kräftig und entschlossen, ansonsten aber völlig durchschnittlich.

›Das sind keine Kunden!‹, ist Bernard sofort alarmiert.

»Was ist denn jetzt? Kann ich weiterfahren?«, drängt der Taxifahrer.

»Einen Moment noch ...«, verlangt Bernard. Er beobachtet, wie sich die Männer im Laden eine Adresse aufschreiben lassen. Einer zieht ein Handy heraus, telefoniert und übergibt dann das Handy an seinen Kumpel. Während dieses

Gesprächs verlassen die Gestalten das Hertz-Büro, steigen auf Motorräder und verschwinden im Verkehr.

Bernard bezahlt endlich sein Taxi und geht in das Büro.

»Mein Name ist Einstein … Hat sich jemand nach mir erkundigt?«

Die Angestellte zögert, entschließt sich dann aber sofort, mit der Wahrheit herauszurücken: »Vor einer Minute!«

»Wer?«

»Der Shin Bet …«

»Was ist das?«, fragt Bernard verblüfft.

»Geheimdienst … So etwas wie der Mossad …«

»Und Sie sollen anrufen, wenn ich mich melde?«

Die Frau nickt verängstigt.

Er sagt bestimmt: »Ich kann Sie nur bitten, lassen Sie es!«

»Ja, natürlich. Sie können sich darauf verlassen.«

Bernard ist sicher, wenn er drei Schritte aus dem Laden ist, wird sie die Typen informieren. Er sagt der Frau: »Ihrem Jeep geht es gut. Aber vorerst werden Sie darauf verzichten müssen.«

»Heißt das, Sie verlängern die Leihdauer?«

»Genau das heißt es! Deswegen bin ich hier! Und sehen Sie mich nicht so verängstigt an! Ich trage weder eine Schuss- noch eine Stichwaffe, nicht mal einen Sprengstoffgürtel.«

»Das habe ich auch nicht angenommen …«, versucht sich die Angestellte zu beruhigen. »Ich danke Ihnen, auch im Namen der Firma …«

»Wofür?«

Sie weiß es auch nicht, plappert einfach drauflos: »Dass Sie uns rechtzeitig informieren hinsichtlich unseres Leihwagens … Das ist nicht die Regel … Können Sie schon absehen, wie lange Sie das Fahrzeug behalten wollen?«

»Nein, kann ich noch nicht absehen. Sie bekommen Bescheid und wiederum rechtzeitig … Muss ich etwas anzahlen für die Verlängerung? Wollen Sie Bargeld?«

»Nein. Vielen Dank. Wir haben ja Ihre Daten im System.«

»So ist es.«

Als er wieder auf der Straße ist, hat er seinen Hunger vergessen. ›Was für ein Mist läuft hier? Geheimdienst? Warten die Herren vom … Wie hieß der Dienst? Nicht Mossad … Egal … Warten die Agenten etwa schon vor meinem Appartement auf mich? Wahrscheinlich warten sie in meiner Wohnung‹, urteilt er.

Er lässt sich von der Menge mitziehen und gelangt wie selbstverständlich zum Mahane Yehuda-Markt, der Attraktion der Weststadt. Bernard liebt diesen Markt. Er hat hier schon halbe Tage und halbe Nächte verbracht. Die Rufe der Händler, die Verhandlungen der Käufer, die betäubende Überfülle der fremdartigen Gerüche, dazu die arabische Musik und die israelischen Liebeslieder, die unaufhörlich aus irgendwelchen Lautsprechern plätschern, erwecken in ihm jedes Mal dieses Gefühl, frei zu sein, manchmal wie schwebend. Mitten im Gewühl kann er nachdenken, wird von niemandem gestört, von niemandem abgelenkt. Seinen Entschluss, Grossman aufzusuchen, hat er gefasst, als er hier einen Tee trank. Der Markt ist alles, was ein Markt nur sein kann. Tagsüber kaufen die Hausfrauen, die von ihren Siedlungen am Herzl-Berg herunterkommen, hier ein; genauso wie die arabischen Frauen aus den umliegenden Vierteln. Obst türmt sich entlang der Marktgassen, Berge von Fisch und Fleisch warten auf Käufer. Stempel einer speziellen Geistlichkeit beweisen, dass es sich dabei um unbedingt koscheres Fleisch handelt. Man kann hier französischen Käse haben, deutsches Brot und eine Sachertorte, die besser schmeckt als im Café Sacher. Dazwischen findet man Stände, voll mit Alltagssachen, etwa Kippa – aus Samt und Seide, aus Plastik oder Brokat. Andere bieten die neuesten DVDs, Glühbirnen oder Bügeleisen. Mit Andenken-Kitsch wird anscheinend auch gutes Geld gemacht, absurder Kitsch. Im krassen Gegensatz dazu die eleganten Boutiquen am Rand des Platzes und in den umliegenden Gassen. Darunter sind Läden, von denen man glaubt, man fände sie nur in Paris oder Mailand. An normalen Tagen wird das Markttreiben gegen sechs, sieben Uhr abends schwächer, dann packen die letzten Händler ein. Der Abend gehört den Familien. Ganze Großfamilien essen hier, feiern Geburtstage oder zeigen frisch erworbene Diplome herum. Politiker verabreden Winkelzüge und schräge Anwälte stoßen mit schrägen Klienten an. In der Nacht wird fündig, wer was fürs Herz und fürs Bett sucht.

Als Bernard den Markt erreicht, ist es kurz nach neun Uhr abends und kein Stuhl frei. Er schlägt sich zu seinem Lieblingsbistro durch, einem libanesischen Imbiss namens *Der Bach und der Baum*, bestellt schon beim Reinkommen eine Harira, eine Linsensuppe mit viel Koriander, verlangt, dass man zwei Hände voll Falafel in die Fritteuse wirft und ihm einen Teller Schwarma vom Drehspieß absäbelt. Als Vorspeise nimmt er einige Hühnerspießchen vom Grill.

»Und bitte die wunderbare Soße, die sie dazu servieren. Danach werd' ich weitersehen«, lacht er den Kellner an. Er merkt erst jetzt, wie ausgehungert er wirklich ist.

Während er mit viel Genuss an seinen Hühnerspießchen knabbert, denkt er darüber nach, wo er die Nacht verbringen kann.

›Wen kenne ich denn eigentlich? Aber was soll das Versteckspiel überhaupt? Das Einfachste ist, ich kooperiere. Ich hab' doch nur geholfen! Warum soll ich mich verstecken? Ich hab' eine Professorin vor Terroristen bewahrt, mir steht ein Orden zu! Ein Held.‹ Doch in seine Gedanken drängt sich eine Stimme: Plötzlich hört er seine Mutter sagen: ›Bernie, mach, was man von dir verlangt und dränge dich niemals vor! Sie werden früh genug auf dich aufmerksam!‹

Man bringt Bernard die Falafel, dazu gehackte Pistazien und Minzjoghurt; alles fabelhaft. Allmählich stellt sich Frieden ein, sogar schwaches Glück.

Er denkt an Albany, an seine Mutter: Er ist zehn Jahre alt, vielleicht etwas älter. Er kommt spät aus der Schule und der Kühlschrank ist leer. Auf dem Tisch steht eine Dose Hundefutter, sein Essen. Er hat Hunger, schrecklichen Hunger, öffnet die Dose, hält sich die Nase zu und schaufelt den Fraß in sich rein. Seine Mutter sitzt dabei wie gewöhnlich auf dem Sofa, sieht zu.

»Stell dich nicht so an! Millionen Menschen wären froh, wenn sie das hätten!«

Er muss kotzen.

»Wisch das ja gründlich auf!«, verlangt sie ungerührt.

Seine Mutter, Evelyn Einstein, und er leben zu dieser Zeit in einem kleinen, sehr ›vernachlässigten‹ Haus in der Trevin Street, einer der ärmeren Straßen am Stadtrand. Wer hier haust, ist unten; weißer Trash.

Doch es gibt nichts, das nicht einen Vorteil hat. Hinter den Häusern zieht sich unbebautes, dürres Land den Hang hinauf und von der Veranda vor der Haustür sieht man das Meer.

In dem Restaurant sind Karten, Poster und Fotos aller möglichen Stars, Persönlichkeiten, Sängerinnen und Schauspieler an den Wänden zu finden, nicht wenige mit Autogramm. Zum ersten Mal bemerkt Bernard, dass auch das unvermeidliche Foto seines Großvaters dabei ist: Einstein streckt dem Fotografen die Zunge heraus. Bernard seufzt.

»Noch Soße?«, will der Kellner wissen und bemerkt dann, auf was Bernard starrt. »Ah! Ein großer Mann!«

»Ich fand Isaac Newton immer besser!«, findet Bernard den Weg zurück ins Hier und Jetzt.

Verständnislos schaut ihn der Kellner an.

»Newton war mein Held«, bemüht sich Bernard zu erklären. »Wie andere Kinder Fans der Backstreet Boys sind und hinter jedem Ton von ihnen her sind, wollte ich so viel wie möglich über Isaac Newton erfahren. Er ist der Heroe der Gravitationsforschung!«

»Alles ist relativ!«, sagt der Kellner und lacht, während er weitergeht.

Bernard schaut gequält. ›Es ist nervig!‹ Gerne hätte er dem Kellner vermittelt, dass Isaac Newton auf einer Schaffarm aufwuchs und noch mit einem Bein im Mittelalter steckte – und dennoch in seiner *Principia* alle Formeln für die Berechnung der Gravitation schon vor Jahrhunderten beschrieb! ›Aber alle kennen nur die Popstars von heute.‹

Bernard war diesbezüglich anders gewesen. Er hatte als Junge ein Poster von Newton an seiner Zimmertür gehabt, ein Porträt: Newton als erwachsener Mann. Der blickte den Betrachter durchdringend an. Seine langen, dunklen Haare fielen in Wellen bis auf die Schultern und insgesamt sah er aus ›wie ein – Popstar‹! Als er dies denkt, muss Bernard auflachen. ›Na gut. Vielleicht bin ich doch nicht so anders als alle anderen. Und unfehlbar war mein Held ja auch nicht: All diese Probleme bei der genauen Bestimmung der Gravitationskonstante … Eine Konstante, die schwankt! Und man kann Gravitation nicht abschirmen, anders als Elektromagnetismus …‹ Bernard verliert sich in seinen Gedanken, geht die Gravitationsformel Newtons im Kopf wieder durch, zum hunderttausendsten Mal. Niemand der zahllosen Marktbesucher, die an ihm vorbeiströmen, würde glauben, der vor sich hinträumende, schlaksige junge Mann beschäftigt sich gerade mit physikalischer Grundlagenforschung.

Ein Spatz landet neben seinem Teller, offenbar, um sich über die Krümel herzumachen, und holt Bernard zurück in die Gegenwart. Der Vogel fixiert Bernard, dreht den Kopf abwägend hin und her.

»Na, was meinst du?«, lächelt Bernard ihn an: »Enthält die Newton'sche Gravitationstheorie Fehler oder vielleicht sogar Widersprüche? Nein? Dann sind wir einer Meinung, dass möglicherweise die Variabilität von G kein Messfehler oder Resultat einer zu ungenauen Messung ist, sondern ein Hinweis darauf, dass die Gravitation beeinflussbar ist?«

Dem Sperling erscheint die Aussicht auf Futter zu gering in Bernards Nähe und er fliegt blitzartig davon, bevor der Kellner sich dem Tisch nähern kann.

»Danke für die fruchtbare Diskussion, Herr Kollege«, lacht Bernard ihm nach. Er gesteht sich ein, dass sich seine heutigen Fragen nicht grundsätzlich von denen des Bernard Einstein mit zehn, elf Jahren unterscheiden. Aber damals ohne wirkliche Freunde, ohne einen einzigen Menschen, mit dem er darüber sprechen konnte, was ihn umtrieb. Wen außer ihn beschäftigen solche Fragen wie: Woher kommt die Kraft, mit der sich Körper anziehen? Warum kann man sie nicht abschirmen? Durch welche Teilchen wird die Gravitationskraft übertragen? Wie kann etwas unendlich weit wirken? Wie ist die Sache mit der Gravitationskonstante G? Warum gibt es keine Mittel, die Gravitationskraft zu beeinflussen außer durch die Masse selbst? Hat sich die Gravitation auf der Erde im Laufe der Zeit verändert? Wie konnten zum Beispiel so riesige Tiere wie Saurier auf der Erde leben bei der jetzigen Gravitation? Warum lassen sich bestimmte astronomische Beobachtungen nicht mit den Gravitationsgesetzen (und auch nicht mit der allgemeinen Relativitätstheorie von seinem Großvater) erklären? Gibt es Gravitationswellen? …

Für gewöhnlich herrschte Chaos im Haus Evelyn Einstein. Bücher, Papiere, Kleidungsstücke, alles flog herum. Man stolperte über leere Pizzaschachteln, leere Kaffeedosen und zerknüllte Zigarettenschachteln. Wenn Bernard aufräumte oder sauber machte, weil er den Schmutz und die Unordnung nicht mehr ertragen konnte, sah es am nächsten Tag wieder so aus. Damals war das Wort Messie noch nicht populär; aber genau das war seine Mutter, ein Messie. In seiner Erinnerung sitzt seine Mutter die meiste Zeit auf dem durchgesessenen Sofa, das Nachbarn weggeworfen hatten. Sie ist verbittert und gehbehindert und die ersten Silberstreifen zeigen sich in ihrem dunklen Haar. Entweder telefoniert sie, ohne ein Ende finden zu können, oder sie hackt wütend auf einer alten Schreibmaschine herum. Die meisten ihrer Gespräche drehen sich um die ›Briefe‹. Sie ist besessen von Liebesbriefen, die Albert Einstein als junger Mann an seine damalige Braut und spätere erste Frau Milva geschrieben hatte. Evelyn hat diese Briefe im Archiv der Universität von Berkeley entdeckt und an sich gebracht. Wie sie das gemacht hatte, erklärte sie aus gutem Grund nie genau. Jedenfalls war sie über Jahre bemüht, diese Liebesbriefe ihres Vaters zu Geld zu machen. Angeblich ist das Konvolut – es sind mindestens fünfhundert Briefe, teils nur kurze Notizen und kleine Zeichnungen – Millionen Dollar wert. Die Uni Berkeley wusste nicht, was ihr abhandengekommen war; machte sich entsprechend auch keine Gedanken um die Briefe. Dennoch musste Evelyn vorsichtig sein! Es genügte, dass sie wusste, woher die Briefe stammten, ein falsches Wort und man würde sie ihr abjagen! Ihre eigentlichen Widersacher waren aber die Gangster von der Hebräischen Universität Jerusalem. Ihr Vater hatte ihnen in seinem Testament alle Rechte an seinen Schriften übertragen, mithin auch an seinen Liebesbriefen. Entsprechend forderte die Uni Jerusalem die Herausgabe der Briefe, praktisch seit dem Tag, an dem Evelyn einige Proben einem angesehenen Autografenhändler in New York vorgelegt hatte. Evelyn war bis zum letzten Atemzug überzeugt, die Jerusalemer Gangster und das New Yorker Auktionshaus Rittenhouse steckten unter einer Decke; sie hätten es gemeinsam auf ihren frühen Tod abgesehen. Als Bernard vor knapp drei Wochen begann, sich in der Bibliothek der Hebräischen Universität umzusehen, dauerte es genau einen Tag, bis er ins Sekretariat des Bibliotheksdirektors gebeten wurde. Dr. Shum wusste anfangs erkennbar nicht, wie er den jungen Kollegen einschätzen sollte. War er ein wissbegieriger Enkel eines großen Mannes oder der perfide Sohn einer tückischen Mutter und nur darauf aus, der Universität Jerusalem Schaden zuzufügen?

Bernard unternahm alles, um ihn zu überzeugen, ihn hätten ausschließlich die Probleme von Materie und Antimaterie hergeführt. Nur dieser Probleme wegen sei er hier, und wegen des Nachlasses seines Großvaters selbstverständlich auch. Er erbitte, dass man ihm großzügig Einblick gewähre.

»So habe ich mir das vorgestellt«, befand Dr. Shum am Ende der Audienz, von Bernards Erläuterungen anscheinend vollkommen zufriedengestellt. Er verabschiedete ihn mit Handschlag und der Bemerkung: »Sie sind uns herzlich willkommen ... Wenn wir helfen können, helfen wir. Die Prozesse mit Ihrer Mutter sind schließlich erledigt.«

»Besonders weil meine Mutter vor drei Jahren gestorben ist«, hatte er, Bernard, ergänzt und Dr. Shum ließ sich hinreißen zu bemerken: »Ja, ich habe es in der *New York Times* gelesen ... Tut mir leid.«

Bernard ist gerade dabei, mit dem etwas umständlichen Kellner über eine Nachspeise zu diskutieren – soll er Osmalija nehmen oder stattdessen Mhalabia? –, da bemerkt er, dass die beiden Geheimdienstagenten in ihren Lederklamotten über den Markt streifen. Ohne eine Erklärung drückt er dem Kellner einen größeren Geldschein in die Hand, greift nach seiner Tasche und geht rasch durch die enge Küche in den Hof des Hauses. Dort zieht er eine leere Getränkekiste heran, stellt sie gegen die Mauer, zieht sich hoch und springt mit etwas Herzklopfen in den finsteren Hof des Nachbarhauses. Er muss sich orientieren, findet einen Ausgang, gelangt von dort in ein Gewirr von Durchgängen und Gassen und erreicht endlich die Ha-Shikma. Dort winkt er sich das erstbeste Taxi heran, zieht die Visitenkarte aus der Tasche seiner Windjacke.

»Bringen Sie mich in die ... Chopin Street ... Machen Sie bitte mal Licht, dann kann ich Ihnen die Nummer sagen!«

Als sie dort ankommen, sieht Bernard, dass – sofern die Visitenkarte nicht ein Fake ist – Lea Berkovic in einem Haus wohnt, das aussieht wie eine Festung aus hellem Beton. An der Frontseite ist nicht ein einziges Fenster zu entdecken, nicht einmal eine Schießscharte. Zwei im Winkel zueinander gestellte Blöcke werden allerdings durch ein gläsernes Treppenhaus verbunden; am Fuß dieses Treppentraktes befinden sich das Portal und dahinter eine Lobby. Zwei Portiers in Operettenuniformen sehen ihn auffordernd an.

»Mein Name ist Bernard Einstein …«

»Werden Sie erwartet, Herr Einstein?«

»Ja … In gewisser Weise.«

»Einen Moment, der Herr!«

Das Gespräch mit Lea findet auf zwei Bildschirmen statt. Bernard blickt dabei in der nüchternen, offenbar erdbebensicheren Lobby in eine kleine Kamera, Lea sitzt im Empfangsraum einer sehr eleganten Wohnung.

»Ich kann das schlecht in zwei Sätzen erklären … Ich bin in einer schwierigen Situation, in gewisser Weise auf der Flucht und bitte um Asyl für eine Nacht.«

Sie gibt sich einen Moment lang reserviert, dann lacht sie los und sagt: »Das haben Sie sich gut ausgedacht … Ich nehme an, so ein Unsinn funktioniert nur bei Autoren, aber da funktioniert er tatsächlich. Ich falle darauf rein. Kommen Sie rauf, Sie Menschenkenner! Ich schicke Ihnen den Lift!« Eine halbe Minute später öffnet sich einladend die Tür eines leeren Aufzugs. Zur Begrüßung sagt sie: »Ich gebe zu, ich hatte mit Ihnen gerechnet, aber erst morgen oder übermorgen … Haben Sie kein Handy? Können Sie sich nicht anmelden?«

»Zurzeit nicht, nein … Das war das Erste, von dem ich mich auf meiner Flucht getrennt habe.«

»Kommen Sie rein, dann machen wir Märchenstunde! Wie heißen Sie – ich kenne ja nur Ihren Vornamen?«

»Einstein.«

»Auch gut ausgedacht!«, lobt Lea. »Sowohl alltäglich als auch vielversprechend.«

9.

Tel Aviv, Stadtteil Neve Tzedek, am selben Tag

›Sie werden melden, dass ich noch später nach Hause komme als sonst‹, denkt sich Elyas, als er an der Ecke der Akhava und der Shar'abi den Fahrer anhalten lässt und die paar Meter zu seinem Haus zu Fuß geht. Er versucht wie immer, sein Humpeln zu unterdrücken, geht langsam, die Bewegungen wie in leichter Zeitlupe. Fast wirkt es elegant wie bei einem Flanierer. Mit einem Kopfnicken grüßt er »sie«, die Wachen, die Tag und Nacht hier und am anderen Ende der Straße postiert sind.

Nach menschlichem Ermessen ist er in seiner Straße und seinem Haus gut geschützt. Sein Leibwächter geht dennoch neben ihm, bemüht, durch nichts aufzufallen. Ist der Chef in einer Laune wie jetzt, ist alles möglich. Dann kann man wegen einer Lappalie innerhalb der nächsten vierundzwanzig Stunden zur Müllabfuhr versetzt werden.

Die Shar'abi ist eine enge Gasse, gerade breit genug, dass ein Auto durchfahren kann. Knorrige Bäume und hartnäckige Büsche haben sich die schmalen Streifen rechts und links der Fahrbahn, die einmal für Fußgänger gedacht waren, erobert. Elyas ist in der Straße aufgewachsen und liebt jedes Häuschen hier. In den letzten Jahren sind die Besitzer von damals verschwunden; junge Reiche sind eingezogen samt ihrer ungezogenen Kinder. Ein Russe mit goldenem Kettchen um den Hals hat ihm vor einigen Jahren eine Unsumme für sein Haus geboten. Er hatte ohne nachzudenken abgelehnt. Dabei hatte ihm der bauernschlaue Kerl, der hundert Meter gegen den Wind nach Dieben im Gesetz roch (die poetische Bezeichnung für die russische Mafia), eigentlich imponiert. Wenn er hätte verkaufen wollen, hätte er womöglich genau ihn als Käufer akzeptiert, lieber jedenfalls als die jungen Typen rundum, die mit irgendwelchen Start-ups im Internet reich geworden sind und sich mit 28 zur Ruhe setzen. »Schmarotzer«, sagt er laut und gegen seinen Willen. Der Leibwächter sieht sich irritiert um.

Die Shar'abi liegt im Stadtteil Neve Tzedek und der stellt eine besondere Welt dar. Er liegt genau zwischen dem arabisch geprägten Jaffa im Süden und dem jüdischen Tel Aviv im Norden. Neve Tzedek bedeutet »Oase der Gerechtigkeit« und diese Bezeichnung hat nie gestimmt. Nicht als der Ort vor mehr als hundert Jahren gegründet wurde und heute schon gar nicht. Elyas und seine Schwester Hannah kennen kein anderes Zuhause als das Haus, das sie sich heute noch teilen. In ihrer beider Jugend war Neve Tzedek heruntergekommen, arm, schmutzig, kriminell; schlicht Slum. Heute ist die Gegend voller Boutiquen, Künstlerateliers und Kneipen und wird von Touristen geliebt. Die Bruchbuden von einst sind hergerichtet wie chinesische Lackkästchen. Eine einzige verrottete Mauer existiert noch in der Shar'abi und dahinter hält sich ein kleiner, verwilderter Garten, das Eldorado sämtlicher Katzen des Stadtteils. Insgesamt erinnert das Viertel an Südfrankreich und Riviera. Wenn es irgend möglich ist, wird Elyas hier alt werden.

Er bleibt einmal stehen und zieht den nächtlichen Duft ein. Es riecht nach Zedern und Zypressen, nach der Überfülle an Bougainvilleen und dem Meer. Der Strand ist von hier nur zwei- oder dreihundert Meter entfernt. Tagsüber spielen dort braun gebrannte, junge Leute Beachball (»Makot« wird das Spiel hier genannt) und nachts wird dort getanzt. Selbst jetzt hört man noch die Musik aus den Strandlokalen.

Elyas verabschiedet seinen Leibwächter mit einem Kopfnicken. Der wartet dennoch, bis der Chef hinter seiner schmalen, englisch rot gestrichenen Tür verschwunden ist. Erst dann geht er; erst jetzt ist sein Dienst beendet.

Im Haus ruft Elyas: »Hannah, haben sie sie gebracht?«

Hannah kommt barfuß und in einer ihrer vielen Dschellabas; sie liebt diese lang wallenden, bunten Gewänder über alles. Hannah ist sechzig, ihre Haare sind vorzeitig grau geworden und die scharfen Mundfalten sind nicht zu übersehen. Sie inszeniert sich gern als die vom Leben Enttäuschte, die Verkannte und mit Undank Geschlagene.

Auch an so was kann man sich gewöhnen.

»Wer soll wen gebracht haben?«, fragt sie nadelspitz.

»Meine Leute … Rose!«

»Was soll das heißen? Wollen sie sie dir ins Bett legen? Bist du jetzt Harun al-Raschid?«

Hannah hasst Rose. Sie hatte von Anfang an das Gefühl, die Frau wolle ihr den Bruder stehlen, ihren einzigen Besitz.

»Sie ist schwer verletzt! Sie braucht Ruhe und Pflege!«

»Dann schaff' sie ins Krankenhaus!«

»Aus verschiedenen Gründen halte ich es für besser, wenn sie sie sich hier erholt.«

»Die Gründe kenne ich!«

»Du kennst einen Scheißdreck!«, fährt er sie an.

Hannah setzt ihre Leidensmiene auf und sagt leise: »Ich richte das Gästezimmer her.«

»Außerordentlich freundlich von dir!«

Es ist halb zwei in der Nacht, als ein Pfleger und eine Pflegerin, begleitet von zwei Leuten des Shin Bet, Rose in einem Lieferwagen bringen. Beim Reinkommen wird Rose halb gestützt und halb getragen; sie ist erkennbar sehr schwach. Zum Glück befindet sich das Gästezimmer zu ebener Erde und hat ein Fenster zum Garten.

Hannah beobachtet die Ankunft der Professorin stumm und voller Vorwurf. Sie tut so, als werde ihr eine Hure ins Haus gebracht und ihr Haus zum Bordell herabgewürdigt.

›Krankhaft!‹, denkt Elyas.

Pfleger und Pflegerin bleiben und verwandeln mit einigen Handgriffen und wenigen Apparaten Elyas' Gästezimmer in eine Pflegestation. Die Shin Bet-Agenten verschwinden diskret.

Als Rose im Bett liegt, setzt sich Elyas einen Moment zu ihr, nimmt ihre Hand.

»Wir reden, wenn du wieder fit bist … Schlaf gut!«

»Danke …«

10.

Jerusalem, 4. Februar

Es ist mitten in der Nacht. Bernard wird wach. Er hat wirr geträumt. Die Lampe an Leas Seite des Bettes brennt schwach. Sie könne nur bei Licht schlafen, hat sie ihm erklärt. Ihr Betttuch ist verrutscht, ein Großteil ihrer üppigen Figur liegt entblößt und der Anblick im Halbdunkel erinnert Bernard an niederländische Malerei. Sein Mund fühlt sich trocken an; er muss etwas trinken. Sehr vorsichtig versucht er das ungewöhnlich breite Bett zu verlassen.

Sie ist vor einigen Stunden zu ihm gekommen, als er sich gerade ausgezogen hatte, hat ihm ihren Bestseller *Abrahams Quelle* gebracht und sich wie selbstverständlich zu ihm gelegt. Es gab kein Kennenlernen, kein langes Vorspiel, nichts als unbedingten Sex. Sie hat ihm derart in die Lippen gebissen, dass sie bluteten.

Erschöpft und ermüdet sind sie eingeschlafen. Gesagt hatte sie nur das mit dem Licht.

Bernard irrt durch die riesige Wohnung, findet die Küche, nimmt sich aus dem chromblitzenden Kühlschrank, der für eine Restaurantküche mehr als ausreichend wäre, eine Flasche Cola und setzt sie an die Lippen.

Als er sich wieder ins Bett schleichen will, bemerkt er, Lea ist aufgewacht.

»Ich habe mir nur was zu trinken gegönnt«, sagt er beinahe schuldbewusst.

»Und ich dachte, du hättest gepinkelt.«

»Das auch.«

Er legt sich wieder neben sie, sieht sein Spiegelbild in dem großen Fenster hinter sich. Sie folgt seinem Blick, lächelt ihn dann an.

»Dann bist du jetzt also wieder erfrischt?«, fragt sie und streicht mit ihrer Hand über Bernards Bein. Er nickt stumm, aber sie lacht auf. »Dann können wir uns ja jetzt kennenlernen! Erzähl: Was von deiner Geschichte stimmt?« Sie legt ihr Kinn auf seine Brust und lächelt ihn an.

»Nun, eigentlich alles.«

»Du machst dich lustig über mich«, richtet Lea sich auf, und er weiß nicht, ob sie wirklich empört ist oder nur so spielt.

»Nein. Ich bin tatsächlich Albert Einsteins Enkel und suche hier in Israel ein bestimmtes, wenig bekanntes Papier, das ich für eine Arbeit brauche. Ich bin selbst Physiker – auch wirklich. Ich kann dir meinen Abschluss zeigen! Aber nur ein sehr beliebiger ›Doktor Einstein‹; keine Koryphäe, kein Genie.«

»Was suchst du ausgerechnet in Jerusalem?«

»Von meinem Großvater ist alles hier: Er hat es der hiesigen Hebräischen Universität vermacht.«

»Und die Geschichte mit dem Kampf auf Leben und Tod mit Terroristen und der Rettung einer Professorin?«

»Nun«, lächelt er, »ich wollte mich bei dir einschleichen.«

»Ist vollkommen gelungen«, erwidert sie, und Bernard weiß noch nicht mal, ob das ein Scherz oder eine ernst gemeinte Mitteilung ist. Er rückt sein Kopfkissen zurecht.

»Wo ist dein Mann?«

»Unterwegs … Matt Berkovic lebt gewissermaßen in seinem Flugzeug. In dieser Woche hat er in Zürich, Brüssel und in London zu tun; in der nächsten in Asien.«

»Was ist, wenn er überraschend vorbeikommt?«

»Überhaupt nichts. Matt ist ein sehr höflicher Mann …« Sie lehnt sich zurück. »Er schläft seit Jahren im anderen Teil der riesigen Wohnung. Jeder von uns hat in seinem Wohnbereich ein Gästezimmer und nutzt das nach Belieben. Er liebt jüngere Herren, ich hingegen achte nicht aufs Alter. Alles in allem geht es, was den Sex betrifft, in der Familie Berkovic sehr diskret zu.«

»Und sonst? Über den Sex hinaus?«

Sie denkt kurz über seine Frage nach und erklärt Bernard endlich: »Wir leben wie höfliche Nachbarn, die sich begrüßen, wenn sie sich auf der Treppe treffen. Ich sehe ihn allerdings kaum und er macht sich keine Gedanken um mich.«

Sie lächelt noch immer, aber ihre Stimme trägt das Lächeln nicht an Bernards Ohr. Er streichelt sie. Er möchte ihr in diesem Moment gefallen, und diesmal lieben sie sich länger und zärtlicher als beim ersten Mal. Als sie wieder einschlafen, wird es draußen bereits hell. Die ersten Sonnenstrahlen färben das Zimmer bernsteinfarben.

Gegen zehn bringt eine Hausangestellte Bernard Kaffee, Croissants und bittere Orangenmarmelade. Auf dem Tablett sind auch kleine Rosen in einer Silbervase. Lea folgt ihrer Hilfe mit Pralinen in einer verspielten Porzellanschale. Er sitzt aufrecht im Bett und liest in *Abrahams Quelle*. Es ist tatsächlich ein außerordentlich spannender Schmöker. General Allenby und eine undurchsichtige Spionin spielen die Hauptrollen.

»Deine Sachen werden gerade gewaschen und gereinigt ... Du kannst sie nachher wiederhaben«, erklärt ihm Lea.

»Ich danke dir ...«

Lea trägt nur einen Kimono aus kostbarer Seide. Nach dem Frühstück zieht sie ihn aus und legt sich wieder zu Bernard. »Du musst doch heute keine Papiere deines Großvaters ausfindig machen?«, erkundigt sie sich dabei.

»Heute nicht und morgen auch nicht«, erklärt er.

»Dich hat mir der Himmel geschickt«, sagt sie, nimmt seine Hand und führt sie zwischen ihre Beine. »Frauen mögen Männer wie dich.«

»Ich vermute, das ist das Erbgut meines Großvaters … Manchmal denke ich, unsere wirren Haare sind das ganze Geheimnis.«

»Du hast noch andere Vorzüge … Liebst du mich?«

»Hundertprozentig!«

11.

Tel Aviv, 6. Februar

Zwei Tage und zwei Nächte vergehen, bis Rose sich so weit erholt hat, dass Elyas mit ihr sprechen kann. Zu seinem Krankenbesuch fehlt nur der übliche Blumenstrauß. Er schickt die Pflegerin aus dem Zimmer. Als die Frau das Zimmer verlassen hat, schiebt Elyas einen Stuhl ans Bett.

»Wie geht es dir?« Elyas ist kein Mensch, der Mitgefühl äußern kann, seine Augen bleiben emotionslos und sein Gesicht strahlt eine ruhige Härte aus wie die eines Generals, der seine Soldaten in den sicheren Tod schickt.

»Wie sehe ich aus?«, fragt Rose.

»Wie immer …«

»So fühle ich mich aber nicht.«

»Es wird wieder! Die Ärzte haben es mir versichert. Unter Eid!«

»Mir auch! Aber so war das nicht abgemacht, Elyas … Glaub' nicht, dass du das mit ein paar Blumen wieder wettmachen kannst … Wo sind die überhaupt?«

»Was?«

»Na, die Blumen! Das ist doch das Mindeste, was ich erwarten kann.«

»Du hast Anspruch auf viel mehr … Mindestens auf die Medaille des Präsidenten.«

»Mach keine Witze!«, wird Rose wütend. »So war das nicht abgesprochen! Ich wusste, dass irgendwann eine Übung kommt – aber am Montag dachte ich wirklich, entführt zu werden. Es war kein Schauspiel mehr … Wo waren die Sicherungen? Du und deine Leute: Ihr habt uns immer wieder eingetrichtert: Abbruch, bevor jemand verletzt werden kann! Und es würde Sicherungsteams geben! Wo waren die?«

»Es ging nicht. Das Institut wird zu gut bewacht. Euer Sicherheitsdienst hätte es bemerkt, wenn wir da mit mehreren Trupps aufkreuzen, und dann wäre alles für die Katz gewesen … Es tut mir leid, Rose. Aber wir sind im Krieg.«

»Und dann kommt dieser Mister Einstein oder wer immer der Mensch ist …«

»Er heißt Einstein und ist ein Enkel oder ein Urenkel von Albert Einstein. Bei dessen komplizierten Liebesverhältnissen ist das nicht ganz klar«, versichert ihr Elyas geduldig.

»Jedenfalls war es keine Komödie wie versprochen! Das war eine Situation auf Leben und Tod … Ich hatte dir vertraut, Elyas! Wenn ich dir nicht mehr vertrauen kann, wem dann?«

»Es geht bei uns um Leben und Tod. Ich …«, er bricht seinen Satz ab und überlegt. »Es tut mir leid. Ich bin schuld. Ich habe die Einzelheiten der Aktion Ari überlassen, und das war ein Fehler. Du weißt, von wem ich spreche …?«

»Selbstverständlich weiß ich, wer Ari ist … Aber was ist mit diesem Einstein-Enkel?«

»Er ist hier und sucht nach Unterlagen über seinen Großvater.«

»Habt ihr ihn endlich gefunden?«

»Noch nicht.«

»Na … Und ich habe euch für die Unfehlbaren gehalten.«

»Der Papst ist unfehlbar, sonst niemand, von dem ich je gehört habe. Aber Ari Ayalon ist mit absoluter Sicherheit kein Unfehlbarer.«

»Du bist dir wirklich sicher, dass unser Einstein echt ist? Er hatte eine Waffe und er kam mir sehr durchtrainiert vor …«, erkundigt sich Rose.

»Wir hatten bereits angefangen, ihn zu überprüfen, da hatte er noch keinen Leseausweis der Hebräischen Universität. Das ist ja das Schöne in Israel: Alle Alarmglocken läuten sofort, wenn einer einen Schritt vom Weg abkommt; wir sind eine Gesellschaft von Informanten … Bislang stimmen alle Angaben, die er gemacht hat. Er arbeitet am Massachusetts Institute of Technology in Boston und ist kein Anfänger. Er hat im üblichen Umfang publiziert und …«

Rose unterbricht ihn: »Und ansonsten erfüllt er alle Voraussetzungen, die man an einen erstklassigen Agenten stellen muss: jung, mutig, initiativ. So einen hättest du mit Sicherheit gerne in deiner Truppe. Sogar schießen kann er wie ein Weltmeister, hat er angeblich beim Verein Christlicher Junger Männer gelernt.«

»Du glaubst also, er ist im Nebenberuf Agent?«

»Du doch auch! Dir sieht man das Agentendasein nicht an und ihm eben auch nicht …«

»Womöglich arbeitet er für die CIA oder einen dem Shin Bet vergleichbaren amerikanischen Dienst …«, überlegt Elyas.

»Unter anderen Umständen hätte ich gesagt: Das ist dein beruflicher Verfolgungswahn! Nach dem, was ich erlebt habe, bin ich sicher, dass du recht hast.«

»Nehmen wir mal an, dass dies stimmt …«, setzt Elyas seine Mutmaßungen fort: »Man hat also Bernard E. mit hohen Kosten zum Agenten ausgebildet und schickt ihn nach Israel. Dann lautet die Frage: Was sucht er hier? Und er muss etwas Entscheidendes suchen, etwas Spezielles; etwas, für das man einen Physiker gut gebrauchen kann und das für bestimmte Leute sehr wichtig sein muss. Einen promovierten Physiker und Agenten – das ist aufwendig. Also kostet es viel … Es stand nichts im Bericht davon, dass er Stipendien beantragt und bekommen habe. Von seinem Ersparten kann sich Bernard Einstein keine Weltreisen leisten …«

»Er kann doch nicht einfach vom Erdboden verschwunden sein.«

»Ist er aber. Die wenigen Sachen, die in seinem Appartement zu finden sind, Kleider, Wäsche, ein paar Notizen, hat er seit Tagen nicht angerührt. Sie werden zwar weiterhin von uns bewacht, aber ich vermute, das ist Zeit- und Geldvergeudung. Auf die paar Klamotten, die da rumliegen, kann er leichten Herzens verzichten … Selbst angenommen, er würde dort reinspazieren und seine Siebensachen packen, hätte das keine Auswirkungen für ihn. Ich würde anordnen: Haltet die Augen offen, aber lasst die Hände von ihm!«

»Ist er noch in Israel? Was vermutest du?«

Elyas zuckt mit den Schultern.

»Regulär ist er nicht ausgereist, das steht fest. Aber wenn er tatsächlich Rat und Hilfe von den amerikanischen oder sonstigen Freunden erhält, dürfte es kein Kunststück sein, außer Landes zu gelangen. Im Notfall könnten die Amerikaner die Angelegenheit auch selbst in die Hand nehmen; das Paket nach bewährter Art selbst verschicken. Es gibt da einige Möglichkeiten.«

»Wo vermutest du ihn?«

»Was vermutest du, Frau Professor?«

»Wenn er hier nicht das gefunden hat, was er gesucht hat – und dass er es gefunden hat, dafür gibt es nicht den geringsten Anhaltspunkt –, dann wird er in Deutschland suchen.«

»Wieso das?«

»Du hast gesagt, er sucht nach Informationen über den alten Einstein. Warum sollte das nicht stimmen? Mir gegenüber hat er gesagt, dass er ein Menschheitsrätsel lösen wolle. Das passt doch.«

»Hmm. Die beste Legende für einen Einsatz ist die Wahrheit«, überlegt Elyas laut. »Rede weiter!«

»Die Erkenntnisse, nach denen Bernard Einstein sucht, wird Albert Einstein dann nicht in Amerika gewonnen haben. Jede Sekunde und jedes Gespräch in Amerika hat jemand protokolliert, alle Bemühungen um die Weltformel sind durchgekämmt worden. Nein, Einstein war vor seiner amerikanischen Zeit produktiv, nicht während seiner amerikanischen Jahre. Vor 1933 also. Damals hielt er sich größtenteils in Deutschland auf.«

»Und daraus ziehst du welchen Schluss?«

»Wenn ich an seiner Stelle wäre, wenn ich nach einem bestimmten wichtigen und bislang unentdeckten Dokument von Albert Einstein suchen müsste, würde ich Deutschland abgrasen – sofern er dies nicht schon zuvor gemacht hat.«

»Das lässt sich herausfinden. – Siehst du, um zu dieser Folgerung zu kommen, hätte ich Stunden am Schreibtisch sitzen und alle Möglichkeiten durchdenken müssen. Dann hätte ich noch die Stellungnahmen der Fachdienste angefordert, ein Team erstellt ... Ich bin stolz auf dich!«

»Ach, das bist du doch immer!«

Rose steht auf, atmet an der offen stehenden Tür zum Garten einmal tief durch, geht einige Schritte auf und ab (soweit die Kabel reichen) und setzt sich endlich in den kleinen Sessel, den man für die Pflegerin hier reingeschoben hat.

»Ich kann nicht dauernd liegen«, erklärt sie sich. »Der idiotische Überfall hätte mir beinahe das Leben gekostet.« Plötzlich lacht sie auf.

»Was ist so lustig?«, will Elyas wissen.

»Er ist der interessanteste Mann seit Jahren! Und dazu auch noch ein Kollege ... Den werde ich wohl nicht wiedersehen. Kann ich nicht mal einfach so jemanden auf normale Art kennenlernen? Sagen: ›Guten Tag, mein Name ist Rose Shalev und wer sind Sie? Sie haben das gewisse Etwas ...‹«

»Hat er das?«, will Elyas wissen.

Rose denkt kurz nach. »Ja. Hat er.«

»Ich ... Eigentlich wollte ich das erst mir dir besprechen, wenn du wieder einsatzfähig bist. Aber nun gut: Die Frage ist doch, war es wirklich ein Zufall, dass er dich gerettet hat?«

»Wie?« Rose ist perplex. »Du meinst, er ...?«

»... ist auf dich angesetzt: Ein Physiker mit dem Schwerpunkt Gravitationstheorie trifft zufällig die bedeutendste Grundlagenforscherin in Israel, die an so geheimen Technologien forscht, dass nicht einmal ich weiß, was ihr dort genau in der Wüste macht. Und er trifft sie, als diese offenbar gerade entführt wird, hat zufällig eine Waffe dabei, legt sich gekonnt mit vermeintlichen Terroristen an und verschwindet dann unauffindbar. – Ich denke, du wirst ihn wiedersehen. Dann aber bestimmen wir die Regeln.« Etwas von seinem üblichen Sarkasmus schwingt mit, als Elyas befindet: »Wie die Aktion auch immer verlaufen ist, sie hat sehr realistisch gewirkt. Bernard Einstein hat sie geglaubt.«

»Und dafür wäre ich um ein Haar umgekommen?«

»Sterben wirkt sehr überzeugend«, bemerkt Elyas.

Rose sieht ihn fassungslos an, denn nichts deutet darauf, dass er das als Scherz gemeint hat. Sein Gesicht wirkt wie gemeißelt, er blickt sie unerbittlich prüfend an. Mehrere Male setzt sie an, ihm etwas zu entgegnen, etwas, was ihre Empörung und ihren Abscheu ausdrückt und seine Unmenschlichkeit ihm auf die Stirn zu brennen imstande wäre. Dann überlegte sie:

»Wenn er überhaupt ein Agent ist.«

Elyas lächelt.

Eine wirklich gute Idee
erkennt man daran, dass
ihre Verwirklichung von
vornherein ausgeschlossen
erscheint.

Albert Einstein

Geld, viel Geld

1.

Pasadena, Kalifornien,
11. Februar

Es ist ein windiger Tag, der Himmel grau, das nahe San Gabriel Gebirge eine schwarze Wand. Weiß Gott nicht das Wetter, für das Kalifornien berühmt ist. Entsprechend haben die zwei Männer am Abschlag 8 den gesamten Brookside Golfplatz für sich. Charnick schlägt einen langen Ball, gerade, präzise, direkt aufs Patt.

»Wie machst du das? Fünfzig, die Ausmaße eines Sumoringers, aber agil wie ein Sprinter! Verdammt: Ich trainiere seit bald 40 Jahren und du musst erst einen Herzinfarkt bekommen, um mit dem Golfspielen anzufangen!«, meckert Gleeson mit gespielter Empörung.

»Mein Geheimnis ist«, lacht Charnick, »dass ich Golf hasse. Ich mache es nur meinem Arzt zuliebe!«

»Wenn du nicht mein Chef wärst, würdest du jetzt mein 27er Eisen näher kennenlernen … Apropos: Wir müssen wegen der Vorstandssitzung noch reden, morgen im CAINE. Clark wird Ärger machen.«

»*General* Clark macht *immer* Ärger. Es ist ihm zu Kopf gestiegen, dass er die Army im Rücken hat. Wird wohl Zeit, dass ich ihm zeige, wer der Vorstandsvorsitzende ist.«

»Lass ihm seinen Egotrip. Lass uns strategisch vorgehen und denk daran: Er bringt das Geld. Viel, viel Geld. Für viele Golfschläger! Clark hat großen Einfluss im Ministerium, weit über seine Funktion hinaus.«

»Er ist ein Arschloch!« Charnick schaut seinen Freund grimmig an. Dann entspannt er sich und widmet sich der Inspektion seines Schlägers. »Keine Sorge, ich werde ihn korrekt behandeln. So wie er mich. Es weiß sowieso jeder, dass wir uns in Wirklichkeit verachten. Und ich weiß es: Er sägt an meinem Stuhl. Ich frag mich, wozu ich den Mist noch weitermache.«

»Geld. Viel Geld.«

Charnick grinst nur.

»Und Macht.«

Unschuldig zieht Charnick die Schultern hoch, als wisse er nicht, was Gleeson – sein Vertrauter im Institut, der einzige, den er noch hat – meint. Schließlich antwortet er mit gespielter Bestimmtheit: »Nein, es geht mir natürlich nur um die Gravitation. Die Wissenschaft.«

»Klar, du bist ein Wohltäter. Also, so abwegig ist das ja auch nicht: Im Prinzip geht es ja auch um etwas, das jedermann auf der Welt zugutekommen kann. Oder? Denk an das Manhattan-Projekt! Und jetzt haben wir lauter kleine Kraftwerke. Wie Fukushima.« Charnick wirft ihm einen gespielt bösen Blick zu, doch Gleeson ist sowieso schon in seinem Element und nicht mehr zu stoppen. »Neue Energieformen. Gravitation und die geheimnisvolle Antigravitation. Und nur, weil das eine so geheimnisvoll wie das andere und für Normalhirne undurchdringlich ist, missversteht man dich.«

»Exakt, Herr Physiker. Aber du wirst mich nicht ablenken: Ich liege zwei Paar vor dir.«

»Siehst du, davon rede ich die ganze Zeit: Gravitation! Das ist keine abstrakte Physikerkopfgeburt, sondern Golf: Äquivalenz zwischen träger und schwerer Masse.« Er verzieht den Ball. »Scheiße. – Diese verdammten Gravitationswellen! Die sind schuld!«, behauptet er.

»Gott sei Dank arbeitest du fürs CAINE. Meinen Wagen einparken dürftest du nie«, feixt Charnik. Er ahnt, dass er jetzt das Spiel gewonnen hat: Gleeson wird nicht widerstehen können und zu dozieren beginnen, und er selbst kann sich dann völlig aufs Spiel konzentrieren. Er hat zwar eine sehr konkrete Ahnung, was im Institut vorgeht und woran die Forscher arbeiten, aber was sie genau machen, weiß er streng genommen nur oberflächlich. In der Hauptsache ist er Manager; ach was, Antreiber.

»Ach Einstein: Hättest du doch deinen Mund gehalten: ›Gravitation werde durch eine Raum-Zeit-Krümmung verursacht.‹ Wir haben mit Newtons Gravitationstheorie doch ganz gut gelebt«, seufzt Gleeson.

»Er hat dafür gesorgt, dass wir beide gute Jobs haben«, grinst ihn Charnick an, der innerlich jubiliert, weil sein Plan aufgeht. Er kennt seinen Gleeson!

»Weißt du, der hat doch alles nur noch schlimmer gemacht. So viele Phänomene, die auch er nicht erklären konnte und die wahrscheinlich nie jemand verstehen wird. Und jetzt: konkurrierende Theorien, dunkle Materie – sicher die wichtigste – und wenn …«

»Wenn man die Herren Wissenschaftler sich selbst überlässt«, unterbricht ihn Charnick, »stolpern sie von einem Rätsel ins nächste. Am liebsten verschanzen sie sich hinter der Binsenweisheit, dass Grundlagenforschung ein Feld ohne Grenzen sei und dass man nie wisse, ob man nächstens Amerika entdecke oder tatsächlich Indien. Oder nur, dass man sich verfahren hat. Besonders Bescheuerte kommen dann mit Albert Einstein! Selbst ich – hallo ja, der Kaufmann! – hab mir seine Theorien zur Laserphysik in solchen Diskussionen schon so oft um die Ohren feuern lassen, dass ich zu dem Thema im Fernsehen auftreten kann. Und wo führte Einsteins Arbeit hin? Weltformel, Grundlagen, die Dinge an sich? Nein! Zu einer unverzichtbaren Technologie unserer modernen komplexen Gesellschaft: CD-Spieler, Laser-Pointer und GPS. Merkwürdigerweise wird der Laser-Pointer bei den Belehrungen, die ich mir regelmäßig anhören muss, nie vergessen.«

Charnick und Gleeson vergessen ihr Spiel mehr und mehr, diskutieren vielmehr. Sie werden ernster, weil es zunehmend darum geht, wie man General Clark ausmanövrieren könnte – eine Falle für General Clark (eine Falle, an deren Erfolg sie selbst nicht glauben). Charnicks Handy klingelt. Er spricht einige Sätze, kündigt an, er werde sich bald melden, und drischt den nächsten Ball ins Nichts, als wolle er hier auf der Stelle und mit seinem Golfschläger das Atom spalten.

»Was ist? Hast du meine Ausführungen über Gravitation nicht verstanden?«, erkundigt sich Gleeson ironisch.

»Henry, können wir Schluss machen?« Charnick bleibt ernst.

»Natürlich … Wir schleichen ja sowieso nur über den Platz.«

Sie gehen zum Golfwagen.

»Was ist los?«, fragt Gleeson noch einmal.

»Es sieht so aus, als hätten sie den jungen Einstein erschossen – oder Terroristen haben ihn …«

»Dieser Bernard? Was bedeutet das?«

»Eine Handvoll Karten weniger!«

Charnick geht schneller als üblich. Die Männer werfen ihre Ausrüstung auf die kleine Ladefläche ihres Golfkarts, steigen ein. Doch Charnick fährt nicht los.

»Ist dir schlecht?«

Charnick sitzt nur da.

»Wenn du mich an den Überlegungen beteiligen willst, brauche ich mehr Informationen«, sagt Gleeson.

»Du warst dabei, als das Projekt abgesegnet wurde … Der Einstein-Enkel ist hinter diesen angeblich hochexplosiven Papieren seines Großvaters her …«

»Ach, dieser Unsinn! Das ist doch eine Seifenblase!«

»Die Israelis sehen es anders! Die überwachen ihn auf Schritt und Tritt!«

»Und? Was ist dabei herausgekommen?«

»Es gab eine Schießerei. Seitdem ist er von der Bildfläche verschwunden.«

»Was? Hast du nicht auch einen Detektiv angesetzt? Ich meine, das hätten wir beschlossen ...«

»Zwei!«

»Und?«

»Sie haben noch Hoffnung ...«

»Wann verlieren solche Leute die Hoffnung? Die würden noch nach der Himmelfahrt Jesu weitermachen! ›Den kriegen wir, Sir! Verlassen Sie sich drauf!‹«

»Würdest *du* den General informieren?«

»Ich würde auf Zeit spielen. Ich würde ihn erst einweihen, wenn es gesicherte Informationen gibt.«

»Das heißt, nicht vor der Sitzung morgen ...«

Charnick lässt den Elektromotor an und fährt in Richtung Klubhaus.

Das Forschungszentrum CAINE Institute befindet sich im Herzen von Pasadena, einige Minuten vom Colorado Boulevard entfernt. Der Boulevard ist eine der wichtigeren Straßen der Stadt und dennoch so grün und so luftig wie ganz Pasadena. Das Hauptgebäude der Anlage sieht aus wie ein Hotel aus den zwanziger Jahren und hat auch tatsächlich als Hotel angefangen. Die Labors sind auf dem weitläufigen Gelände hinter dem Haupthaus verteilt, entweder in niedrigen Gebäuden oder in gewaltigen unterirdischen Anlagen. John Charnick hat sein Büro im obersten Stock des Hauptgebäudes. Seine Sekretärin, Miss Hallstroem, ist eine ältere Frau, beherrscht, loyal und verbittert. Das ist genau die Mischung von Charaktereigenschaften, die er schätzt. Als er jetzt in sein Büro kommt, sagt sie nur: »Die Akte liegt auf Ihrem Tisch und General Clark bittet um Rückruf.«

»Ich bin noch auf dem Golfplatz; gerade am zehnten Loch! Lassen Sie mir eine halbe Stunde ... Keine Anrufe, keine Besucher ... Und geben Sie mir meine Frau ...«

»Welche der beiden, Sir?«

»Meine Ex …«

»Dazu brauchen Sie nur …«

»Natürlich, die Neun … Vergesse ich jedes Mal. Ich muss mal mit einem Psychiater darüber reden! Das muss was zu bedeuten haben.«

»Kaffee, Sir?«

»Ja, und bitte etwas Nervennahrung.«

»Selbstverständlich, Sir.«

Mit dem Kaffee bringt sie eine Karaffe mit einem speziellen Scotch, Ardbeg von den Islay-Inseln. Mehr Torfgeschmack ist nicht denkbar. Der Whisky trifft nicht jedermanns Geschmack, aber Charnick liebt das Gesöff. Er nimmt sich die Akte vor, die auffordernd auf seinem ansonsten leeren Schreibtisch liegt. Der letzte Bericht der beiden Detektive Sigler und Parisi ist einige Tage alt und sagt, dass Bernard Einstein plant, in absehbarer Zeit einen alten Mitarbeiter seines Großvaters in einer Siedlung in der Wüste Negev aufzusuchen. Termin noch unbekannt. Hinter diesem Papier ist eine Gesprächsnotiz eingeheftet. Hier hat seine Assistentin Sally den Inhalt eines kurzen Telefonats mit Matt Sigler festgehalten. Vor genau einer Stunde und 32 Minuten hat der Detektiv mitgeteilt, dass er und sein Partner bereits vor einigen Tagen jeglichen Kontakt zu Bernard Einstein verloren haben und davon ausgehen, dass Einstein, Bernard in der Gewalt der Terrororganisation Hamas ist. Sie fragen an, ob sie Kontakt zur Hamas aufnehmen sollen. Sie weisen darauf hin, dass sie bereits mehrere Lösegeldfälle im Nahen Osten und in Südamerika erfolgreich abgeschlossen haben.

John Charnick legt die Akte zur Seite, gönnt sich einen weiteren Schluck Whisky und ruft dann über eine abhörsichere Leitung in New York an.

»Büro Talal Nahayan Mabarak al Khudhairi, guten Tag Herr Charnick.«

»Geben Sie mir den Scheich.«

»Selbstverständlich. Es wird aber einen kurzen Moment dauern.«

»Er spielt wohl wieder mit seinen Falken …«

»Ich verbinde Sie.«

Nach einigen Floskeln über Gesundheit und Wohlbefinden erkundigt sich Charnick: »Nehmen Sie morgen an der Sitzung des Vorstands teil?«

»Bis jetzt hatte ich nicht die Absicht … Es stehen doch nur Routinefragen auf der Tagesordnung?«

»Im Prinzip ja …« Charnick nimmt einen zweiten Anlauf: »Scheich …«

»Sie suchen Verbündete? Für was?«

»Ich hatte die Absicht, Ihnen einen interessanten Vorschlag zu machen, wenn Sie morgen hierher kommen … Aber das hat sich ja jetzt erledigt … Scheich, was halten Sie davon, wenn ich mich in meine Maschine setze und Ihnen meinen Vorschlag an Ort und Stelle unterbreite?«

»Wenig!«

»Die Sache steht unter Zeitdruck.«

»Ich hätte übermorgen für Sie Zeit! Vorher nicht. Wie lange brauchen wir?«

»Eine halbe Stunde.«

»Ich vermute, Sie wollen nicht gesehen werden?«

»Nach Möglichkeit …«

»Treffen wir uns bei *Uncle Tom's*! Sie erinnern sich …?«

»Wie könnte ich das vergessen!«

»Gut! Dann übermorgen Abend um zehn Uhr … Der Treffpunkt ist doch diskret genug?«

»Absolut!«

2.

New York, 13. Februar

Das *Pierre* ist ein kleines, exquisites Hotel mitten in Manhattan. Es befindet sich an der 5th Avenue, direkt an der Ecke, an der der Central Park beginnt. Als einziges Hotel in New York leistet man sich hier noch einen Fahrstuhlführer. Es ist ein freundlicher Mann, der in zehn Sprachen Banalitäten verbreiten kann. Immerhin hat er den Umbau überstanden. Die Inhaber haben vor Kurzem das Haus für hundert Millionen Dollar aufgemöbelt; da bleibt immer etwas auf der Strecke. In diesem Fall ist es die Bar. Sie war früher schön und angenehm, nach dem Umbau ist nicht mehr viel von der alten Gemütlichkeit übrig geblieben. Sie wirkt jetzt eher wie ein besseres Fast-Food-Restaurant.

Charnick verlässt nervös das Hotel, in dem er abgestiegen ist; er muss Zeit totschlagen und verbringt eine Stunde in einem Diner, das so beliebig wie aus einem Comic aussieht, Standard bei den Sitzen, Tresen, Farbgebung, Speisekarten, hält sich dabei an einem lausigen Kaffee fest. Hier findet New Yorker Alltagsleben statt; Charnick hat im Augenblick keinen Sinn dafür. Immer wieder sieht er auf die Uhr. Endlich zahlt er, geht auf die Straße und schafft es, auf Anhieb ein Taxi zu bekommen. Heutzutage für New York eher ungewöhnlich.

»Wohin, Sir?«, erkundigt sich der Fahrer, wohl ein Mexikaner.

»Bringen Sie mich ins West Village!«

Das West Village von Manhattan kennt alle Arten von Zeiten, gute Jahre, schlechte Jahre, sogar Jahre, die völlig aus der Zeit gefallen scheinen. Einem vollkommenen Niedergang folgte eine Renaissance zum Boutiquen- und Touristenviertel und zu einer angesagten Adresse für gut verdienende Künstler. An einigen Ecken ist das West Village allerdings immer noch ein heißes Pflaster, rund um den Sheridan Square etwa. Nur hier kann sich ein Etablissement wie *Uncle Tom's* halten. Von außen kaum wahrnehmbar, kommt man nur rein, wenn man den Türstehern bekannt ist oder in Begleitung von Leuten auftaucht, die die Türsteher kennen. An John Charnick erinnern sich die Türsteher. Kaum steigt er aus dem Taxi, wird auch schon die Eingangstür aufgerissen. Der Eingang ist nur wenig breiter als der zu einem Wohnzimmer und die Eingangstür aus massivem Stahl, wie gemacht, auch einen Angriff mit panzerbrechenden Waffen zu überstehen. Umso überraschender dann das Interieur: Die geräumige Bar – groß wie ein Tanzsaal! – wird von einer gewaltigen Theke dominiert; Stuck, Gold und Spiegel täuschen das 19. Jahrhundert vor. Die Serviererinnen tragen Kostüme, die offenbar von der *Geschichte der O* inspiriert sind: sehr tiefe Dekolletés, die kaum noch etwas verhüllen, und lange Röcke mit Schlitzen an der Seite, nur gemacht, um hineinzugreifen. Am Ende der Bar ist eine Stahlstange montiert, die vom Fußboden bis zur Decke reicht und in Kopfhöhe eine Querstange hat. An dieser Stange ist ein faktisch nacktes Mädchen angebunden; die durchsichtigen Vliese um Brüste und Scham zeigen mehr, als sie verdecken; die Arme der bleichen jungen Frau sind an der Querstange gefesselt. Männer und Frauen, die an ihr vorbeigehen, streichen vorsichtig über ihre Schenkel oder küssen ihre Brüste – Gläubige berühren auf diese Weise Reliquien. *Uncle Tom's* ist ein Swingerklub der besonderen Art; letztlich nichts weiter als ein Fleischmarkt. Ein sehr exklusiver indes. Auch für spezielle Gelüste – selbst solche jenseits von Moral oder Gesetz. Die ganze Bar ist in ein dezentes, schummriges Licht getaucht, die Frauen haben sich mit aufreizenden Parfüms übergossen und dennoch gleicht die Atmosphäre mehr der eines Abschlussballs als eines Bordells. Die Unverschämten gewinnen auch hier, führen ihre Beute mit besitzergreifendem Grinsen hinter einen Vorhang aus Perlenschnüren; die Mauerblümchen bleiben schmachtend zurück.

Charnick sieht Julie, die rothaarige Geliebte des Scheichs Talal, schlank, groß, kaum Busen, aber vierundzwanzig Stunden am Tag willig, wie er meint. Er sieht, wie sie sich zu einem Gast herunterbeugt und in dessen Hose wühlt. Die Begleiterin des Mannes hat ihren Rock hochgeschoben und betätigt sich hektisch in ihrem Slip.

»Haben Sie Julie beobachtet?« Talal steht plötzlich neben Charnick, unangenehm dicht.

»Nur kurz ...«

»Julie ist wunderbar darin, Menschen den Kopf abzureißen ... Ist das die richtige Formulierung?«

»Im Allgemeinen heißt es, ›den Kopf verdrehen‹; den Kopf abreißen trifft es auch!«

»Heute wird sie gründlich büßen«, flüstert der Scheich.

»Wenn es sein muss ...«, bemerkt Charnick in neutralem Ton. Er will das hinter sich bringen, nicht weiter anfeuern.

»Es muss sein«, behauptet Julies Besitzer.

Der Scheich zeigt nun die Andeutung eines Lächelns. Dann erkundigt er sich, nun vollkommen sachlich: »Was haben Sie anzubieten?«

Charnick merkt, dass die schwarzen Fantasien des anderen ihn erreicht haben. Er braucht zwei, drei Momente, bis er ins Geschäftliche einsteigen kann, und dabei fühlt er sich, als sei er unversehens von einem Stuhl oder einer Leiter gefallen.

»Es gibt Neuigkeiten. Auch für Sie könnte es interessant werden.«

»In welcher Sache?«

»Unser Freund Einstein, also der junge. Bernard Einstein. Sie wissen es vielleicht noch: Der Vorstand hatte einem Rechercheauftrag zugestimmt. Es geht um verloren gegangene Forschungsergebnisse oder Theorien Albert Einsteins.«

»Warum langweilen Sie mich damit? Sie kommen doch nicht deswegen hier nach New York.«

»Die Sache ist eskaliert, in Israel. General Kevin P. Clark«, Charnick betont den Namen abfällig, »will, dass wir unser

Beobachtungsteam – die beiden Detektive – abziehen und einen Kommandosoldaten einsetzen, einen Freiberufler. Einen gewissen Baquet.«

»Dann sollten Sie ihn engagieren!«

»Ist bereits geschehen ... Ich tue alles, um die Mitglieder des Vorstands zufriedenzustellen.«

»Sehr vernünftig! ... Baquet – was ist das für ein Name?«

»Französisch, kanadisch! Irgend so etwas! Und nicht billig, der Typ. Ich verlasse mich ganz auf das Urteil des Generals. Er hat mir versichert: Bis jetzt hat Baquet noch jeden gefunden, den er finden wollte.«

»Gut«, befindet der Scheich, »aber nochmals: Deswegen sind Sie nicht von Kalifornien rübergeflogen – um mir das zu offenbaren.«

Charnick holt tief Luft: »Ich möchte Ihnen etwas vorschlagen, einen Deal. Wir benötigen Geld aus nicht-offiziellen Quellen und wir benötigen gute Kontakte in den Nahen Osten, ohne dass das Institut damit in Verbindung gebracht wird. Wir brauchen also Sie.«

»Interessiert mich nicht.«

»Doch, wird es: Sie, mein Scheich, bekommen die Originalpapiere! Wenn Bernard etwas findet, und offenbar hat er schon etwas gefunden, dann erhalten Sie die Originale. So etwas fehlt in Ihrer Sammlung: Papiere mit Albert Einsteins verloren gegangener Theorie ...«

»Sie wollen Ihren Arbeitgeber betrügen? Das ist riskant.«

»Riskant ist, sich in Amerika scheiden zu lassen und eine zweite Ehe einzugehen. Das Institut ist außerdem nur am Inhalt der Papiere interessiert. Das Original würde in einer Archivbox verkümmern. Warum es also nicht jemandem geben, der es schätzt?«

»Und dafür bezahlt ... Eine interessante Spekulation, und amüsant«, befindet der Scheich. »Was soll die Sache kosten?«

»Millionen. Einstiegsgebot zehn Millionen Dollar, die Skala ist nach oben offen.«

»Sie richtet sich nach …?«, erkundigt sich Scheich Talal.

»… der Bedeutung des Funds.«

»Da können Sie nur hoffen, dass wirklich etwas dabei herauskommt.«

»Wir haben eine Vereinbarung, Scheich?«

»Aber ja … Zahlung bei Lieferung … Trinken wir einen Schluck und dann sehen wir nach Julie …«

»Ich würde es als Ehre betrachten!«

3.

Aschaffenburg, 8. März

Der 8. März ist ein sonniger, kühler Tag, ein Samstag. Mit seinen romantischen Gassen und Kirchen in der Altstadt sieht Aschaffenburg aus, als seien die alten Zeiten noch nicht vorbei, als habe der letzte Krieg nicht verheerend gewütet. Tatsächlich ist vieles aber Kulisse, die indes die Touristen erfreut. Gegen Mittag checkt Bernard Einstein im Hotel *Wilder Mann* in Aschaffenburg ein. Das Hotel, ein breit hingelagerter Bau mit roter Fassade und französischem Walmdach, ist Teil der Historie. Mit einem Wort, Bernard umgibt die pure Bürgerlichkeit. Er schätzt das, gerade weil sie ihm so fremd ist; es ist wie ein Besuch in einer anderen Welt – oder Disney-Land. Die Wände in seinem Zimmer sind hellblau gestrichen und das TV-Programm kann sowohl vom Bett als auch von der Badewanne aus betrachtet werden. Als Erstes schaltet er die Nachrichten ein, mehr als Geräuschkulisse als dass sie ihn interessieren. Extremisten gewinnen eine Wahl in Frankreich, der Islamische Staat wütet in einem Flüchtlingslager, langatmige Interviews zur Innenpolitik. Während er sich das mit halbem Ohr anhört, ist er damit beschäftigt, Preis- und sonstige Schilder an neuen Kleidungsstücken abzuschneiden, von neuen Hemden, Pullovern, sogar eine neue Hose hat er gekauft. Pünktlich zum

Wetterbericht ist er mit dem Schnippeln fertig, zieht sich aus, legt sich in die Wanne und lässt weitere TV-Sendungen über sich ergehen.

Am Nachmittag verlässt er das Hotel, das an einer schmucklosen Straße liegt, im Löhergraben unweit des Mains, ganz in der Nähe vom Aschaffenburger Schloss, das *Johannisburg* heißt, und noch näher sind die hoteleigenen Weinberge.

›Merkwürdig‹, denkt Bernard plötzlich, ›jede Handbreit Land gehört irgendjemand. Es wird Zeit, dass ich mir etwas Eigenes zulege. Vielleicht wäre ein kleiner Weinberg genau das Richtige. Das muss ein Stück Ewigkeit sein.‹

Er isst in einem kleinen Lokal mit dem seltsamen Namen *Schlappeseppl*. Das Essen ist relativ schlecht, dafür schmeckt das Bier umso besser. ›Bier brauen können die Deutschen offenbar zu allen Zeiten und unter allen Regimen.‹ Nachdem er bezahlt hat, tritt Bernard an die Theke und fragt, ob er kurz jemanden anrufen kann. Man schiebt ihm freundlich einen Telefonapparat über den Tresen und kümmert sich danach nicht weiter um ihn. Bernard verabredet sich mit wenigen Sätzen.

»Wieso in Aschaffenburg?«, fragt der Mann am Telefon irritiert, als er hört, wo sich das Hotel befindet.

»Weil's Auda so gefällt!«, zitiert Bernard darauf aus *Lawrence von Arabien* und kommt sich sofort albern vor.

Nachdem das geklärt ist, geht Bernard einige Schritte und gelangt so zum Schloss, einem massiven Renaissancebau aus rotem Sandstein, einer Residenz der Erzbischöfe und Kurfürsten von Mainz. Er setzt sich auf eine Bank, genießt die Sonne und studiert beiläufig die Schlossanlage.

Eine junge Frau kommt heran, bebrillt und wie eine französische Chansonsängerin der 1970er-Jahre frisiert, ein wenig aus der Zeit gefallen, trägt Rock und hat einen überlangen, leichten, dabei sehr bunten Schal um den Hals gewickelt. Sie bittet, sich ebenfalls auf die Bank setzen zu dürfen.

»Es ist nett, dass Sie fragen, aber es ist nicht meine Bank«, erwidert Bernard.

Sie packt ein Sandwich aus und bietet ihm davon an.

»Danke, ich komme gerade vom Essen!«

Es stellt sich heraus, dass die junge Frau mit der Pagenkopffrisur Kuratorin der Gemäldegalerie von Schloss Johannisburg ist. Sie ist gleich in ihrem Element, redet unaufhörlich, während sie zwischendurch immer wieder kleine Bissen von ihrem Sandwich abbeißt. Bernard erfährt von ihr, im Schloss hängen große Werke sehr großer Maler. Alles, was Erzbischöfen und Kurfürsten so gefällt.

»Sind Sie länger in der Stadt?«, will sie wissen.

»Eigentlich nicht, nein«, erwidert er überrascht.

»Schade, sonst sollten Sie sich unbedingt das *Pompejanum* ansehen, eine bemerkenswerte Nachbildung einer in Pompeji ausgegrabenen Villa … Waren Sie schon mal in Pompeji?«

»Nein … Waren Sie schon mal in Albany, Kalifornien?«, gibt er zur Antwort.

»Was gibt's da zu sehen?«

»Unter anderem hätten Sie mich da treffen können … Ich bin da groß geworden.«

»Nun, wir haben es ja auch so geschafft, uns zu treffen«, erwidert sie und bietet ihm nochmals von ihrem Sandwich an. Diesmal nimmt er ein Stück.

Zur vereinbarten Zeit wartet Bernard in der Lobby des *Wilden Mannes*. An der Wand hängt eine Urkunde, die ihn fasziniert: »Vince Ebert, bester Chef des Jahres« steht da.

›Wie bekommt man so etwas? Von wem?‹

Aslam, seine Verabredung, erscheint nicht. Nach fast zwei Stunden Warterei und Zeitungsleserei gibt Bernard auf und begibt sich zu einem kleinen Reisebüro. Hier will man gerade Schluss machen, bucht ihm dann doch für den kommenden Tag einen Flug nach Berlin. Danach kehrt er in sein Hotel zurück. Genau in dem Moment, in dem er die Zimmertür öffnet, ruft Aslam an. Der teilt mit, es wird heute nichts. Er kann ihn frühestens morgen gegen 16 Uhr treffen.

»Ärgerlich, aber nicht zu ändern«, erklärt Bernard.

Für den Abend gönnt sich Bernard den Besuch des *Hofgarten Kabarett*. Dabei handelt es sich um ein kleines literarisches Kabarett, etwas, das man so nirgendwo in den Staaten finden würde. Der Künstler überrascht ihn. Er ist ein in Deutschland bekannter Kabarettist mittleren Alters und dazu diplomierter Physiker, wie er immer wieder betont. Sein Programm *Evolution* wäre in Amerika undenkbar; Scherze über die Evolution und die Mikroben im Dickdarm, hochwissenschaftlich und hochkomisch. Dass er hier ist, verdankt Bernard dem Tipp der jungen Kuratorin von Schloss Johannisburg. Sie ist auch in der Vorstellung, allerdings in Begleitung eines älteren Mannes. Einmal deutet sie mit einer Geste an: War nicht zu ändern.

Am Sonntag gönnt sich Bernard weiterhin Kultur, stattet dem gepriesenen *Pompejanum* tatsächlich einen Besuch ab. Sein Kontaktmann ist diesmal pünktlich. Aslam ist flott und schick gekleidet und sein Rucksack passt unbedingt zum übrigen Outfit. Als Erstes packt er seinen Laptop aus und sieht Bernard an, als wollte er sagen: Welche Probleme?

»Haben Sie mir was mitgebracht?«, fragt Bernard.

Aslam greift ein weiteres Mal in seinen Rucksack und holt mit beiden Händen Bündel von Euro heraus. Die meisten der Geldscheine sind Fünfziger- und Hunderter-Scheine; ein Bündel besteht aus Fünfhundertern. Als er das Geld auf den Tisch legt, schärft er Bernard ein:

»Die Deutschen sind misstrauisch; die glauben nicht an die Fünfhunderter … An Ihrer Stelle würde ich sie nur einsetzen, wenn Sie eine Wohnung kaufen oder so etwas, nicht im Kaufhaus …«

Bernard packt, ohne nachzuzählen, das Geld in seine Briefträgertasche. Dann will er wissen: »Hat das mit der Wohngemeinschaft geklappt?«

»Ja, war nicht einfach, hat aber geklappt. Sie sind schon neugierig auf Sie – zwei junge Männer und eine angehende Zahnärztin. Sie ist zweiunddreißig und es ist ihr zweiter Anlauf, ich rede von ihrem Studium, ansonsten geschieden und wieder auf dem Markt. Die Männer sind Mitte zwanzig. Sie haben ein Zimmer für sich. Bad und Küche werden geteilt.«

»In Ordnung … Alle drei studieren? Was?«

»Keiner Naturwissenschaften … Architektur und was dazugehört; einer studiert nebenbei Betriebswirtschaft …«

»Alles sehr gut! Hauptsache, ich muss keine Fachgespräche führen! Haben Sie was von mir erzählt?«

»Wenig, Amerikaner, Physiker und so was …«

»Aber nichts über Albert Einstein?«

»Doch … Ließ sich nicht vermeiden! Ich musste mit etwas punkten! Es ist ein Kunststück, heute in Berlin einen Schlafplatz zu finden, sogar die Penner haben Schwierigkeiten!«

»Ist klar! Aber Sie haben sie vergattert: Nichts in der Presse über mich und schon gar nicht im Internet!«

»Sie haben's versprochen … Mehr war nicht drin!«

»Und wo genau in Berlin wohne ich also?«

»Edle Adresse! Nicht weit vom Charlottenburger Schloss.«

»Sagt mir nichts …«

»Friedrich der Große, sagt er Ihnen was?«

»Der Preußenkönig?«

»Ja! Der hat im Schloss Charlottenburg gewohnt. Was wäre noch zu klären?«

»Sie wollten mich umbuchen …«

»Ah ja!«

Bernard reicht ihm die Flugunterlagen, die er im Reisebüro erhalten hat.

»Einverstanden, wenn wir das aufs Handy legen?«

»Von mir aus!«

Er schiebt Aslam ein Prepaid-Handy zu.

»Um wie viel Uhr wollen Sie fliegen?«

»Nicht im Acht-Uhr-Gedränge …«

»Klar, Sir, das ist der große Vorteil, wenn man selbstbestimmt ist … Herr Doktor Einstein, ich würde sagen, wir gucken uns mal an, was ab elf Uhr frei ist …«

»Ja, nach Möglichkeit alles, wie's war … Nur halt am Montag.«

»Aber ja«, befindet Aslam, macht sich am Handy zu schaffen, dann an seinem Laptop, tippt relativ wenige Befehle ein und reicht Bernard das Handy zurück. »Die Bordkarte müssen sie sich am Flughafen ausdrucken. Dann hätten wir es«, befindet Aslam.

»Meister!«, sagt Bernard mahnend. »Wir hatten auch über ein sicheres Handy gesprochen.«

»Wo habe ich meinen Kopp gelassen?«, gibt Aslam auf Frankfurterisch zurück, schlägt mit fünf ausgestreckten Fingern gegen die Stirn und greift ein weiteres Mal in seine Wundertüte. Dann überreicht er Bernard ein weiteres Handy. Dabei erläutert er: »Abhörsicher, aber nur, wenn Sie die bestimmte Nummer anrufen …!«

»Ist klar!«

4.

Frankfurt am Main, 10. März

Bernard steht unter einer der großen Anzeigetafeln im Terminal A des Frankfurter Flughafens und studiert, wann wo welche Maschine pünktlich landen und welche, von woher kommend, ausfallen wird.

Er hat noch eine Stunde Zeit und die füllt er, indem er ein Spiel mit sich selbst spielt. Er überlegt zu jedem neuen

Namen, der ratternd auf der Tafel auftaucht, was er mit ihm zu tun hat oder haben könnte.

›Venedig – nicht Gondeln und Tauben auf dem Markusplatz, sondern Matt Damon als talentierten Mr. Ripley und Johnny Depp als Tourist und Angelina Jolie als schöne Agentin, die Johnny Depp jagt. Kommt mir sehr real und sehr bekannt vor … Ah: Seattle erscheint. Die Maschine der Air Canada aus Montreal, Abflug 21.22, vorgesehene Ankunft 10.23 Uhr, hat 35 Minuten Verspätung. Da war doch diese nette Tutorin der Seattle University, eine Nonnen-Universität. Oder hat sie von Jesuiten gesprochen? Jedenfalls etwas Katholisches. Wir saßen Stunde um Stunde in *Roxy's Diner* und sie quasselte über die Kosmologische Konstante, von Großvater selbst als seine ›größte Eselei‹ verworfen. Liz – sie hieß doch Liz? – hatte nicht aufgehört, davon zu reden und Überlegungen darüber anzustellen. Sie meinte, wie nützlich dieser Ansatz sei, um das Altersproblem des Universums zu lösen.‹ In seinen Gedanken sieht Bernard wieder, wie der Diner schließen wollte, aber die eifrige Liz hatte geredet und geredet, ganz als sei er, Bernard, Herr über die Lambda-Theorie und könne ihr zu strahlendem Glanz verhelfen, wenn er nur wolle. Als sie sich endlich küssten, draußen, vor dem dunkler und dunkler werdenden Diner hinter ihnen, regnete es in Strömen.

»Was machen Sie denn hier?«, fragt eine Frauenstimme.

Er wendet sich um. Neben ihm steht eine Frau, die er kennt. Er weiß sofort, er hatte schon mit ihr zu tun, aber wo? Die Frau bemerkt seine Irritation und seine Verlegenheit.

»Rose Shalev«, sagt sie beinahe spöttisch: »Sie haben mir kürzlich im Negev das Leben gerettet. Ich erwähne das nur, weil man so etwas ja leicht vergisst …«

In dem Augenblick, in dem sie ihren Namen nennt, ist bei Bernard alles wieder da: die Sonnenglut des Negev, der Moment, als sie auf die Straße knallt, sein Schuss auf diesen Palästinenser.

»Ja, Sie haben recht … Ich hätte Sie kaum wiedererkannt – so zurechtgemacht und ohne Blut und Dreck.« Er wechselt die Tonart, erkundigt sich: »Sie sind wieder fit?«

»Es sieht etwas besser aus, als es ist, aber es geht, danke … Wo fliegen Sie hin?«

»Berlin, LH 170, Abflug 10.45 Uhr!«

»Das trifft sich. Dann sitzen wir in derselben Maschine.« Sie sieht auf ihre Bordkarte: »Ich habe Platz Nummer …«

»Wahrscheinlich Businessclass?«, fragt Bernard.

»Ja.«

»Dann sitzen wir leider nicht nebeneinander.«

»Schade!«

Sie sieht ihn noch einmal an, dann lächelt sie kurz und sagt: »Mein Held! Es ist schön, Sie wiederzusehen …« Unwillkürlich streicht sie ihm leicht über die Wange, im selben Moment wird ihr klar, dass sie einen völlig fremden Mann wie einen vertrauten Verwandten berührt und zieht ihre Hand zurück. Sie lächelt verlegen, während Bernard sie ebenfalls verwirrt ansieht. Dann endlich schlägt sie vor: »Passen Sie auf! Wir trinken jetzt ein Glas Champagner auf Ihre gute Tat! Sie sind eingeladen!«

Sie klingt wieder selbstsicher, hakt sich unter seinem Arm ein, als seien sie seit Jahren bekannt, und führt ihn in Richtung eines teuren und wie sie behauptet sogar guten Restaurants. Bernard lässt sich einfach führen. Eine neue Erfahrung. So hat noch nie eine seiner Geschichten angefangen.

Rose Shalev und Bernard betreten das Sternerestaurant *El Greco*. Wenn man drin ist, merkt man, warum Menschen danach streben, zu Geld zu kommen: Luxus in jedem Detail, ohne aufdringlich zu sein, und ein derart aufmerksamer Service, dass man glaubt, die Mitarbeiter hätten ein Gelübde geleistet und ihre Seele dem zufriedenen Gast verschrieben.

Rose lässt eine Flasche Champagner öffnen und stößt mit ihrem Begleiter auf den guten Ausgang des Abenteuers an.

»Danke«, sagt sie leise.

Nach dem ersten Glas begibt sich Bernard zum Buffet und gönnt sich *Surf and Turf*, Hummer und Steak einträchtig auf einem Teller; ein extravagantes Gericht: von beidem das Teuerste und in den Staaten hoch geschätzt. Als Rose einen Blick auf seinen Teller wirft, glaubt er sich entschuldigen zu müssen.

»Wenn man als Kind gehungert hat, will man sein ganzes Leben lang nur eins: gleichziehen!«

»Sieht gut aus«, erwidert sie gleichmütig. »Ich glaube, ich hole mir auch so was ... Wenn ich die Soßen weglasse, kann ich es verantworten.«

»Darf ich es für Sie holen?«

»Aber ja ...«

Als Bernard wieder zurück ist, stoßen die beiden erneut an.

»Wie ist es Ihnen in den letzten Wochen ergangen?«, erkundigt sich Rose. »Sind Ihnen aus Ihrer mutigen Hilfe Schwierigkeiten erwachsen?«

»Nein«, behauptet Bernard, »nichts, keine Folgen. Ich habe Ihren Rat befolgt und mich bedeckt gehalten. Niemand hat sich um mich gekümmert, weder Behörden noch Terroristen. Aber was ist mit Ihnen? In den Zeitungen habe ich nichts darüber gefunden. Nicht mal der Überfall als solcher ist gemeldet worden.«

»Kein Wunder«, erwidert Rose. »Das Schweigen der Behörden ist nicht weiter erstaunlich. Der Shin Bet kann mit diesem Beinahe-Erfolg der Terroristen nicht punkten. Ich bin sehr gründlich vernommen worden, habe aber anschließend nichts mehr von der Angelegenheit gehört. Bis jetzt. Ich denke aber, es ist noch nicht ausgestanden.«

»Was haben Sie denen denn gesagt, also wie ›sah‹ Ihre Rettung aus? Vielleicht werde ich ja auch noch einmal dazu befragt.«

Rose lächelt gewinnend und erwidert: »Dann sollten wir uns koordinieren – bzw. meine überzeugende Lüge: Ich habe meinen Vernehmern aufgetischt, dass mich Beduinen gefunden und ins Krankenhaus Segev Shalom gebracht haben. Warum sollten sie daran zweifeln? Kein normaler Mensch würde mich aus freien Stücken dorthin bringen, wenn das *Soroka*, das größte Krankenhaus von Be'er Sheva, nur ein paar Kilometer entfernt ist. Damit das Ganze rund wurde, hat Doktor Abdal-Kian etwas gedreht. Er hat Zeugen beziehungsweise die angeblichen Retter beigebracht. Wenn sie Glück haben, spendiert ihnen der Staat Israel einige Teppiche oder, wenn's ganz hochkommt, sogar ein paar Kamele … Sie haben Ahmed kennengelernt?«

»Habe ich, ja, sympathischer Mann. Der Doktor schätzt Sie sehr«, antwortet Bernard; zu seiner eigenen Verwunderung klingt seine Bemerkung etwas eifersüchtig.

»Ich schätze ihn auch!«, gibt Rose zu. »Sogar sehr und immer noch. Aber wir …, ach, das sind alte Geschichten. Vielleicht nur: Man kann nicht zweimal in denselben Fluss steigen, sagt …«

»… Heraklit.«

»So ist es! Wie ich sehe, ist mein Held nicht nur mutig, sondern auch gebildet.« Sie lächelt und lässt eine Locke ihres langen Haares über die Schulter schwappen, schiebt sie dann langsam mit der Hand zur Seite, schaut ihn dabei belustigt an. Sie flirtet, und Bernard bemerkt es amüsiert. »Es gibt doch nichts, das sinnlicher wäre als ein kluger Kopf.«

»Falls Sie von meinem Kopf sprechen, ist er leider nicht klug genug …«

»Verglichen mit …?«

»Was vermuten Sie, wo in der Familie Einstein die Messlatte hängt?«

»Ist Albert Einstein wirklich Ihr Großvater?«, fragt Rose unvermittelt. »Wenn man bei Wikipedia nachsieht …«

»Es ist kompliziert. Meine Mutter war Evelyn Einstein; aus dem Waisenhaus geholt und adoptiert von Hans Albert Einstein, einem der beiden Söhne Albert Einsteins, eigentlich seinem einzigen … Bei Eduard wurde 1933 eine schwere Schizophrenie diagnostiziert; man brachte ihn in eine Heilanstalt und da blieb er dann auch … Sie glauben mir jetzt, dass die Verhältnisse kompliziert waren …?«

»Wenn es um düstere Familiengeschichten geht, kann ich ebenfalls einiges beitragen. Aber ich denke, das sollten wir uns noch aufheben …«

»Werde ich, ja!«

Rose lässt das Mysterium um Bernards Verwandtschaft mit Albert Einstein dennoch nicht auf sich beruhen, fragt vielmehr ungeniert: »Nach meiner Rechnung sind Sie der Urenkel des Genies, nicht sein Enkel. Wo ist mein Denkfehler?«

»Wenn's nach den Dokumenten geht, haben Sie recht. Meine Mutter war allerdings überzeugt, die ganze Geschichte mit dem Waisenhaus, in das man sie nach ihrer Geburt gesteckt hat, und der Adoption war nur Tarnung. Für sie stand fest, Albert Einstein war ihr Vater und Onkel Hans Albert wurde gezwungen, sie aufzuziehen und aller Welt vorzuspielen … Der Alte konnte rabiat werden.«

»Und woher stammt die Gewissheit Ihrer Mutter?«

»In der Hauptsache wohl von ihrer Mutter, meiner Großmutter. Die war Revuetänzerin in New York und eine von Alberts Geliebten … Eine von nicht wenigen!«

»Haben Sie sie kennengelernt?«

»Nein, ich habe nur Fotos von ihr gesehen … Eine rassige Schönheit, wie man so sagt. In der Hinsicht war er allerdings wenig wählerisch, der große Mann.«

»Er war ein Womanizer?«

»Meine Mutter hatte andere Begriffe dafür … ›Ladykiller‹, ›Schürzenjäger‹, ›Weiberheld‹, ›hinter jeder Schickse her‹; das war eine ihrer Lieblingsbeschimpfungen …«

»So schlimm wird es nicht gewesen sein!«

»Wie man's nimmt … Die Frauen haben es ihm sehr leicht gemacht, das steht fest … Einer seiner berühmten Sprüche lautet: ›Manche Männer bemühen sich lebenslang, das Wesen einer Frau zu verstehen. Andere befassen sich mit weit weniger schwierigen Dingen, zum Beispiel der Relativitätstheorie.‹ Er für seinen Fall hat sich um beides bemüht, das steht fest; um die Gravitation und um die Frauen.«

»Gab's auch eine ganz große Liebe?«

»Soweit ich weiß nicht … Ich glaube nicht, dass er je die Seligkeit, die Eine, die Wahre aus den Kitschromanen gefunden hat. Was er um sich hatte und was er brauchte, war mehr der mütterliche Typ, die treue Gefährtin … Das fängt mit seiner ersten Frau an, mit Mileva, geht weiter über Elsa. Sie war seine Cousine und gleichzeitig seine zweite Frau. Nach ihrem Tod dann Helen Dukas, und ich nehme an, vorher auch schon … Ich glaube, was alle glauben: Helen war immer mehr als die stets duldende Sekretärin. Der gute Albert spielte gern den zerstreuten Professor, der keine Ahnung hat, wie die Dinge im Alltag ineinandergreifen. Schwachsinn, er wusste es haargenau. Wusste stets, wo sein Vorteil lag …«

»Für mich hört sich das an, als könnte ein Psychiater hilfreich sein …«

»Ach, das ist nichts als Familiengeschichte, abgesunken in die Untiefen der Seele … Wollen wir uns jetzt den Verhältnissen von Professor Rose zuwenden?«

»Nein. Ich fürchte, unser Flug ist aufgerufen!« Gegen ihren Willen wird Rose erneut sentimental; etwas sentimental, nicht zu viel. Einen Augenblick lang legt sie ihre Hand auf seine und sagt: »Was Sie für mich getan haben, hat noch nie ein Mensch für mich getan – Sie haben Ihr Leben für mich riskiert. Sie haben einen Wunsch frei.«

»Na gut, eins im Sinn«, bemerkt Bernard schnodderig, greift nach seiner Tasche und steht auf.

Beim Boarding müssen sich Rose und Bernard trennen; die Businessclass-Passagiere werden zuerst aufgerufen. Die Maschine ist nicht vollkommen ausgebucht, rund um Bernard bleiben einige Plätze frei. Kurz vorm Start taucht Rose in der Holzklasse auf und nimmt wie selbstverständlich neben ihm Platz.

»Haben Sie dafür den Segen des Bordpersonals?«, erkundigt sich Bernard.

»Nicht so ängstlich, mein Lieber ... So kenne ich Sie nicht!«

»Darf ich fragen, was der Grund für Ihren Umzug ist?«, will er wissen, als sie sich neben ihm anschnallt.

»Ich könnte natürlich antworten: verliebte Dankbarkeit! Sie würden es glauben, so weit habe ich Sie schon ... Aber die Wahrheit ist: Ich bin neugierig!«

»Worauf?«

»Auf Sie!«

5.

Flug nach Berlin, 10. März

Rose und Bernard reden in einem fort, den ganzen Flug, ihre Lebensgeschichten, ihre Vorlieben, worüber sie lachen, ihre Eltern, suchen Gemeinsamkeiten. Sie erwähnt noch einmal, dass ihr Vater sie immer seine ›Wüstenrose‹ nannte und wollte, dass sie Botanikerin wird ... Und Bernard überlegt, ob sie es vergessen hat, dass er dies bereits weiß. Aber sie wirkt entspannt, und Bernard hat das Gefühl, dass sie nicht oft dazu kommt, über sich selbst zu sprechen, etwas zu verraten über sich.

»Er war Lehrer, wäre gern Gelehrter gewesen und die Wüste hat ihn fasziniert«, erklärt sie den Beruf ihres Vaters.

»Haben Sie noch Geschwister?«

»Nein, ich war das einzige Kind – Tochter und Sohn gleichzeitig ...«

»Ich verstehe!«

»Was haben Sie eigentlich in Israel gesucht?« Rose fragt dies ohne Übergang.

Bernard zögert eine Sekunde. Dann antwortet er: »Einstein-Theorien, die bislang nicht veröffentlicht sind.«

»So etwas gibt es? Hört sich interessant an«, sagt sie beiläufig.

Er wendet sich ihr zu: »Na ja, ich kam auf einem Kongress mit einem Herrn ins Gespräch. Eigentlich hat er mich angesprochen, wenn ich es recht überlege. Wie auch immer, wir sprachen natürlich über Gravitation, darum ging es ja auf der Tagung, und als er erfuhr, dass das nicht nur mein Forschungsgebiet ist, sondern ich tatsächlich mit dem großen ›Herrn E‹ verwandt bin, hat er mir gesagt, er schickt mir was. Ich hatte das schon vergessen, aber dann hat er mir zwei Bilddateien geschickt: ein Originalskript von Majestät Albert und die Modellrechnungen von Oppenheimer, Serber und George Michael Volkoff von 1936, es geht darin um den …«

»… Kollapse großer Sterne.«

»Sie sind ja wirklich Physikerin!«

Rose lacht herzhaft und aufrichtig. Sie hält sich die Hand vor den Mund, und es dauert eine Weile, bis sie fragen kann: »Was hatten Sie denn gedacht?«

»Na ja, meine Kolleginnen – und ich schätze sie wirklich! – haben so gar nichts von …« Er schaut an ihr hoch und runter und weiß offenbar nicht, wie er diesen Satz zu Ende bringen soll.

»Ich nehme das als Kompliment«, lächelt sie ihn an.

»Ja. Ja, das ist es, also …«

»Also?«

»Gut. Also … Die Dokumente waren langweilig, weil altbekannt. Dann entdeckte ich unten rechts auf Albert Einsteins Notizen ein Datum.«

»Was nicht möglich sein konnte …?«

»Mein Großvater hat mal gesagt: ›Eine wirklich gute Idee erkennt man daran, dass ihre Verwirklichung von vorneherein ausgeschlossen ist.‹« Bernard hatte seine Selbstsicherheit zurückgewonnen.

Sie nickt zustimmend.

Nachdenklich ergänzte er: »Vielleicht gibt es die Theorien nicht. Es ist sogar sehr wahrscheinlich, dass sie nur in meinem Kopf existieren! Ich fürchte, ich grabe und grabe und am Ende sind Sie das Einzige, das ich dabei gewonnen habe.«

»Mich kriegen Sie also?«

»Auf jeden Fall!«, er spielt mit, grinst sie frech an.

»Das ist auch nicht wenig. Oder?«

Sie lachen beide und blicken sich dabei an. Ihre Augen bleiben aneinander haften, dann schweigen sie lächelnd. Und es fühlt sich gut an.

»Noch etwas Kaffee oder Wasser?«, beugt sich eine Stewardess zu ihnen.

Beide lachen auf, Rose streicht kurz über Bernards Hand. »Gutes Timing!«

6.

Pasadena, 10. März

John Charnick sieht sich die Zahlen eines Haushaltsplans an, den man ihm gestern auf den Schreibtisch gelegt hatte, streicht ein paar Posten aus dem Vorschlag, kürzt da um zehn Prozent, da um fünfzig; alles in allem nur nach Gefühl und Erfahrung.

›Mein Gott, warum immer diese gottverdammte Schacherei? Warum präsentiert man mir nicht einmal von Anfang an exakte Zahlen und bleibt dabei?‹

Er ist drauf und dran, das Papier zu nehmen und quer durch den Raum zu feuern, als das Telefon klingelt.

»Maggie?«, meldet er sich.

»Das ist eine sichere Leitung, John. Dein Einstein ist wieder aufgetaucht … Interessiert dich das?«

»Selbstverständlich … Wo steckt er?«

»Im Moment ist er in Berlin-Tegel gelandet; er hat eine israelische Professorin bei sich.«

»Moment! Wieso in Berlin? Wie ist er aus Israel rausgekommen?«

»Kann ich dir nicht sagen, weiß ich nicht.«

»Wozu hat man eine Gattin bei der CIA …«

»Ex-Gattin«, unterbricht sie ihn.

»… Ex-Frau, wenn die dort nichts wissen?! Weißt du was über die Professorin?«

»Ja, sie ist eine Forscherin an einer Universität im Negev, 34 Jahre alt.«

»Ich dachte, Negev ist eine Wüste? Da gibt's Universitäten?«

»Offenbar. Warte mal … Sie ist Physikerin! Beschäftigt sich mit Energiegewinnung …«

»Na, das trifft sich ja. Was für ein Zufall!«

»Deswegen rufe ich dich an.«

»Ich habe ein merkwürdiges Gefühl bei der ganzen Geschichte … Manchmal denke ich, wir sollen nur aufgemischt werden – das Ganze ist ein gut ausgedachter Fake … Du hast deine Informationen woher …?«

»Wie immer vom OOI; man schätzt mich dort.«

»Wo nicht?! … Wo bist du im Moment?«

»Wo soll ich sein? Am Platz!«

»Also Langley. Hast du nicht mal wieder was in Kalifornien zu tun?«, erkundigt er sich.

»Meine nächste Dienstreise geht nach Guatemala …«

»Auch ein schönes Stück Welt.«

»Wie wär's? Wir können doch da mal zusammen einen *Centenario* trinken …«

»Was ist das?«

»Banause … Centenario aus Zacapa ist der beste Rum der Welt.«

»Dann bin ich leider hier unabkömmlich.«

»Bedauerlich!«

»Hey, Maggie – warum haben wir uns überhaupt getrennt, wir waren doch …«

»Fang nicht davon an! Und – wir sind noch immer … Ach, John, lass uns beim Geschäftlichen bleiben. Ich stehe zu meinen Empfehlungen: Ich hatte dich ja auf den Einstein-Enkel und seine ungewöhnlich hartnäckige Suche in Pasadena und in Princeton aufmerksam gemacht. Da muss ich mich also jetzt auch etwas kümmern.«

»Genau! Du musst. Das hat die Jungs aus der Forschung ganz schön in Wallung gebracht! Einstein junior beschäftigt sich mit Gravitationsforschungen, die uns wiederum beschäftigen, schon lange. Wenn auch nur die Hälfte von dem stimmt, was meine Wissenschaftsspinner behaupten, dann hat das sehr, sehr praktische, für unser CAINE sogar sensationelle Auswirkungen. Na ja, das meiste hast du überhaupt nicht mitgekriegt: ein fürchterlicher Papierkrieg, Analysen, Gutachten, Etatanträge. Dieser junge Einstein pfuscht uns ein bisschen ins Geschäft; vielleicht hat er aber auch wirklich was, das wir benötigen. In jedem Fall hat das alles kompliziert gemacht. Was Wernher von Braun schon sagte: ›Bei der Eroberung des Weltraums sind zwei Probleme zu lösen: die Schwerkraft und der Papierkrieg. Mit der Schwerkraft wären wir fertig geworden.‹ Das trifft wie die Faust aufs Auge.«

»Halt mich auf dem Laufenden!«

»Du mich auch. Bitte.«

Sie legen auf und Charnick starrt auf seinen Schreibtisch. ›Offenbar entwickelt dieses kleine Rechercheprojekt, das Bernard Einstein durchführt, eine zu große Eigendynamik: General Clark will es sicher nutzen, um mich abzusägen! Dabei wüsste der von gar nichts, wenn nicht *ich* Einstein ins Spiel gebracht hätte! Und jetzt soll Clarks Super-Detektiv Jean Baquet das Operative übernehmen – ein Killer als Back-up? Und dann die Israelis. Vielleicht war das nicht so gut, Talal mit reinzuziehen; aber ich brauche das Geld. Andererseits: Vielleicht werden die Einstein-Papiere meine Lebensversicherung.‹

Er lehnt sich zurück, trinkt etwas und wägt gründlich ab.

7.

Berlin, 10. März

Rose und Bernard warten auf ihr Gepäck; es lässt auf sich warten.

»Wo werden Sie wohnen?«, fragt Rose.

»Ich habe eine Unterkunft am Klausenerplatz.«

»Wo ist das?«

»Nicht weit von Schloss Charlottenburg.«

»Na ja, das ist doch schon mal eine Adresse ... In einem Appartement, einer Pension, bei Freunden?«

»Nein, in einer WG mit drei jungen Leuten. Die Wohngemeinschaft ist mir vermittelt worden, ich hab die Leute noch nie gesehen ... Nach den Beschreibungen handelt es sich um freundliche und friedfertige Leute, die dem Establishment wohlwollend gegenüberstehen ... Und Sie, Rose, wo werden Sie wohnen?«

»In einem Gästehaus der Technischen Universität an einem der vielen Berliner Seen.«

Sie gibt ihm ihre Karte; für alle Fälle. Er liest: Technische Universität, Institut für Theoretische Physik, Hardenbergstraße, Berlin. Als sie beobachtet, wie er die Karte achtlos in seiner Umhängetasche verschwinden lässt, ermahnt sie ihn mütterlich:

»Nicht verlieren, sonst müssen Sie rumtelefonieren!«

»Man wird sich sehen?«

»Mit Sicherheit! Und Sie sollen nach Möglichkeit die Finger von anderen Frauen lassen. Ich hab es nicht gern, fünftes Rad am Wagen zu sein.« Er sieht sie irritiert an. Sie lächelt amüsiert: »Sie haben mich gerettet, Freund Einstein.« Dann wird sie ernst: »Ich gehöre jetzt Ihnen. Das ist eine Tradition meines Volkes, nein, zwingend. Wer dies missachtet, ist ehrlos.«

»Oh. Wow! Also, vielleicht reicht es ja auch …«, stammelt Bernard überrumpelt.

Dann lacht sie ihn an und fasst ihm an den Arm, und er realisiert, dass sie sich über ihn lustig gemacht und er es nicht bemerkt hatte.

»Oh. Also … Und ich dachte schon, ich könnte einen guten Preis für Sie erzielen«, versucht er sich etwas unglücklich aus der Situation zu stehlen. »Also, wenn ich Sie weiterverkaufe …« Sein Lächeln misslingt.

»Das würden Sie machen?«

»Nein, nein, natürlich nicht …«

Sie lächelt wieder und hakt sich erneut bei ihm ein. Doch wie er ist auch sie überrascht, dass sie wie zwei Teenager aufgeregt sind. Aber keiner sagt etwas, erklärt sich, wagt einen Anfang. Sie gehen zum Taxistand. Bis sie dort sind, spricht keiner ein Wort, dabei fegen diese nur so durch ihre Gedanken. Am Taxistand öffnet er ihr die Tür des Wagens. Sie will einsteigen, überlegt es sich.

»Das ist doch Quatsch … Wir brauchen doch nicht zwei Taxen. Ich nehme Sie mit!«

»Ist das denn Ihre Richtung?«

»Alles ist meine Richtung!«

»Na, ich weiß nicht, ob das …« Bernard sieht ihr in die Augen, sieht eine Rose, die ihn ehrlich, er glaubt sogar flehentlich anhimmelt, eine unverstellte Rose, das kleine Kind eines botanikverliebten Vaters, trotz 2000 €-Designer-Kleid, trotz »Frau Professorin«, trotz Teflonselbstbewusstsein und makelloser Schönheit, trotz allem, was dagegenspricht. Und er weiß in diesem Moment, wenn er jetzt mitgeht, wird er ihr erliegen, sofern sie es will, wird er keine Ausflucht mehr haben. Er wird unterliegen, sogar wenn er alles gewinnt. Nein, er hat bereits verloren, obgleich er noch am Flughafen steht mit einer ihm kaum bekannten Frau. Plötzlich – es erscheint ihm selbst befremdlich, dass er dies gerade denkt – gewinnt für einen Augenblick sein Forscherblick die Oberhand, erwischt er sich beim Ausrechnen der Wahrscheinlichkeiten. Doch diese Gleichungen haben kein Ergebnis.

»Also gut«, sagt er schließlich, und er weiß nicht, ob er erschrocken oder glücklich ist.

Als Roses Gepäck im Kofferraum verstaut ist und sie nebeneinander auf dem Rücksitz sitzen, instruiert sie den Fahrer: »Bringen Sie uns zuerst zum Klausenerplatz und mich dann an den Schlachtensee …« Sie sieht Bernard an und ist erstmals völlig ernst, ändert dann die Fahrtroute: »Nein, bringen Sie uns beide zum Schlachtensee.« Er fragt nicht, warum, aber sie erklärt: »Wir können uns doch nicht immer trennen, wenn es am spannendsten wird.«

8.

Im Negev, 10. März

Die junge Frau hinter dem Schalter der Autovermietung ist fasziniert: Der durchtrainierte Mann vor ihr ist offenbar ein Militär oder war es, das erkennt sie sofort: diese eher gedrungene Gestalt mit einem viel zu breiten Oberkörper, der das Hemd spannen lässt, zu kraftstrotzend für einen Leistungsschwimmer oder Leichtathleten, zu beweglich für einen Bodybuilder und ohne jede Anabolikadeformationen. Aber es sind seine Augen, die ihre Fantasie anregen: Kaltgraue Augen; Augen, die sie sofort glauben machen, er habe viel Schreckliches gesehen. Sie würde gerne versuchen, mit dem nächsten Wimpernschlag seine harte Schale zu zerbrechen.

Dean Baquet nimmt die Schlüssel und die Papiere, erwidert ihr Lächeln nicht, sondern geht wortlos auf den Parkplatz.

Er steht vor einem wüstentauglichen *Range Rover Defender.* Das Fahrzeug ist militärgrau gestrichen, hat dunkle Scheiben und ähnelt einer Festung auf Rädern, geeignet, auch Gefangene zu transportieren. In jedem Fall ist es sehr passend für einen ehemaligen Soldaten.

›Dann mal los. Einige Blätter Papier beschaffen – der General muss irre geworden sein! Aber das CAINE Institute zahlt erstaunlich gut. Warum sich dann nicht mal auf fremdem Terrain bewegen?‹

Ein paar Kilometer südlich der Kleinstadt Sede Boker biegt Baquet von der Straße Nr. 40 ab und rollt zur Hotelanlage *Esther's Guest House.* Die Anlage wird von Booking-Agenturen besonders favorisiert und hat entsprechende Preise. Als er ankommt, versteht Baquet, warum *Esther's Guest House* so geschätzt wird. Für die Gäste stehen Bungalows zur Verfügung, weitläufig auf dem Gelände verteilt und mit viel Abstand zwischen sich. Und alle im wahrsten Sinn des Wortes auf Sand gebaut, auf den Sand der Wüste, und mit einer Aussicht, wie man sie sonst nur in Fotobänden findet. Baquet stellt seinen Rover an der Rezeption ab. Innen im Haus – auf den ersten Blick nimmt er die raffinierte Schlichtheit wahr, für die man sich hier entschieden hat – weht ein sanfter Lufthauch, angenehm bei diesen Außentemperaturen.

Mrs. Primo, eine ältere, weißhaarige Dame, wohl Esther persönlich, kommt aus einem Büro und begrüßt ihn freundlich.

Er stellt sich vor: »Dean Baquet … Ich hatte angerufen.«

»Selbstverständlich … Herzlich willkommen bei uns! Sie waren schon einmal hier?«

»Leider nicht. Sieht beeindruckend aus hier. Innen und außen.«

»Danke. Sie wissen, wir vermieten unsere Unterkünfte nur wochenweise, üblicherweise an Familien oder Gruppen?«

»Ich muss ein paar Tage allein sein ... Ich brauche Abstand.«

»Dann gibt es nichts Besseres für Sie!«

Sie reicht ihm den Schlüssel und erklärt dazu: »Sie wohnen ganz rechts ...«

Als er sich umdreht, fällt ihm ein Plakat an einer Wand auf. Eine Agentur bietet Fahrten zum nahen Avdat-Nationalpark an und an anderen Tagen Führungen durch die Ruinenstadt Avdat, Teil des Welterbes. Was Baquets Aufmerksamkeit fesselt, ist der sehr herausgehobene Hinweis, dass ein gewisser Peter Grossman durch die Ruinen von Avdat führt.

»Wer ist Peter Grossman?«, fragt er wie beiläufig die Chefin. »Muss man ihn kennen?«

»Man sollte ihn unbedingt kennenlernen! Er ist an die hundert Jahre alt und redet über die Nabatäer, als würde er sie alle einzeln kennen. Derart lebendig ... Er kann Ihnen die verschiedenen Könige beschreiben, dass Sie denken, die kommen nachher. Wirklich sehr interessant; ich kann die Tour nur empfehlen. Er wird Sie natürlich nicht überall persönlich hinführen – wirklich, er ist weit über neunzig! –, aber selbst wenn sie nur im Bus neben ihm sitzen und zuhören, werden Sie begeistert sein! ... Sie können natürlich auch allein durch die Ruinen stiefeln, dann haben Sie aber nur die Hälfte des Genusses; ach was, nur ein Drittel. Und unbedingt festes Schuhwerk anziehen! ... Grossman führt zweimal in der Woche, meistens dienstags und samstags.« Sie vergewissert sich im Computer: »Ja, morgen wieder; kann ich Ihnen nur empfehlen. Ist unbedingt sein Geld wert. Ach, was sage ich! Er ist unbezahlbar! ... Abfahrt von hier. Bequemer geht's ja nicht. Also, wenn Sie wollen, sagen Sie mir Bescheid.«

»Hört sich gut an!«

»Ich verehre den Mann. Manchmal lade ich ihn ein, hier im Haus kleine Vorträge zu halten ... Eine Koryphäe.

Es hängt natürlich immer davon ab, wie er gesundheitlich drauf ist … Aber meistens ist er gut drauf! Ich kenne ihn schon seit fast vierzig Jahren und in der ganzen Zeit …«

Das Telefon klingelt. Mrs. Primo entschuldigt sich und nimmt den Hörer ab. Baquet holt sein Gepäck aus dem Auto, geht einige Schritte und quartiert sich ganz rechts in seinem *Chalet Dalila* ein. Bevor er die Tür öffnet, sieht er sich noch einmal um; die Unendlichkeit des Negev ist wirklich überwältigend. Seine Unterkunft ist groß genug für eine Familie und von demselben Schöngeist eingerichtet, der auch die Rezeption gestaltet hat. Es gibt weder einen Fernsehapparat noch einen DVD-Spieler; auf dem Tisch neben dem Sofa steht ein kleiner Hinweis, wonach man gebeten wird, das Handy auszuschalten und es während des Aufenthaltes auch stumm zu belassen. Nichts soll die Kontemplation stören. Baquet versteht: In *Esther's Guest House* zahlt man für Ruhe und Schönheit, und dagegen ist ja wenig zu sagen.

Er schaltet sein Handy auf stumm.

Nachdem er seine Sachen ausgepackt und geduscht hat, zieht er Kakihemd und Kakihosen an und legt sich in die Hängematte, die er am Haus entdeckt hat. Sie hängt im Schatten zweier Pinien; in ihr zu liegen, ist verführerisch.

Nun, warum sich nicht verführen lassen? Er wird erst morgen wieder aktiv sein; morgen ist Dienstag.

9.

Berlin, 10. März

Das Taxi hält vor einer Villa aus den zwanziger Jahren, die aber recht sanierungsbedürftig ist. Rose bittet den Taxifahrer, ihr Gepäck nach oben zu tragen; Bernard nimmt ebenfalls einen ihrer Koffer. Als sie in die Gästewohnung kommen, ist die Heizung in Betrieb und merkwürdigerweise ist Musik zu hören, Musik der Siebziger. Led Zeppelin bietet

Whole Lotta Love; danach singen Simon & Garfunkel *Bridge Over Troubled Water.* Die Professorin drückt dem Taxifahrer ein Trinkgeld in die Hand und öffnet mit viel Schwung das Fenster im Wohnzimmer, lässt etwas von der berühmten Berliner Luft herein.

»Frau Kasap muss das Radio vergessen haben«, erklärt sie. »Sie kümmert sich um alles im Haus …« Dabei drückt sie den Ausknopf des Geräts, erst dann erkundigt sie sich: »Oder wollten Sie das hören?«

»Nein.«

Und nun stehen sie voreinander, von niemandem beobachtet und von niemandem instruiert. Rose tritt sehr dicht an Bernard heran, legt eine Hand auf seine Hüfte und schließt die Augen. Er berührt ihre Lippen, weicht noch einmal einen Bruchteil einer Sekunde zurück. Doch endlich küssen sie sich. Anfangs ist der Kuss vorsichtig, erst dann lassen sie sich aufeinander ein und werden leidenschaftlich. Sie drängen sich aneinander, spüren sich und wollen sich.

Sie löst sich von ihm, öffnet den Kühlschrank; er läuft und ist gut gefüllt. Das Institut für Theoretische Physik denkt an seine Leute. Oder die Hausmeisterin. Jedenfalls zieht Rose eine Flasche Champagner und eine Flasche sehr guten Rheinweins heraus, präsentiert beide.

»Rechts oder links?«

»Was ist teurer?«

»Der Champagner, aber nur wenig …«

»Dann den Champagner!«

»Du hast ein klares Auswahlprinzip! … Ja, ich weiß, du musst nachholen.«

Während er die Flasche öffnet, als würde er ständig Champagner entkorken, stellt sie zwei Gläser bereit. Sie prosten sich zu, trinken, und als Rose ihr Glas wieder sinken lässt, hat sie einen Gesichtsausdruck, als wollte sie sagen: ›Nun, mein Lieber, habe ich dich endlich eingefangen?‹ Aber sie fragt: »Hilfst du mir, das Bett zu beziehen?«

»Rose«, er hält sie auf, sagt: »Wir sollten wenigstens ein paar Worte darüber verlieren.«

»Übers Bettbeziehen?«

»Über uns!«

»Das eine schließt das andere nicht aus ...«

Sie nimmt Bettwäsche aus dem Schrank, im Gelb der chinesischen Kaiser und mit schwarzen Drachen bedruckt. Obendrein fasst sich das Material wie Seide an.

»Es ist Seide«, erklärt sie, aber muss kichern: »Habe ich mal von einer Tagung in Hongkong mitgebracht.«

Sie beziehen das Bett. Es ist in der Art eines Futons gearbeitet, sehr niedrig und erkennbar breit genug für zwei. Als sie fertig sind, setzt sie sich auf den hölzernen Bettrand, zieht Bernard zu sich.

»Welche Geständnisse hast du zu machen? Verheiratet?«

»Keine Geständnisse und schon gar nicht solcher Natur! ... Rose, ich will dich warnen. Nein, ich muss dich warnen.«

»Vor wem oder was?«

»Wie soll ich das formulieren, ohne dass es albern klingt?«

»Fang einfach an!«

»Ich bin wirklich nicht ›hinter jeder Schickse her‹, um meine Mutter zu zitieren. Aber es ist ebenso wahr, dass ich relativ leicht die Aufmerksamkeit von Frauen errege, erringe, wie du willst; such dir die Vokabel aus ... Ich weiß nicht einmal, wieso.«

»Ich weiß es«, lacht sie.

Aber Bernard fährt ernst fort: »Wir probieren es und wir haben anfangs auch unseren Spaß, aber dann geschieht etwas – ich weiß nicht was, vielleicht ist ein tückischer Kobold im Spiel oder eine eifersüchtige Elfe, jedenfalls spüre ich, wie die Flamme runterbrennt, erst langsam, dann sehr rapide, und sie fühlt es auch. Es lässt sich nichts dagegen tun, und plötzlich sind wir wieder da, wo wir angefangen haben ... Eine weitere Enttäuschung liegt hinter uns. Willst du dir das antun?«

»Es bleiben jedoch keine Toten auf dem Schlachtfeld zurück?«, fragt sie wenig beeindruckt.

»So niederschmetternd ist es auch nicht, nein!«

»Mein Lieber, es klingt, als wäre die Enttäuschung mehr auf deiner Seite. Vielleicht versprichst du dir zu viel von der Sache … generell. Kann es sein, dass du zu romantisch gestrickt bist, Herr Physiker? Man erwartet kühle Rationalität von dir, aber in Wirklichkeit verlangt ein verwundetes Herz nach Tröstung?«

»Wo liest du denn so was?«

»In den Ratgebern für einsame Frauen … *Die Kunst des Alleinseins* … *Auf dem Weg zu Weisheit und Glück* … *Liebe wird überschätzt* … Ich habe sie alle durch; mir kann man nichts mehr vormachen. Ich weiß jetzt, wie Männer ticken. Geh, hole bitte den Champagner. Und ich werde mich auf Enttäuschungen vorbereiten.«

*

Rose lächelt. Sie liegen im zerwühlten Bett; es frisch zu beziehen, war vergeblich gewesen, das Laken ist von der Matratze gerutscht, der Bettbezug hat sich von der Decke gelöst. Ihre Körper sind ineinander verschlungen, sie atmen ruhig, schauen sich an, während ihre Hände zärtlich nach Stellen suchen, die sie noch nicht berührt haben. Es gibt keine mehr. Da sieht Bernard in Roses Gesicht wieder diesen verschmitzten Ausdruck aufblitzen.

»Was ist? An was denkst du?«, fragt er und streicht ihr die Haare aus dem Gesicht. Sie lacht auf.

»Bis hier hast du mich jedenfalls noch nicht enttäuscht … Lass uns noch einmal rausgehen.«

Sie unternehmen einen Spaziergang zum See, hören sich die Empörung einer Hundebesitzerin an, dass man seinen Hund jetzt nicht mehr im See baden lassen dürfe, und kehren nach einer Weile in die Wohnung zurück, um sich ein weiteres Mal zu lieben. Hinterher trinken sie den Rest des Champagners und schalten den Fernseher ein. Terror, Krieg, Innenpolitik. Bernard kennt das Programm bereits.

»Was lehrst du eigentlich? Du hast noch kein Wort darüber verloren ...«, fragt er unversehens.

»Das ist wahr ... Neben einem Einstein wird man demütig ...«

»Und was ist es?«

»Hier in Berlin liegt mein Schwerpunkt im Bereich der nichtlinearen Physik. Viel statistische Physik ... So als eine Art Klammer zwischen den verschiedenen Arbeitsgruppen. Es geht darum, einen Zusammenhang zwischen der mikroskopischen und der makroskopischen Physik herzustellen.«

»Darüber forschst du? Oder lehrst du?«

»Beides ... Und? Was ist mit dir?«, will sie wissen. »Woran arbeitest du am MIT?«

»Mich unbeliebt zu machen ...«

»Das ist schon mal ein guter Ansatz ...«

»Du kannst verrückt werden am allgegenwärtigen Dogmatismus. Es ist, als wären rund um dich Gummiwände aufgebaut ... Renn nur dagegen! Uns macht's nichts! ... Als ob mein Großvater mit den Relativitätstheorien eine neue Bibel geschrieben hätte! Gehe hin und bete an! Dabei hat Albert der Große in den zwanziger und dreißiger Jahren noch intensiv an dieser vierten Kraft geforscht. Aber wie er es einmal formuliert hat: ›Zwei Dinge sind unendlich, das Universum und die menschliche Dummheit. Beim Universum bin ich mir allerdings noch nicht ganz sicher.‹«

»Es ist mir schon aufgefallen, dir gehen Einstein-Aphorismen leicht von den Lippen.«

»Warum nicht? Sie sind witzig und sie sind treffend. Wie gefällt dir zum Beispiel: ›Um ein tadelloses Mitglied einer Schafherde sein zu können, muss man vor allem ein Schaf sein.‹?«

»Ich verstehe, du willst Wolf sein …«
»Nach Möglichkeit! Irgendetwas reißen, das …«
»Mach's!«
»Ich versuch' mein Bestes … In der Zwischenzeit habe ich wegen jedes Buchstabens, der vom heiligen Text abweicht, Kämpfe zu führen … Es ist paradox, das Ende der Aufklärung ist der neue weltumspannende Dogmatismus. Wenn es um die Klimakatastrophe geht – ein Versuch des Widerspruchs und du landest vor dem Supreme Court! Oder das Thema Gravitation, von dem ich einen Zipfel verstehe: Wage auf keinen Fall vom Mainstream abzuweichen! … Bei einem Kongress ist mir ein Kollege aus Deutschland begegnet, ein Freigeist; so jemanden nannte man früher einen Privatgelehrten. Steckt sein letztes Geld in die Gravitationsforschung. Wir haben uns soweit ganz friedlich, kollegial unterhalten, bis er auf seinen Bremer Fallturm zu sprechen kam. Von da an konnte er kaum noch sprechen vor Wut. Ich habe an dem Abend gelernt, in Deutschland, in Bremen, gibt es das sogenannte ZARM, den höchsten Fallturm weltweit. Die Universität Bremen hat ihn vor einigen Jahren mit vielen Millionen Steuergeldern bauen lassen. Dieser Fallturm sieht aus wie ein riesiger Bleistift und bietet 110 Meter Fallhöhe. Es gibt eine Fallkapsel, in der während des Falls 4,7 Sekunden lang Schwerelosigkeit herrscht. Vor einiger Zeit wurde mit viel weiterem Geld ein sogenanntes Katapult eingebaut, das die Fallzeit und damit die Zeit der Schwerelosigkeit auf 9 Sekunden verlängert … Der Fallturm wird in dieser Zeit evakuiert, bedeutet, es wird ein Vakuum im Fallturm hergestellt …«

»Und wo kommt nun der Schaum vorm Mund her …?«, unterbricht sie ihn.

»Der Kollege, ein seriöser Mann, war auf den Gedanken gekommen, den berühmtesten Fallversuch der Welt, Galileo Galileis Experiment im Schiefen Turm von Pisa, zu wiederholen. Nun hat Galilei zwar aller Wahrscheinlichkeit nach nie im Schiefen Turm experimentiert und entsprechend auch nicht die Fallgeschwindigkeit gemessen, wäre ja auch kaum möglich gewesen beim damaligen Stand der Technik. So wie es aussieht, hat der italienische Astronom und Priester Giovanni Battista Riccioli erstmals die Größe g bestimmt – zumindest prinzipiell und Galilei ...«

»Du verspielst dich, mein Lieber!«

»Also, der deutsche Forscher, von dem ich sprach ...

»Der bewusste seriöse Herr ...«

»Genau dieser. Er hieß Dr. Weber oder Dr. Werner oder so ähnlich ... Ich ahnte ja nicht, dass ich einmal darüber Rechenschaft ablegen müsste ... Er wollte jedenfalls in diesem gewissermaßen öffentlich zugänglichen Fallturm Galileis oder Ricciolis Fallexperiment unter wissenschaftlichen Bedingungen überprüfen und dabei gleichzeitig untersuchen, ob es eine Materialabhängigkeit der Gravitation gibt. Hat er genau einmal machen dürfen. Dabei erzielte er Ergebnisse, die den aktuellen Gravitationsgesetzen widersprechen. Wie gesagt, ich gebe nur wieder, was er mir anvertraut hat: Ein Versuch und dann war Schluss, jeder weitere Versuch wurde ihm verwehrt!«

»Wie das?«, bemerkt sie skeptisch. »Ein gültiges Experiment muss wiederholbar sein, sonst ist es keins. Das ist nun mal eines der Grundgesetze aller Naturwissenschaften. Das wird man auch in Bremen ...«

»So hat er auch argumentiert. Er hat selbst einen Messfehler für möglich gehalten und beantragt, den Versuch zu wiederholen. Darauf gab es bei den Vertretern der reinen Lehre wohl heimlich oder öffentlich Widerstand. Es konnte nicht sein, was nicht sein durfte. Die Konsequenz war, dass man es ihm unmöglich machte, sein Experiment zu wiederholen. Man kann diesen Fallturm für Hochzeiten mieten, aber er wird nicht an einen Forscher –und schon gar nicht für Experimente, die keiner braucht – freigegeben. Ob der Turm leersteht oder nicht, spielt dabei keine Rolle.«

Sie wird zärtlich und sagt: »Soweit zum Dogmatismus!«

»Ich vermute, es wird wieder ernst?«, erwidert er freundlich, aber abwartend.

»Und ich dachte, du seist romantisch veranlagt …«

»Was bringt dich auf diesen Gedanken?«

»Auch wieder wahr! Ehrlich gesagt, ich hatte gefürchtet, als wir vorhin hier reinkamen und ich die Couch sah, du würdest den Keuschen spielen und wolltest auf dem Ding schlafen, um dann mitten in der Nacht …«

»Das hört sich sehr nach Doris Day an, was du mir unterstellst …«

»Wer ist Doris Day?«

»Ist das eine ernsthafte Frage? Oder willst du mich schocken?«

»Eine ernst gemeinte Frage!«

Darauf singt er in der schrillen Doris-Day-Manier *Que Sera, Sera.* Als sich kein Erkennungseffekt bei ihr einstellt, fährt er fort:

»Ich schätze mal, *Bettgeflüster* ist an dir vorbeigegangen, *Ein Pyjama für zwei* sicher auch? Von *Ein Hauch von Nerz* wollen wir erst gar nicht reden …«

»Vollkommene Unbildung!«

»Du weißt aber, dass das Spielfilme waren, die das Lebensgefühl der Sechziger verkörperten? Jedenfalls das von der Obrigkeit gewünschte.«

»Und das weißt du woher …?«

Er zählt wie bei einer Prüfung auf: »Zustandsänderungen bei thermodynamischen Prozessen: quasistatisch, reversibel, irreversibel, adiabatisch, isotherm … Woher kenne ich das wohl?«

»Du willst mir vermitteln, das gehört zum kleinen Einmaleins?«

»Das wollte ich damit ausführen … Mein Gott, du bist wirklich schön«, fügt er an und streichelt ihre Schenkel, die sie vorsichtig öffnet.

10.

Im Negev, 11. März

Dean Baquet steht am nächsten Morgen pünktlich um acht Uhr vor dem Empfangsgebäude der Hotelanlage *Esther's Guest House*. Eine Gruppe englischer Touristen, die in einer anderen Ecke des weiträumigen Geländes übernachtet hat, schlurft heran. Es handelt sich um vier Männer mittleren Alters, die noch weit nach Mitternacht in ihrem ›Chalet‹ lautstark feierten und nun verkatert von ihrer Sauferei sind. Einer der Männer ist ein Polizeioffizier, ein anderer Redakteur bei der Senderkette ITV, alle vier vertragen eine Menge Bier und Schnaps; Kisten von Bier und Flaschen von Schnaps, behauptet Mrs. Primo, die nicht sehr begeistert von ihren englischen Gästen ist. Er hat sich freundlich uninteressiert angehört, was sie zu berichten hatte, als er als einziger Gast im Haupthaus frühstückte.

Zwei, drei Minuten nach acht Uhr fährt ein mittelgroßer Bus vor. Grossman steigt erstaunlich behände aus dem Bus aus. Seine versammelten Gäste begrüßt er mit einem höflichen Hallo und Mrs. Primo mit einem Handkuss. Ihr gefällt es. Alona, die stämmige Fahrerin, bittet einzusteigen, reißt am Buseingang die Tickets ab.

»Nehmen Sie sich die besten Plätze … Jetzt haben Sie noch die Auswahl!«, sagt sie dabei fröhlich.

Baquet bemerkt, dass sich ein Pistolenholster in ihrem Rücken abzeichnet. Die Engländer begeben sich in den hinteren Teil des klimatisierten Busses, als wollten sie sich verstecken. Baquet setzt sich auf einen Platz ganz vorne, hinter Grossman, für den ein Platz reserviert ist. Alona wirft die Tür zu, steigt auf der Fahrerseite ein und nimmt, nachdem sie sich hinter dem Steuer eingerichtet hat, ein Mikro in die Hand.

»Verehrte Gäste, noch einmal guten Morgen. Wir fahren als Erstes am Hotel *Carmey Avdat* vorbei und an der *Desert*

Olive Farm und nehmen dort weitere Gäste auf, die uns begleiten. Insgesamt werden wir beim Besuch der Ruinen von Avdat sechzehn Personen sein, Mr. Grossman und mich eingerechnet … Ich sage es schon jetzt: Wenn Sie eine Frage haben, gleich welcher Art, wenden Sie sich bitte an Mister Grossman hier. Er ist unser Mister Allwissend … Sprechen Sie alle Englisch?«

Einer der Glückspilze ruft: »In der Hauptsache Scouse …«

»Was ist das?«

»Unser Dialekt … Wir kommen aus Liverpool, da redet jeder anständige Mensch Scouse.«

»Wieder was gelernt. Hauptsache, Sie verstehen mich«, bemerkt Alona und startet den Bus.

Nachdem an drei weiteren Stationen alle eingesammelt worden sind, die heute Morgen das Weltkulturerbe Avdat sehen wollen, nimmt der Bus eine abenteuerliche Route hinauf auf die Hochebene, auf der die Nabatäer vor zweieinhalbtausend Jahren in die Weltgeschichte eingestiegen sind. Grossman hat das Mikrofon an sich genommen und erklärt, dass die Nabatäer ursprünglich ein Stamm wie alle in dieser grausamen Gegend waren, arm und habgierig. Das änderte sich, als sie das Ausrauben der Leute, die sich hierhin verirrt hatten, einstellten und sich im großen Stil auf den Handel mit Gewürzen und anderen Kostbarkeiten des Orients verlegten. Sie kannten geheime Wege durch den Negev, wussten, wo man Wasser finden und Mensch und Kamele tränken konnte, und brachten im Gegensatz zu ihren Vorgängern ihre wertvollen Waren tatsächlich nach Mamschit, Nizana, bis hin zum antiken Gaza, dem wichtigsten Exporthafen der Region.

Während der Fahrt stellen die Reisenden wahrhaftig mehr oder minder intelligente Fragen an Grossman, der alle freundlich beantwortet. Alona steuert ihren Bus zum oberen der Parkplätze, die man zu Fuß und am Rand der Ruinenstadt angelegt hat. Als sie anhält, parken hier gerade zwei Personenwagen mit israelischen Nummernschildern und ein gewaltiger Wohnwagen mit französischen Kennzeichen; niemand, der zu einem der Fahrzeuge gehören könnte, ist zu sehen. Alonas Truppe verlässt den Bus und gibt sich dem stumm machenden Blick auf die grandiose Landschaft rund um und unter Avdat hin. Auch die Bauten, die aus den großen Zeiten der Wüstenstadt geblieben sind, schüchtern ein: steinerne Tore, steinerne Bogen, gewaltige Säulen und Mauern aus gewaltigen Steinen, immer wieder Mauern. Baquet hat bis jetzt kein Foto gesehen, das der Wirklichkeit gerecht wird.

Nach dem ersten Staunen der Gruppe beginnt Grossman mit seinen Erklärungen und Erzählungen: »Holen Sie einmal tief Luft ... Riechen Sie den Weihrauch und die Myrte, die die Karawanen damals durch Avdat transportiert haben? Hören Sie das Bimmeln der kleinen Glocken, die man den Kamelen um den Hals gebunden hatte? Hören Sie's? Riechen Sie's? Aber stellen Sie sich die Sache nicht zu idyllisch vor, es war ein hartes, risikoreiches Geschäft – trotz aller Wachen und Wachtürme ... Im Grunde nicht anders als heute!«

Die Touristen betrachten, was es auf dem Hochplateau zu sehen gibt – Reste aus nabatäischer Zeit, Reste des römischen Heerlagers, das römische Viertel, das Handelszentrum, die Kreuzhöhlen, die historische Weinpresse selbstverständlich auch. Nach anderthalb Stunden Staunen gibt es fünfzig Minuten Pause, die jedermann nach Belieben nutzen kann.

»Herr Grossman?«, ruft ihn Baquet, der abgesetzt von der Gruppe an der Rückmauer eines byzantinischen Klosters lehnt und sich erholt.

»Ja?«

»Was ist das da hinten? Diese Ruinen?«, weist er hinter das Kloster.

»Was meinen Sie? Was für Ruinen? Da ist nichts!«

»Doch, halb im Sand. Sehen Sie doch!«

Unwillig stapft Grossman, der die Pause hätte dringend gebrauchen können, zu Baquet zur Rückwand des halb verfallenen Gebäudes.

»Was ist denn, Soldat? Da ist doch nichts«, grummelt er unwillig Baquet an und schaut, nachdem er ihn endlich erreicht hat, in die gezeigte Richtung.

»Aha, Sie wissen, dass ich Soldat bin?«

»Stinkst auf 1000 Meter danach! Aber was ist denn jetzt? Soll ich hier Gespenster suchen?«

»Nur eines, das Sie kennen.«

Baquet legt ihm mit einem schnellen Griff eine Schlinge um den Hals und würgt ihn hart. So lange, bis Grossman kurz vor dem Ersticken ist. Dann zerrt er ihn in eine versteckte, dunkle Nische des ehemaligen byzantinischen Klosters und drückt den Alten an eine Wand.

»Du stirbst, alter Mann, wenn du weiter den Dummen spielst. Ich bin nicht wie Bernard Einstein. Ich bestehe auf Antworten.«

»Was?«, bringt Grossman heiser hervor, mehr tot als lebendig.

»Wir sind schon länger an dir dran. Ich weiß, was du Einstein junior gesagt hast. Und ich kenne deine Briefe an die Bibliothek. Den letzten Brief. Du hast den jungen Mann hinters Licht geführt. Bei mir hast du die Wahl: Sag mir, wo die Papiere sind, die dieser Bernard sucht, oder stirb.«

»In Deutschland … Wenn es sie noch gibt … Albert hat sie in Deutschland zurückgelassen …«

»Wo in Deutschland?«

»Das weiß ich nicht … Er hat nur gesagt, er hat die Papiere dagelassen … Er dachte ja, er käme wieder zurück …«

»Das hat er gesagt?«

»Elsa … seiner Frau. Ich hab's mit eigenen Ohren gehört.«

»Wie?«

»Zufällig!«

»Das ist alles, was du weißt? Die Papiere sind in Berlin?«

Grossman ringt weiter nach Atem, versucht sich aufrecht zu halten, nickt.

Baquet nickt zustimmend und schneidet dann Grossman mit einer einzigen schnellen Handbewegung die Kehle durch. Er achtet sehr drauf, dass er von dem herausspritzenden Blut des Alten nicht getroffen wird; er wartet, wartet auf den Tod des Greisen. Dann wischt er das Messer am Hemd Grossmans ab, steckt es wieder ein und geht von der Rückwand des Klosters auf die offene Fläche. Kaum passiert er die Ecke zum Portal, steht Alona vor ihm. Sie zuckt zusammen, als sie ihn sieht, fragt dann aber:

»Haben Sie Herrn Grossman gesehen? Ich weiß nicht, wo er ist.«

»Ja. Ich bringe Sie zu ihm.«

Sie folgt ihm, und als sie um die Ecke geht, sieht sie Grossman am Boden liegen, eine riesige Blutlache um seinen Kopf. Dann sieht sie nur noch Baquets Augen, fühlt noch, dass ihr die Luft wegbleibt. Sie hat keine Zeit zu realisieren, dass sie stirbt.

Mit geübten Griffen legt Baquet die noch zuckende Busfahrerin auf den Boden, wischt sein Kommandomesser, das er für seine Morde benutzt hat, an ihrer Bluse ab und steckt es ein.

Nach einer Stunde geduldigen Wartens auf Alona und Grossman werden die Touristen unruhig. Der Liverpooler Polizeiinspektor teilt die Anwesenden in Suchtrupps ein. Auf diese Weise werden die Toten gefunden. Während man auf die örtliche Polizei und die zuständige Antiterrortruppe wartet, bittet der Inspektor alle Touristen, sich zu notieren, wann sie ungefähr zu welcher Zeit an den verschiedenen Orten des weiträumigen Geländes waren. Er sagt, er wolle damit der Polizei die Arbeit erleichtern; in Wirklichkeit geht es ihm nur darum, die Mitreisenden zu beschäftigen und dadurch zu beruhigen. Denn helfen kann er hier nicht.

11.

Im Negev, 14. März

Dean Baquet steht sehr früh auf, wesentlich früher als sonst. Im Haupthaus trinkt er im Stehen eine Tasse Kaffee und bezahlt seine Rechnung. Dann geht er rüber zu seinem *Chalet Dalila*, packt seine Sachen.

›Was für ein Kackland! Bin froh, wenn ich hier weg bin. Ruhe, Einsamkeit, überall nur Ruinen – das soll schön sein? Die Leute sind doch verrückt. Und mir läuft die Zeit davon.‹

Beim letzten Verhör – es ging nur um Lappalien – hat er den Vernehmer angefahren. Dabei kann er sich über die Untersuchungsbeamten wirklich nicht beschweren, alle sind höflich und beinahe kollegial mit ihm umgegangen, sowohl die Abgesandten verschiedener Polizeidienststellen als auch die des Shin Bet. Die Behörden haben den Tod des alten Mannes viel ernster genommen, als er vermutet hätte. Gut, das liegt nun hinter ihm. Gestern Abend hat er endlich die Erlaubnis erhalten, das Land zu verlassen.

Gerade als Baquet den Reißverschluss seiner Reisetasche zuziehen will, bekommt er einen Anruf. Er lässt es klingeln. Man hat ihm hoch und heilig versichert, sein Handy sei abhörsicher. Doch ganz traut er dem Frieden nicht. Deswegen benutzt er das Ding so selten wie möglich und wird jedes Mal unruhig, wenn es sich rührt. Schließlich drückt er doch auf Gesprächsannahme.

»Wo stecken Sie?« General Clark ist dran.

»Immer noch in Israel. Die Polizei hat mich aufgehalten …«

»Inwiefern?«

»Sie brauchten mich als Zeugen! Hier ist ein schrecklicher Mord passiert – ein harmloser, alter Mann ist umgebracht worden, ein Hundertjähriger. Praktisch vor meinen Augen … So wie es aussieht, haben Palästinenser ihm die Kehle durchgeschnitten.«

»Aha!«

»Wie gesagt, die Untersuchung hat sich hingezogen … Dabei hatte ich den Eindruck, die Beamten sind wirklich fähige Leute …«

»Schön zu hören, dass es irgendwo auf der Welt noch tüchtige Leute gibt!«

»Ja … Und was kann ich für Sie tun, General?«

»Der geschätzte CEO hat Sie informiert, dass die Person, über die wir neulich gesprochen haben, in Berlin aufgetaucht ist?«

»Nein. Hat er nicht getan.«

»Charnick hat Sie nicht informiert?«

»Nein. Ich höre zum ersten Mal, dass E. junior nun in Berlin ist.«

»Gut zu wissen! Das versteht dieser Loser also unter enger Zusammenarbeit und reibungsloser Kommunikation!«, sagt der General scharf und fragt: »Wie sind Ihre weiteren Pläne?«

»Ich denke, ich sehe mich in Berlin um …!«

»Halten Sie mich auf dem Laufenden! Und sollten Sie Schwierigkeiten haben, gleich welcher Art, kontaktieren Sie mich.«

»Selbstverständlich, General. Und danke für die Information!«

Während Baquet noch über das Gespräch nachdenkt, beginnt er, im Badezimmer seine Fingerabdrücke abzuwischen.

›Was mache ich gerade? Das ist ja vollkommener Bullshit! Ich bin hier ein unbescholtener Mann, niemand wirft mir etwas vor, niemand macht sich um mich Gedanken. Warum soll ich dann keine Fingerabdrücke hinterlassen? Ich werde nachlässig.‹

Er fasst noch einmal alles an, sieht sich dann nochmals im Raum um, ob er nichts vergessen hat, und verlässt danach den Bungalow. Für die grandiose Landschaft hat er keinen Blick, er will nur weg.

Als er dabei ist, sein Gepäck im Rover zu verstauen, tritt Mrs. Primo zu ihm.

»Schön, dass ich Sie noch sehe! Falls Sie mal wieder in der Nähe sind …«

»… werde ich nur bei Ihnen übernachten!«

Sie gibt ihm die Hand und sagt dabei: »Beim nächsten Mal hoffentlich unter glücklicheren Umständen.«

»Gewiss!«

Mrs. Primo ist das schreckliche Ende von Peter Grossman sehr nahegegangen; gelegentlich hat sie in den letzten Tagen den Eindruck erweckt, als sei sie Witwe geworden. Baquet steigt in den Wagen ein, richtet sich am Steuer ein, da hält Mrs. Primo ihn noch einmal auf:

»Ich glaube, ich habe Ihnen das Wichtigste gar nicht erzählt … Mister Grossman war jahrelang Assistent von Einstein … von Albert Einstein!«

»Doch haben Sie …«

»Nach dem, was Mister Grossman erzählt hat, muss das ein sehr drolliger, origineller Bursche gewesen sein … Ein Genie sondergleichen.«

»Ja, sicher, hört man. Aber Mr. Grossman war auch ein sehr interessanter Mann … Ich habe ihn ja nur kurz erleben dürfen, aber was er zu erzählen wusste, war wirklich beeindruckend.«

»Das hatte ich Ihnen versprochen! Gute Fahrt!«

»Man sieht sich!«

12.

Tel Aviv, 14. März

»Zvi, kannst du mal fünf Minuten auf mich verzichten?«, fragt Elyas während der Sitzung mit den übrigen Sektionschefs des Shin Bet. »Ari funkt mich an.«

»Selbstverständlich! Fünf Minuten Pause, die Herren!«

Elyas verlässt den Konferenzraum (wobei er sich besonders effektvoll auf seinen Spazierstock stützt) und atmet im Vorraum einmal tief durch. Zvi Shilon ist kein schlechter Mann, aber ein Langweiler der Extrasorte. Jedes Detail, das ihm bekannt ist, breitet er aus. Ari geht ans Fenster und studiert sein Smartphone.

»Was gibt es Dringendes, Ari?«

»Dean Baquet will uns verlassen … Er hat sich bei der *EL AL* einen Flug nach Berlin reservieren lassen.«

»Gebucht oder reservieren lassen?«

»Gebucht. Ich habe mich versprochen. Wir könnten ihn sofort festnehmen, wir haben eigene Leute vor Ort.«

»Selbstverständlich könnten wir das. Das hätten wir gestern oder vorgestern auch gekonnt.«

»Es kommt kein anderer als Mörder von Grossman infrage …«

»Und?«

»Wollen wir ihn wirklich laufen lassen?«

»Wir lassen niemanden laufen; nie. Aber im Augenblick nutzt er uns in Berlin mehr als hier. Vorausgesetzt, wir verlieren ihn nicht aus den Augen.«

»Ist organisiert!«

»Gut … Noch was?«

»Ich bin mal gespannt, wie lange Mister Einstein überlebt … Wer mittlerweile alles hinter ihm und seinem Geheimnis her ist …«

»Um den mache ich mir keine Gedanken! Hat sich die Shalev gemeldet?«

»Bei mir nicht! Scheint ja eine heiße Kiste zu sein mit dem jungen Herrn Einstein!«

»Scheint so. Wenn sie Vater und Mutter vergisst …«

Ari hält es für klüger, das Verhalten der Professorin Shalev nicht weiter zu kommentieren. Jeder weiß, dass sie ein Schützling von Elyas ist. Es gibt sogar Kollegen, die sie für seine uneheliche Tochter halten.

»Sonst noch was, Ari?«, drängt Elyas.
»Im Moment nicht …«
»Gut, dann wollen wir mal sehen, ob wir die Hebron-Zelle …« Elyas quält sich wieder in den Konferenzsaal zurück.

13.

Berlin, 16. März

Bernard fährt mit einem elf Jahre alten Audi 80 auf alten Alleen durch die Brandenburger Provinz, einer Unscheinbarkeit auf vier Rädern, sehr passend grau lackiert. Es ist Roses Dienstfahrzeug, gestellt von der Universität. Er ist auf dem Weg nach Caputh, einem kleinen Ort in der Nähe des Touristenklassikers Potsdam: Friedrich der Große, Sanssouci, *Jeder soll nach seiner Façon selig werden* … Das interessiert Bernard aber nicht. Das kleine Dorf am Schwielowsee hingegen schon. Die Adresse, die Bernard ansteuert, ist leicht zu merken: »Einsteinhaus, Am Waldrand 15«. Die Strecke zwischen Roses Appartement und der großen Attraktion von Caputh – sieht man vom dortigen Schloss mit Schlosspark ab – beträgt knapp fünfundzwanzig Kilometer. Obwohl er das Haus noch nie mit eigenen Augen gesehen hat, kennt er sich dort nun so gut aus, dass er auf der Stelle als Fremdenführer anfangen könnte.

Die Vorstellung amüsiert ihn und er überlegt sich einen Text, den er den kulturbeflissenen Bustouristen vortragen würde: ›Meine Herrschaften, in diesem Haus war der große Albert Einstein während seiner Berliner Jahre glücklich; eigentlich nur hier. Caputh nannte Einstein sein ›Paradies‹. Hier hatte er sein Segelboot und hier hatte er seine Ruhe. Einstein hat behauptet, das Haus habe seine letzten finanziellen Reserven aufgezehrt. Machen Sie sich deswegen keine Gedanken; er hatte rechtzeitig vorgesorgt und einen großen Teil seiner Einnahmen außerhalb Deutschlands gebunkert. Beachten Sie bitte auch den berühmten Blick auf den Templiner See, eigentlich nur eine Vergrößerung des Flusses Havel, der mitten durch den See verläuft! Bitte fassen Sie nichts an.‹ Bernard schmunzelt vor sich hin. ›Und für die Physik-Interessierten unter den Anwesenden noch ein kurzer Vortrag über das Michelson-Morley-Experiment, die Konstanz der Lichtgeschwindigkeit im Vakuum und das Relativitätsprinzip, dann ein bisschen Maxwells Feldtheorie natürlich; ach ja, auch über das Fehlen eines Beweises für die Schwerkraft, die Ansichten Einsteins über Gravitation als Feld, über Zeit und Masse. Sie werden nachher einen Test machen, und wer ihn besteht, darf hier raus zu zwei Sahneschnitten und Kaffee satt – damit Sie Ihre persönlichen Gravitationsfelder stärker krümmen können, weil Sie mehr Masse kriegen. Willkommen in der Welt des Mannes, der das gesamte Weltbild seiner Zeit umstürzte.‹

Er würde abschließen mit der klassischen Fremdenführerfloskel: ›Ich hoffe, es war verständlich, was ich Ihnen nahebringen wollte …‹

Bernard parkt Roses Auto auf dem ausgewiesenen Parkplatz am Eingang des Ortes Caputh und läuft, wie von der Obrigkeit gewünscht, den Rest der Strecke, immerhin ein Weg von einer Viertelstunde. Er hat sich für die Elf-Uhr-Führung angemeldet; die Verwaltung des Hauses besteht auf Anmeldung. Dazu hat er den Namen *Bernard* benutzt. Der Verwaltung wäre es sicher eine Freude gewesen, einen leibhaftigen Einstein bei sich zu begrüßen. Er will jedoch seinen Namen unter keinen Umständen in der Zeitung lesen. Bekanntheit bedeutet Gefahr, vielleicht sogar Lebensgefahr. Er wartet also geduldig auf den Beginn der Führung. Das Einsteinhaus selbst erweist sich als ein rot gestrichenes Holzhaus, aber trotz seiner geringen Ausmaße – die gesamte Grundfläche beträgt gerade mal hundert Quadratmeter – derart geschickt konzipiert, dass man hier ohne jede Veränderung morgen einziehen könnte. Im Gegensatz zu Einsteins Zeiten hat es jetzt sogar Telefon. Bernard erinnert sich an die Anekdote, dass Einstein selbst immer zu Nachbarn gehen musste, wenn er angerufen wurde oder wenn er, was selten vorkam, selbst telefonieren wollte. Den Nachbarn war es anfangs eine Ehre, für die Einsteins tätig zu sein. Später wurde es ihnen lästig; da schafften sie sich eine Tröte an und signalisierten dem weltberühmten Mann damit: Telefon für Sie!

Außer ihm warten zwei Chilenen darauf, durchs Haus geführt zu werden, einer dicklich, der andere ein Sportfreak und beide wie aus einem Werbespot für die Freuden der Homosexualität. Unentwegt lachen und giggeln sie; Bernard vermutet, sie sind noch nicht lange zusammen.

Frau Priebe hastet heran, sie ist ein wenig zu spät, hat aber eine glaubhafte Entschuldigung parat. Sie kassiert den Eintritt (5 Euro pro Erwachsenen, ermäßigt 2,50 Euro) und beginnt schon vor der Haustür mit ihren Erläuterungen. Bernard schätzt sie auf Ende fünfzig, Anfang sechzig. Sie hat bereits graue Haare, die sie ungeschickt färbt. Man merkt, sie gibt sich alle Mühe, auch mit wenig Geld fesch auszusehen. Offenbar hat sie die Hoffnung noch nicht aufgegeben, einen netten Mann zu finden. Ansonsten spricht sie viel zu schnell, beinahe so, als müsse sie all ihr Wissen in zehn Minuten ausbreiten. Hin und wieder streut sie in ihre Erklärungen Scherze ein, die man nur versteht, wenn man sein Leben mit Elsa und Albert Einstein verbracht hat. Das meiste, das Frau Priebe über Einstein und sein Sommerhaus mitteilt, ist Bernard vertraut. Er bemerkt aber auch, wie abfällig die Fremdenführerin über Elsa Einstein spricht. Sie lässt Verachtung darüber erkennen, dass sich Einstein von seiner ersten Frau (»Eine für ihre Zeit bedeutende Naturwissenschaftlerin und anfangs so etwas wie Einsteins Muse«, sagt sie an einer Stelle) hat scheiden lassen und eine Jüngere und Reichere heiratete. Daraus schließt Bernard, dass sie in dieser Richtung Erfahrung hat.

»Wie gesagt, die Einsteins akzeptierten die Vorschläge von Konrad Wachsmann – das ist der Name des besagten Architekten –, und innerhalb weniger Wochen stand das Haus, und, wie Sie erkennen, steht es immer noch. Soweit zu den Bedenken der guten Elsa …«

Bernard hebt die Hand. »Kann ich eine Frage stellen?«

Frau Priebe sieht ihn abwartend an.

»Hat Einstein hier im Haus auch gearbeitet oder hat er hier nur sein Leben genossen?«

»Gott, wann hören solche Köpfe auf zu denken! Er hat hier nichts Weltbewegendes zu Papier gebracht, wenn Sie das meinen.«

»Das wollte ich wissen.«

Nach der Führung und nachdem die Chilenen Arm in Arm abgezogen sind, richtet es Bernard so ein, dass er mit Frau Priebe eine Weile im Garten des Hauses und mit Blick auf den See zusammensteht.

»Sind Sie Naturwissenschaftlerin?«

Die Frau zögert mit der Antwort. Endlich sagt sie stolz und verlegen gleichzeitig: »Ja, war ich – in einem früheren und besseren Leben. Warum fragen Sie?«

»Es kam mir so vor, als seien wir Kollegen … Ich arbeite am MIT, dem Massachusetts …«

»… Institute of Technology?«, unterbricht sie ihn.

»Ja. Ich bin Physiker. Deswegen mein Interesse an Einstein … Weniger an seiner Frau …«

Frau Priebe empfindet diese Bemerkung als Tadel: »Tut mir leid, wenn ich in diesem Punkt zu persönlich geworden sein sollte … Ich bin angehalten, Fakten zu vermitteln, nicht zu richten, ich weiß. Und dennoch rutscht es mir immer mal raus. Ich kann sie nicht leiden. Tut mir wirklich leid.«

»Was halten Sie davon: Wollen wir uns noch ein wenig unterhalten? Ich lade Sie ein! Gibt's hier ein Restaurant oder eine Gaststätte … wenn möglich am See?«

Sie nickt überrascht, nein, eigentlich erfreut.

»Normalerweise würde ich vorschlagen, wir improvisieren ein kleines Picknick am Wasser ... Aber nicht bei diesem Wetter!«, überlegt sie laut.

»So ist es! Also, wo gehen wir hin?«

»Das Nächste wäre das Gourmetrestaurant *Anna Amalia*, es ist allerdings nicht ganz billig ...«

»Macht nichts. Geht auf Spesen. Hauptsache am Wasser.«

»Ja, es hat sogar eine Seeterrasse ... Sehr angenehm da!«

Das Restaurant erweist sich als von alten Bäumen umringt, die im Sommer erfrischende Kühle garantieren. Jetzt liegen noch Decken auf den massiven Holzstühlen, um den Frischluft liebenden Gästen und den Rauchern zu ermöglichen, länger auf der Freiterrasse zu weilen. Bernard und die Fremdenführerin setzen sich dennoch an den See, bestellen Soljanka, Geschnetzeltes vom Havelländer Rind und geräucherte Forelle mit Sahnemeerrettich. Bernard würde die charmante Gaststätte nicht als Gourmetrestaurant einordnen, und teuer ist es ebenfalls nicht. Aber er sagt dies nicht, denn Waltraut Priebe ist offenkundig angetan, und sie kommt ins Plaudern: über die alten Zeiten, den Sozialismus, die Akademie der Wissenschaften.

»Tja, und dann war das Institut abgewickelt und ich zu alt, um neu zu starten, und viel zu jung, um Rentnerin zu werden. Wenn ich hier Führungen mache, habe ich wenigstens ein wenig das Gefühl, es wieder mit Wissenschaft zu tun zu haben.« Sie lacht auf, aber es klingt freudlos. »Stellen Sie sich vor, ich hatte anfangs allen Ernstes versucht, den Besuchern eine Einführung in die Relativitätstheorie zu geben!«

Jetzt muss Bernard auch grinsen: »Konstanz der Lichtgeschwindigkeit im Vakuum und das Relativitätsprinzip sind im Grunde sehr einfach«, gab er ihr recht.

»Genau!«, ereiferte sie sich. »Aber dann hat der Vereinsvorstand mich mal zur Seite genommen und gesagt, ich solle den armen Leuten doch mehr vom Menschen Einstein erzählen – schließlich war das hier ja auch nur sein Sommerhaus.«

Bernard wird hellhörig und ergreift die Gelegenheit: »Nehmen wir mal an«, sagt Bernard, »Einstein hätte 1932 in seinem Sommerhaus hier eine bedeutende Theorie entwickelt und das Papier vor seinem Auszug im Haus versteckt. Könnte es noch da sein?«

»Welche Theorie soll er entwickelt haben?«

»Es ist einfaches Gedankenspiel, nichts weiter. Könnte das Papier noch im Einsteinhaus zu finden sein?«

»Halte ich für ausgeschlossen …« Frau Priebe zählt auf, in welch unterschiedlicher Weise das Haus nach Einsteins Emigration genutzt wurde. Die Nazis hatten alles konfisziert, während des Krieges wurden im Haus Kindergärtnerinnen ausgebildet, später wurde es eine Gastwirtschaft. »Ich weiß das schon deshalb, weil ich hier geboren bin und immer in Caputh gelebt habe. Vorausgesetzt, ich war gerade nicht verheiratet …«

»Es gab viele?«

»Nur zwei … Der Letzte ein lieber Mann. Zu unserem Unglück wurde er von einem Mähdrescher überfahren … So etwas kommt nicht oft vor; ihm ist es widerfahren … Wir hatten nur zwei Jahre; wenn ich sehe, dass andere Leute silberne Hochzeit feiern oder gar goldene … Na ja. Um das noch zu Ende zu führen: Nach dem Untergang des sozialistischen Deutschlands und dem Ende der Akademie der Wissenschaften der DDR kam die Frage der Eigentumsverhältnisse erneut auf. Nach längeren Rechtsstreitigkeiten wurde das Haus endlich einer elfköpfigen Erbengemeinschaft zugesprochen. Zu dieser Erbengemeinschaft gehören unter anderem ein Tierheim in New Jersey und die Hebräische Universität in Jerusalem als Haupterbe von Einstein.«

Einen Moment lang ist Bernard versucht, von den Erlebnissen seiner Mutter mit dieser Universität zu berichten;

unterdrückt diese Versuchung aber. Sie beobachtet offenbar sein Ringen mit sich selbst.

»Was haben Sie? Was beschäftigt Sie?«, will sie wissen.

»Nichts Wichtiges ...«

Frau Priebe glaubt das nicht, fährt aber fort: »Bringen wir die Geschichte des Hauses jetzt noch zu Ende und dann bestellen Sie uns bitte einen Kaffee!«

»Wollen Sie nichts Süßes? Einen Nachtisch?«

»Danke, nur einen Kaffee! ... Also, rechtzeitig zum Einstein-Jahr 2005 wurde das Haus ein weiteres Mal saniert. Dabei ist das Haus praktisch zerlegt und danach wieder aufgebaut worden.«

»Mit einem Wort ...«, versucht Bernard das Fazit zu ziehen.

»Mit einem Wort: Sollte Einstein hier etwas versteckt haben, wäre es mit Sicherheit in all den Jahrzehnten, die mittlerweile vergangen sind, von jemandem gefunden worden.«

»Und aller Wahrscheinlichkeit nach von jemandem, der mit dem Papier nichts hätte anfangen können und es in die nächste Mülltonne warf.«

Waltraut Priebe spürt Bernards Enttäuschung und erkundigt sich: »Was genau suchen Sie? Sie sind doch auf der Jagd, das merke ich ... Mein Großvater war Jäger, der hatte Ihren Gesichtsausdruck, wenn es soweit war ...«

»Ich wusste vom ersten Augenblick an, wir verstehen uns«, erwidert Bernard freundlich.

»Kein Süßholzraspeln, bitte! Das ist nicht das, was ich schätze! Was suchen Sie?«

Bernard vertraut ihr an: »Ich habe in verschiedenen Texten Hinweise auf eine unveröffentlichte Arbeit von Albert Einstein gefunden, die aber in der Fachliteratur nirgends auftaucht.«

»Ah, ein Raritätensammler ... Wenn eine solche Arbeit wirklich existiert – ich sage: Wenn! Ich kann es mir, ehrlich gesagt, nicht vorstellen –, ist sie jedenfalls nicht hier in seinem Sommerhaus, das versichere ich Ihnen!« Plötzlich wird sie nachdenklich und sagt in verändertem Tonfall: »Ich an Ihrer Stelle würde es mal bei dem Stasi-Archiv versuchen!«

»Was hat die Stasi damit zu tun?«

»Vielleicht nichts, vielleicht alles … Ich erinnere mich, an dem Anleger, den Einstein für sein Segelboot *Tümmler* nutzte, herrschte mal eine Riesenaufregung. Es war etwas gefunden worden, und zwar an einem der morschen Pfeiler des Anlegers. Erst tauchte die Schutzpolizei mit einem Schnellboot auf, später die Stasi. Ich sehe noch den Bus und die Männer des MfS, die an dem Morgen dort ausstiegen, wenigstens zehn, zwölf Mann. Alles wurde abgesperrt, ein Taucher ging ins Wasser, kam mit einer bestimmten Art Klammersack wieder hoch, irgendetwas aus bunter Plaste, giftgrün, wahrscheinlich aus DEDERON, unser volkseigenes Nylon. Der Beutel wurde von der Stasi in Empfang genommen, die gingen ganz vorsichtig damit um, so als könne der Beutel explodieren, stiegen in ihren Bus und zogen wieder ab. Das ganze Areal blieb von der Volkspolizei noch zwei oder drei Tage gesperrt. In einem gewissen Umkreis durfte man nicht mal in den See.«

»Aber was in diesem Beutel war …?«

»… wurde nie bekannt. Richtig. Aber es ging ein Gerücht um, dass Leute, die sich in den Westen abgesetzt hatten, darin Schmuck zurückgelassen hätten. Daran hat niemand geglaubt; das klang so unwahrscheinlich. Aber was in dem Beutel war – ich kann's nicht sagen. Aber es war offenbar bedeutend.«

»Und das ereignete sich wann?«

»Mein Gott, das ist eine Ewigkeit her. Ich war in der neunten oder zehnten Klasse der Oberschule, ich war also 15 oder 16 und hatte einen festen Freund, ein halber Zigeuner. Feurig, um es mal so auszudrücken, sehr feurig; natürlich wesentlich älter. Wir hatten uns am hellen Tag im Wald versteckt, auf einem Ansitz; sonst wäre ich gar nicht da gewesen. Denis hatte mich überredet und nicht zum ersten Mal. Aber an diesem Tag hatte es seine Richtigkeit; sonst könnte ich Ihnen den Vorfall nicht erzählen … Sie haben ja gesehen, der Wald reicht hier fast ans Seeufer … Wenigstens damals war es so; wir hatten also einen Logenplatz … Wenn ich darüber nachdenke, oft habe ich das Abenteuer nicht erzählt; meiner Mutter zum Beispiel nie. Mein Gott, das war alles so prüde damals …«

»Eins steht fest: Einstein hätte nichts in Dederon einwickeln können.«

»Aber jemand, der etwas im Haus gefunden hat!«

14.

Berlin, 16. März

Die Cafeteria der Technischen Universität – sie trägt den vielversprechenden Namen *Skyline* – befindet sich in der 20. Etage und wird ihrem Namen mit einem fantastischen Rundblick über die Dächer von Berlin gerecht. An klaren Tagen reicht der Blick sogar weit über die Berliner City hinaus. Eine funktionale Kantine, aber mit hellem Holz verkleidet und modernem Interieur, weit entfernt von der Ausstattung der üblichen Massenmensen. Rose holt sich an der Essensausgabe die ›Tagessuppe‹, eine thailändische Kartoffelsuppe mit Kokosmilch und Ingwer, und als ›Tagesgericht‹ die gegrillte Kräuterhähnchenbrust mit Gorgonzolasoße, Blattspinat und Bandnudeln, dazu eine kleine Flasche Weißwein und ein großes Sprudelwasser. Vorsichtig trägt sie das Tablett zu ihrem Tisch am Fenster beziehungsweise zu den jungen Frauen und Männern, Studenten und Assistenten, die dort schon sitzen, essen und reden. Sie kommen aus verschiedenen Ländern, sogar von verschiedenen Kontinenten. Nimmt man sie zum Maßstab, muss sich die Physik um ihren Nachwuchs keine Sorgen machen. Man hat Rose ihren

Stammplatz auf der mit hellem Leder bezogenen Eckbank freigehalten. In dem Moment, in dem sie das Tablett abstellt, rührt sich ihr Handy; das geschieht selten und entsprechend sehen einige der Studenten verblüfft auf. Rose entschuldigt sich bei ihren jungen Leuten: ein dringender Anruf. Sie könne ihn nicht canceln. Sie geht auf den Gang.

»Was gibt es?«

»Hast du Kontakt mit Bernard?«, will Elyas wissen.

»Ja, sogar sehr intensiven.«

»Ja, ist mir zugetragen worden«, erwidert Elyas; Verärgerung ist in seiner Stimme. Besonders, als er fortfährt: »Man teilt Tisch und Bett?«

»Was soll das?«, erwidert Rose scharf: »Wird das eine Eifersuchtskomödie? Irrungen und Wirrungen der Gefühle? Wie kommst du dazu, mich zu überwachen?«

»Ich höre zu wenig von dir …«

»Deswegen rufst du an?«

»Nein … Ich muss dich warnen. Ein amerikanischer Killer namens Dean Baquet ist in Berlin.«

»Und?«

»Er hat, wenn wir uns nicht sehr irren – und wir irren uns nicht –, einen guten Freund von uns auf dem Gewissen: Peter Grossman. Wir haben ihn mit durchschnittener Kehle gefunden.«

Rose bleibt einen Moment stumm. Dann fragt sie: »Wer ist Grossman und was hatte der mit mir zu tun? Wie kann ich mich schützen?«

»Mit dir hatte er nichts zu tun, aber mit Bernard Einstein. Halte die Augen auf. Ich sende dir Bilder des Killers!«

»Kann ich Bernard warnen?«

»Bist du verrückt geworden?! Er ist nicht dein Freund, er ist die Zielperson! Vergiss das nicht! Ist er vorangekommen?«

»Soweit ich sehe, nicht …«

»Er sucht also wirklich nach alten Einstein-Unterlagen. So langsam glaube ich, dass das nicht nur vorgeschoben ist.

Aber wozu nur? Was glaubt er denn zu finden? Konzentriere dich auf diese Frage und auf die Auftraggeber. Er hat Hilfe und Helfer, und mir missfällt, dass die sich erfolgreich unsichtbar machen. Und das bei inzwischen drei Toten!«

»Drei?«

»Grossman wurde zusammen mit einer Frau ermordet, wohl ein Kollateralschaden: Sie war nur die Busfahrerin. – Was macht Bernard den ganzen Tag?«

»Stochert im Nebel … Jetzt verfolgt er eine Spur, die zur Staatssicherheit der DDR führt.«

»Was will er von der Stasi?«

»Ich habe doch gesagt, er stochert im Nebel!«

»Es gibt noch eine andere Nachricht, Rose: Die Amis glauben, Yasmine Sabah auf ihren Bildschirmen entdeckt zu haben, in Berlin.«

»Es gibt bessere Orte für eine Topterroristin als Berlin. Vielleicht hat sie es nicht mitbekommen, dass es die DDR nicht mehr gibt …« Rose versucht zu lachen, aber bemerkt, dass Elyas nicht reagiert.

»Rose, ich erwarte einen Bericht von dir! Einen präzisen, klar geschriebenen Report, wie ich ihn von dir gewohnt bin!«

»Gibt es auch etwas Erfreuliches?«

»Ja, zur Abwechslung gibt es auch mal eine erfreuliche Nachricht … Hannah hat eine Bühne in Frankreich gefunden, die möglicherweise ihre Kantate aufführt.«

»Wäre wirklich erfreulich!«

»Das meine ich.«

Als Rose eine Stunde später an ihr Postfach im Institut tritt, findet sie einen Umschlag ohne Anschrift und ohne Frankierung. Sie öffnet ihn. Er enthält drei Bilder eines Mannes durchschnittlicher Größe mit kantigem Gesicht, schmalen Lippen, offenbar von athletischer Statur. Es liegt keine Erklärung bei, aber Rose weiß auch so, dass es Dean Baquet sein muss. Auf allen dreien trägt er die Haare in unterschiedlicher Länge. Einmal wirkt er wie ein Armee-Sergeant auf Urlaub, auf einem anderen wie ein alt gewordener Hippie. Das dritte Foto zeigt ihn als Erfolgsmenschen im teuren Anzug auf einem Ball. Eines der Bilder ist am Vortag aufgenommen worden und nicht weit von hier, vor dem Zoo Palast, einem der Festival-Kinos. Nach diesem Foto würde man Baquet für einen Militär in Zivilkleidung halten. Er wirkt auf dem Foto, als würde er warten. Das Foto wurde aus einem fahrenden Auto aufgenommen. Auf seiner Rückseite steht dann doch etwas, in Druckbuchstaben: ›Bevorzugt Messer und Schalldämpfer; außerdem fernöstliche Nahkampfmethoden‹. Der Text ist mit einem Füllfederhalter geschrieben; sehr kapriziös, findet Rose.

Um ein tadelloses Mitglied
einer Schafherde sein zu
können, muss man vor
allem ein Schaf sein.

Albert Einstein

Besso nicht vergessen

1.

Pasadena, 4. April

»Sie haben Besuch: Herr Gleeson wartet. Ich habe ihn …«

»Ja, ist gut!«, grummelte Charnick.

»Nervennahrung, Sir?«

»Aber unbedingt!«

Er geht in sein Büro. Henry Gleeson sitzt erwartungsvoll auf der Besuchercouch. Er hat Kaffee, Mineralwasser und die neueste Ausgabe der *Science* vor sich. Anscheinend hat er sie nur durchgeblättert; er ist zu nervös, sich jetzt mit den Großtaten der Kollegen zu beschäftigen.

»Und?«, sagt Gleeson zur Begrüßung.

»Was heißt ›und‹?«

»Wie lief die Sitzung? Sind wir einen Schritt weiter? Wird es was mit dem Angedachten?«

»Ja, ihr bekommt euren Beschleuniger, gratuliere …«

«Und wo?«

»In Chile! Es bleibt dabei.«

»Chile ist in Ordnung … John, für dich ist das nur Geldausgabe …«

»Wir reden über Milliarden Dollar!«

»Aber wir brauchen die große Maschine! Wir können sonst einpacken. Das wird nicht CERN, aber wir sind ja auch hinter anderem her.«

»Es geht doch schon lange nicht mehr ums Ob, das ist doch längst geklärt, mühsam genug; es geht ums Wie! Ich hätte ihn erschlagen können, unseren Fünf-Sterne-General … Jeder Satz eine Beleidigung; immer gezielt gegen mich. Wenn ich eine Pistole gehabt hätte, ich hätte ihn erschossen!«

Die Sekretärin bringt den unvermeidlichen Scotch, den Charnick so schätzt, *Ardbeg* von den Islay-Inseln mit dem doppelten Torfgeschmack. Charnick ist geradezu verrückt nach dem Gesöff; Henry Gleeson hat sich angeblich daran gewöhnt.

Charnick sieht seiner Sekretärin zu, wie sie den Whisky und die Gläser abstellt, und sagt dabei: »Miss Hallstroem, achten Sie darauf, dass ich nie eine geladene Pistole in der Tasche habe, wenn ich in eine Sitzung des Vorstands gehe … Es gibt sonst mindestens einen Toten!«

»Ich achte darauf, Sir! Wie ist es mit Messern?«

»Auch! Keine Messer! Wenn Sie allerdings irgendwo ein unauffälliges, schnell wirkendes Gift auftreiben können …«

»Soll ich frischen Kaffee bringen?«

»Wäre gut.«

Die beiden Männer greifen nach ihren Gläsern.

»Es wird hart für mich, wenn du nach Chile gehst, Henry«, sagt Charnick: »Ich verliere den Einzigen, mit dem ich reden kann!«

»Darf man mal erfahren, wo in Chile …?«, will Gleeson wissen. »Es gab mehrere Vorschläge.«

»Wir haben uns für Chañaral entschieden. Genau genommen, für ein Nest siebzig Kilometer nördlich von Chañaral und dreißig südlich von Copec, unaussprechlicher Name …«

»Das wäre also der Kleine Norden von Chile … Atacama-Wüste.«

»Wüste ist Wüste, aber die Infrastruktur überzeugt einigermaßen. Chañaral hat einen Hafen und einen Flugplatz, und für einen Motorradfahrer wie dich gibt's die Panamericana … Auf den Spuren von Che Guevara durch Südamerika … Riesige Strände gibt's da auch.«

»Wir wollen nicht euphorisch werden, John, ich war da. Ich habe mir die potenziellen Standorte ja angesehen … In Chañaral gibt's für die Freizeitgestaltung Cola, Präservative und Nutten, ansonsten nichts. Und was die riesigen Strände angeht, die es dir so angetan haben, die bestehen aus unerfreulichen Rückständen aus der Kupfergewinnung, die dort früher existierte.«

»Dann könnt ihr ja konzentriert dort arbeiten. Aber?«

»Ich denke, Chañaral ist eine Chance für mich …«

»Hundertprozentig.«

»Und ansonsten?! Habt ihr in eurem Rat der Weisen noch andere bedeutende Beschlüsse gefasst?«

»Nur ich. Mein Entschluss steht fest. Ich bringe den General um!«

»Haben sich die Dinge tatsächlich dermaßen verhärtet – oder ist das jetzt …?«

»Ich habe dir doch mal von dem jungen Einstein erzählt?«

»Kann sein. Wer soll das sein?«

»Der Enkel von Albert Einstein.«

»Ah ja, korrekt. Was ist mit ihm?«

»Er ist allen durch die Lappen gegangen! Er war eine Weile in Israel und auf einmal war er verschwunden. Weg! In Luft aufgelöst! Clarks Superschnüffler Baquet, der Typ, den der General auf Einstein junior angesetzt hat, saß auf dem Trocknen …«

»Du jedoch?!«

»So ist es! Ich jedoch hatte die Witterung nie verloren.«

»Ich vermute, du lässt den General zappeln?«

»Du vermutest das Richtige. Ich lasse ihn zappeln, bis er schwarz wird, ihn und seinen Superschnüffler … So, Henry, nachdem ich dir und den Deinen einen Teilchenbeschleuniger der Extraklasse beschafft habe, das Neueste vom Neuesten in der Welt der Forschung, und von dir ein so herzliches Dankeschön erfahren habe, würde ich mich gern meinem Tagewerk widmen … ein paar Telefongespräche führen.«

»Tu das!«

Gleeson steht auf und streckt die Hand aus: »John! Danke!«

»Wofür hat man Freunde? Es bleibt dabei: Alles, was ich tun kann, damit du da Chef wirst, werde ich tun.«

»Noch mal danke.«

»Mache ich ausschließlich aus Eigennutz!«

Für John Charnick wird es ein kurzer Arbeitstag. Eine Stunde und einige Telefongespräche später macht er Schluss, setzt sich in sein Fahrzeug, lässt den Motor kurz aufheulen und kurvt davon. Sarah, seine Frau, sagt zu dem Auto, einem fast zwanzig Jahre alten Porsche 911 in quasi fabrikneuem Zustand: »Vertreibt jede Midlife-Crisis und ist daher gut angelegtes Geld.« Charnick besitzt ein weitläufiges Haus am San Vicente Boulevard von Pacific Palisades. Er hat das Haus rechtzeitig gekauft und durch alle Höhen und Tiefen seiner Karriere gehalten. Heute könnte er das Geld dafür nicht mehr hinlegen, derart ist im Laufe der Jahre der Wert des Hauses und der Gegend gestiegen. In dieser Ecke der Stadt wohnen jetzt die Reichen und die Schönen, wie seine berühmten Nachbarn in den Klatschblättern genannt werden; das erklärt den Kursgewinn wohl ausreichend.

Als Charnick an seinem Besitz ankommt, scheint alles in bester Ordnung zu sein. Die Tore der meterhohen Zäune rund um das ausgedehnte Grundstück sind korrekt geschlossen, öffnen und schließen sich mit Daumenabdruck, und Sarahs kleiner, offener Mercedes steht in der Garage. Er geht ins Haus, ruft nach seiner Frau; keine Antwort. Er wird unruhig, als er sieht, dass die Türen zur Terrasse geschlossen und gesichert sind.

»Sarah! Wo steckst du? Oben?«

Auch diesmal keine Antwort. Wo ist Graciela, das neue mexikanische Hausmädchen, das gleich sieben Personen ernähren muss? Endlich findet er an der Kühlschranktür eine Nachricht, ein Stück Papier mit Magneten angeheftet: »Darling, ich habe mich entschieden. Ich bin auf der Tour. Ruf' mich an. Oder ich rufe dich an. Ich liebe dich, Sarah.« Daneben ein etwas verrutschtes Herz in Rot.

Er macht den Zettel ab, faltet ihn und steckt ihn in seine Brieftasche. Dann lässt er einige Brocken Eis aus dem Icemaker in ein Glas fallen, gießt Gin darüber, gibt ein Stück Zitrone hinzu und öffnet die Terrassentür.

Genau in diesem Moment ertönt die Fanfare, mit der sich Besucher am Tor anmelden. Charnick dreht sich irritiert um, geht in die Halle, sieht sich auf dem Bildschirm einer Überwachungsanlage an, wer da was will. Ein Chauffeur mit Mütze und Handschuhen steht neben einem fetten BMW und blickt finster in die Kamera.

Als John sagt: »Ja?«, antwortet der Chauffeur selbstbewusst: »Mister Wachsman für Mister Charnick ... Mr. Arthur Wachsman!«

Anscheinend gibt's mehrere Wachsmans und dieser ist der bedeutende. Charnick hat den Namen noch nie gehört und will den unangemeldeten Besuch gerade abwimmeln, da öffnet sich eine der hinteren Türen des BMW und ein sorgfältig gekleideter Mann mit weißen Haaren, strenger Brille und einem eleganten Ascot-Tuch um den Hals steigt aus, tritt neben den Fahrer und sagt: »Hallo! Sind Sie noch dran?«

»Ja!«

»Richten Sie Mr. Charnick freundlicherweise aus, ich vertrete *Road and Rail Global*!«

Charnick hält den Besucher nicht weiter hin, drückt auf den Summer, wartet ab, bis der BMW auf seinem Grundstück ist, schließt das Tor und wartet vor der Haustür auf das Eintreffen des Besuchers. Der Mann mit den weißen Haaren trägt einen teuren, etwas zu eng geschnittenen Anzug, die Schuhe sind eine Maßanfertigung und sein Ascot-Tuch wirkt wie aus einer besonders kostbaren Seide gefertigt. Manager aus der Musikbranche kleiden sich so. Was aber wirklich auffällt, sind die wasserklaren, grünen Augen des Mannes. Sie können einem das Blut gefrieren lassen. Selbst oder gerade wenn er jemanden nur völlig ausdruckslos ansieht, wie er jetzt Charnick ansieht.

Der hält dem Blick nur mit Mühe stand, ist irritiert. Plötzlich hat er eine Vorstellung, mit wem er es zu tun hat. Er vermutet: Das ist ein Consigliere der Mafia.

»Was kann ich für Sie tun, Mister …?«

»Wachsman … Arthur Wachsman«, stellt sich der Mann vor. »Scheich Talal bat mich, Ihnen Grüße zu überbringen.«

»Sehr freundlich von ihm. Und sehr liebenswürdig von Ihnen, sich deswegen herzubemühen.«

»Macht mir Freude! Wir machen uns gern ein Bild von unseren Klienten und den Personen, mit denen unsere Klienten es zu tun haben«, erwidert der Besucher und lächelt dabei unbestimmt.

›Wenn er kein Anwalt ist‹, denkt Charnick, ›ist er ein Psychopath. Wahrscheinlich beides.‹

Charnick bittet ihn ins Haus und überlegt dabei, wie er der beiden Besucher Herr werden könnte, sollte es notwendig werden. Er hat wenig Hoffnung, dass er eine Chance gegen sie hätte. Beide wirken undurchsichtig, unberechenbar und unerbittlich. Wachsman nimmt ein Soda mit Eis; nichts Alkoholisches und rückt endlich mit dem raus, warum er hier ist.

»Was haben Sie uns über Bernard Einstein zu berichten? Wo stehen wir?«

»Es ist eine verworrene Geschichte. Einstein zieht das Interesse verschiedener Gruppierungen auf sich. Eine Weile war er in Israel, hat da in Bibliotheken gestochert und sich in verschiedenen wissenschaftlichen Kreisen umgehört. Plötzlich war er für jedermann verschwunden. Ich behaupte, ich war der Einzige, der den Kontakt nie verloren hat; ich wusste stets, wo er steckte.«

»Bemerkenswert«, sagt Wachsman und blickt Charnick wieder an, als müsse er einen Tumor in dessen Hirn oder in seinen Knochen entdecken. Charnick würde im Zweifelsfall jeden anlügen, ihn nicht.

»Wo ist er jetzt?«

»In Deutschland.«

»Wo in Deutschland?«

Charnick will taktieren, wagt es aber nicht und antwortet: »In Berlin.«

»Was macht er da?«

»Sie wissen, Einstein, ich meine jetzt Albert Einstein, kam aus Deutschland. Bei der bedeutenden Theorie, hinter der Bernard Einstein her ist, spielen möglicherweise die historischen Umstände eine Rolle; Stichworte Hitler und Stalin.«

»Mit einem Wort: Sie sitzen hier mit leeren Händen.«

»So würde ich das nicht ausdrücken.«

»Aber ich. Sehen Sie, die Natur hat mich nur mit einem kargen Juristenverstand bedacht. Für mich zählen Haben und Nicht-Haben, richtig und falsch. Und Sie haben nichts in der Hand! … Ich muss also unserem gemeinsamen Auftraggeber berichten, vorerst bekommt er nichts für sein Geld?«

»Moment! Ich habe mich nie auf ein Ergebnis festgelegt! Oder auf einen Termin!«

»Scheich Talal erwartet dennoch … Ein gut gemeinter Rat: Sie sollten am Ende nicht mit leeren Händen dastehen. Bedenken Sie, was Sie verlieren können … Ihren Posten bei CAINE, dieses Haus, das schöne Geld, das Sie gebunkert haben … Mister Charnick, Sie haben sich auf ein besonders gefährliches Spiel eingelassen. Sie sollten die Regeln beherzigen: Der Sieger bekommt alles, und der Verlierer verliert alles! Mrs. Charnick wollen wir in diesem Zusammenhang auch nicht vergessen, eine so schöne und so junge, so lebendige Frau.«

»Was hat Sarah mit dem zu tun, was wir hier besprechen?«, fragt Charnick und merkt, wie ihm der kalte Schweiß ausbricht.

»Alles hat mit allem zu tun … Sie sind doch Physiker?«

»Nein.«

»Nun, man muss nicht Physik studiert haben, um meine Bemerkung zu akzeptieren! Es handelt sich um ein allgemein anerkanntes Phänomen. Wenn es Ihnen leichter fällt, nennen Sie meine Bemerkung eine Phrase! Alles hängt mit allem zusammen.«

Charnick wagt kaum, sich zu rühren. Wenn der Typ jetzt eine Glock oder Beretta herausziehen und ihn erschießen würde, empfände er das als passenden Abschluss der Unterhaltung.

2.

Tofino, Vancouver Island, Kanada, 4. April

Keine halbe Stunde, nachdem Wachsman seinen Höflichkeitsbesuch beendet hat, ist Charnick in seinem kleinen, elegant gestylten Privatjet. Nachdem er gestartet ist, spürt er, wie er sich entspannt. Das war heute zu viel des Guten. Er muss den Stress abbauen. Einzig beim Fliegen hat er das Gefühl, er stehe über allem; niemand könne ihm etwas anhaben. Er liebt es, auch wenn er schon mehr als eine heikle Situation meistern musste. Vor Jahren war er im Mittelwesten mit Buschfeuern konfrontiert: Was zunächst wie Regen aussah, erwies sich als Asche, die auf dem Fenster seines Cockpits klebte und ihm mehr und mehr die Sicht raubte. Was die Sache so dramatisch machte: Damals flog man nach Sichtflugregeln. Er schaffte es mit Mühe, das Seitenfenster frei zu halten und schließlich mehr blind als sehend zu landen. Das sind selbstverständlich nicht mehr die Probleme von heute. Wenn's sein müsste, könnte er den kleinen Jet dem Autopiloten überlassen. Im Fall der Fälle würde er ihn wahrscheinlich sogar selbstständig in Tofino, seinem Ziel, runterführen und sanft ausrollen lassen.

Er überfliegt die kanadische Grenze und meldet sich bald danach schon bei Tofino-Tower. Der Ort ist klein, liegt aber wunderschön an der Nordspitze von Vancouver Island, weshalb er zum Freizeitparadies geworden ist. Wale bestaunen, in wunderbaren Wäldern wandern. Oder man macht sich wegen des Wellenreitens dorthin auf. Wie Sarah.

›Womöglich lande ich noch vor Sarah dort! Warum hat sie mir nicht gesagt, wann sie aufgebrochen ist und mit welchem Verkehrsmittel? Und mit wem. Ihr Handy – nein. Vielleicht ist es ganz instruktiv, sie zu überraschen. Oder ich werde überrascht ... Na ja, das würde den heutigen Tag würdig abrunden!‹

Charnick weiß, dass für Außenstehende seine Ehe wie die typische Zweitehe eines erfolgreichen Mannes aussieht. Als sie vor einigen Jahren geheiratet haben, war er in seinem Job obenauf, sie wirkte mehr als Schmuckstück und Trophäe denn als Partnerin. Die Wahrheit war es selbst damals nicht. Sie hatte ihn gewollt und sie hatte ihn genommen. Dabei ist Sarah fast dreißig Jahre jünger als er, eine wunderschöne, biegsame Frau, mutig, spontan und vollkommen unabhängig. Dazu gehört, dass sie eigenes Geld besitzt, das ihr von ihrer wohlhabenden Großmutter vererbt worden war.

Der Flug zieht sich, Charnicks Gedanken kleben an seiner Sarah. Er wünscht, sie säße neben ihm. Er wird nie den Moment vergessen, in dem sie sich von ihrem Platz erhob, dem an der Tafel stehenden Professor widersprach und in wenigen Sätzen eine gesicherte, althergebrachte Weisheit in ein Rätsel verwandelte. Der Professor hatte ihr erst nervös, dann staunend zugehört und ihr am Ende nur für ihren Beitrag danken können. Das war am Caltech, am California Institute of Technologie.

›Ausgerechnet ich werde von einer angehenden Physikerin geangelt!‹ Er lacht auf bei dem Gedanken. ›Na, immerhin eine begabte Physikerin. Wenn sie denn nur endlich ihr Studium abschließt. Es wird interessant sein zu erfahren, wer oder was Sarah umgestimmt hat.‹ Es ist erst einige Tage her, dass sie über Vor- und Nachteile einer Beteiligung an der ASP World Tour, der Weltmeisterschaft der Surfer, diskutiert haben. Am Ende hatte sie ihm versprochen: Gut, ich akzeptiere, was du sagst. Ich bin frühestens im nächsten Jahr dabei. ›Und was hat sie dazu gebracht, von einem auf den anderen Tag Physik Physik sein zu lassen und sich an der Tour zu beteiligen? Gut, dass ich nur ihr Mann bin und nicht ihr Vater!‹

Charnick kann die armen Eltern verstehen; er selbst ist vier Jahre älter als Melvin, ihr Vater. Der ist selbstverständlich auch ein Eierkopf, ebenfalls am Caltech. Sie waren sicher nicht glücklich, dass Sarah ausgerechnet ihn ausgewählt hat. Inzwischen hat man sich arrangiert.

Nach zwei Stunden, zwanzig Minuten Flugzeit landet John Charnick auf dem kleinen Flugplatz Tofino/Long Beach, Kennung YAZ. Das Flugfeld besteht aus einer Rollbahn und mehreren freundlich gestrichenen Holzbauten. John erledigt die Pass- und Zollformalitäten, leiht sich ein Auto und fährt die letzten zwanzig Minuten durch Wald und viel Natur zum Ort Tofino. Er war vor zwei Jahren schon einmal mit ihr hier. Damals trainierte Sarah an diesem Ort, und sie hatten im hocheleganten ›Long Beach Lodge Resort‹ übernachtet. Deswegen versucht er es zuerst hier. Das Resort liegt an der ›Wild West Coast‹, einem sehr breiten Strand, mit Blick auf stets schäumendes Wasser und teils schneebedeckte Berge in einigen Meilen Entfernung.

An der Rezeption wundert man sich; man hatte Mrs. Charnick so verstanden, dass sie für zehn Tage kommen werde und ihr Ehemann leider verhindert sei.

»Umdisponierung«, erklärt er knapp. Er sei in jedem Fall schon mal hier; seine Frau werde folgen.

Man überreicht ihm die Schlüsselkarte für das Appartement, ein Page trägt ihm das Gepäck. Die Räume, die Sarah gemietet hat, sind ausreichend für eine mittlere Familie. Es gibt eine Küche, in der Profis glücklich werden könnten, und einen eindrucksvollen Kamin in der Mitte des Raums. Charnick drückt dem Gepäckträger einen Schein in die Hand. Kaum ist er gegangen, schenkt er sich aus einer bereitstehenden Karaffe einen besonders kräftigen Schluck Whisky ein und geht dann hinaus auf die Terrasse. Am Strand und auf dem Küstenstreifen herrscht starker Auftrieb. Er hat den Eindruck, alle Teilnehmer der Tour sind entweder am Strand oder auf den Wellen.

›Sehen alle gleich aus in ihren Neoprenanzügen! Aber Shaun müsste ich erkennen können. Dieses *As*! Er müsste da sein; trainiert doch alle hübschen Talente ... Wenn einer Sarah flachlegt, dann doch er. Es liegt einfach auf der Hand: Im letzten Jahr haben sie über Wochen zusammen trainiert ...‹, sinniert Charnick.

Zu seinem Glück ist er unterdurchschnittlich eifersüchtig, und bislang hat er sich keine Mühe gegeben herauszufinden, ob etwas zwischen den beiden läuft oder nicht. Dabei wäre es so leicht für ihn, diesen Punkt zu klären. Er brauchte nur den Hörer abzunehmen und irgendeinen Schnüffler zu beauftragen. ›Jedoch, warum sollte ich? Was kann ich dabei gewinnen? Ich werde wohl alt, dass ich die jungen Leute nicht mehr richtig verstehe! Wie diesen jungen Einstein. Was sucht der eigentlich wirklich? Angeblich irgendwelche Papiere, die sein Großvater irgendwo versteckt hat, damit die Welt vor ihnen beschützt wird. Wieso sollte der alte Einstein das eigentlich gemacht haben? Wenn er wirklich ein Gedankengebäude entwickelt hat, von dem keiner je erfahren soll, warum hat er sich dann die Mühe gemacht und die Prinzipien aufgeschrieben?‹ Charnick nimmt einen weiteren Schluck, trotzdem regt er sich auf: Diese Einstein-Sache hat bislang nichts als Ärger eingebracht. Und dass er Talal mit ins Boot für ein kleines Extrageschäft genommen hat …

Sarah war auch nach Stunden nicht gekommen. Charnick hat im Restaurant des Long Beach Resorts zu Abend gegessen und anschließend den Kamin angesteckt. Er ist unruhig.

›Sollte ich Sarah nicht endlich anrufen? Oh Gott, ich denke schon wie ein Papa! Aber dieser sinistere Anwalt – das war eine unverkennbare Drohung: Man werde sich Sarah vornehmen, spure er nicht, wie es sich R & R Global vorstelle. Arschloch!‹

Er nimmt gerade das vor ihm liegende Handy auf, als die Tür aufgeht und Sarah hereinhuscht. Als sie ihn sieht, lässt sie alles fallen und rennt in seine Arme.

»Wie wunderbar!«, ruft sie und begrüßt ihn so herzlich, als hätten sie sich seit Wochen nicht gesehen und die pure Sehnsucht habe sie hergetrieben. Er glaubt ihr gerne.

Nach der stürmischen Umarmung beginnt sie sich auszuziehen.

»Ich muss unter die Dusche … Das war ein Höllenritt: Erst mit der Air Canada bis Toronto, dann mit einem Taxi quer durch die Stadt, rein in ein Flugboot, das uns hierher bringen sollte. Nach einer Viertelstunde zurück; mit einem der Motoren oder mit beiden war was nicht in Ordnung, Notlandung …«

»Ich verstehe«, sagt er freundlich, »die Hölle auf Erden.«

»Bingo! … Und was willst du hier?«

»Dich nackt sehen!«

»Das trifft sich gut! Im Moment bin ich absolut nackt … Sieh's dir gut an!«

»Ich bin dabei!«

Charnick nimmt seine geschmeidige Schöne in den Arm; sie küssen sich, wobei ihre Küsse von Sekunde zu Sekunde leidenschaftlicher werden. Doch als Charnick atemlos wird und drängender, macht sie sich los und geht unter die Dusche.

Während sie das Wasser anstellt, fragt sie: »Was genau beschäftigt dich? Was willst du wissen?«

»Dusch erst mal!«

Sie duscht ausgiebig. Als sie endlich wieder aus der Dusche kommt, fragt sie: »Wie lautet die Frage?«

»Ich nehme an, du musstest den Höllenritt nicht allein durchstehen. Stand dir Shaun Tomson zur Seite?«

»Ja. Er hat mich abgeholt; besser gesagt, geholt … Er will mich unbedingt bei der Tour dabeihaben! Er hat mir in die Hand versprochen, er macht mich zum Star. Wenn nicht in diesem Jahr, dann im nächsten!«

»So hatte ich mir das zurechtgelegt.«

»Und deswegen lässt du alles liegen und stehen?«

»Nein. Nicht deswegen!«

»Hör mal: Mit Shaun Tomson läuft nichts«, erklärt ihm Sarah.

»Wollte ich gar nicht wissen«, grinst Charnick.

»Ich hab Hunger.«

»Der Kühlschrank ist voll«, erklärt er ihr.

»Ja, das habe ich bestellt … Ich brate mir ein Steak und frittiere ein paar grüne Bohnen … Was ist mit dir?«

»Ich habe gegessen …«

»Aber ich habe einen Bärenhunger. Du willst ja wohl nicht, dass ich unter dir zusammenbreche …«

»Um Gotteswillen!«

Er sieht ihr zu, wie sie sich an die Vorbereitung ihres Essens macht. Dabei erkundigt sie sich: »Wie lange bleibst du, Hase?«

»Ich fliege morgen zurück.«

»Und sonst? Gibt es irgendetwas, das ich sonst noch wissen müsste?«

»Das kann man sagen! Wir haben heute Morgen im Vorstand entschieden, unseren neuen Teilchenbeschleuniger in Chile zu bauen, am Rande der Atacama-Wüste.«

»Das habt ihr gut gemacht! Ein weiser Entschluss! Wenn er fertig ist, verschaffst du mir da eine Stellung. Bis dahin bin ich mit dem Studium so weit.«

»Auch wenn du auf Tour gehst?«

»Mit und ohne ASP Tour.«

Weder an diesem Abend noch am nächsten Morgen erwähnt Charnick den einschüchternden Mr. Arthur Wachsman auch nur mit einer Silbe. Warum Sarah verunsichern?

3.

Berlin, 8. April

Jemand klatscht laut in die Hände und Bernard wacht auf; in Roses Bett, in ihrer kleinen Wohnung am Schlachtensee. Es ist ein sonniger Tag; das ist alles, was er im Moment weiß. Sie trägt eine leichte Dschellaba, ist barfuß und hat Kaffee gekocht. Wie üblich wird er für seinen Geschmack viel zu schwarz und viel zu bitter sein. Er hütet sich, ein Wort darüber zu verlieren. Das hat er einmal versucht!

»Soll ich Brötchen holen?«, bietet Rose an.

Er ist immer noch nicht richtig wach und fragt: »Ist heute etwa Sonntag?«

»Mitnichten: Dienstag … Ich habe ausnahmsweise keine Verpflichtungen. Habe ich auch mal verdient nach der Hektik der letzten Woche! Tut mir leid, dass ich mich nicht um dich kümmern konnte. Wie wäre es, wenn wir heute …?«

»Keine Vorschläge! Im Archiv der Stasi-Unterlagen-Behörde warten sie auf mich.«

Sie setzt sich aufs Bett und schiebt die Hand unter die Decke und sagt dazu verführerisch: »Lass sie warten!«

Bernard lässt sie warten.

Er duscht und zieht sich dann an, sie wirft ihr kleines Auto an und holt von einer Bäckerei an der Spanischen Allee frische, knackige Brötchen. Während sie in aller Ruhe frühstücken, erkundigt sie sich:

»Und? Hast du rausgekriegt, was in dem geheimnisvollen Dederon-Beutel war?«

»Ja«, sagt er mit Entdeckerstolz.

»Das ist wahr? Du hast das Geheimnis deiner Fremdenführerin geknackt?«, vergewissert sie sich.

»Ja.«

»Und was war drin? Was hat die Stasi entdeckt?«

»Eine Romanze!«

»Darf man erfahren, was das bedeutet?«

»Rose, es ist eine lange, traurige Geschichte …«

»Wunderbar! Lass hören!«

»Also gut, du hast ja Zeit!«

»Du auch! Ruf bei der Behörde an!«

»Habe ich schon.«

»Siehst du, du denkst mit! Das gefällt mir … Und nun, was war im pinkfarbenen Beutel?«

»Erstens ist er giftgrün und zweitens war nur ein Buch drin. Keine Schätze; ein Buch und ein kleiner Brief. Frau Priebe hatte sich richtig erinnert; die Geschichte ereignete sich im Sommer 1970; exakt am 28. Juli 1970, war auch ein Dienstag … An diesem Tag wurde der Beutel aus dem Wasser gefischt … Das Buch war eine Rosa-Luxemburg-Biografie, im Buch lag ein kleiner Brief, mit üblichen Liebesbeteuerungen und einem Terminvorschlag, ›wann können wir uns wo treffen, in welchem Versteck‹, so was … Es gab keine direkte Anrede, keinen Absender, aber die Stasi musste sich nicht lange quälen. Sie haben ein bisschen abgehört, eine Falle gestellt und schon hatten sie die Verbrecher. Der Brief und das Präsent stammten von Erika Ahlers, einer Kommunistin, die den Kommunismus mit der Muttermilch eingesogen hatte. Zu der fraglichen Zeit war sie 35 Jahre alt, und der Typ, mit dem sie ein Verhältnis hatte, war 48 und ein hohes Tier in der Potsdamer SED-Bezirksverwaltung; verheiratet natürlich und unglückseligerweise mit einer aus dem kommunistischen Adel. Die Ehefrau führte ein paar Telefongespräche und schon wurde Erika in eine geschlossene venerologische Station gesteckt; und zwar in Halle an der Saale. Zwei Jahre danach beging sie Selbstmord.«

»Beeindruckend … Und um das rauszukriegen, hast du wie lange gebraucht?«

»Na ja, ich gebe zu, es hat Zeit gekostet, mea culpa … Andererseits, allein die Stasi für Potsdam und Umgebung hat etwa 4,7 Kilometer Unterlagen hinterlassen. Kilometer, kannst du dir das vorstellen?! Davon sind 355 laufende Meter ausschließlich Karteien, ungefähr anderthalb Millionen Karteikarten. Auf diesen Karten findest du Namen, Geburtsdaten, Adressen und andere Hinweise zu den Personen, mit denen sie sich beschäftigt haben. Glücklicherweise hat sich die Geschichte 1970 abgespielt, ich konnte mich daher auf die MfS-Archivbestände der Abteilung XII beschränken, also auf Unterlagen, die von der Bezirksverwaltung selbst schon archiviert worden waren. Dadurch waren die Dinge etwas eingegrenzt.«

»Und was hat das alles mit Einsteins großem Geheimnis zu tun?«

»Bis hierhin eigentlich nichts. Aber ich habe ja schon gesagt, es gab auch Erikas Vater, Christian Ahlers – eine Art kommunistischer Wanderprediger. Im Jahr 1932 haben er und Albert Einstein mindestens zwei Tage zusammen verbracht …«

»Was soll in den Papieren deines Großvaters stehen?«, unterbricht ihn Rose.

Bernard stockt einen Moment. Dann lächelt er: »Das hast du so direkt noch nie gefragt – ich habe mich schon gewundert, dass es dich, Frau Professorin, nicht interessiert.«

»Ich war auf anderes konzentriert«, grinst sie ihn an und einen Augenblick glaubt Bernard, dass er seine Termine für heute wohl ganz vergessen kann. Doch dann besinnt er sich.

»Mit größter Wahrscheinlichkeit geht es um Gravitation. Wie so oft.«

»Und warum dann diese Geheimnistuerei? Was kann die Gravitation, die schwächste Kraft im Universum, derart gefährlich machen, dass Albert Einstein nicht öffentlich darüber sprechen wollte oder seine Unterlagen dazu versteckte? Das ergibt für mich keinen Sinn. Es sei denn ... eine fünfte Kraft?«

Bernard nickt, aber er lächelt nicht mehr.

»Wow. Aber er wird seine Papiere nicht deshalb versteckt haben, weil sie gefährlich sind, sondern weil er sich in der Fachwelt lächerlich gemacht hätte. Hast du daran gedacht?«

»Soweit ich meinen Großvater kenne: Es wäre ihm relativ egal gewesen. Alles, was ich bisher dazu gefunden habe, deutet darauf hin: Er hat etwas entdeckt, was die Rätsel der Gravitation erfasst.«

»Und damit beeinflussbar macht.« Jetzt ist auch Rose ernst geworden – um dann aber gleich wieder zu spotten: »Du bist ein Träumer – aber ein hinreißender. Oh, was könnten wir alles mit der Albert & Bernard-Einstein-Gravitation anrichten! Die verbogene Raumzeit, die ja für die Schwerkraft verantwortlich ist, könnte gleichsam zurückgebogen werden, dann Anti-Gravitation, Verstärkung der Gravitation, Abschirmung oder Absorption, künstliche Gravitation, eine Gravitationsinterferenz, Schwarze Löcher? Das ist Science-Fiction!«

»War eine Atombombe auch einmal.«

»Du hast mir im Flugzeug gesagt, irgendwer hätte dir eine schriftliche Notiz deines Großvaters geschickt.«

»Das liebe ich so an dir: Du hörst mir wirklich zu.«

»Pass bloß auf, sonst klingst du noch wie eine Frau! Zeig mir die Notiz!«

In diesem Augenblick meldet sich Roses Handy. Sie will weiterdiskutieren, aber nimmt das Handy dann doch in die Hand, nachdem sie einen Blick aufs Display geworfen hat. Bernard flüstert sie noch ein »Spinner!« und wirft ihm einen Kuss zu.

»Frau Hadad?«, sagt sie verwundert.

Es kommt zu einem längeren Gespräch mit der Frau. Rose sagt unter anderem: »Wie soll ich das bewerkstelligen? Sie rufen in Europa an!« und »Im schlimmsten Fall muss die Tür aufgebrochen werden … Ich habe Ihnen doch den Schlüssel dagelassen!« und schließlich: »Frau Hadad! Ich beschwöre Sie, lassen Sie einfach die Hausverwaltung machen. Die wissen, wie es geht!«

Nach dem Telefonat erklärt sie Bernard, verständlicherweise beunruhigt, in ihrer Wohnung in Jerusalem gab es einen Rohrbruch. Frau Hadad, die auf die Wohnung aufpasst, ist vollkommen durch den Wind, wie immer, wenn sich etwas Ungewöhnliches im Haus ereignet. Und sei es nur, dass einer ihrer Köter kotzt!

Bernard schaut sie schweigend an. Sie lächelt.

»Ich muss los, das Archiv wartet schon.«

4.

Berlin, 8. April

Wie schnell sich Gewohnheiten verfestigen: Am S-Bahnhof Schlachtensee steigt Bernard wie schon die vergangenen Tage in die S 1, wechselt 55 Minuten später in die U 5 und ist nach einigen weiteren Minuten auf dem riesigen Komplex, der einmal Stasi-Zentrale war und nun das Archiv der Stasi-Unterlagen-Behörde beherbergt. Bernard geht quer über den Innenhof der Plattenbauanlage in der Normannenstraße, einem riesigen Gelände ohne Baum und Strauch, nur als Parkplatz zu nutzen. Ungefähr zwei Dutzend Personenwagen parken hier, außerdem mehrere Busse, die Besucher hierher, zu dem speziellen Stasi-Museum, bringen und wieder abholen. Der gesamte Komplex war einmal Sperrgebiet innerhalb Ost-Berlins; Zutritt nur mit Spezialausweisen. Oder man wurde als Gefangener der Staatssicherheit zugeführt. Wenn's sein musste mit einem Tritt in den Hintern.

Bernard ist noch rund zehn Meter von einem der Eingänge eines der Archivbauten entfernt, da tritt ein merkwürdiges Pärchen aus dem Gebäude: eine jüngere, braun gebrannte Frau mit auffallendem Schmuck und ein junger, kräftiger Mann mit einem imposanten Bart und den glühenden Augen eines Fanatikers, südliche Erscheinung beide, vielleicht Araber.

›Sie haben mich!‹, zuckt Bernard erschrocken zusammen.

Die beiden sehen ihn genauso überrascht an wie er sie; anscheinend haben sie nicht mit ihm gerechnet, wenigstens nicht zu dieser Zeit.

Bernard ist der Erste, der reagiert. Er geht einige Schritte rückwärts und hat insofern Glück, als nun zufälligerweise einige Autos losfahren und Distanz zwischen ihn und seine Verfolger bringen. Bernard drängt sich in eine Reisegruppe und steigt mit den Leuten in einen Bus ein. Es handelt sich um ältere Menschen, Rentner, in der Mehrzahl Männer, die das Stasi-Museum besucht haben und nun nach Hause wollen. Sie sehen ihn missbilligend an, murren auch, aber legen sich nicht mit ihm an. Bernard setzt sich auf einen freien Platz und behält dabei vorsichtig die beiden im Auge, die ihn erkennbar suchen, aber nicht entdecken, weil sie sich auf die wegfahrenden Pkws konzentrieren.

Der Bus rollt los, und fährt Richtung östlicher Stadtrand und Autobahn. Kurz vor der Auffahrt bittet Bernard den Fahrer, ihn rauszulassen. Der tut ihm den Gefallen. Erst als der Bus wieder startet, liest Bernard die Aufschrift auf dessen Heck. Der Bus heißt *Alpenrose.*

»Verrückt!«

Rose joggt rund um den Schlachtensee, durch lichte Laubbaumwälder und über die durch das Laub der vielen Jahre wunderbar federnden Wanderwege. Kaum zu glauben, dass unweit des pulsierenden Zentrums der Millionenstadt so eine Idylle existiert. Sie kommt sich immer, wenn sie hier in der Nähe ihres Appartements läuft, wie in einer anderen Welt vor, als gäbe es den Negev gar nicht, die Wüste, das Forschungsinstitut oder Elyas. Als sie einen Anruf erhält, läuft sie noch einige Schritte, stoppt dann.

»Ja? Was ist, Bernard? Es ist so laut bei dir, ich verstehe kaum etwas.«

»Rose, ich vermute, ich bin gerade einem Pärchen in die Arme gelaufen … Palästinenser, Israelis, keine Ahnung. Sie haben im Stasi-Archiv auf mich gewartet! – Ich habe sie abgehängt, aber ich fürchte, sie wissen, wo sie mich suchen müssen! Sei extrem vorsichtig! Sprich mit deiner Botschaft, die müssen Schutz für dich organisieren …«

»Und du, was machst du? Was willst du tun?«, fragt sie.

»Ich verschwinde und verfolge eine interessante Spur …«

»Welche Spur?«

»Albert Einstein! Du erfährst alles! Wenn ich wieder da bin!«

»Wann ist das?«

»Keine Ahnung, vielleicht in acht Tagen … Jetzt geht es erst mal darum, dass du dich in Sicherheit bringst!«

»Aber ich sehe dich wieder?«

»Rechne damit!«

»Ich muss dir was gestehen: Ich bin über beide Ohren in dich verliebt!«

»Gut, dass du das sagst … Das hätte ich nicht gemerkt! … Tu mir den Gefallen, sei extrem vorsichtig!«

»Mach ich! Und melde dich! Ruf mich an!«

Bernard schnappt sich das erste Taxi, das vorbeikommt, und lässt sich zum Omnibusbahnhof bringen. Der ist ein abweisender Betonbau aus den sechziger Jahren, der den Andrang kaum noch bewältigen kann. Er müsste dringend erweitert werden, und renoviert auch. Die Toiletten stinken wie der Löwenkäfig im Zoo, die Wände sind trostlos grau, wenn sie nicht mit stümperhaften Graffiti verschmiert sind, wo sie nicht von Plakaten längst vergangener Veranstaltungen überdeckt sind, die erfolglos immer wieder abgekratzt werden. Jemand, der vor Bernard in einer der Schlangen an den Fahrkartenschaltern steht, beschimpft eine Angestellte.

»Ihr seid echt abgefahren. Wisst ihr das? Macht ein paar Schalter mehr auf!«

»Mein Herr«, erwidert die Frau am Schalter mit gespreizter Höflichkeit, »Sie können Ihr Ticket auch direkt beim Fahrer erwerben.«

»Ick kann immer allet anders. Ick will et jedoch jenau von dich! Mach voran, Mädel.«

Bernard stellt fest, dass man vom ZOB aus praktisch alle großen Städte in Europa ansteuern kann, von Edinburgh bis Istanbul. Er bucht die Strecke Berlin–Budapest, einfache Fahrt 63 Euro, Barzahlung; Abfahrt in zehn Minuten.

An einem fahrbaren Stand gönnt er sich noch einen Pappbecher Kaffee zum Kampfpreis von einem Euro, der Kaffee ist ebenso bitter wie der von Rose, steigt dann in einen sehr modernen, gut klimatisierten Bus ein. Soweit er erkennen kann, achtet niemand auf ihn. Der Bus rollt pünktlich los.

5.

Berlin, 8. April

Rose Shalev kommt vom Joggen zurück, duscht und zieht Freizeitklamotten an. Das Laufen hat ihr gutgetan, in jeder Hinsicht. Sie hat ihre Gedanken geordnet, ruft Elyas an und erwischt ihn in seinem Büro in der Zentrale des Shin Bet.

»Können wir sprechen?«, ist ihre erste Frage.

»Können wir!«, antwortet Elyas. »Ich habe Zeit, nicht unbegrenzt, aber ich habe Zeit!«

»Wie geht's dir? Schmerzen?«

»Nein, ich habe mich ausreichend gedopt … Was ist der Stand der Dinge?«, kommt er direkt zum Kern.

»Was sollte das: Warum habt ihr Bernard verscheucht? Ich war doch so dicht dran!«

»Hör mal zu, Frau Professor: Werde nicht undankbar!«, weist er sie zurecht. »Sollten wir zusehen, wie er aus dem Verkehr gezogen wird?«

»Also waren das deine Leute beim Stasi-Archiv.«

»Ich habe dir gesagt, sowohl die Sabah als auch ein Killer namens Baquet sind hinter ihm her. Sowohl für sie wie für ihn hat das Wort *zögern* keine Bedeutung. Ich nehme an, sie kennen es nicht mal … Hast du überhaupt eine Vorstellung von ihr?«

»Sie kommt ja immer mal in den Zeitungen vor … eine Topterroristin … ›Miss Schakal‹ habe ich mal irgendwo gelesen.«

»Der übliche Zeitungsquatsch; sie müssen ja ihre Blätter verkaufen. Yasmine Sabah ist eine der vielen Nichten von Amsel Sabah …«

»Der Sängerin?«

»Der größten Sängerin, die der Libanon je hervorgebracht hat. Mit der alten Sabah ist auch der alte Libanon endgültig gestorben. – Wie auch immer. Yasmine, ihre Nichte, ist eine ganz andere Figur als ihre Tante. Hat in Paris studiert, war Rechtsanwältin in mehreren angesehenen Kanzleien in Frankreich und Großbritannien. Vor rund fünfzehn Jahren stieg sie ein – in einem Alter, in dem Terroristen üblicherweise aus dem Geschäft aussteigen. Mit ihrem überragenden Verstand hatte sie es bald mit den ersten Figuren von Hamas, Al-Qaida, Al-Schabab und so weiter zu tun. Alles, was Schrecken erregt, war und ist ihr recht. So schnell, wie sie mit diesen Leuten in Kontakt kam, so schnell geriet sie aber auch mit ihnen in Konflikt. Es ist ein Wunder, dass die Frau überhaupt noch lebt.«

»Das klingt nicht sehr logisch. Warum sollte sich Miss Schakal ausgerechnet um mich bemühen? Was kann ihr das bringen?«

»Es ist sehr logisch, wenn du bedenkst, dass die Sabah nicht mehr die ist, die sie mal war. Nora hat eine Akte zusammengestellt. Es ist zurzeit nicht klar, für wen sie arbeitet, ob sie überhaupt noch politisch agiert. Die Ergebnisse sind aber – na, du kriegst ja die Akte. Die Lektüre dieser Papiere wird dir den Magen umdrehen.«

In diesem Moment hört man ein scharfes Geräusch, hart und laut wie ein Schuss.

»Elyas, was ist?«, ruft Rose in ihr Handy.

»Nichts! Mein Stock ist umgefallen!«

»Du kannst einen zum Herzinfarkt treiben!«

»War's das? Ich habe noch einiges zu tun!«

»Wie kann das alles sein? Ich gerate ins Schussfeld der Topterroristin Yasmine Sabah, Nichte der singenden Amsel, Bernard hat sich abgesetzt – und das soll's gewesen sein?«, sagt sie – und gegen ihren Vorsatz – sehr wütend.

»Beruhige dich«, beschwichtigt sie Elyas. »Wir haben nicht die Kapazitäten in Berlin, um auf euch alle aufzupassen. Der Mossad ist eingesprungen, hat Amtshilfe geleistet. Haben ihm scheinbar eine Frau mit extrem auffallendem Schmuck sowie einen Bärtigen auf den Hals gehetzt. Offenbar haben sie ihre Sache gut gemacht, wenn dein Einstein augenblicklich die Kurve kratzt.«

»Bezähme deine Eifersucht! Er ist nicht *mein* Einstein, er ist meine Zielperson!«

»Schön, dass er wenigstens diesmal niemanden erschossen hat ...«, erwidert Elyas bissig. »Wie hätte ich das dem Mossad erklären sollen? Wenn sich dein Freund wieder mal meldet, mach ihm klar, dass Berlin gegenwärtig verbrannte Erde für ihn ist. Hat er etwas herausgefunden, das wir wissen sollten?«

»Nichts Konkretes … Er hat mir allerdings vor einigen Stunden verraten, er ist auf eine interessante Spur gestoßen. Er will versuchen …«

»Es ist schön, dass er dir so vertraut … Dass eine so enge Bindung gewachsen ist. Das war immer unser Ziel!«

»Deinen Sarkasmus kannst du dir sparen. Bernard vertraut mir, das stimmt. Vielleicht nicht hundertprozentig; wer macht das schon? Er vertraut mir jedenfalls mehr, als du es tust, geschätzter Elyas! Du bist einfach krankhaft misstrauisch!«

»Warum soll ich mir so etwas anhören?« Darauf beendet Elyas abrupt das Gespräch.

Als Rose am folgenden Tag wieder im Institut an der Hardenbergstraße ist, findet sie in ihrem Fach zwei verschlossene Umschläge vor. Sie enthalten aktuelle Fotos der Terroristin Yasmine Sabah und des Schnüfflers Baquet. Die Fotos sind erkennbar in Berlin aufgenommen worden und nach den einkopierten Zeitangaben in den letzten Tagen. Die Sabah sieht darauf vollkommen anders aus als auf den Zeitungsbildern, an die Rose sich schwach erinnert. Das hier ist eine grauhaarige, vom Leben enttäuschte Frau, die unter Magersucht zu leiden scheint. Baquet sieht aus wie ein smarter, ehemals erfolgreicher Baseballspieler, unglaublich amerikanisch.

6.

Berlin, 8. April

Der grüne Fernreisebus ist nur zu zwei Dritteln besetzt, Bernard hat sich in einer der hinteren Reihen eingerichtet. Niemand hat sich über sein fehlendes Gepäck gewundert, die Leute betrachten sich nur kurz und gleichgültig, schauen dann aus dem Fenster der vorbeiziehenden Stadt nach, den grauen Betonmassen und endlosen Karawanen an Pkws, Kleintransportern, Lastwagen und anderen Bussen. Der Moloch der Großstadt entlässt sie mit gleichmäßigem Schaukeln und Autobahnrauschen. Müde Langeweile breitet sich aus und es beginnt zu regnen.

Eine Weile lang beobachtet Bernard das Paar, das zwei Reihen vor ihm sitzt. Anfangs hält er die beiden für Vater und Tochter, dann für einen älteren Mann mit gekaufter Braut. Die Frau ist ungefähr dreißig, rothaarig und wirkt äußerst temperamentvoll. Sie hat sehr große Augen, einen fülligen Mund und Bernard findet, dass sie in einen Luxuszug gehört; aber nach der Kleidung der beiden zu urteilen, ist das Geld dafür nicht da. Sie trägt eine Jacke mit Pelzkragen, was angesichts der Temperaturen keine ideale Wahl ist. Aber es ist wohl ihr bestes Stück. Sie hat versucht, sich aufzumotzen. Er hingegen wirkt wie der typisch biedere Beamte. Bernard stellt sich vor, dass er sich auf ein Abenteuer eingelassen hat, das ihm gegenwärtig über den Kopf wächst.

Bernard macht die Augen zu und verliert sich in seinen Erinnerungen. Als er zwölf war, hatte seine Mutter einen neuen Lover, der ihn an den Mann vor ihm erinnert. Der wollte unbedingt Nashville sehen, die berühmte *Hall of Fame*. Nun hatte Evelyn, seine Mutter, in Berkeley ihren Master in der Literatur des Mittelalters gemacht und war entsprechend alles andere als ein Fan der Country-Musik. Marvin setzte sich aber durch. Ja, genau; so hieß der Typ, Marvin. Schon während der Busfahrt nach Nashville hatten sich seine Mutter und Marvin gestritten wie das Pärchen vor ihm. In Nashville ging es unaufhörlich so weiter. Er, Bernard, fand die verschiedenen Museen, in denen Stars der Country-Musik angebetet wurden und von denen Marvin keins auslassen wollte, gar nicht so übel. Die Geschichte zwischen seiner Mutter und Marvin endete stilvoll vor *Opryland*, dem Theater, in dem die *Grand Ole Opry* seit Jahren produziert wurde. Marvin verpasste seiner Mutter ein blaues Auge, und das war's dann endgültig.

Als Bernard die Augen wieder öffnet, sieht er, dass das Paar vor ihm Marvin und seine Mutter als Vorbild genommen hat: Sie streiten mit unterdrückten Stimmen, aber unaufhörlich miteinander. Dabei bemühen sie sich, nicht allzu sehr aufzufallen. Außerdem sprechen sie Tschechisch. Mit anderen Worten, Bernard hat nicht viel von diesem Liebesdrama. Und er ist sich sicher, dass der Mann anders als Marvin nicht zuschlagen wird. Bernard schließt die Augen erneut. Er verliert sich in seinen Gedanken und Überlegungen, dann schläft er ein.

Plötzlich ist der Bus am Stadtrand von Prag. Etliche Leute hatten ihm gesagt, Prag sei eine der interessantesten und schönsten Städte Europas und immer eine Reise wert. Bernard beobachtet, wie sich die Zerstrittenen für den Ausstieg fertig machen. Sie haben zwei Reisetaschen bei sich, sonst kein weiteres Gepäck. Als sie aussteigen und davongehen, folgt Bernard ihnen, als müsse es so sein.

Auf dem Gelände des Busbahnhofs gibt's die üblichen Wechselstuben, Kioske, an denen man Souvenirs kaufen kann, auch zwei Schnellimbisse. Bernard bleibt nicht einmal stehen, kauft weder etwas zu essen noch etwas zu trinken, dabei hat er Hunger und Durst, lässt sich vielmehr von dem merkwürdigen Pärchen führen. Die beiden überqueren eine große Ausfallstraße, deren Namen er nicht aussprechen kann, gehen einige Schritte und betreten dann eine Sportbar mit Restaurant oder ein Restaurant mit Nebenräumen, die für die Fans von Sportsendungen bestimmt sind. Auf einem riesigen Bildschirm läuft gerade ein Fußballspiel, es steht null zu null. Bernard kann allerdings nicht erkennen, wer spielt. Die rund dreißig Zuschauer sind aber in Stimmung und bejubeln gerade ein Beinahe-Tor. Bernard setzt sich so, dass er sowohl den Bildschirm als auch das Pärchen im

Auge behalten kann, bestellt einen Böhmischen Schweinsbraten mit Serviettenknödel und Kraut, bittet darum, nicht am Kraut zu sparen, dazu ein Pilsener.

Er hat gerade das erste Glas Bier getrunken und den ersten Bissen gegessen, da eskaliert der Streit der Liebenden. Die Rothaarige schüttet ihrem Partner, Galan, Liebhaber oder was immer er ist, bühnenreif ein Glas Wasser ins Gesicht. Danach hat sie noch eine letzte abfällige Bemerkung für ihn, steht auf und geht davon. Der Mann versucht ein Lächeln, will wohl von den Zuschauern des Fußballspiels Zuspruch erbetteln. Das Lächeln verrutscht, die Fußballfreunde tun so, als hätten sie nichts gesehen, freuen sich vielmehr unbändig über das längst fällige Führungstor. Der Mann bleibt demonstrativ sitzen; es soll wohl jeder sehen, die Affäre hat ihr Ende gefunden, das Weibsstück ist abgeschrieben.

Bernard legt einen größeren Geldschein auf den Tisch und folgt der Frau. Er muss kurz nach ihr suchen, dann entdeckt er sie. Sie geht zu einem gut gesicherten Parkplatz und dort zu einem Sportwagen älterer Bauart mit abgefahrenen Reifen und einigen Beulen im Blech. Es handelt sich um einen Mazda MX 5, einen knochenharten Roadster in Rot. Als die junge Frau in ihr Auto einsteigen will, spricht Bernard sie an.

»Entschuldigen Sie: Haben Sie Zeit?«

Sie schaut ihn irritiert an.

»Zeit wofür?«, fragt sie akzentfrei und erkennbar auf der Hut.

»Können Sie mich ins Ausland kutschieren?«

»Soll das ein Witz sein?« Die Frau sieht ihn amüsiert an.

»Nein, ich werde dafür gut zahlen …« Bernard greift in seine Briefträgertasche und präsentiert ihr nonchalant ein Bündel Euro.

»In welches Ausland?«

»In ein nahes! Ein Engagement für drei Tage – Sie und Ihr Auto.«

»Welches Risiko?«

»Keines, sieht man von den üblichen Gefahren der Straße ab. Ich heiße Bernard, handle weder mit Drogen noch mit Waffen, bin im Gegenteil ein vollkommen anspruchsloser Passagier, die Harmlosigkeit in Person.«

»Und werden von der Polizei gesucht?«

»Nein, ich kann meinen guten amerikanischen Pass überall vorzeigen! Gegen mich liegt nichts vor.«

»Warum nehmen Sie nicht den Bus?«

»Hatte ich. Bis Prag. Ist zu langweilig.«

»Und was genau zahlen Sie pro Tag?«

»500 Euro. Die Hälfte sofort.«

»Akzeptiert! Plus Benzin und Spesen.«

»Einverstanden. Ich heiße Bernard.«

»Erwähnten Sie schon. Steigen Sie ein«, sagt sie dann drängend und lässt schon mal vorsichtshalber den Motor an. Bernard verstaut seine Umhängetasche hinter der Rückenlehne, rutscht auf den Beifahrersitz und schon rollt seine Fahrerin los. An der Ausfahrtssperre wirft sie die Marke, die der Parkautomat ausgespuckt hat, in einen Fangkorb. Der Schlagbaum hebt sich.

»Wo wollen wir hin?«, fragt sie nun erst.

»Erst mal Richtung Österreich. – Der Mann, mit dem Sie unterwegs waren – ist das Ihr …?«

»Er ist nichts mehr, absolut nichts! Es hat sich erledigt. Ich heiße Jana.«

Jana fährt gut und erzählt gern von sich; sie ist eine ausgebildete Schauspielerin mit verschiedenen Diplomen; im Moment aber ohne Engagement. Bernard kennt bald alle wichtigen Rollen, die sie je hatte, und die dazugehörigen Liebhaber. Eins scheint nicht ohne das andere zu gehen. Sehr schöne Erfahrungen hat sie mit Bühnenbildnern gemacht. Der Mann, mit dem Bernard sie gesehen hat, ist ein mittelmäßiger Schauspieler, der ihr ein Engagement am Theater in Brünn verschaffen wollte. In Berlin hatten sie zwei Drehtage für einen Krimi; er hat ihren Zuhälter verkörpert. Eine solche Wandlungsfähigkeit hätte Bernard dem Mann nicht zugetraut.

In der Nähe von Innsbruck haben die beiden endgültig genug von der Fahrerei. Sie machen Rast und übernachten in einem sich sehr ländlich-bodenständig gebenden Rasthaus direkt an der Autobahn 8. Zu Janas Überraschung besteht Bernard auf getrennte Zimmer. Allerdings bittet er sie, die Zimmer auf ihren Namen zu nehmen. Er drückt ihr auch Geldscheine in die Hand; sozusagen als Handgeld. Damit soll sie morgen früh die Rechnung bezahlen.

7.

Berlin, 9. April

Nachtschlafende Zeit. Eine schwere Limousine bringt Dean Baquet samt seiner beiden Begleiter an den Stadtrand im Südosten von Berlin. Die Männer haben militärisch kurz geschorenes Haar, offenkundig durchtrainiert wie Baquet selbst, nur jünger. Sie fahren nach Oberschöneweide, ein gewaltiges Industrieareal direkt an der Spree. In längst vergangenen Zeiten wurde hier alles produziert, was Menschen so brauchen: Kabel, Autos, Fernsehgeräte. Mit der Wende, wie der Untergang der DDR umschrieben wird, war Schluss mit lustig. Jetzt, 25 Jahre später, haben sich hier Start-up-Unternehmen angesiedelt sowie zahlreiche Künstler und die Hochschule für Technik und Wirtschaft. Mit einem Wort, auferstanden aus Ruinen. Auf dem Gelände eines Baumarktes, nicht weit von der erwähnten Hochschule entfernt, befindet sich ein Hochbunker aus dem Zweiten Weltkrieg. Es ist ein gewaltiger eckiger, grauer Klotz, wie für die Ewigkeit gebaut. Nach dem Krieg hat man versucht, den Bunker zu demolieren, hat den Versuch aber bald aufgegeben. Jahrzehntelang stand er leer, jetzt wird er von einer Firma namens *Data Z* genutzt. Von außen sieht das Ding immer noch so aus, wie es die Nazis hinterlassen haben – Beton pur. Das Innere ist von seinen jetzigen Eigentümern allerdings in ein Spezialgebäude verwandelt worden, in ein Rechenzentrum, von dem keine Zahl, keine Silbe unbefugt und unbemerkt abgezapft werden können.

Der Maybach stoppt vor einem Stahltor. Baquet steigt aus, sieht zu einer Überwachungskamera hoch und im selben Moment öffnet sich auch schon ein Tor im Beton. Er geht, von den beiden Männern begleitet, in den Bunker.

Im Inneren sieht es auf den ersten Blick aus wie in einer Galerie für moderne Kunst, alles ist gleißend hell erleuchtet, sehr gewagte Installationen stehen vor weißen Wänden; dazu eine eigenwillig sanfte Musik aus allen Ecken und Winkeln. Wachpersonal überprüft Baquets Mitarbeiter, er selbst wird nicht angetastet, im Gegenteil mit ausgesuchter Höflichkeit begrüßt.

»Sir, man erwartet Sie bereits!«

Ein Lift bringt Baquet in einen Konferenzraum in der obersten Etage des Gebäudes. Vier Leute warten hier auf ihn, drei Männer und eine Frau. Faris al-Ghazzi, der Chef des Unternehmens, ist ein Araber in westlicher Kleidung. Er trägt einen maßgeschneiderten Anzug, der stark nach Savile Row in London aussieht. Al-Ghazzi ist an die vierzig, sieht aus wie Omar Sharif in dessen besten Jahren und spricht mit Oxford-Akzent. Die Frau ist die einzige Person, die Baquet bereits kennt. Yvonne Sabah.

Ohne allgemeine Höflichkeiten und jeglichen Small Talk kommt man gleich zur Sache.

»Wir haben was für Sie.«

»Vor einigen Stunden gab es ein interessantes Telefongespräch: eine israelische Agentin in Berlin und ihre Zentrale in Jerusalem.« Al-Ghazzi sieht sich kurz um, dann drückt er auf einen Knopf.

Aus gut abgestimmten Lautsprechern sind die Stimmen von Rose und Elyas zu hören. Man hört Roses Frage: ›Können wir sprechen?‹ Und Elyas' Antwort darauf: ›Können wir. Ich habe Zeit, nicht unbegrenzt, aber ich habe Zeit!‹

Nachdem das Telefonat beendet wurde, hält Al-Ghazzi das Band an.

»Bis hierhin irgendwelche Fragen?«

Die Sabah meldet sich, indem sie einen Finger hochschnellen lässt.

»Mademoiselle?«, wendet sich Al-Ghazzi an sie.

»Zwei Fragen: Wer ist Nora? Und wann ist das Gespräch geführt worden?«

»Bei Nora, nehmen wir an, handelt es sich um eine untergeordnete Mitarbeiterin von Shin Bet, wie auch Rose nach unserer Einschätzung dem Shin Bet angehört, und das Gespräch ist heute Morgen geführt worden. Offenbar hielt man das Handy der Agentin für abhörsicher. Unsere Leute bestätigen, es handelt sich tatsächlich um ein ungewöhnlich gut verschlüsseltes Handy. Ich finde, umso mehr Lob haben sich unsere Mitarbeiter verdient, dass sie den Code dennoch geknackt haben.« Er klatscht leicht in die Hände, aber niemand schließt sich ihm an.

»Gibt es noch weitere Aufnahmen dieser Art? Noch irgendwelche Handygespräche?«

»Nein! Meine Leute vermuten«, erklärt Al-Ghazzi, »womöglich sei im Verschlüsselungsprogramm des Handys von Professor Rose vorübergehend ein Fehler eingetreten.«

›An diesen Fehler kann glauben, wer will‹, ärgert sich Dean Baquet. Er behält seine Meinung allerdings für sich. Was er sagt, ist: »Sollte sich dieser Fehler wiederholen, lassen Sie es mich wissen.«

8.

Novara, 9. April

Als Bernard und seine Partnerin-für-500-Euro-pro-Tag am nächsten Morgen in den Mazda steigen, ist Bernard immer noch unsicher, welche Strecke sie nehmen sollen.

»Welche Strecke also nun, Sir?«

»Über Zürich und Bern Richtung Genf fahren. Oder, was auch möglich wäre, durch Oberitalien, über Bozen, Verona, Bergamo, Novara, durchs Aosta-Tal?«

»Die erste Strecke wäre Hunderte von Kilometer kürzer, auf der zweiten würde uns mit Sicherheit niemand suchen.«

»Wer sollte uns suchen?«, fragt Bernard.

»Die Typen, von denen Sie nicht entdeckt werden wollen!«, erwidert Jana ungerührt. »Was geschieht eigentlich, wenn sie uns finden?«

»Also gut, Sie haben mich überzeugt, nehmen wir die abgedrehte Route über Bozen und Bergamo …«

»Haben Sie einen Termin? Müssen Sie heute Abend in Genf sein?«

»Wenn wir nicht endlich losfahren, sind wir morgen noch nicht da!«, drängt er.

Sie lässt den Motor an, löst aber die Bremse nicht. Vielmehr betrachtet sie ihn, als sei er im Morgenlicht womöglich ein anderer.

»Gut! Fragen Sie schon!«, sagt er.

»Ist es wahr, was Sie gestern angedeutet haben? Sind Sie wirklich ein Enkel des berühmten Albert Einstein?«

»Ich habe nichts angedeutet. Ich habe es Ihnen klar und deutlich gesagt. Ich renommiere ja gerne damit; wer hat schon einen solchen Großvater? Ja, Albert Einstein, das Jahrtausendgenie, $E = mc^2$, ist mein Grandpa. Er hatte noch andere Enkel; mich hat er niemals gesehen. Als ich auf die Welt kam, war er bereits tot. Aber deswegen ist er doch mein Großvater. Meine Großmutter war eine Music-Hall-Tänzerin in New York; meine Mutter war Verschiedenes und mein Vater wiederum war ein Professor der Anthropologie; vielleicht war er aber auch nicht mein Vater … Dieser Punkt sollte uns weniger beschäftigen!«

»Eine tanzende Großmutter in der Music Hall! Respekt.«

Jana fährt endlich los. Kaum hat sie sich auf der Autobahn eingefädelt, grinst sie ihn an.

»Was?«, fragt Bernard verunsichert.

»Machen Sie dasselbe wie Ihr Großvater?«

»Im Großen und Ganzen«, seufzt er. »Ich bin ebenfalls Physiker. Das hat man ja oft. Söhne von Kassierern werden Bankdirektoren und Söhne von Kaffeehausmusikern Komponisten und so weiter …«

»Schön, aber Einstein war ja nicht Ihr Vater, sondern Ihr Großvater …?«

»Dann gilt die Regel auch!«

»Und was machen Sie nun genau? Wie darf man sich Ihre Arbeit vorstellen?«

Bernard antwortet einsilbig. Er erklärt ihr, er befasst sich mit Materie und Energie und deren Wechselwirkungen in Raum und Zeit. Er misst und denkt nach. Erklären bedeutet in seinem Metier einordnen, vergleichen, allgemeineren Erscheinungen zuordnen. Die Frage, warum die Natur sich so und nicht anders verhält, kann die Physik nicht beantworten.

»Aha, so ist das also.«

»Genau so!«

»Und für wen machen Sie das hier?«

»Was?«

»In der Weltgeschichte herumreisen, um etwas ganz Spezielles zu suchen? Woher kriegt man denn Geld für so etwas?«

»Von niemandem. Ich habe ein bisschen geerbt«, erklärt Bernard vorsichtig.

»Von dem Großvater?«

»Nein! Ach, es – es ist kompliziert. Also vom Großvater nichts. Als ich ein Junge war, war nie Geld im Haus; die Erbschaft ist mir erst vor drei, vier Jahren überraschend zugefallen. Damit konnte ich niemals rechnen. Eine frühere Nachbarin hat mich freundlicherweise im Testament bedacht.«

»Und wie war Ihr Großvater so?«

»Im Gegensatz zu seinem Enkel Bernard war er hinter Frauen her.« Bernard sieht sie an und lächelt.

»Ja, das ist mir auch schon aufgefallen … Sie wissen sich zurückzuhalten«, bestätigt Jana. »Es ist schon erstaunlich, bis jetzt haben Sie nicht das Geringste unternommen, mich … in irgendeiner Weise … anzumachen.«

»Ich bin sicher, das bleibt auch so.«

»Sind Sie schwul? – Mir würde es nichts ausmachen, im Theater ist jeder Zweite schwul. Von den Tänzern wollen wir erst gar nicht reden!«

»Nein, das ist es nicht; ich bin nicht schwul.«

»Ich würde damit fertig, falls …«

»Müssen Sie nicht, Jana! – Wohin soll diese Unterhaltung führen? Also: Ich bin ein Mann, liebe Frauen. Und Sie gefallen mir. Trotzdem bin ich mir sicher, dass wir nach Genf gelangen werden, ohne dass …«

»Sie wollen mich also gar nicht in irgendeiner Form sexuell belästigen?«, seufzt Jana und schmunzelt frech.

»Genau das habe ich vor.«

»Es wäre auch strafbar: wirtschaftlich Abhängige zu sexuellen Handlungen zu drängen. Wussten Sie das? Und ich bin ja jetzt so etwas wie Ihre Mitarbeiterin.«

»Drehen wir den Spieß doch mal um, Jana. Was ist mit Ihnen?«

»Was soll mit mir sein? Ich könnte mir schon vorstellen, Sie zu belästigen …«, lächelt sie ihn an.

»Nein. Sind Sie verheiratet? Wartet zu Hause ein Ehemann auf Sie? Oder eine liebe Freundin? Entzückende, uneheliche Kinder?«

Statt zu antworten, beschimpft Jana urplötzlich einen vor ihr fahrenden Lastwagenfahrer: »Jetzt tritt doch mal aufs Gas, du Penner!« Sie zieht an dem Laster vorbei, hupt wütend und wendet sich dann wieder Bernard zu: »Mein guter Bernard, Sie haben eine Menge Fragen. Ich scheine Sie ja mächtig zu beschäftigen! Auf alle Fragen ein kräftiges Nein! … Aber noch mal zurück zu Ihnen, Sie Enkel eines prominenten Großvaters … War Ihr Großvater tatsächlich sexistisch angehaucht?«

»Wie kommen Sie denn darauf?«

»Ich habe mal beim Friseur was über ihn gelesen …«

»Sexistisch angehaucht war er mit Sicherheit nicht. Der Begriff ›sexistisch‹ war damals noch nicht erfunden und es wäre besser, man hätte ihn auch nicht erfunden. Aber es stimmt, er war hinter jedem Rock her. So nannte man das damals. Wusste ja keiner, dass Sexsucht eine Krankheit sein kann. Zu seiner Zeit wurde das noch unter Charaktereigenschaften subsumiert. Woher hätten die damals wissen sollen, dass man heute zu Gruppentherapien von Sexkranken gehen kann wie zu den Sitzungen der Anonymen Alkoholiker.«

»So schlimm stand's um ihn?«

»Er war nicht zurückhaltend; wollen wir es mal so ausdrücken … Seine Frau, seine geliebte Elsa, musste viel schlucken … Es gab sogar eine Affäre mit einer KGB-Agentin, der Konenkowa! Irgendwann zwischen 1935 und 1945, fing also an, als Elsa noch lebte, wenn auch sterbenskrank …«

»Hat er sie also wirklich geliebt …«

»Eine Mitarbeiterin des KGB? Mein Großvater war, wenn's um Frauen ging, alles andere als naiv. Eher absolut zielstrebig. Ich vermute, er hat sich gesagt, ›die Gute haben mir die Sowjets ins Bett gelegt! Den Ehemann stellen sie ruhig, darauf kann ich mich verlassen. Darum muss ich mich nicht kümmern …‹ Hoover, der ewige FBI-Hoover, muss es ähnlich gesehen haben. Er hat dafür gesorgt, dass mein

Großvater nie etwas mit dem Manhattan-Projekt zu tun bekam … Sie wissen, das war die Entwicklung unserer Atombombe? Man muss sich das in aller Ruhe vorstellen, um es in aller Ruhe genießen zu können. Der weltberühmte Pazifist und Friedensfreund Albert E. regt den Bau einer amerikanischen Atombombe an … Ich habe neulich zufällig mit dem Mann gesprochen, der den Brief an den US-Präsidenten für meinen Großvater getippt hat … Also, es werden Albert Einsteins Gedanken und Anregungen aufgenommen, doch er selbst darf nicht mitmachen, wird von der Entwicklung regelrecht ferngehalten, weil Hoover und das FBI ihm nicht trauen. Sie fürchten, er verrät alles seiner geliebten Margarita …«

»Und? Hat er verraten?«

»Eigentlich nicht … Was sollte er verraten? Für die Sowjets waren wohl vor allem die Kontakte von Interesse, die mein Großvater seiner Margarita verschaffte, Kontakte zu anderen bedeutenden Wissenschaftlern. Soweit man weiß, haben sich unsere Liebenden keine Gedanken um Neutronen, Protonen oder Elektronen gemacht. In den Briefen findet nur das übliche Gesäusel statt. Untereinander haben sie immer von Almar gesprochen; Almar hat das gemacht und jenes nicht gemacht und sollte dieses mal probieren … Almar war selbstverständlich die Abkürzung von Albert und Margarita.«

»Woher wissen Sie das alles so genau? Sie waren nicht dabei!«

»Noch nicht mal geboren! Nach dem Untergang der Sowjetunion hat sich der KGB eine Weile in seine Akten blicken lassen. Bei der Gelegenheit wurde die Geschichte publik. Außerdem sind Briefe der beiden bei Sotheby's in New York versteigert worden. Im Katalog dazu finden Sie alles Wesentliche über Almar.«

»Und wie ist Ihre Großmutter mit der Liebelei zurechtgekommen?«

»Na ja, Liebelei! Das war ausgewachsener, konsequenter Ehebruch. Ich weiß nicht, wie sie damit zurechtgekommen ist. Ende '36 ist sie gestorben … Aber den braven Sergej wollen wir auch nicht vergessen, den russischen Rodin. Er hatte auch ein Herz, das pochte …«

»Und wenn er das ganz bewusst gemacht hat …«, gibt Jana zu bedenken.

»Was gemacht hat?«

»Sich mit dieser Russin einzulassen, egal, ob Spionin oder nicht, Russin hätte sicher gereicht …«

»Was meinen Sie denn?«, drängt Bernard.

»Sie schildern Ihren Großvater als berechnend, als exakt kalkulierend …«

»War er. Die Deutschen haben ein Wort dafür: *schlitzohrig*!«

»Wenn das so ist, genügte tatsächlich eine Liebschaft, von der jeder alles wusste, um ihn für die Mitarbeit an den Atomprogrammen untragbar zu machen. Gab es eine elegantere Lösung, Pazifist zu bleiben und dennoch nicht als Verräter zu erscheinen?«

Bernard sieht sie verblüfft an. »Der Gedanke ist mir noch nie gekommen … Ich gebe zu, abwegig ist er nicht. Er wäre dem großen Albert würdig. Sie haben was gut bei mir!«

»Danke …«

Bernard und Jana fahren auf der Autostrada A 4, der *Serenissima*. Sie ist eintönig, rechts und links der Fahrbahn ziehen sich ungepflegte Wiesenflächen, landwirtschaftliche Äcker und hin und wieder Industrieanlagen entlang. Die letzten zweihundert Kilometer hat Bernard am Steuer gesessen. Jana hat ihm ihr Auto erst zögernd anvertraut, aber er hat längst bewiesen, dass auch für ihn als Amerikaner ein Getriebe mit H-Schaltung kein Hexenwerk ist. In der Nähe von Novara stellt Jana vorsichtig die Frage: »Was halten Sie davon, wenn wir hier Schluss machen für heute?«

»Hier? Gibt's hier was zu sehen?«

»Keine Ahnung. Oder wollen Sie unbedingt durchfahren bis Genf?«

»Nein, muss nicht sein …«

Er verlässt die Autobahn und fährt ins Zentrum der Stadt, durch immer engere Straßen, zugeparkt, entlang sandsteinfarbener Häuserfronten mit Geschichte, kleinen Läden und Fußgängern, die sich wie die Vespa-Fahrer nicht an irgendwelche Verkehrsregeln halten. Ein Messingschild mit der Aufschrift Albergo zieht sie an, sie halten und nehmen zwei Zimmer. Danach spazieren sie eine Weile durch die sehr alte Altstadt, kaufen neue Kleidung für Bernard und essen, als es schon zu dämmern begann, in einem kleinen Restaurant nicht weit von der Piazza delle Erbe. Die Mamma bereitet die piemontesische Hausmannskost selbst zu. Jana zahlt mit Bernards Geld, stets mit Bargeld und ohne, dass darüber ein Wort verloren wird. Ab und zu steckt er ihr dafür weiteres Handgeld zu.

Einmal klingelt ihr Handy, darauf sieht sie ihn geradezu erschrocken an. »Oh Gott, das Theater in Brünn!« Sie telefoniert, lacht und freut sich. Nachdem sie auflegt, strahlt sie Bernard an: »Eine gute Botschaft: der Direktor Stanislav Moša persönlich! Ich bekomme die Rolle! Eine wunderbare Rolle in einem guten Stück. Damit kann ich endlich einmal auffallen; jetzt hängt alles nur noch von mir ab. Auf Tschechisch heißt es … Ist ja egal, wie das Stück auf Tschechisch heißt, verstehen Sie ja doch nicht. Der englische Titel ist *The Lady in Fur*, Die Dame im Pelz. Es handelt sich um eine sehr fantasievolle Geschichte; auch sehr witzig. An einer Stelle werde ich auf der Bühne vollkommen nackt auftreten! Aber das ist ja historisch, hat Lady Godiva auch gemacht. – Nicht zu glauben: Der Scheißkerl von Pavel hat also doch Wort gehalten; hat sich sehr für mich verwendet, sagt der Direktor. Hätte ich nicht gedacht, nicht nach dem Abgang, den ich hingelegt habe. Sie verstehen doch, von wem die Rede ist?

Von dem Mann, mit dem Sie mich kennengelernt haben …«, plappert Jana in einem fort.

»Schon kapiert! Alles klar!«

»Die ersten Proben finden schon am kommenden Montag statt! Oh Gott, ich bin so aufgeregt! Schaffe ich das überhaupt? Elf Uhr im Theater am Montag?«

»Aber sicher!«, antwortet er.

Während des Abendessens stellt Jana beiläufig die Frage: »Darf ich erfahren, was Sie in Genf suchen? Was wollen Sie da, wenn's kein Staatsgeheimnis ist?«

»Einen Physiker treffen!«

»So etwas hatte ich vermutet! Genau so etwas!«

9.

Genf, 10. April

Die beiden treffen gegen 14 Uhr in Genf ein; Jana ist stramm und konzentriert gefahren. Bernard dirigiert sie zum Postamt in der Rue du Mont-Blanc in der Nähe des Sees. Das ist ein Postpalais aus der Zeit, als der Telegraf und das Überseekabel noch der Gipfel des Fortschritts waren. Im Inneren hat man einen Teil des alten Pomps erhalten, ansonsten geht es schweizerisch nüchtern zu. Immerhin gibt es noch Telefonzellen, und man muss seine Gespräche wie ehedem an einem Schalter anmelden. Bernard telefoniert und bestellt dann auf Janas Namen im *Hotel de la Paix* in der Nähe ein Doppelzimmer. Er sieht einen Moment unschlüssig auf den Telefonapparat, zögert, will die Zelle verlassen, wendet sich noch einmal um und wählt endlich das Handy von Rose an. Nur die Sprachbox springt an.

»Hallo. Ich wollte mich nur melden. Bei mir ist alles in Ordnung. Bei dir auch? Ich denke an dich. Bis bald!«

Bernard will endgültig gehen, zögert aber ein weiteres Mal. Jetzt lässt er sich von einem geduldigen Sprachautomaten die Nummer des Städtischen Theaters Brünn geben. Anschließend fragt er sich so lange durch, bis er im Betriebsbüro des Hauses gelandet ist. Bei einer freundlichen Person erkundigt er sich: »Sagen Sie bitte, wann beginnen die Proben zu *The Lady in Fur*?«

»Wieso? Warum wollen Sie das wissen?«

»Es ist nur eine Frage.«

»Am kommenden Montag. Warum wollen Sie das wissen?«

»Frau Janský hatte Zweifel … Aber Sie haben ja gerade gesagt …«

»Wer hatte Zweifel?«

»Jana … Jana Janský; sie spielt eine der weiblichen Hauptrollen.«

»Unsinn! Wer hat Ihnen denn diesen Unsinn erzählt? Die junge Havlová ist die Lady …Mit wem spreche ich?«

»Agentur Vierstern, Wien, Morosow … Vielleicht irre ich mich mit der Hauptrolle; ich hatte Jana so verstanden. Vielleicht spielt sie eine der Nebenrollen.«

»Auch das ist unwahrscheinlich. Es gibt nur eine weibliche Rolle in dem Stück.«

»Wir vertreten Jana Janský seit …«

Die Dame im Betriebsbüro unterbricht ihn: »Ich gebe Ihnen einen Tipp. Gehen Sie auf unsere Webseite! Da finden Sie das gesamte Ensemble des Hauses und außerdem geschätzte Gäste! Ich fürchte nur, Ihre Jana wie auch immer ist nicht dabei!

»Danke. Unser Gespräch war sehr erhellend, wirklich. Küss die Hand!«

Als Bernard aus dem Postgebäude kommt, wartet Jana an ihrem Auto. Sie hat einen rosafarbenen Zettel in der Hand und wirkt sehr nervös.

»Wo bleiben Sie?«

»Wieso? Ich bin doch da!«

»Ich dachte schon, Sie haben mich meinem Schicksal überlassen …«

»Warum sollte ich so etwas Schreckliches tun? Sie einer kalten, feindlichen Welt aussetzen … Was haben Sie denn da in der Hand?«

»Ach, nur einen Prospekt für Uhren … Hat man mir gerade gegeben. Was war denn? Ich bin ganz verrückt geworden, Sie kommen und kommen nicht wieder.«

»Es ist alles in Ordnung! Der Physiker, von dem ich Ihnen erzählt habe, hat morgen Zeit für mich. Glück gehabt – übermorgen fliegt er für vier Wochen nach Katar.«

»Na, Sie lieben Vabanque. Ich hätte mal früher angerufen …«

»Wäre eine gute Idee gewesen, ja.«

Sie steigen in den Mazda.

»Wohin jetzt?«, fragt Jana.

»Ins Hotel! Ich habe schon gebucht … unter Ihrem Namen.«

»Das kenne ich ja nicht anders.«

»Warum sollte man etwas ändern, das sich bewährt hat?«

»Wenn Sie meinen …!«

»Meine ich.«

»Also, wohin jetzt?«

»Sie drehen und dann fahren wir runter bis zum See und vorne links … Quai du Mont-Blanc.«

»Sie kennen sich in Genf aus.«

»In der Post hing ein Stadtplan …«

Der Quai du Mont-Blanc verläuft parallel zur Uferpromenade. Auf der einen Seite also die gepflegten, üppigen Grünanlagen, dann der See und dahinter die Alpen, auf der anderen Straßenseite gewaltige Hotelanlagen aus der Belle Époque, etwa das *Hotel de la Paix*, ein Riesenkasten mit Hunderten von Zimmern.

»Und wo haben Sie eingecheckt?«

»Einen Moment noch … Wir sind gleich da! An der Ecke!«

Sie liest den Namen des nächsten Hotels.

»Das kann doch nicht wahr sein … Doch nicht im *Beau Rivage*!«

»Ich dachte, einer Dame im Pelz sei das angemessen.«

»Können wir uns das leisten? Wissen Sie, was das kostet?«

»Ja, ich habe mich schlaugemacht.«

»Die lassen uns doch nicht mal rein, so wie wir aussehen.«

»Wir sind Künstler … Die sind allerhand gewohnt!«

Jana stoppt vor dem Eingang, ein Portier tritt gemessenen Schrittes heran, öffnet Jana die Autotür. »Herzlich willkommen!«

»Sehen Sie, Madame, man erwartet uns«, sagt Bernard und sorgt dafür, dass Jana den Autoschlüssel abgibt. Er nimmt seine Briefträgertasche; Janas Reisetasche wird von einem Pikkolo getragen. Sie staunt, denn während die Fassade des Hauses vom Glanz alter Zeiten kündete, wird innen Luxus mit einer Selbstverständlichkeit zelebriert, die sie nicht kennt, viel Marmor, viele Blumen, ein beeindruckender Lichthof und dann ein Zimmer, das sie staunen lässt: Parkettböden mit Intarsien, schwere Ledermöbel, Flügeltüren und ein unverstellter Blick auf den See. Das Bett ist breit für vier, die Wände sind mit handbemalten Tapeten bespannt. Jana strahlt.

Als sie allein sind, erklärt Bernard ihr, aus Kostengründen habe er sich für ein Doppelzimmer entschieden.

»Einverstanden?«

»Akzeptiert.«

»Ich versichere, es geschieht nichts.«

»Und wenn ich will?«, erwidert sie unverblümt. »Ich habe von Anfang an gewollt … Jetzt hör doch endlich mal auf mit diesem Getue«, sagt sie, greift nach ihm und zieht ihn an sich heran. »Ob du eine Frau oder Freundin hast oder nicht, interessiert mich nicht! Und wenn du eine Frau und eine Freundin hast, macht mir das auch nichts.« Sie küsst ihn leidenschaftlich, und er lässt es geschehen. »In der Hinsicht bin ich einiges gewöhnt.« Sie küsst ihn erneut, und war

Bernard anfangs überrascht von ihrem Ungestüm, so erregt es ihn jetzt, diese biegsame, wilde Frau an sich zu spüren, sich den Atem rauben zu lassen. ›Ich will ja auch‹, denkt er noch, dann gibt er seine Beherrschung auf.

Stunden später bestellen sie sich etwas zu essen aufs Zimmer, wofür Jana vergnügt fast die gesamte Speisekarte dem Zimmerservice durchgibt, sich immer wieder verbessert, noch einmal nachhakt – ob sie auch Vollkorntoastbrot bekommen könnten und der Kaviar tatsächlich aus dem Iran stamme, der Lachs aus dem Meer oder Zucht? Bernard muss bei jeder Korrektur und Nachfrage mehr grinsen, bis er auflacht und Jana ihn strafend anblickt.

»Das wäre also die Verlobung …«, sagt Jana, als sie mit ihrer Bestellung fertig ist und sich wieder an Bernard schmiegt.

»Eigentlich sind wir wegen meiner Mutter hier; das bin ich ihr sozusagen schuldig … Du weißt, das *Beau Rivage* ist das Haus, in dem Kaiserin Elisabeth von Österreich ihre letzte Nacht auf Erden verbracht hat?«

»Natürlich weiß ich das. Welcher Tscheche wüsste das nicht? Von Luigi Lucheni, dem Attentäter mit der spitzen Feile, hörst du doch schon in der ersten Klasse.«

»Immer noch?«

»Es ist doch reiner Zufall, dass wir nicht als Untertanen der k. u. k. Monarchie auf die Welt gekommen sind.«

»Meine Mutter kannte die traurige Geschichte ebenfalls in allen Verästelungen … Sie war ein echter Sisi-Fan, wenn man das so sagen kann.«

»Was kostet denn das Zimmer?«

»Tausend Franken die Nacht!«

»Geht ja noch.«

»Richtig«, bestätigt er. »Eine Suite kostet das Zehnfache. Da hat man allerdings auch vier Zimmer.«

»Das Bett reicht uns …«, sagt sie lockend.

Er hält es für besser, nichts zu erwidern.

10.

Genf, 11. April

Bernard sieht auf die Uhr.

»Du hast noch Zeit …«, beschwichtigt sie. »Soll ich dich fahren?«

»Nein, ist nicht notwendig. Der Professor wohnt in der Nähe. Was machst du in der Zwischenzeit?«

»Nun, wenn du keine Verwendung für mich hast, gehe ich in die Stadt, sehe mich ein wenig um. Kannst du mir etwas geben? Ich muss unbedingt wenigstens ein Kleid haben, das zu dem Hotel passt. So, wie ich aussehe, konnte ich einmal die Halle durchqueren, aber nicht ein zweites Mal. Ich muss damit rechnen, dass man die Polizei holt.«

»Weißt du schon, wo du hinwillst?«

Sie zieht den rosafarbenen Werbezettel aus der Tasche, den man ihr gestern vor dem Postamt in die Hand gedrückt hat. »Da steht: Genf, ein Paradies für den Einkaufsbummel. Mit einer riesigen Auswahl an Boutiquen und Shops. Wohlbetuchte finden alles, was das Herz begehrt. Uhren kauft man allerdings nur bei Bucherer, zweimal in der Stadt, seit 1888.«

»Na ja, zu den Wohlbetuchten würde ich mich nicht rechnen«, bemerkt Bernard dazu.

»Trotz deiner Erbschaft?«

»Gerade deswegen.«

»Wenn das so ist, muss ich eben die Kröten zusammenhalten … Du kennst dich doch hier so gut aus, welches Kaufhaus würdest du empfehlen?«

»Keine Ahnung. Doch! Ich habe eine Reklametafel gesehen. Das *Globus* hat hier eine Filiale.«

»Und wo?«

»Noch weitere Fragen?«

»Macht nichts. Ich werde es schon finden. So groß ist Genf nicht.«

»Nein, eigentlich ist es die kleinste unter den Weltstädten.«

Professor Perec, mit dem Bernard verabredet ist, besitzt seit Jahrzehnten ein Haus in Cologny im Kanton Genf. Von außen ist es unauffällig, nicht der Rede wert. Sein größter Vorzug ist, dass es nicht weit vom See entfernt liegt und von einem großen, etwas verwilderten Grundstück umgeben ist. Professor Antoine Perec ist Schweizer, über neunzig und gibt sich gern als Einzelgänger. Vor allem ist Perec eine Koryphäe auf dem Gebiet der Gravitation. Würde er nicht ab und zu ein Interview geben, glaubte die große Mehrheit der wissenschaftlichen Welt allerdings, er sei längst tot.

»Guten Tag, Herr Professor.« Bernard steht vor einem sehr hageren Mann, schlohweißes Haar, das weit auf den Hinterkopf zurückgewichen ist, eine massive Brille, wie sie in den 1950er-Jahren modern gewesen sein mag. Trotz seines Alters steht Perec sehr aufrecht vor ihm. »Ich habe alles gelesen, was Sie geschrieben haben und bin mit Ihnen der Meinung, dass auf dem Feld der Gravitation noch vieles unklar ist.«

»Ha, ha! Na, junger Mann, kommen Sie doch erst einmal herein! Sie gehen ja ganz schön ran.«

Wie Bernard nicht anders erwartet hat, ist im Inneren des Hauses alles vollgestopft mit Büchern, Bildern und Fotos. Darunter befindet sich ein Bild, das sowohl von Präsident Kennedy wie von Marilyn Monroe unterschrieben ist. Eine Frau im Kittel, Bernard glaubt, die Haushälterin, hat ein Teeservice auf ein kleines Tischchen gestellt, Perec bittet Platz zu nehmen.

»Oh, legen Sie die Unterlagen einfach auf den Boden«, empfiehlt Perec, als er feststellt, dass alle Sessel mit Büchern, Akten und Papieren beladen sind. »So, Sie sind also ein Verwandter von Albert.«

»Ja, sowohl tatsächlich als auch im Geiste«, grinst Bernard. »Und ich möchte mit Ihnen über alte Unterlagen meines Großvaters und Gravitation sprechen.«

»Herr Kollege, da haben Sie sich den Richtigen mit mir ausgesucht! Aber ich habe nur ein, zwei Stunden für Sie!«

Sie reden dennoch lange. Über den ›Teilchenzoo‹ des CERN, über die ›Entdeckung‹ von Dunkler Energie und Dunkler Materie, die der Professor für ausgemachten Blödsinn hält. Hilfskonstruktionen.

»Dieses Mysterium war in den dreißiger Jahren in die Welt gekommen, als ein Schweizer Astronom die Bewegung von Galaxien in Galaxienhaufen untersucht hatte. Nach den bekannten Gravitationsgesetzen waren diese viel zu schnell, als dass sich die Materie – die Sterne, das Gas und der Staub – einzig und allein mit ihrer Schwerkraft im Galaxienhaufen hätte halten können. Weil man keine Erklärung dafür fand, malte man sich wenigstens ein Etikett, eben die Dunkle Materie.« Perec doziert, aber Bernard ist dankbar, hängt an seinen Lippen. »Exakte Wissenschaft sieht anders aus, mein junger Freund. Mich erstaunt es auch nicht, dass man diese Nebulositäten trotz ernsthafter Versuche bislang nicht nachweisen kann.«

»Darf ich Sie etwas zu meinem Großvater fragen? Sie sind mit Albert Einsteins Gedanken und Überlegungen vertraut wie kaum ein Zweiter. Ich weiß die Ehre sehr zu schätzen, dass Sie mich, einen wissenschaftlichen Nobody, empfangen. Vielen Dank dafür nochmals.«

»Ach, wissen Sie, da ist Sentimentalität im Spiel. Als Junge und junger Mann habe ich Albert Einstein in Princeton beobachtet, gelegentlich hat sich Einstein sogar länger mit mir unterhalten. Mein Vater war ebenfalls in Princeton als Wissenschaftler tätig. Er war zwar nur ein kleines Licht dort, hatte aber immerhin eine Wohnung auf dem Campus und war an der Vorbereitung verschiedener Solvay-Konferenzen beteiligt. Dadurch hatte ich öfter Gelegenheit, den großen Albert Einstein nicht nur zu sehen, sondern sogar mit ihm zu sprechen. Am meisten hat mir imponiert, dass

Einstein mich als künftigen Kollegen ernst nahm, wie etwa ein berühmter Dirigent einen vielversprechenden Geiger respektiert, selbst wenn der erst zwölf ist. Ich denke, ich bin auch Ihrer Mutter in Princeton begegnet.«

Bernard glaubt das zwar nicht, hütet sich aber zu widersprechen. Ausgeschlossen ist nichts auf dieser Erde.

»Haben Sie, Professor Perec, im Zusammenhang mit Albert Einstein je von einem Menschen namens Christian Ahlers gehört, einem deutschen Kommunisten?«, fragt Bernard vorsichtig.

Perec überlegt. Dann antwortet er zögerlich: »Nicht, dass ich auf Anhieb etwas dazu sagen könnte. Aber irgendetwas ist an dem Namen, das Erinnerungen weckt. Kann ich ein paar Details hören?«

Bernard schildert ihm Ahlers so, wie er ihm in den Stasi-Akten begegnet ist: Als junger Mann von ungewöhnlicher Beredsamkeit und wohl auch Fanatismus, Prophet des Kommunismus. Wenn die Angaben, die er gefunden hat, halbwegs richtig sind, gab sich Ahlers Anfang der dreißiger Jahre wohl als Lenin-Anhänger und Stalin-Verächter. Als Trotzki 1940 ermordet wurde und jahrelang niemand die Identität des Mörders herausfand, habe es in der Kommunistischen Bewegung Menschen gegeben, die Ahlers den Mord zutrauten.

»Alles interessant, aber was hat das mit Einstein zu tun?«

»Nach Spitzelberichten – nach Angaben des Auslandsgeheimdienstes der NSDAP – hat mein Großvater 1933 zwei volle Tage mit Ahlers verbracht.«

»Zwei Tage war er mit Einstein zusammen? Und woher wissen Sie das? Aus Akten der Nazis?«

»Exakt gesagt, aus Akten der DDR-Staatssicherheit. In Kopie waren Spitzelprotokolle aus dem Jahr 1933 angeheftet.«

»Was ich nicht begreife: Wie kommen Sie in diesem Zusammenhang auf mich? Wie kann ich Ihnen weiterhelfen?«

»Es ist der Ort, an dem sie sich getroffen haben: Laut dieser Protokolle hatten sich Einstein und Ahlers in einem Ferienhaus getroffen, das der belgische König Albert Einstein zur Verfügung gestellt hatte.«

»Ja, halte ich für möglich. Das Ferienhaus weckt Erinnerungen ...«, bestätigt Professor Perec. »Ich meine, es befand sich am Strand von Le Coq ... Ich war tatsächlich einige Male dort. Es ist ein netter Ort an der belgischen Kanalküste. Man merkte auf den ersten Blick, dass hier ehemals die illustre Gesellschaft zu Gast war ... Sie kennen sicher entsprechende Badeorte: zahlreiche Jugendstil-Villen und die typischen großen Ferienhäuser der Jahrhundertwende. Ihre Frage lautet demnach: Was hatte Ihr Großvater mit dem Lenin-Freund zu bereden? Worüber haben sie zwei Tage lang gesprochen?«

»Professor Perec, das ist die Frage, die mich hergeführt hat.«

Perec vermutet: »Tja, wenn ich spekulieren darf: Die ersten zwei, drei Stunden haben die beiden über den Weltfrieden als solchen gesprochen ... Ich muss Sie nicht daran erinnern, dass sich Ihr Großvater als Pazifist hervorgetan hat.«

»Sicher. Aber was wurde in den übrigen zwanzig Stunden besprochen?«

»Welche Vermutungen hegen Sie?«, gibt Perec die Frage zurück.

»Es beschäftigt mich seit Monaten: Ist es denkbar, dass Albert Einstein etwas gedacht und geschrieben hat, das ihn selbst erschreckt hat? Etwas, das er der Welt vorenthalten wollte, angesichts der Gefahren, die seine Überlegung barg?«

Perec schüttelt den Kopf: »Wenig wahrscheinlich. Wer die Gesetze der Naturwissenschaften aus den Angeln hebt, wer die Atombombe in die Welt setzt, wird der Welt keinen Schock ersparen.«

»Kann es sein, dass der große Mann sich mit seinen Überlegungen nicht lächerlich machen wollte?«

»Nein, auch das ist undenkbar. In wissenschaftlichen Fragen kannte er keine Eitelkeit … Vieles von dem, was er glaubte und wovon er schrieb, er habe sich geirrt, wurde Jahrzehnte später bestätigt. Selbst zwischen der Niederschrift der Allgemeinen Relativitätstheorie und ihrer Bestätigung durch die Sonnenfinsternis von 1919 vergingen Jahre … Was ist Ihr Kommunist eigentlich von Haus aus? Physiker, Mathematiker, was ist er?«

»Das ist das nächste Rätsel. Ich habe mich sehr bemüht, das herauszufinden. Nirgends wird dazu etwas gesagt oder festgehalten. Ich bin nicht mal sicher, dass er studiert hat.«

»Es kommt nicht auf irgendeine formale Bildung an. Wie viele Menschen sind mir begegnet, die nie eine Hochschule von innen gesehen hatten und dennoch etwas zum Wissen der Welt beitragen konnten.«

»Das Merkwürdige ist, die Akten über Ahlers sind durchlöchert wie Schweizer Käse … Die Stasi-Akten sind nicht vollständig; die Nazi-Akten noch weniger. Im Fall Ahlers scheint man mit System verschleiert zu haben … Es gab nie spektakuläre Verhöre, von einem Schauprozess wollen wir gar nicht reden … Was mich am meisten bewegt: Wenn man annimmt, dass Einstein über seine eigenen Theorien hinausgegangen ist, an was kann er gedacht haben?«

»Wer soll diese Frage beantworten?«, erwidert Perec. »Außer Ihrem Großvater kann das eigentlich niemand … Er war unbestreitbar der größte Revolutionär, den die Menschheit je erlebt hat. Das Entscheidende aber ist immer noch so ungeklärt wie eh und je: Welche Kraft hält das Weltall im Innersten zusammen – respektive treibt es auseinander? Bei CERN werden letztlich Milliarden dafür ausgegeben, die Frage zu beantworten. Womöglich hatte er darauf eine Antwort.«

»Halten Sie es für möglich?«

»Womöglich, womöglich nicht. Es kann sein, man findet morgen die Lösung, womöglich aber niemals.«

Sie reden noch ein wenig, aber Perec zeigt deutliche Ermüdungserscheinungen. Bernard versteht die Zeichen.

Irgendwo auf dem Weg zum Tor steht eine Schubkarre, Gartengeräte liegen herum.

»Warten Sie, vielleicht sollten wir noch etwas klären … Eine Frage, die Ihren Großvater umgetrieben hat …«, sagt Perec genau hier und setzt sich auf den Rand der fast leeren Schubkarre. »Eines der Probleme bei der Erklärung der Welt ist doch immer noch: Warum ist unsere Welt beinahe vollständig von Materie dominiert? Eigentlich sollten Materie und Antimaterie in gleichen Mengen entstanden sein … Ich merke, ich sage Ihnen nichts Neues?«

»Eigentlich nicht, nein«, bekennt Bernard. »Ich frage mich, worauf Sie hinauswollen.«

»Aha, wir haben es mit der üblichen unhöflichen Ungeduld der Jugend zu tun. Gut … Worauf ich hinauswill, ist dies: Wenn die Koryphäen nicht weiterkommen, tauchen die Tüftler auf. Ich will Sie daran erinnern, dass es in solchen Lagen immer abseitige Theorien gibt. Aber sind sie naturnotwendig falsch? Wir sind uns einig, nach allen Gravitationsgesetzen von Newton und Einstein müssten die Umlaufgeschwindigkeiten von Sternen am Rande der Galaxis viel langsamer sein, als sie es tatsächlich sind. Bestimmte Sternen- und Galaxienhaufen – zum Beispiel der Coma-Haufen – werden zusammengehalten, obwohl die dafür notwendige Gravitationskraft aufgrund der vorhandenen, für die Astronomen sichtbaren Materie nicht ausreicht.«

»Vielleicht wäre es das Einfachste, die Gravitationsgesetze an die Beobachtungen anzupassen«, bemerkt Bernard lakonisch.

»Wäre eine Möglichkeit. Aber so funktioniert Wissenschaft nicht, wenigstens nicht immer. Die Formulierung ›Dunkle Materie‹ wurde in den dreißiger Jahren von Fritz

Zwicky geprägt und man hält daran fest, obwohl bis zum heutigen Zeitpunkt unbekannt ist, was dieser Stoff überhaupt sein soll. Ist es überhaupt ein Stoff? Oder ist es nicht nur eine abwegige Erklärung oder Theorie, um zu verhindern, dass das bestehende Gebäude der Physik zusammenbricht? … Wir sind uns wohl einig, bis die Mainstream-Physik an bestehende heilige Grundlagen rührt, muss viel passieren.«

»Was ist Ihre Meinung zu diesem Thema?«, fordert Bernard Perec heraus.

»Vielleicht ist Einstein zu denselben Erkenntnissen gelangt und hat die Konsequenzen gescheut … Aus heutiger Sicht ist an dieser Überlegung sicher einiges plausibel.«

»Womöglich … ohne Zweifel«, bemerkt Bernard, und man verabschiedet sich ein weiteres Mal. Der Besuch hat ihn nicht weitergebracht. Er hat einen interessanten Wissenschaftler kennengelernt, er konnte seine Meinung zu gravitationstheoretischen Problemen erfragen. Aber die Spur ist kalt. Bernard ist schon an der Gartentür.

»Wenn Albert Einstein je geglaubt hat, von einem anderen verstanden zu werden, dann von Michele Besso!«, sagt Perec plötzlich: »Haben Sie sich mal an ihn gewandt?«

»Professor Besso ist ein paar Wochen vor meinem Großvater gestorben.«

»Wenn ich glaubte, Einstein habe ein Geheimnis hüten wollen, würde ich bei Besso suchen, nicht bei einem obskuren Lenin-Jünger.«

»Sie haben recht, absolut recht! Ich danke Ihnen!«

»Für den Fall, dass ich in meinen Aufzeichnungen doch etwas über Herrn Ahlers finde, wo kann ich Sie erreichen?«

»Zurzeit im Hotel *Beau Rivage* …«

»Ich verstehe, ein Einstein ist sich so etwas schuldig«, lächelt Perec.

Als Bernard wieder im Bus zurück zum Hotel sitzt, sagt er laut vor sich her: »Besso. Ich bin ein Idiot!«

11.

Genf, 11. April

Bei der Rückkehr ins Hotel ist Jana samt ihrem Auto verschwunden. Auf dem Bett liegt ein Zettel in ihrer Handschrift: »Lieber Bernard! Die Proben beginnen früher … Ich musste mich auf den Weg machen. Ganz die Deine, Jana (Die Dame im Pelz).«

Er ruft die Hotelvermittlung an.

»Gab es Anrufe für Madame Jana Janský? Nein! Na, dann vielen Dank.«

Er geht zur Rezeption.

»Hat jemand nach Frau Janský gefragt? Ist sie von jemand abgeholt worden?«

»Nein, bedauere«, lächelt ihn die auffallend junge Rezeptionistin an, »niemandem ist etwas aufgefallen.«

»Vielleicht Kollegen von Ihnen?«

»Wenn der Herr es wünscht, werde ich mich erkundigen.«

Bernard wartet ungefähr zwei Stunden im Zimmer, keine Anrufe, keine Nachrichten. Als er sich noch mal an die Rezeption wendet, erfährt er: Nein, leider wisse niemand etwas darüber zu sagen, ob und wann sie das Hotel verlassen habe …

»Wünscht der Herr, dass die Polizei eingeschaltet wird?«

»Um Gottes willen, nein! Meine Freundin ist sprunghaft. Das habe ich mehr als einmal erfahren müssen. Bitte machen Sie die Rechnung fertig. Ich werde auf der Stelle abreisen.«

Nach dem Auschecken hält er auf der Straße ein Taxi an, das ihn zu dem heruntergekommenen Vorortbahnhof Geneve Eaux Vives bringt. In dessen Nähe entdeckt er eine schäbige Bar, die bis zum Morgen geöffnet hat. Hier verbringt er zusammen mit einem maulfaulen Barkeeper und einer müden

Hure die Nacht. Am frühen Morgen fährt er mit der ersten Tram zum Genfer Hauptbahnhof und nimmt den ersten Zug nach Mailand.

12.

Berlin, 14. April

Rose langweilt sich. Sie sitzt mit Mitarbeitern, einigen Doktoranden aus Indien und zwei Hochbegabten – Bruder und Schwester, mit fünfzehn sind sie bereits im dritten Semester – in ihrem Büro an der Berliner Hardenbergstraße. Professor Schemer ist zur Stelle, er, der größte Langweiler auf Gottes Erdboden, Roses Noch-Chef, hat das Wort und gibt es wie stets nicht mehr her. Nach allgemeinen Banalitäten tummelt er sich auf ihrem, Roses, Spezialgebiet. Ganz vorsichtig, sodass man ihm nicht auf die Finger schlagen kann, pickt er sich Lorbeeren aus Roses Lorbeerkränzen und heftet sie ans eigene Revers. Sozusagen probeweise – hier sitzen ja nur Menschen, die mit Rose und ihrer Arbeit sehr vertraut sind – verbreitet er sich über Nanophotonik und erläutert den Anwesenden, dass Forschungen der Negev-Universität dem erschreckend anwachsenden Stromverbrauch der Elektroniknetze entgegenarbeiten, ja, ihn womöglich auf Bruchteile herunterdrücken könnten. Er jongliert nur so mit den Begriffen. Spricht von selbstorganisierten Quantenpunkten, schildert, wie winzige atomare Halbleitercluster in anderen Halbleitern eingeschlossen werden können und wie sie am Ende einzigartige physikalische Eigenschaften aufweisen und so weiter. Rose hat Mühe zuzuhören. Plötzlich spürt sie, wie ihr Handy in ihrer Tasche vibriert. Sie sieht auf das Display; es wird Bernards Nummer angezeigt. Rose entschuldigt sich und verlässt den Raum. Sie ist sicher, Asher Schemer atmet jetzt auf. Er wird sich freier fühlen, nein, endlich frei. Jetzt kann er nach Herzenslust schwadronieren.

»Bernard?«

»Komm ins Treppenhaus! Lass alles stehen und liegen, komm sofort in den zweiten Stock!«

»Bernard?«

Aber er hat bereits aufgelegt.

Rose rennt los, reißt die schwere Brandschutztür zum Treppenhaus auf und läuft die Stufen hoch. Als sie die Tür zum zweiten Stock öffnet, muss sie sich gegen deren Gewicht stemmen, so schwergängig ist sie.

Plötzlich geben ihre Füße nach, nein, werden nach hinten gezogen! Sie fällt auf ihre Hände, nach denen im selben Moment grün gekleidete Arme greifen. Sie wird an Armen und Beinen hochgehoben und in die nebenliegende Putzkammer gezerrt. Zwei Maskierte in grünen Overalls werfen sie auf den Boden, einer stemmt sein Knie in ihren Rücken, dreht ihre Arme nach hinten, der andere versucht, sie am Schreien zu hindern. Sie sucht sich mit Bewegungen zu befreien, die man ihr im Training beigebracht hat. Aber die Entführer sind darauf gefasst und halten dagegen. Eine Frau wartet. Sie trägt ebenfalls einen grünen Overall, auch eine Maske, aber ihre Formen verraten sie als Frau. In Sekundenschnelle verabreicht sie Rose eine Spritze. Das Betäubungsmittel wirkt fast sofort. Rose verliert die Besinnung, alles um sie herum versinkt in einem Nebel, alle Kraft verlässt sie. Ihre Muskeln erschlaffen wie bei einer Gummipuppe.

Die Männer halten sie so lange umklammert, bis sie sich nicht mehr rührt, fesseln sie dann, verbinden ihr mit einem Klebeband den Mund und packen sie in eine stählerne Kiste. Caterer benutzen solche Kisten für den Transport von Gläsern, Geschirr, Wäsche. Diese Kiste schaffen die Entführer mithilfe einer Transportkarre in die Tiefgarage, wobei sie sehr darauf achten, dass sie in keine Überwachungskamera blicken. In der Garage schieben sie die Metallkiste in einen Mercedes Vito, einen Lieferwagen mit seitlicher Schiebetür. Das gängige Fahrzeug ist in demselben Grün gehalten wie die Overalls, die die Kidnapper tragen. Sie haben den Kastenwagen der Firma gestohlen, die die Kantinen der Technischen Universität mit Lebensmitteln beliefert. Deren Fahrzeuge, auf allen Seiten mit Obst und Gemüse bemalt und mit der Aufschrift *Fresh Food* versehen, tauchen mehrmals pro Tag auf dem Gelände auf. Sie bringen und holen Dinge; niemand achtet auf sie. Auch die Overalls, die die Kidnapper tragen, gehören dieser Firma. Sie fahren davon, ohne dass ihr Fahrzeug auch nur angehalten wird.

»Wo bleibt denn Shalev?« Professor Schemer ist der Erste, dem auffällt, dass etwas nicht stimmt. »So lange kann sie nicht verschwunden sein.«

Er greift nach seinem Handy, versucht sie anzurufen. Nichts. Schemer schaut auf das Display seines Smartphones. Dann wählt er eine andere Nummer. Den Notruf der Negev-Universität. Ihre Bewacher werden informiert. Die sind Profis genug, um sofort zu erkennen, dass man sie ausgetrickst hat.

Das ganze Programm startet: Sie zögern nicht eine Sekunde, schlagen sofort beim Shin Bet Alarm.

Elyas wird unverzüglich von seinen Leuten informiert. Er schäumt. Er hatte es kommen sehen. Keine Leute vor Ort.

»Macht was!«

Elyas schmeißt den Hörer auf die Gabel. Er will nicht weiterreden, nicht weiter denken. Aber ihm fällt auf, dass der Mossad sich erstaunlich kooperativ gibt.

›Wahrscheinlich nur, weil sie durch das überhaupt erst von der Anwesenheit der Sabah in Berlin erfahren haben. Da sind mehrere Rechnungen offen. Wir müssen jetzt Sabah finden – dann haben wir alle!‹

13.

Berlin, 14. April

Roses Entführer kutschieren ihre Fracht bedächtig und korrekt über den Potsdamer Platz und den Alexanderplatz, von dort aus geht's in Richtung Osten. In der endlos langen, sechsspurigen Landsberger Allee geraten sie in einen Stau. Sie ändern aber ihre Route nicht. Nur der Beifahrer zischt ein unterdrücktes »Mist!«.

Endlich erreichen sie den Bezirk Lichtenberg und damit den Osten der Stadt. Ihr Ziel ist das riesige *Dong-Xuan-Center*: Acht Hallen bilden einen vietnamesischen Markt, wo man im Groß- und Einzelhandel alles kaufen kann, was Vietnamesen erfreut, von getrockneten Haifischflossen bis zu verruchter Unterwäsche (mit viel Rot und Schwarz). Sie fahren zu den Schuppen am Rand des Geländes, die für Zwischennutzungen angemietet werden können. Vor einem zweistöckigen Gebäude von 1900, grundsolide und, wie hier üblich, aus roten Backsteinen, halten sie. Am Tor zur Halle steht *Arun* auf einem Schild mit thailändischen Schriftzeichen darunter. Der so heiter und optimistisch wirkende Gemüsewagen fährt in die Halle; die Tore werden geschlossen.

Dann wird Rose aus ihrem Gefängnis befreit. Sie ist noch betäubt, rührt sich zwar, murmelt auch etwas, ist aber immer noch nicht bei Besinnung. Einer ihrer Entführer trägt sie in einen schalldicht isolierten Raum. Hier gibt es ein im Fußboden fest verankertes Eisenbett, eine Campingtoilette, einen robusten Tisch sowie einige sehr massive Stühle. Von der Decke hängen eiserne Ketten herab, die mithilfe von Elektromotoren bewegt werden können. An der Seite des Verhörraums liegen Werkzeuge in Edelstahl bereit. Chirurgische Werkzeuge.

Die beiden Männer ketten Rose auf das Bett. Der etwas größere, der Beifahrer, telefoniert dann: »Alles ist vorbereitet; Sie können mit der Befragung beginnen. – Ja. Machen wir. – In einer Stunde ist sie wieder vollkommen an Deck, höchstens in anderthalb. – Gut, wir warten.«

14.

Berlin, 14. April

Als Baquet am Eingang des *Dong-Xuan-Centers* aus der Straßenbahn steigt, ist er sich sicher, dass er nicht beobachtet oder verfolgt wird. In diesem Moment fahren zwei Einsatzwagen der Berliner Polizei und ein Krankenwagen mit viel Sirenengetöse und Blaulicht heran, biegen von der Straße ab und jagen auf das Gelände. Baquet muss nur einige Schritte gehen, dann kann er erkennen, dass die Fahrzeuge der Polizei und der Feuerwehr die Arun-Halle zum Ziel haben. Dort sind bereits andere Polizeifahrzeuge postiert, der Eingangsbereich wird gerade mit den typischen gelb-schwarzen Absperrbändern abgegrenzt. Aus einem anderen Transporter springt ein Kamerateam, eine Polizistin läuft mit ausgebreiteten Armen auf sie zu, offenbar um sie aufzuhalten. Baquet nähert sich vorsichtig den Zuschauern, die sich selbstverständlich ebenfalls schon in der Nähe des Halleneingangs versammelt haben.

»Was ist denn hier los?«, fragt er einen älteren Mann.

»In der Halle gab's 'ne Schießerei … Ein paar Leute sind tot. Mehr weiß ich auch nicht.«

»Gleich mehrere? Na ja, wir werden's erfahren. So was ist ja was für die Presse«, bedankt sich Baquet und geht weiter.

Er verschwindet in eines der zahlreichen Schnellrestaurants, die auf dem Gelände existieren, bestellt sich eine Nudelsuppe und verzieht sich nach angemessener Zeit in eine Toilette. Hier entfernt er den Chip aus seinem Handy und entsorgt ihn mit der Wasserspülung.

Als er an seinen Platz zurückkommt, wartet sein Suppentopf bereits auf ihn. Er setzt sich so, dass er die Halle der Morgenröte beobachten kann, nimmt einige Löffel und beobachtet, was sich dort tut. Soweit er es erkennen kann, wird die übliche Polizeiroutine abgespult; alles wie bei CSI New York.

Plötzlich rennen einige der Polizisten los. Drei oder vier von ihnen laufen praktisch an Baquets Beobachtungsposten vorbei, einige nehmen andere Wege, aber alle bewegen sich in die gleiche Richtung. Er kann nicht erkennen, was das zu bedeuten hat. Einer der Köche geht zur Tür, sieht neugierig hinaus, wird von einer blonden Polizistin zurückgescheucht.

»Weg von der Tür! Verschwinden Sie!«, schreit sie ihn an.

Diese Polizistin hat eine Pistole gezogen und geht vorsichtig, als erwarte sie jede Sekunde einen Schusswechsel.

Kurz darauf hört Baquet wirklich zwei Schüsse. Allem Anschein nach sind sie in der Nähe abgegeben worden.

›Etwa fünfzig Meter von hier. Ich ziehe mich zurück.‹

Er legt Geld auf den Tisch und verlässt den Imbiss durch einen Hinterausgang, der als Notausgang dient. Dann durchquert er insgesamt vier Hallen, in denen unter anderem Textilien, Kunstblumen und Elektronikwaren angeboten werden. Endlich gelangt er zu einer gewaltigen Freifläche, wo Taxen auf Kundschaft warten. Baquet ist versucht einzusteigen, verzichtet aber darauf. Inmitten eines Trupps vietnamesischer Frauen, die mit schweren Tüten und dicken Taschen bewaffnet sind, erreicht er die Straße und sitzt zwei Minuten später in einer Straßenbahn Richtung Stadtmitte.

Wie er vermutet hat, kann man sich in diesem Fall auf Radio und Fernsehen verlassen. In seinem Hotel laufen auf allen lokalen Kanälen Sondersendungen zum Thema *Terror in Berlin*. Er zappt von einer Sendung zur nächsten und wieder zurück und schaltet zur Vorsicht auch einen lokalen Radiosender ein. Er erfährt, zwei Männer seien getötet worden. Entweder sind sie erwürgt oder erschossen worden. In dem Punkt sind sich die Reporter nicht einig. Jedenfalls wurden die beiden tot vor der Tür eines fachgerecht hergerichteten Verhörraums gefunden. Es gibt auch verwackelte Bilder des Verhörraums selbst, anscheinend mit einem Handy aufgenommen.

›Nichts, dass über den Hergang der Befreiung von Shalev etwas aussagt. Anscheinend wissen die Reporter nichts von ihr.‹

Der Schwerpunkt der Berichterstattung liegt auf Yasmine Sabah. Wenn es sich so abgespielt hat, wie es berichtet wird, wurde die weltbekannte Terroristin von Passanten des Centers erkannt und festgehalten. Sie konnte sich befreien. Bei ihrer Flucht kam es zu einem Schusswechsel. Die junge Polizistin, die Baquet für Sekunden gesehen hatte, hat die Sabah in Notwehr erschossen. Bislang steht die Polizei noch am Anfang ihrer Ermittlungen, kann noch keine gesicherten Erkenntnisse mitteilen.

Über Stunden immer dieselben Bilder und dieselben Informationen, abgewandelt und angereichert, aber im Kern unverändert. Ahnungslosen Experten werden banale Fragen gestellt, die jeder beantworten könnte. Über die Sabah und ihre Taten lag offenbar bereits Material vor, hergerichtet für einen Tag X. Titel der Dokumentation: *Lasst sie brennen, jagt sie in die Luft!* Während des ganzen Nachmittags und des ganzen Abends fällt nicht ein Wort über Professor Rose Shalev. Baquet nimmt sein Handy und wählt.

»General: Die Operation ist fehlgeschlagen. Wir hatten die Zielperson, sie ist verschwunden. Es gab offenbar ein Leck. Abbrechen oder weitermachen?«

»Mit der gebotenen Vorsicht weitermachen!«, antwortet General Kevin P. Clark, ehemals Commander in Chief, u. s. Special Operations Command, jetzt der entscheidende Mann bei CAINE.

Das Gespräch ist beendet.

Fantasie ist wichtiger als Wissen.

Albert Einstein

In Italien und in der Vergangenheit

1.

Rom, 23. April

»Also Palazzo Montecitorio, bitte um elf Uhr, in der Parlamentslobby. Der Avvocato wird dann zehn, höchstens fünfzehn Minuten Zeit für Sie, Herr Einstein, haben. Besser, Sie bereiten Ihre Fragen so exakt wie möglich vor, wenn möglich schriftlich vorher einreichen.«

»Ja, sehr gut. Herr Besso hat mich bereits instruiert«, antwortet Bernard der sehr hohen Stimme am Telefon, die ihn erkennen lässt, dass er stört.

»Ah, Briefchen, nicht wahr?«, interessierte sich die Bürodame des Abgeordneten Roberto Besso plötzlich, »ja, scheint dem Web wenig zu trauen. Er liebt diese altmodische Weise; miteinander zu kommunizieren.«

Sie legt einfach auf.

Bernard hat sein Anliegen umrissen, sich aber gehütet, zu präzise zu werden. Eigentlich hätte er nur schreiben müssen: »Avvocato, womöglich haben Sie, was ich suche: Einstein-Papiere, die für das Weiterleben der Menschheit von enormer Wichtigkeit sein können.« Das hat er aus gutem Grund nicht getan. Wahrscheinlich hätte Bessos Büroleiterin ihn auf der Stelle als Spinner abgetan und aussortiert. Und ebenso wahrscheinlich hätte sich danach nie mehr die Chance ergeben, mit dem Besso-Enkel ein Wort zu wechseln.

Der Palazzo Montecitorio, die Abgeordnetenkammer, befindet sich in der Altstadt von Rom, etwa fünfhundert Meter vom weltberühmten Trevi-Brunnen entfernt und ein paar Hundert Meter vom Pantheon; mehr Rom gibt es nicht. Bernard ist lange vor der verabredeten Zeit am Eingang des Palastes. Er rechnet mit einer langwierigen Kontrolle. Zu seiner Verblüffung findet die aber nicht statt. Er nennt seinen Namen, man sieht in einer Liste nach, überreicht ihm ein vorbereitetes Namensschild, das an einer Kette um den Hals zu tragen ist, und das war's mit den Formalitäten.

Die Lobby des Parlamentsgebäudes ist groß wie eine Bahnhofshalle. Seit ihrer Erbauung, seit hundert Jahren also, wird sie die *Transatlantico* genannt. Bernard erfährt das aus einer dünnen Broschüre, die man ihm bei der Einlasskontrolle in die Hand gedrückt hat. Laut der Broschüre verdankt die Halle ihren Namen der Tatsache, dass die Möblierung von einer Firma stammt, die hauptsächlich Überseedampfer ausrüstete. Sie sind in einem matten Rot gehalten, wie es nur italienische Designer finden. Die Sessel an den Wänden der Lobby sind zu Sitzgruppen arrangiert. Bernard hat Zeit, sich sowohl mit der Broschüre wie mit der Möblierung zu beschäftigen, da Dottore Besso auf sich warten lässt.

›Die Firma verstand offenbar ihr Geschäft. Man sitzt tatsächlich wunderbar bequem in ihnen.‹

Ungefähr eine Stunde nach der vereinbarten Zeit taucht er halb rennend auf, begleitet von seinem Assistenten, einem schweigsamen Herrn unbestimmten Alters. Er könnte sein Vater sein. Der Assistent hat einen Schreibblock in der Hand und notiert jede Bemerkung, die ihm sein Meister zukommen lässt. Wie Besso das macht, wirkt es, als werfe er einem Hund einen Knochen zu.

»Wie kann ich helfen?«, kommt Besso gleich zur Sache.

»Ich recherchiere, wie schon mitgeteilt, nach Aufzeichnungen Albert Einsteins. Ist es möglich, dass bestimmte

Einstein-Papiere sich in Ihrem Besitz befinden, Herr Abgeordneter?«

»Wie das?«

»Es ist kein Geheimnis«, erklärt Bernard knapp, »dass mein Großvater Albert Einstein und der Großvater des Herrn Abgeordneten als junge Männer wunderbar zusammenarbeiteten und bis zu ihrem Lebensende in Verbindung standen. Womöglich hat Einstein seinem Freund Michele in einer schwierigen Phase seines Lebens Papiere anvertraut, die …«

»Ich bedauere, ich kann nicht helfen«, unterbricht Dr. Besso seinen Gesprächspartner knapp und abweisend. »Ich kann mit ein paar Anekdoten aus dem Leben der Großväter aushelfen, die uns allen immer wieder aufgetischt wurden – so lange, bis keiner mehr wusste, was davon wahr und was Zutat war. Etwa wie Einstein, schon als junger Mann der zerstreute Professor, immer wieder seine Schlüssel vergaß und wie man ihn deswegen aus verschiedenen komischen Situationen befreien musste. Und ich kenne die berühmten Einstein-Worte aus dem Kondolenzbrief an seinen Vater und an seine Tante auswendig: ›Für uns gläubige Physiker hat die Scheidung zwischen Vergangenheit, Gegenwart und Zukunft nur die Bedeutung einer, wenn auch hartnäckigen, Illusion‹. Das ist ein schöner Trost. Ich war nie an den Naturwissenschaften interessiert, und schon gar nicht an Familienhistorie.« Als er Bernards Enttäuschung bemerkt, fügt er an: »Ich bin lange nach dem Tod der beiden Koryphäen geboren worden. Und ich bin kein Physiker. Was haben Sie von mir erwartet?«

»Ich hatte gehofft, mehr nicht. Vielleicht auch besser so: Meine Mutter hatte Liebesbriefe von Albert Einstein, und als sie versuchte, sie zu verkaufen, begann ein lebenslanges Desaster … Die Briefe haben mir meine Kindheit verhagelt.«

»Ha, verstehe! Im Fall meines Großvaters sollten gewisse Peinlichkeiten aus der Welt geschafft werden, Fotos, Briefe,

Beweise, die einen Schatten auf das schöne Bild von Michele Besso warfen. Hören Sie, ich bin in Zeitnot. Aber wir können unser Gespräch am Abend im Restaurant *Lagana* fortsetzen. Wäre doch amüsant: die übernächste Generation der Genies … Sie kennen das *Lagana*?«, erkundigt sich Besso.

»Bis jetzt nicht …«

»Es wird von Politikern aller Schattierungen geschätzt und entsprechend von den Journalisten, die um sie kreisen. Nicht weit von der Piazza Navone. Fragen Sie sich durch, jeder kennt dort das *Lagana*. Wir sehen uns um 21 Uhr.«

Das Restaurant befindet sich in einer der schmalen Altstadtstraßen, von außen ist nichts zu sehen außer einer roten Tür, einigen Blumen und rankendem Grünzeug in Kübeln aus Terrakotta. Doch geht man durch den Eingang, fühlt man sich an eine ländliche Osteria erinnert. Kleine Tische mit weißen Ober- und roten Unterdecken, Regale mit wohl leeren Weinflaschen, eine brummende Kühltheke mit Nachspeisen, Landhausmöbel mit Gläsern, zahllosen Flaschen mit Likören und Bränden. Die Kellner balancieren geschickt durch eine sich aneinanderdrängende Masse laut sprechender, lachender, gestikulierender Gäste, fast alles Männer, viele im Anzug, aber mit leger gelockerter Krawatte – wenn überhaupt noch! – und spürbar weinselig und vergnügt. Alle Tische sind besetzt. Bernard sieht, dass auch der Avvocato schon da ist, aber er ist nicht allein. Drei wohlgenährte Männer sitzen bei ihm, alle älter als er, und man ist in eifriger Unterhaltung. Bernard ist einen Moment unschlüssig, ob er an Bessos Tisch treten oder an der Bar warten soll. Der Anwalt erkennt das, winkt ihn heran. Seinen Gästen, Parteifreunden, Klienten oder was immer die Männer sind, stellt er Bernard als einen amerikanischen Wissenschaftler vor, der sich vorübergehend in Rom aufhält. So, wie er das macht, scheint der Name des Amerikaners »Mr. Bernard« zu sein. Man rückt zusammen, der Kellner bringt einen

Stuhl und nimmt die Bestellung auf. Der Einfachheit halber nimmt Bernard genau das, was der Abgeordnete Besso wählt. Man redet und trinkt und Bernard merkt nun, dass er es mit Parteifreunden von Besso zu tun hat.

Besso und seine Kollegen geben sich sehr volkstümlich und sprechen sehr laut, wahrscheinlich für die Galerie. Anscheinend sollen Kollegen in der Nachbarschaft geschockt oder provoziert werden oder beides. Bernard versteht naturgemäß nur einen Teil dessen, was gesagt wird. Dann kommt das Essen; im *Lagana* wird die Küche Kalabriens geboten, heißt, das Essen ist scharf, deftig und ländlich. Zwischendurch sprechen die Männer leise und verschwörerisch, und Bernard wird außen vor gehalten.

Nach den Süßigkeiten und dem Kaffee verabschieden sich die Parteifreunde. Nun haben sie es eilig. Sie müssen zu ihren Freundinnen und Frauen; die Nacht ist kurz, einfach viel zu kurz. Während sie sich das gegenseitig versichern, stoßen sie sich mit den Ellbogen an wie Bauern, die ein gutes Geschäft gemacht haben.

Als sie endlich verschwunden sind, bestellt der Avvocato sehr ausgesuchten Cognac und will von Bernard wissen: »Wie halten Sie es mit der Religion?«

»Wie kommen Sie darauf?«

»Nun, wenn zwei Juden zusammensitzen …«

»Also gut. In der Hinsicht halte ich es wie mein Großvater – und wie Ihr Großvater, Avvocato … Ich bin Jude, aber ich bin kein Prophet … Mein Großvater hat es mal so ausgedrückt: ›Das Schönste und Tiefste, was der Mensch erleben kann, ist das Gefühl des Geheimnisvollen. Es liegt der Religion sowie allem tieferen Streben in Kunst und Wissenschaft zugrunde. Wer dies nicht erlebt hat, erscheint mir, wenn nicht wie ein Toter, so doch wie ein Blinder.‹«

»Das ist gut, damit kann man Punkte machen«, stimmt der Abgeordnete zu. Dann stellt er die Frage: »Warum verstecken Sie sich in Italien?«

»Ich halte mich zurück, das ist richtig. Verstecken würde ich das nicht nennen.« Bernard ist sofort auf der Hut.

»Aber ich!«

»Also gut, wenn Sie sich derart sachkundig gemacht haben … Ich bin vor einigen Wochen in Israel mit Palästinensern in einen ernsten Konflikt geraten. Sie verstehen, gewissen Palästinensern, schnell entschlossenen. Seitdem haben wir Probleme miteinander … Es erschien mir sicherer, ihnen vorerst aus dem Weg zu gehen. Ich nehme an, sie vermuten mich nicht ausgerechnet in Rom.«

»Wir sind uns offenbar ähnlich. Nein, ich habe keine Konflikte mit Palästinensern! Aber auch verkorkste Familienverhältnisse. Trotzdem haben wir beide schon einiges geschafft. Und sind allein.«

»Sie werden mir jetzt keinen Antrag machen, oder?«

»Ha ha! Sie werden mir mehr und mehr sympathisch. Nein, aber ein Angebot, das Sie sicher sehr gern akzeptieren werden, mein Freund.«

2.

Berlin, 26. April

Elyas sitzt, auf seinen Stock gestützt, in einem Besprechungsraum des Berliner *American Medical Center* und sieht auf einen romantischen See hinter dem Haus. Das kleine Krankenhaus, nicht weit von der Clay-Allee entfernt, war früher eine Einrichtung der amerikanischen Armee. Wobei früher in Berlin immer meint, zur Zeit der Teilung der Stadt, vor der Wiedervereinigung. Nach dem Abzug der Amerikaner erlitt das Medizinische Center das übliche Schicksal solcher Einrichtungen; eine Weile Leerstand, danach Privatisierung und endlich Profit auf höchstem Niveau. Der Name ist das Einzige, was noch an die alten Zeiten erinnert, ansonsten nur Effizienz und neueste Apparate und auffallende Ruhe.

Elyas steht auf, geht einige Schritte hin und her und setzt sich endlich wieder, diesmal auf einen anderen der raffiniert gestalteten Stühle.

›Wo bleibt der Arzt? Er sagte doch was von fünf Minuten, und jetzt ist es über eine halbe Stunde her … Teure Ausstattung hier. Erlaubt sicher höhere Abrechnungssätze.‹

Dr. Michmann, ein kleiner Mann, der pingelig wie ein Finanzcontroller wirkt, kommt zurück, entschuldigt sein längeres Ausbleiben und bemerkt erstaunt: »Sie haben ja keinen Kaffee … Hat man Ihnen nichts angeboten? Oder wollen Sie etwas anderes?«

»Nein, mir reicht es vollkommen, wenn wir da weitermachen, wo wir unterbrochen wurden.«

Michmann konzentriert sich: »Wie gesagt, die Patientin ist unbedingt auf dem Weg der Besserung. Das ist die gute Nachricht. Sie ist stundenweise wach, aber, und das ist die schlechte Nachricht, kann noch immer nicht exakt angeben, was mit ihr geschehen ist. Anfangs wusste sie nicht mal ihren Namen oder was sie in Berlin zu suchen hat. Die Erinnerungen an ihr Leben in Israel kehren Schritt für Schritt zurück; schneller als die Kurzzeiterinnerungen. Das ist nichts Ungewöhnliches, wobei es sicher von Vorteil ist, dass wir Hebräisch miteinander sprechen können.« Er fügt hinzu: »Wie ich Ihnen sagte, wir gehen davon aus, dass Professor Shalev das Narkosemittel *Esketamin* verabreicht wurde. Bei dafür anfälligen Patienten kann unter Umständen schon eine geringe Dosis eine Amnesie auslösen. Dies – und dabei ohne die notwendige Überwachung … Ihre Verletzungen sind nicht heikel, werden aber noch einige Zeit schmerzen. Ich glaube, Sie können davon sprechen, es ist ein Wunder, dass Sie Ihre Nichte lebend wiedersehen.«

»Ich habe eine Stunde an ihrem Bett gesessen, aber da kam wenig … Mal ein schwaches Lächeln …«

»Ihre Reaktionen über den Tag sind unterschiedlich. Sie ist jedoch unbedingt auf dem Weg der Rekonvaleszenz!«

»Doktor, wie lange dauert es, bis Rose wieder die Alte ist?«

»Das ist nicht vorherzusagen. Möglicherweise braucht sie noch drei Tage, womöglich aber auch noch drei Monate. Ich würde mich allerdings auch nicht wundern, wenn Sie jetzt zu ihr zurückkehrten und ihr eine beliebige Frage stellten und sie begänne, munter wie ein Quell zu plaudern und zu zwitschern.«

Es dunkelt. Auch den dritten Tag seines Berlin-Aufenthaltes hat Elyas in Roses Nähe verbracht, hat sogar in einem Gästezimmer auf ihrem Flur geschlafen. Jetzt sitzt er in ihrem Zimmer; die Fenster stehen weit auf und frische Luft kommt herein. Der Fernseher läuft, allerdings ohne Ton. Am unteren Rand des Bildes erklären Laufbänder, welche Schrecklichkeiten sich während des Tages wo ereignet haben. Die Bilder von Explosionen, Verfolgungsjagden, Überschwemmungen und Parlamentsabstimmungen erzählen den Rest.

Plötzlich sagt Rose, laut und deutlich: »Machen Sie doch mal den Ton lauter! Ich verstehe kein Wort!«

Elyas tippt vorsichtig auf den Lautstärkeregler, fragt dann: »So? Ist das gut so?« Dann steht er auf, tritt ans Bett und schaltet mit einer Fernbedienung eine Stehlampe an.

Rose sieht ihn mit dem verwirrten Blick eines Menschen an, der unverhofft vor jemandem steht, von dem er weiß, dass er ihn oder sie kennt, aber im Moment nicht angeben kann, woher die Bekanntschaft rührt.

»Rose, ich bin's!«, bemerkt Elyas aufmunternd.

Rose sieht ihn weiterhin abschätzend an, offenbar sehr bemüht, ihn zu erkennen. Endlich fragt sie: »Und wer sind Sie?«

Ehe Elyas antwortet, aktiviert er einen Apparat aus Stahl und Chrom, groß wie eine Zigarrenkiste, der auf ihrem fahrbaren Nachttisch liegt. Der Apparat macht aus dem Krankenhauszimmer einen abhörsicheren Raum. Sollte irgendjemand ein Richtmikrofon auf dieses Zimmer ausgerichtet haben, wird er nur einen unangenehm schrillen Ton im Kopfhörer oder auf seiner Aufzeichnungsanlage haben.

Vorsichtig erklärt Elyas: »Wir arbeiten zusammen … Das heißt, du arbeitest für mich; ich bin Elyas, dein guter Geist …« Er korrigiert sich: »Ach was, der gute Geist der ganzen Familie …«

»Gehören Sie zur Ben-Gurion-Universität?«

»So ungefähr …«

»Man hat mir gesagt, ich sei Professorin … Was lehre ich?«

»Du unterrichtest weniger, Rose, du forschst. Vor allem Nanophotonik.«

»Oh, das ist interessant; das hat Zukunft«, erwidert Rose, sieht ihn freundlich lächelnd an. Dann erstarren ihre Gesichtszüge. »Ich habe schrecklich geträumt, immer wieder, eine grauenvolle Dauerschleife. Ich schwebe mitsamt meinem Bett frei im Raum umher. Dann hing ich nackt von der Decke herab, Kopf unten, und riesige Käfer krabbelten die Wände entlang.«

»Es war nur ein Traum.«

Es vergehen zwei weitere Tage. Professor Rose Shalev soll wieder eine klare Vorstellung von sich und der Welt haben. Sie sagt, als sich Elyas auf ihr Bett setzt, die letzte Erinnerung vor dem großen Gau sei, dass sie einen Anruf von Bernard erhalten habe und darauf, wie gewünscht, in den zweiten Stock hinuntergegangen sei. Da habe man sie mit einer Spritze betäubt.

»Hast du mit Einstein gesprochen?«

»Ich habe mit jemandem gesprochen, aber ob es Bernard war … Ich hatte sofort den Eindruck: Da stimmt was nicht. Ich erkannte seine Stimme kaum.«

»Und trotzdem bist du schnurstracks in die Falle getappt?«

Sie überlegt, erwidert dann vorsichtig: »Ich hatte den Eindruck, er braucht meine Hilfe.«

»Na ja, dann! … Und wen hast du gesehen? Wen würdest du wiedererkennen?«

»Es waren zwei Männer und eine Frau …«

»Die Sabah? Yasmine Sabah?«

Zur Vorsicht zeigt er ihr ein Foto der Terroristin. Rose blickt darauf, überlegt und sagt endlich bestimmt: »Nein, die Sabah ist kleiner.«

»*War* kleiner! Sie wurde von der Polizei erschossen.«

»Wann?«

»Bei deiner Befreiung … Wir vermuten, dass du in ein Versteck hier im Stadtteil Lichtenberg gebracht worden bist. Aber wer dich da rausgeholt hat, kann ich dir einfach nicht sagen.«

»Du kannst es nicht? Oder du willst es nicht?«

»Ich wollte, wenn ich könnte.«

»Ihr wart es nicht?«

»Nein, weder wir noch der Mossad. Die Amerikaner behaupten ebenfalls, sie hatten nichts damit zu tun …«

»Die Deutschen?«

»Die können Autos bauen, aber für Geheimdienstarbeit sind sie inzwischen von Natur aus nicht mehr vorgesehen. Es fehlen wohl die notwendigen Gene.«

»Somit?«

»Nach allem, was ich an Puzzleteilen zusammensetzen kann, haben dich dieselben Leute freigesetzt, die dich entführt hatten …«

»Worin soll der Sinn davon bestehen?«

»Frag sie!«

»Du hattest mir gesagt, ich stehe Tag und Nacht unter deinem Schutz!«, bemerkt Rose anklagend.

»Wie konnte ich ahnen, dass man dich derart leicht in die Falle locken kann? Ich weiß nicht, wie viel Training du hinter dir hast, wie viele Medaillen wir dir in die Hand gedrückt hatten für umsichtiges Verhalten – und dann so was … Du musst ja über beide Ohren verliebt sein!«

»Bin ich … Um dir jetzt den ganz großen Schock zu versetzen … Ich fürchte, es wird dir nicht gefallen, was in meinem Unterbewusstsein vorgeht … Während meiner Halluzinationen war ich nicht allein. Bernard war meistens in meiner Nähe … flog neben meinem Bett her oder hing von der Decke herab, dabei hielt er sich mit den Zehen.«

»Es ist immer schön, wenn man Gesellschaft hat«, erwidert Elyas giftig.

»Ich wusste, das gefällt dir nicht. Aber ich brauchte ihn … Ich weiß nicht, ob ich ohne ihn da wieder rausgekommen wäre …«

»Darf ich fragen, ob ich auch irgendwo vorkam?«

»Es war kein Selbsterfahrungstrip!« Sie sieht ihn an: »Elyas, Guter, wir haben doch … Wann werde ich hier entlassen?«

»Morgen! Willst du dich hier ganz verabschieden? Ich rede von der TU … Man würde es verstehen!«

»Warum sollte ich? Gefahren lauern überall … Nein, ich werde meine Verpflichtungen erfüllen, normal weiterarbeiten, erst hier und danach wieder zu Hause. Ich vertraue darauf, dass deine Leute weiter über mich wachen und jetzt womöglich umsichtiger.«

»Einen Zahn muss ich dir allerdings ziehen. Ich habe mich ein paar Tage in deiner Nähe aufgehalten – sowohl als du verwirrt warst als auch in deinem Wachzustand.«

»Und?«

»Mister Bernard hat nicht einmal versucht, Kontakt aufzunehmen.«

Sie lächelt: »Er hat mich nicht vergessen! Er denkt an mich. Nicht weniger als du!«

3.

Genua, 2. Mai

Der Nachtzug aus Rom läuft pünktlich auf die Minute im Bahnhof Genova Brignole ein, um 5 Uhr 48 also. Bernard steigt aus, sieht sich um, bemerkt aber niemanden, der ihn abholen will. Er geht zur Bahnhofshalle, immer in der Erwartung, jemanden zu sehen, der ein Schild mit dem Namen Besso hochhält. So hat er es mit dem Avvocato verabredet. Bernard hatte die Vorstellung, bei Genua handele es sich um eine düstere, alte, schmutzige Hafenstadt, Ratten in jeder Ecke sozusagen. Stattdessen das: Wohin er blickt, die Pracht eines Palastes; Fresken, Statuen, Säulen, Marmor, Mosaiken.

Genua erwacht gerade. Deswegen geht es in der Halle und auf den Bahnsteigen noch ruhig zu, selbst die kleinen Café-bars öffnen erst jetzt. Bernard verlässt den Bahnhof, sieht sich auf dem Vorplatz um, der Piazza Verdi; niemand, der sich für ihn interessiert. Um keine Verwirrung ins Leben zu bringen, kehrt er in die Bahnhofshalle zurück, bestellt sich in einer der kleinen Café-Bars einen Cappuccino, den er im Stehen trinkt.

Niemand zeigt sich.

Nach einer Weile wechselt er die Stellung, frühstückt nun in einer Snackbar. Diesmal gönnt er sich ein Croissant, etwas Marmelade und einen Espresso. Beim Bestellen fallen ihm Postkarten auf, die in einem kleinen Drehständer auf der Theke angeboten werden. Er wählt eine Karte mit der Ansicht des alten Hafens, kehrt an seinen Platz zurück und beschreibt die Karte. Er entscheidet sich für einen Allerwelttext von der Art: *Endlich hier! Das Wetter ist schön und das Essen gut, wünschte, Ihr wäret auch hier.* Eine Grußformel lässt er weg. Als Anrede wählt er *Liebe Kollegen* und adressiert die Karte an Roses Sekretariat in der TU Berlin; der Name der Sekretärin ist ihm ebenso vertraut wie die Adresse des Instituts.

Er ist gerade dabei, die Karte in einen Postkasten zu stecken, da ändert er seinen Entschluss und zerreißt die Botschaft in sehr kleine Schnipsel und wirft sie weg.

»Signore Einstein? Entschuldigen Sie, ich bin Cappelano Bacchelli, der Mann, der Sie abholen soll. Mein Fahrzeug hatte einen Defekt. Immer im falschen Moment!«

»Kann passieren. Wie haben Sie mich erkannt?«, erkundigt sich Bernard vorsichtig.

»Nach den Beschreibungen des Avvocato. Er lässt Grüße bestellen.«

»Aha. Sehr schön.«

Bacchelli ist ein Mann mittleren Alters, mit Habichtnase und wenigen Haaren auf dem Kopf. Es ist ihm wichtig zu betonen, dass sein Name Kaplan Bacchelli kein Spitz- und kein Spottname ist: »Ich war tatsächlich früher Kaplan hier an der Chiesa di San Donato …«

»Aha!«

Der ehemalige Geistliche geleitet Bernard durch die stetig anwachsende Menge der ankommenden und abfahrenden Reisenden. Sie gehen zu einem öffentlichen Platz hinter dem Bahnhof, und hier führt Bacchelli Bernard zu seinem Fahrzeug. Es erweist sich als ein mindestens zwanzig Jahre altes Motorrad, eine altertümlich wirkende *Moto Guzzi*. Angeblich macht das Motorrad dem Fahrer im Genueser Straßenverkehr das Leben ungemein angenehm, da wendig und in der Lage, jeden Stau zu umfahren. Er könne nur das Beste über sein Fahrzeug sagen, es sei eine reine Freude.

»Es sei denn, es hat eine Panne …«, bemerkt Bernard dazu.

Darauf entschuldigt sich Bacchelli ein weiteres Mal; die Maschine sei für gewöhnlich zuverlässig. Dass sie ausgerechnet heute Morgen nicht ansprang, kann er sich nicht erklären. Das heißt, er hat eine Erklärung: böser Wille! Er vermutet Sabotage.

»Wieso das?«

»Es gibt Menschen, die es mir bis ans Lebensende nicht verzeihen, dass ich die Soutane ausgezogen habe.« Bevor sie endlich aufsteigen, bemerkt Bacchelli: »Der Avvocato hat mir aufgetragen, Sie zu einem Haus in der Langley zu fahren. Stören Sie sich bitte nicht an der Umgebung. Der Dottore hat das Haus vollkommen sanieren lassen. Vom Keller bis zum Dach ist alles neu, die Lage bleibt dennoch pittoresk, wenn ich das mal so bezeichnen darf. Pittoresk. Aber, wie ausgeführt, Sie sind der erste Bewohner nach der Sanierung … Einverstanden?«

»Selbstverständlich! Das ist sehr großzügig …«

Bacchelli prescht los, als sei jemand hinter ihnen her. Bernard muss ihn fest umarmen, ja, sich an ihn pressen, um nicht vom Rücksitz zu fallen. Angenehm ist ihm das nicht. Aber er muss Bacchelli recht geben: Mit der alten Moto Guzzi gelangt man in einer Weise durch die Stadt, als seien Ampeln, auf Trillerpfeifen fiepende Polizisten und Staus nur für andere Menschen da, jedenfalls nicht für Cappelano Bacchelli. Er nimmt die Via di Prè, eine der alten Straßen der Stadt. Sie zieht sich von West nach Ost durch die Altstadt. Irgendwo, nicht weit vom Alten Hafen entfernt, biegt Bacchelli ab und taucht in eine lichtlose Gasse voller dunkler, bröckelnder Häuser ein. Ab und zu sind Gerüste aufgestellt, dann ist die Gasse so eng, dass der gewesene Kaplan die entgegenkommenden Passanten praktisch in Hauseingänge scheuchen muss, um selbst durchzukommen.

Eine sehr füllige, schwarze Prostituierte, bereits zu dieser Uhrzeit (womöglich auch noch) in einem knallroten Kleid und hohen Stöckelschuhen unterwegs, will dem Kaplan nicht weichen. Der lässt den Motor aufheulen, die Frau bringt sich in Sicherheit, der Kaplan fährt noch vier, fünf Schritte, dann stoppt er. Die Frau kommt zurück und beschimpft ihn derart abfällig und ausdauernd, dass der Kaplan seinerseits zu fluchen und zu wüten beginnt. Bernard fürchtet, das Ganze werde in einem Blutbad enden, wenn er der Sache nicht ein Ende mache. Er drückt der Frau eine größere Summe in die Hand.

»Damit wollen wir es gut sein lassen!«

Die Frau sieht überrascht auf das Geld und sagt zu Bernard: »Du hast eine Nummer frei!«

»Sehr freundlich … Ich komme darauf zurück!«

»Mach das, Süßer! Ich mach's dir mit Gefühl«, und zu dem Kaplan sagt sie: »Deficiente«, und spuckt vor ihm aus.

Als die Frau weitergezogen ist, bemerkt der ehemalige Kaplan: »Jetzt haben Sie eine Vorstellung von dem Viertel … Die eine Hälfte alieni, Fremde, Ausländer, die andere Hälfte süchtig. Ich hätte hier kein Gemäuer gekauft und schon gar nichts restauriert … Wir stehen vor dem Haus!«

Er deutet auf ein sehr schmales, offenbar gründlich aufgefrischtes Haus, holt die Schlüssel heraus, schließt auf und überreicht Bernard die Sicherheitsschlüssel: »Ab jetzt haben Sie die Verantwortung! Ich melde mich wieder!«

»Gehen Sie nicht mit rein?«

»Es funktioniert alles … Strom, Gas, Wasser … Wir sehen uns wieder!«

In der Tat, es ist nichts zu bemängeln. Im Inneren ist das kleine Haus sehr praktisch eingerichtet, in der Küche ist offenbar der Kaffeeautomat das Zentrum und das Schmuckstück gleichzeitig. Er brüht sich einen Espresso auf, prüft, ob sich im Kühlschrank etwas Essbares finden lässt. Es lässt sich finden. Mit dem Inhalt kann man eine fünfköpfige Familie über Wasser halten.

Bernard ist dabei, sich ein weiteres Frühstück zu gönnen, als an der Tür gefummelt wird. Er legt seine Waffe griffbereit unter ein Küchenhandtuch, geht in Abwehrstellung … Und wofür? Um zu beobachten, wie Bacchelli mit einem Zweitschlüssel ins Haus kommt.

»Was ist? Was wollen Sie?«, fragt Bernard schärfer, als er beabsichtigte.

»Sie haben kein Handy!«, sagt Bacchelli mit leichtem Vorwurf.

»Ja, und?«

»Es macht die Kommunikation schwierig … Dottore Besso lässt Ihnen sagen, er bedauert, er kann Sie vorerst nicht sehen. In seinem Wahlkreis gibt es Ärger, den er unbedingt entschärfen muss. Sie wissen, in Kürze …«

»Ich weiß, die Wahlen stehen an.«

»So ist es! Der Avvocato bedauert …«

»Wollen wir hoffen, dass er seine Probleme meistert«, erwidert Bernard und damit ist der Anwaltsgehilfe entlassen.

Bernard weiß nicht, ob er ihm trauen kann … Er überlegt, ob er sich ein anderes Versteck suchen soll. Aber gibt es ein besseres als dieses hier? Wahrscheinlich ist der ehemalige Kaplan nur der buffo, die komische Figur, ohne die keine Oper auskommt.

Bernard findet in der kleinen Bibliothek der Wohnung zahlreiche Bücher, die sein Interesse wecken. So auch ein Druckwerk mit alten Schwarz-Weiß-Bildern. Sie zeigen Nonnen und Patres in den dreißiger und vierziger Jahren, auch verängstigte Männer in bürgerlichen Anzügen, Damen in Kleidern, wie sie während der Mussolini-Zeit in Mode waren. Der dazugehörende Text beschreibt, wie der Erzbischof von Genua samt Getreuen in den Monaten von 1943 bis Kriegsende über achthundert Juden rettete. Der Verfasser beruft sich auf kürzlich aufgefundene Dokumente, zitiert das Urteil von Historikern und erzählt ansonsten spannende Anekdoten. Danach hatten der Erzbischof von Genua und vor allem dessen Sekretär nach Mussolinis Entmachtung und damit in der Zeit der höchsten Gefahr für die italienischen Juden ein Netzwerk eingerichtet, das ihnen Flucht und Überleben sichern sollte.

Ohne rechten Übergang beschäftigt sich dann ein ganzer Absatz mit Albert Einstein und wie er sich schon vor dem Zweiten Weltkrieg und dann noch mehr während des Krieges für verfolgte Glaubensbrüder eingesetzt habe. In Faksimile ist ein 1939 mit der Schreibmaschine verfasster und von Bernards Großvater unterschriebener Brief (›Sincerely yours A. Einstein‹) abgedruckt, worin er einem New Yorker Geschäftsmann namens Hyman Zinn für die Rettung verfolgter Stammesgenossen vor der ›unheilvollen Gefahr‹ der Nazis dankt. Mitten im Text heißt es, Juden sollten einander helfen, wie sie es schon seit Generationen getan hätten. In den Jahren der Not werde die Bereitwilligkeit, einander zu helfen, auf eine ernste Probe gestellt.

Bernard kann kaum atmen, als er liest, was er liest. Er meint, alle Nuancen im Charakter seines Großvaters zu kennen. Er weiß, dass der große Albert E. wirklich manches unternommen hat, um anderen in schwierigen Situationen zu helfen. Nicht nur Juden und nicht nur Menschen, die entweder von den Nazis oder von den Sowjets verfolgt wurden. Seine Nächstenliebe und Menschenfreundlichkeit waren nicht gespielt. Sobald Einstein helfen konnte, tat er dies von ganzem Herzen. Er stand sogar Leuten bei, denen er nicht wohlgesonnen war. Der große Albert fühlte sich als eine Art ambulantes Hilfskomitee, das war unbestreitbar. Er half mit Unterstützungszahlungen, vorgestreckten Reisekosten, Empfehlungsschreiben und sogenannten Affidavits. Mit diesem Papier bürgte ein Bürger der USA dafür, dass der Immigrant nicht den öffentlichen Kassen zur Last fallen würde. Nur zu eng durfte es nicht werden. Immer schön auf Distanz! Und besser, der Bedürftige war nicht mit ihm verwandt.

Wenn Bernard daran denkt, was seiner Mutter angetan wurde, auch von Albert dem Großen, packt ihn die kalte Wut. Er ist versucht, das Buch an die Wand zu werfen. Er greift schon danach, hebt es auf und presst durch die Zähne: »Unser jüdischer Heiliger.« Letztlich beherrscht er sich, wie er sich immer beherrscht. Allerdings reißt er Einsteins Bild aus dem Buch. Auch auf diesem Foto gibt der große Mann wieder den Narren. Bernard entsorgt das Bild in der Toilette. Er achtet darauf, dass nicht ein Rest davon irgendwo hängen bleibt.

4.

Annecy, 5. Mai

»Wohin sind Sie unterwegs?«

»Genf«, antwortet Dean Baquet einsilbig.

»Wieso Genf?« Der General klingt ungeduldig am Telefon, aber Baquet bleibt bei seiner spärlichen Informationsweitergabe.

»Ich habe einen Tipp bekommen.«

»Na gut – ergibt ja auch Sinn: Genf ist immerhin der Sitz von CERN. Da fühlt sich ein Einstein sicher wohl. Sie melden sich!«

»Jawohl.«

»Baquet: Wo stehen wir? Was ist in Berlin geschehen? Was können wir erreichen?«

»In Berlin ist Rätselhaftes geschehen.« Er wird nun doch redselig. »Ich und Sabah wollten Rose Shalev, Einsteins Freundin, Partnerin, Komplizin, was immer sie ist, in aller Ruhe verhören. Der Coup war sauber vorbereitet worden«, versucht Baquet dem General die richtige Vorstellung von der Aktion zu geben. »Sabah sollte die eigentliche Vernehmung durchführen. Sie kennt – kannte die Mentalität der Israelis am besten. Und, ich möchte behaupten, sie war auch am meisten motiviert.«

»Woher kannten Sie sie?«, unterbricht General Clark. »Was hatten Sie mit ihr zu schaffen?«

»Das möchten Sie nicht wissen, General. Ich bin aber überzeugt, sie ist an dem Fehlschlag absolut unschuldig.«

»Verstehe … Sie wollten ihr also das Verhör überlassen?«

»Selbstverständlich hätte ich an der Befragung teilgenommen, das muss ich nicht betonen. Aber Ihre Art der

Befragung war absolut effektiv. Einschüchternd. Doch als ich auf dem Gelände auftauchte, waren meine Mitarbeiter bereits tot, die Frau, die sie bei sich hatten, verschwunden. Bei ihr handelt es sich um eine ehemalige Krankenschwester, bis jetzt ist sie nicht wieder aufgetaucht … Entweder ist sie im Untergrund oder sie ist in die Hände von wem auch immer gefallen.«

»Oder sie war von Anfang an die Schwachstelle.«

»Zu diesem Schluss bin ich auch gekommen, General. Meine Männer hatten für sie gebürgt … Jedenfalls, mir war auf den ersten Blick klar: Die Professorin ist uns durch die Finger gerutscht. Ich habe nicht versucht, sie wiederzufinden … Es ist klar, vorerst wird sie besser geschützt als der englische Kronschatz.«

»Von wem auch immer, vermute ich!«, bemerkt der General dazu süffisant. Seine Bemerkung klingt ausgesprochen hämisch und abfällig. Er will dann hören: »Was ist Ihre Theorie dazu?«

»Der Mossad hält die schützende Hand über Rose Shalev …«

»Na, dann wird's dort gegenwärtig Orden regnen! Solch wunderbare Leistungen … die Professorin irgendwelchen Kidnappern entrissen und die Sabah eliminiert!«, kommentiert Clark. »Dean, es sterben viele Menschen in Ihrer Umgebung! Zumindest bei diesem Unternehmen! Glücklicherweise kommen Sie stets ohne einen Kratzer davon … Es hat keinen Sinn, Sie weiter mit der Angelegenheit zu betrauen. Sie sind verbrannt.«

Baquet zeigt keine Regung.

»Sind ein guter Mann, Baquet. Das nächste Mal werde ich wieder an Sie denken, wenn die Lage besondere Leute erfordert.«

»Ist mir eine Ehre, Herr General. Etwas hab ich noch für Sie: Die Geschichte mit dem toten Palästinenser ist ein Fake. Bernard Einstein hat niemanden erschossen. Die Sabah hat mir versichert, die Palästinenser vermissen keinen einzigen Mann.«

»Bedeutet?«

»Es läuft ein sehr großes Spiel.«

»Sehe ich auch so«, stimmt der General zu. »Wenn solche Einsätze gemacht und solche Rückschläge verkraftet werden, ist eins sicher: Ich glaube diesen ganzen Physikerquatsch nicht, aber Bernard Einstein ist hinter einer großen Sache her, allem Anschein nach sogar hinter einer sehr großen. Eine, die all diese Einsätze und Verluste rechtfertigt.«

»Das ist auch meine Einschätzung, General! Alles Gute!«

»Ja, für Sie auch!«

Baquet verlässt das Zimmer, geht zum Parkplatz, setzt sich eine Sonnenbrille auf und quält sich in einen ältlichen, unauffälligen Personenwagen, den er sich für eine Woche geliehen hat. Er fährt dann in Richtung Annecy zurück. In Höhe des Tagungszentrums Les Pensières fährt er an den Straßenrand, hält an und holt das praktische, kleine Aufnahmegerät aus der Brusttasche seines Hemdes, das er so schätzt. Er will gerade auf Wiedergabe drücken, um sich die Unterredung mit dem General noch einmal anzuhören, da entschließt er sich, das unbequeme Auto zu verlassen und einige Schritte zum Seeufer zu gehen. Dort setzt er sich auf eine Bank, schaltet den Rekorder ein. In diesem Augenblick wird es unnatürlich hell hinter ihm, hell und weiß wie die Sonne selbst. Dann ein Höllenlärm, danach betäubende Stille. Das Auto, in dem er noch vor einigen Augenblicken saß, ist in tausend Stücke zerrissen. Trümmer liegen herum, im Boden ist ein Krater. Wände und Fenster des Tagungszentrums haben durch die Explosion etwas abbekommen.

Keine aufgeregten Menschen erscheinen – nichts. Offenbar machen Les Pensières Ferien.

Parallel zur Autostraße, die den See umrundet, gibt es einige kleinere Straßen und Wege in Richtung Annecy. Anfangs läuft Baquet, dann wird er langsamer. Er bemerkt an der Straße eine kleinere Autowerkstatt; der nähert er sich. In der Halle wird gearbeitet, aber er sieht niemanden und will auch von niemand gesehen werden. In einem der Fahrzeuge, die auf dem Hof abgestellt sind, stecken die Schlüssel. Er steigt ein, startet das Auto und fährt davon.

In der Nähe seines Hotels stellt er das Auto ab und geht entschlossen ins Haus. Es herrscht die übliche Nachmittagsruhe; das déjeuner liegt hinter den Köchen, das dîner ist noch weit entfernt. Er nimmt sich den Zimmerschlüssel von einem klassischen Schlüsselbrett und geht die Treppe hinauf, dabei auf der Hut vor Überraschungen. Aber nichts und niemand stört ihn. Sein Zimmer ist in Ordnung gebracht worden, bereits für den nächsten Gast hergerichtet. Seine Kleider und seine persönlichen Sachen sind verschwunden. In den Schränken und im Schreibtisch nichts, das ihm gehört. Glücklicherweise hatte er, bevor er sich mit dem General sprach, seinen Laptop in einer Besenkammer deponiert, dort ist er immer noch.

›Also voll handlungsfähig.‹

5.

Los Angeles, 18. Mai

John Charnick sitzt in seinem aufgemöbelten Porsche seit mindestens einer Stunde auf dem *Los Angeles National Cemetery*. Er hat das Auto unter einer gewaltigen Zeder geparkt, mit Blick auf das Kolumbarium. Die Urnenhalle ist von beeindruckender Größe. So wie der robuste Bau anmutet, könnte er auch im alten Rom stehen, aber auch irgendwo in den Weiten der Sierra Madre. Ansonsten sieht man vor allem die endlosen, exakt geordneten Reihen immer gleicher heller Grabsteine. Auf diesem Nationalfriedhof liegen Tote des Amerikanisch-Mexikanischen Kriegs, des Bürgerkriegs, des Spanisch-Amerikanischen Kriegs, des Ersten Weltkriegs, des Zweiten Weltkriegs, des Koreakriegs, des Vietnamkriegs, der Kriege im Irak. Und des Konflikts in Afghanistan. Einer der Opfer dieses »Konflikts«, der nicht Krieg genannt werden darf, ist Charnicks jüngerer Sohn Robert, von seinen Eltern nur Bobby genannt. Er ist an einer Straßensperre, an der er korrekt anhielt, erschossen worden. Feige, aus dem Hinterhalt, wie der Kommandeur in seinem Kondolenzbrief geschrieben hatte.

›Als ob das etwas änderte … Acht Jahre jetzt, also 2962 Tage. Ich kann nicht sagen, mein Junge, dass ich seitdem jeden Tag an dich gedacht habe. Oder an deinen älteren Bruder, an Frank. Wenigstens ist er in einem regulären Krieg verreckt, mit aufgerissener Bauchdecke und heraustretenden Gedärmen. Ich könnte um mich schlagen! Welch idiotische Politik ist im Nahen wie im Fernen Osten verfolgt worden! Na ja, jetzt sitze ich hier und habe Zeit. In gewisser Weise wart ihr mehr Maggies Söhne als meine. Maggie hatte recht, als sie sich von mir scheiden ließ. Aber was hat's ihr gebracht? Ist sie jetzt glücklicher? Wie haben meine Jungen mich wohl gesehen? War ich für sie letzten Endes nicht doch ihr Vater, ihr Daddy? Es hat mich aber stolz gemacht, dass ihr beide ein Bild von mir in euren Taschen hattet, als ihr … Womöglich war ich doch nicht der allerschlechteste Vater …‹

Es vergehen weitere 35 Minuten, dann rollt ein schwarzer Van mit dunkel getönten Scheiben heran, eines der Fahrzeuge, die die Agency so schätzt. Maggie steigt aus, mit einem Strauß Blumen in der Hand, und geht ins Kolumbarium. Sie ist gekleidet, als ginge sie zu einer Konferenz, und sie wirkt auch so entschlossen … eben so, wie sie bei solchen Gelegenheiten auftritt. Ein Leibwächter folgt ihr.

Charnick ist versucht, ebenfalls in die Urnenhalle zu gehen, lässt es. Wer weiß, welche Verwicklungen sich aus einer Überraschung ergeben würden. Leibwächter sind misstrauische Naturen. Immerhin steigt er aus seinem Auto aus und baut sich neben seinem Prunkstück auf. Nach ungefähr zehn Minuten kommt Maggie aus dem Kolumbarium, setzt eine Sonnenbrille auf und geht auf ihn zu.

»Ich dachte, du kommst rein …?«, sagt sie statt einer Begrüßung.

»Ich bin schon eine Weile hier …«

»Das habe ich mir gedacht … Was genau willst du von mir?«

»Wie viel Zeit hast du?«

»Genug!«

Ohne Aufforderung setzt sie sich auf den Beifahrersitz seines Autos, lässt aber die Tür auf. Ihre Bodyguards haben sie so genau im Blick.

»Merkwürdig«, sagt er, »was die Zeit mit uns macht …«

»Soweit deine Philosophie und Reue … Was willst du exakt?«

Er hatte sich eine Geschichte zurechtgelegt, warum er in der Angelegenheit Bernard Einstein erneut ihre Hilfe brauche. In seiner Geschichte war er ein Held, wenn nicht gar ein Patriot. Aber als er jetzt den Mund aufmacht, kommt nichts von dieser gut durchdachten Geschichte heraus. Er sagt ihr schlicht die Wahrheit, berichtet ihr, worauf er sich eingelassen hat und was er fürchtet für den Fall, dass er den Scheich enttäuschen sollte. Talal verlangt von ihm, trotz des Scheiterns und Todes von Baquet, dass er liefere.

»Ich bin überzeugt, er nimmt sich erst Sarah vor, bevor ich dran bin … Aber er nimmt sich uns beide vor, das ist so sicher wie der Tod unserer Jungen … Er ist ein Sadist von Natur aus … Wenn du siehst, wie er mit seiner Geliebten umgeht …«

»Warum hast du dich auf den Deal eingelassen?«

»Geld! Ich sah kein Risiko darin … Ehrlich gesagt, ich hatte auf Baquet gesetzt … General Clark hatte Wunderdinge von ihm erwartet. Wie konnte ich ahnen, dass er in die Luft fliegen wird?«

»Wir reden von Dean Baquet?«

»Ja.«

»Ich wollte mich nur vergewissern … Sein Auto ist in die Luft geflogen. Er nicht.«

Charnick ist konsterniert: »Was sagst du? Woher hast du das?«

»Von der Virginia Avenue, von der OOI … Und die haben die Fakten von der französischen Polizei …«

»Wieso weiß General Clark nichts von dieser Wendung?«

»Womöglich ist er nicht so allwissend, wie du denkst …«

»Oder wie er denkt … Für ihn ist eine Welt untergegangen, als es hieß, Baquet, sein bester Mann, ist einer Autobombe zum Opfer gefallen. War ja auch sehr glaubhaft. Die Franzosen können sich keinen Reim auf die ganze Geschichte machen … Wollen sie auch gar nicht … Im Grunde haben sie den Fall schon abgeschlossen. Für sie ist das: Ausländer unter sich! Wenn die Narren sich abschlachten wollen, bitte … Sollen sie sich abschlachten.«

»Gibt es auch etwas Neues von Bernard Einstein? Weißt du etwas? Lebt er noch?«

»Warum soll er nicht mehr leben?«, ist Maggie erstaunt.

»Baquet hatte alle Spuren verloren … General Clark hat dann zwei und zwei zusammengezählt und dabei kam raus, irgendjemand macht Tabula rasa … Alles wird abgeräumt!«

»Schwachsinn! Selbstverständlich lebt er noch! Das OOI hat ihn zweimal erwischt – zweimal nachts, jedes Mal in Genua, jeweils in der Nähe des Alten Hafens …«

»Was sucht er denn da?«

»Das OOI geht davon aus, er will sich mit einem Schiff absetzen, wohin auch immer. Wahrscheinlich mit einem Hochseesegler oder etwas in dieser Art. Was gedenkst du mit meinen Informationen anzufangen?«

»Ich werde sie im Herzen bewegen … Mit General Clark werde ich sie nicht teilen. Darauf kannst du dich verlassen.«

»Hat er es aufgegeben, Einstein zu suchen?«

»Selbstverständlich nicht. Jetzt haben wir zwei Engel für Charlie im Einsatz. Zwei Frauen diesmal, mit ähnlichem Hintergrund und Vergangenheit wie bei Baquet, sehen aus wie die Ehefrauen von Zahnärzten, aber ich möchte nicht mit ihnen in Streit geraten.«

»Haben die Damen Namen? Kann ich sie kennen?«

»Eine von ihnen, die Chefin, heißt Jennifer McTravish und die andere …«

Bevor er ihren Namen aussprechen kann, ergänzt Maggie: »Laura Weaver.«

»Ich verstehe, die Damen haben einen Ruf …«

»Die beiden haben, mehr oder minder im Alleingang, in Mexiko ein Drogenkartell zerschlagen.«

»Und das sollen die Richtigen sein, die Geheimnisse von Albert Einstein aufzudecken?«

»Ich sehe vor allem, dass bei CAINE nicht gespart wird … Ich glaube nicht, dass sich die Agency die Dienste der beiden leisten könnte …«

»Erfreulich zu hören, dass sie effektiv sind … Scheich Talal will partizipieren …«

»Ich habe es verstanden, mein Guter. Du hast dich mal wieder in die Scheiße geritten! Aber gründlich! Du verkaufst Geheimnisse, von denen du nicht mal weißt, ob sie überhaupt existieren!«

6.

Genua, 21. Mai

Es sind noch vier Tage bis zur Europawahl. Bernard Einstein geht einige Schritte in der Voce della Pace auf und ab, er will nur die Beine bewegen. Er wartet darauf, dass ihn der ehemalige Kaplan, wie verabredet, zum Treffen mit Avvocato Besso abholt. Signore Bacchelli lässt auf sich warten. Bernard hat begriffen, es ist einfach sein Prinzip, bei Verabredungen zu spät zu kommen. Das Zuspätkommen an sich ist also nichts Bemerkenswertes, auf das Wie-viel-zu-spät kommt es an. Bernard hat sich etwas weniger schlampig angezogen als üblich. Zur Sicherheit trägt er eine Kappe. Diese Kappe hat er in einem Fanshop von Sampdoria Genua gekauft, und er liebt sie wegen ihres schicken Wappens. Das Logo des Vereins zeigt einen Pfeife rauchenden Seemann. Bernard findet, für einen Verein aus einer Hafenstadt ist das absolut passend. Er hatte viel Zeit, alles über Sampdoria zu lernen.

Während er wartet, beobachtet Bernard einen Obdachlosen, der sich seit zwei Tagen auf der anderen Straßenseite eingerichtet hat. Bei Tag und Nacht sitzt oder liegt er seitdem vor dem heruntergelassenen eisernen Gitter eines Wäschegeschäfts, das aufgegeben hat. Zu seinen Habseligkeiten gehören eine alte Pfanne und ein kleiner Ofen, den er mit einer Brennpaste befeuert. Gegenwärtig ist er dabei, sich etwas zu brutzeln; es riecht nicht mal schlecht.

Dabei sieht ein freundlich lächelnder Politiker von einem Wahlplakat auf den Obdachlosen herab. Er wirbt für seine Demokratische Partei um die Stimmen der geneigten Wähler linker Couleur. Sein Plakat bedeckt das gesamte Rollgitter. Mit den Wahlplakaten ist es allerdings so eine Sache. Beinahe täglich werden neue angebracht und die alten rücksichtslos überklebt. In den drei Wochen, in denen sich Bernard nun in der Voce della Pace aufhält, hat er praktisch das gesamte Spektrum der italienischen Politik kennengelernt, von ganz links bis ganz rechts, einschließlich einiger Splitterparteien.

Mit rund zwanzig Minuten Verspätung – ein mittlerer Wert – taucht der Kaplan endlich auf. Er kommt mit einem abgeschrubbten Fiat, der seltsamerweise neben dem Fahrersitz zwei weitere Sitze hat und dahinter drei weitere. Bacchelli begrüßt Bernard als alten Bekannten, reißt ihm die Tür auf und bietet eine fadenscheinige Erklärung, warum er partout nicht früher kommen konnte. Er lässt dann den

Motor an und fährt los. Bernard sieht im Rückspiegel, dass der Obdachlose ein Handy aus seiner Hose nimmt und telefoniert.

›Erwartet man nicht unbedingt von einem Pennbruder!‹

Das Haus des Avvocato Besso liegt im eleganten Stadtviertel Castelletto, halbhoch über Genua, mit einem endlosen Blick auf Terrassen, die typischen Schieferdächer, die hier so geschätzt werden, und aufs Meer. Wie seine Investition in der Altstadt hat Besso auch dieses Haus aufwendig und kostbar eingerichtet. Aber nichts deutet darauf hin, dass es eine Frau im Leben des Avvocato gibt. Bernard nimmt auch nicht an, dass eine existiert. Schwul wirkt Besso allerdings auch nicht.

Bernard bedankt sich noch einmal dafür, dass der Avvocato in diesen letzten Tagen des Wahlkampfes Zeit für ihn opfert.

»Jetzt ist sowieso nichts mehr zu drehen!«, zuckt Besso die Achseln.

Der Tisch in der Mitte der Terrasse (unter einem sehr weit ausladenden Sonnenschirm aus hellem Leinen) ist für zwei Personen gedeckt. An der Wand steht ein weiterer massiver Tisch. Hier hat Besso Bilder seines Großvaters, Briefe von und an Albert E. und eine große, eisenbeschlagene Kassette bereitstellen lassen. Die Kassette ist verschlossen und wirkt, als sei sie seit Jahren nicht geöffnet worden.

›Der Avvocato hat sich offenbar eine Dramaturgie für diesen Abend ausgedacht‹, seufzt Bernard innerlich. Sie zu zerstören, kann nur bedeuten, Bessos guten Willen zu untergraben. Also heißt es, erst mal essen, trinken, reden. Währenddessen serviert bereits ein bestens geschulter jüngerer, geschmeidiger Kellner Köstlichkeiten der Genueser Küche. Und über allem liegt die melancholische Stimme von Fabrizio De André.

»Ich liebe den Chansonnier; und ich bin natürlich auch stolz darauf, dass er Genueser war – wie ich.«

Bernard hat vorher noch nie von dem Sänger gehört. Die beiden reden über Musik, über Aufstieg und Fall der Stadt Genua; gegenwärtig wieder im Aufstieg. Wenn dieser auch noch nicht in der Altstadt angekommen ist.

»Aber dorthin kommt er ebenfalls! Was glauben Sie, warum ich dort investiert habe?«, sagt Besso dazu. Und natürlich landen sie wieder bei der Politik; Politiker kommen nie davon los, wie Süchtige nicht von ihrem Stoff.

Bernard fragt bei der Gelegenheit nach dem Bildband, in dem er das Einstein-Kapitel gefunden hatte.

»Welcher Bildband?«, fragt der Avvocato irritiert. Es stellt sich heraus, Besso kennt das Buch nicht, der Kaplan hatte es ihm geschenkt. »Wollte wohl die Aktivitäten seiner Kirche am Ende des Zweiten Weltkrieges ins rechte Licht rücken. Es stimmt! Zu der Zeit, am voraussehbaren Ende von Krieg und Faschismus, hat die Kirche tatsächlich einige ihrer jüdischen Landsleute geschützt«, erklärt Besso dazu.

7.

Genua, 21. Mai

Zur gleichen Zeit parkt – ganz in der Nähe der Endstation der alten Seilbahn, die von der Stadt heraufkommt und hier am Righi endet – ein älterer Lieferwagen auf der Straße. Er ist ohne Seitenscheiben und ohne irgendeine Aufschrift, hat aber offenbar schon den einen oder anderen Zusammenstoß hinter sich. Im Inneren gleicht das Fahrzeug dem Übertragungswagen eines Fernsehsenders, Mischpulte, Monitore, Kabelrollen, zahllose Knöpfe und Regler. Vom Standort des Wagens hat man direkte Sicht auf die Villa des Avvocato; mit den akustischen Signalen verhält es sich genauso.

»Kann der nicht mal was anderes spielen!«, seufzt der etwas ältere der Männer mit den Kopfhörern, die im Wagen sitzen. »Man wird trübsinnig von den melancholischen Liedern, die einem da über Stunden geboten werden.«

»Mich nerven mehr die Polizeiwagen, die in unregelmäßigen Abständen die Gegend abklappern. Das stört!«

Aus Vorsicht legen sie, wenn sich ein Polizeiwagen der Villa nähert, mit einer Quickstopptaste ihr gesamtes Equipment lahm. Ihre Vorsicht resultiert aus Erfahrung. In dieser Hinsicht haben sie schon einige unschöne Situationen hinter sich gebracht. Auch die italienische Polizei ist nicht mehr mit Vespa und Fiat 500 unterwegs; auch sie kennt Raffinessen der Elektronik und ist entsprechend ausgestattet.

Eine Frau kommt mit einem Hausfrauen-Sportwagen heran, stoppt, steigt aus und sieht sich um. Auf der Straße oder dem umliegenden Gelände ist niemand zu sehen. Miss Weaver ist eine Frau mittleren Alters und sieht so verbittert aus, als stehe sie kurz vor einer weiteren Ehescheidung. Nachdem sie sich vergewissert hat, dass niemand auf sie achtet, tritt sie an den Abhörwagen, gibt das verabredete Zeichen. Daraufhin wird ihr von innen die Tür geöffnet.

»Wie weit sind wir?«

Enrique, der Chef des Teams, antwortet ihr abfällig: »Besso und Einstein kommen sich näher …«

»Das bedeutet?«, fragt Weaver scharf.

»Sie quatschen seit Stunden über das Schicksal der Juden. Das scheint Juden mehr zu beschäftigen als alles andere. Ich hatte mal in Moskau …«

Die Frau unterbricht ihn: »Bis jetzt nichts von dem, was uns interessiert?«

»Nein … Soll ich mal lauter machen …?«

»Ich bitte darum!«

Enrique gibt seinem Untermann ein Zeichen, der dreht den Lautsprecher auf und man vernimmt die Stimmen von Besso und Bernard Einstein derart klar, als säße man mit ihnen am Tisch. Das Gespräch der beiden dreht sich tatsächlich um Anti- und Philosemitismus und was in Israel schiefläuft. Alle drei im Abhörwagen haben schnell genug davon.

»Wir sind uns einig? Ihr macht nichts! Absolut nichts! Was auch geschieht! Sollte etwas für mich Interessantes gesprochen werden, gebt ein Zeichen. Ein Ping genügt!« Die Frau steigt wieder aus, setzt sich in ihren Wagen und fährt davon.

Die beiden Abhörer müssen weiter das Gequatsche in der Villa Besso über sich ergehen lassen.

8.

Genua, 21. Mai

Besso und Bernard treten nach dem Essen an die Balustrade der Terrasse und sehen auf die Stadt hinunter und auf das Meer hinaus. Ein Tanker läuft aus und eine kleine Flotte von Fischerbooten ebenfalls. Der Avvocato raucht eine Zigarre; wendet sich dann Einstein zu.

»Ich weiß«, sagt er, »Sie sind am Ende Ihrer Geduld … Bevor Sie mich erschlagen, lassen Sie uns jetzt nachsehen, ob und was die Kassette enthält …«

Besso geht zum Tisch mit den Dokumenten und der Kassette, Bernard folgt ihm. Der Avvocato holt einen älteren, einfachen Schlüssel aus der Hemdtasche. Statt ihn aber endlich ins Schloss zu stecken, hält er Bernard noch einmal hin.

»Was ist«, fragt er, »wenn die Truhe tatsächlich Erkenntnisse enthält, die die Welt umstoßen? Sollten wir uns nicht erst mal verständigen, was wir machen sollen? Und natürlich auch, wem sie gehören?«

»Wenn sie so bedeutend sind, wie ich vermute, gehören sie der Menschheit und niemandem sonst«, sagt Bernard bestimmt.

»Gut gesprochen!«, erwidert der Avvocato, »sehr edel!«

Dann versucht er, die Kassette zu öffnen. Es gelingt nicht auf Anhieb.

»Bernard, ob Sie es glauben oder nicht – ich habe mich beherrscht … Ich hätte das Ding längst ohne Sie öffnen können. Aber ich dachte, wir erleben den Stapellauf gemeinsam …« Während er sich mit dem Schloss müht, knurrt er: »Womöglich war das ein Fehler … Wenn wir jetzt einen Schlosser brauchen …«

»Darf ich mal mein Glück versuchen?«, bittet Bernard.

Besso gibt ihm den Schlüssel. Anfangs hat Bernard das Gefühl, der Schlüssel sei einfach der falsche, passe überhaupt nicht ins Schloss, dann versucht er es ein weiteres Mal – diesmal mit Gewalt – und siehe da, der Deckel der Truhe hebt sich etwas. Ein weiterer Versuch, und er lässt sich öffnen.

»Bravo!«, sagt der Enkel des Ingenieurs Michele Besso und sieht in die Truhe. Sie enthält einen Umschlag, etwas größer als ein Briefbogen. Auf der Vorderseite ist eine schriftliche Anweisung von Michele Besso: *Vertraulich! Unbedingt erst nach meinem Tod öffnen und den Inhalt der ›Accademia Nazionale dei Lincei‹ übergeben!* Beide Männer wissen, die »Akademie der Luchse und Füchse« ist eine altehrwürdige Institution mit verwickelter Geschichte und heute die nationale Akademie der Wissenschaften Italiens. Der Umschlag ist auf der Vorder- und der Rückseite gesiegelt – das Siegel zeigt zwei in sich verschränkte Schriftzeichen, und zwar die Buchstaben M. und B. Der Besso-Enkel bricht die Siegel auf, greift in den Umschlag und zieht zwanzig Seiten neutrales, mehr graues als weißes Papier heraus. Die Blätter sind auf der Vor- und der Rückseite dicht beschrieben, in Deutsch gehalten und mit der Hand abgefasst. Die einzelnen Buchstaben sind sehr klein, die Reihen sehr eng, dennoch gut zu lesen. In diesen Text sind immer wieder sehr umfangreiche mathematische Formeln eingefügt. Bernard nimmt sie in die Hand, blättert sie schnell durch.

»Es fehlt jeder Hinweis, wann das Schreiben verfasst wurde und wo; auf den ersten Blick kann man nicht mal erkennen, ob es vollständig ist. Es gibt keine Überschrift, keine Anfangs- und keine Schlussbemerkung. Auch fehlt jegliche Seitennummerierung. So, wie er bei oberflächlichem Betrachten aussieht, kann es sich auch um einen Teil eines größeren, zusammenhängenden Textes handeln, wahllos herausgegriffen aus einem Stapel Papier. Oder um alles.«

»Worum geht es?«, will Besso wissen.

»Ein bisschen Geduld, Dottore, es ist kein Liebesbrief … Bis jetzt habe ich keine Ahnung … Es sieht nach der Allgemeinen Relativitätstheorie aus … Vielleicht handelt es sich um eine Erweiterung … Ich weiß es nicht. Das Einzige, das ich bis jetzt mit Bestimmtheit sagen kann: Es ist die Handschrift meines Großvaters …«

Besso nickt verständnisvoll: »Lesen Sie in Ruhe …«

»Anders wird's nicht gehen!«

»Was halten Sie davon? Sie sind heute Nacht mein Gast und wir sprechen morgen früh darüber … Es sei denn …«

»Nein, Sie können versichert sein, ich habe nichts Besseres vor«, bedankt sich Bernard lächelnd für das Angebot. Dann erkundigt er sich: »Und was ist mit den Briefen hier?«

»Sie stehen Ihnen selbstverständlich ebenfalls zur Verfügung … Ich habe sie überflogen, es geht eigentlich nur um private Angelegenheiten – die Beziehung meines Großvaters und Ihres Großvaters. Es werden aber auch andere Personen beschrieben, zum Teil recht abfällig …«

»Was erwarten Sie? Es sind Wissenschaftler … Auf den Konkurrenten herabzusehen …«

»… kommt auch woanders vor«, vervollständigt Besso Bernards Satz.

»Richtig! Aber bei Physikern ist es eine komplizierte Kunstform … Wenn Sie gestatten, würde ich die Briefe zuerst lesen. Womöglich ist irgendwo ein Hinweis auf den Text hier enthalten.«

»Auch das ist Ihnen unbenommen … Ich sehe schon, es wird eine lange Nacht! … Nehmen Sie alles … Ich zeige Ihnen Ihr Zimmer.«

Bevor sie aufbrechen, nimmt sich Bernard noch einmal die Kassette vor, prüft, ob sie einen doppelten Boden besitzt; ob sie überhaupt ein Geheimnis haben kann. Nein, es ist eine einfache Kassette und nun ohne jeglichen Inhalt.

9.

Genua, 21. Mai

Draußen wird es Nacht, aber die Hitze lässt nicht nach. Die Abhörer schwitzen in ihrer fahrbaren Abhörstation. Es existiert zwar – auf Batteriebasis – eine extrem leise Klimaanlage; sie ist aber vor allem dazu gedacht, die Gerätschaften kühl zu halten.

Enrique, der Teamchef, nickt seinem Untermann zu. Der versteht und drückt eine Taste seines Handys.

»Prime Time! Der Gast hat die Papiere!« Auf eine kurze Rückfrage antwortet er: »Nein! Gast ist noch hier … in der Villa … Insgesamt drei Personen: Nummer 1, der Gast und ein Kellner; ich würde schätzen, 25 … Nein, lasst euch Zeit. Gast bleibt über Nacht. … Ja, ist anzunehmen … Ja, der Kellner bleibt auch noch. Im Augenblick ist er im Schlafzimmer von Nummer 1.«

10.

Genua, 22. Mai

Bernard hält sich im Gästezimmer auf, das sich unterhalb der Terrasse befindet. Er hat die Tür zum Garten weit geöffnet, die Düfte des nächtlichen Gartens ziehen herein. Bernard hat das Empfinden, hier seien sie intensiver als auf der Terrasse. Er meint Geißblatt, Mimosen und Zitronen zu riechen, unverwechselbar auch der süße, schwere Lilienduft. Und über allem liegt der Parfümhauch des Nachtjasmin.

Bernard sitzt in der Nähe der Tür und liest, mit einer gewissen Ehrfurcht und Ergriffenheit, die Briefe seines Großvaters an seinen Freund Michele Besso. Sie stammen aus verschiedenen Epochen ihres Lebens. Meistens berichtet Einstein, welches Problem ihn derzeit beschäftigt oder welche Ehrungen ihm bevorstehen. Einmal werden Schwierigkeiten mit Mileva angedeutet und Besso wird gebeten, in bestimmter Weise zu helfen. An mehreren Stellen wiederholt Einstein, dass er Besso für alle Zeiten für seine Freundschaft dankbar sein wird und ebenso für seine guten Ratschläge.

Aber nirgends eine Bemerkung zu den Papieren, die über viele Jahre verschlossen und versiegelt in der Kassette aufgehoben worden waren und die der Akademie der Wissenschaften übergeben werden sollen. Es wird nichts anderes übrig bleiben, als sie Wort für Wort zu lesen und die Berechnungen zu studieren.

Er steht dann auf, will in die Küche, um sich etwas zu trinken zu holen. Dabei fällt ihm Bewegung im Garten der Villa Besso auf. Ihm kommt es vor, als sei jemand von der Mauer herabgesprungen. Bernard nimmt zwar nur undeutliche Geräusche wahr, dennoch versteckt er die Einstein-Papiere und Briefe sofort am Körper, schaltet das Licht aus.

Er lauscht noch mal.

Nichts Auffälliges. Trotzdem hängt er sich die Tasche mit seinen Habseligkeiten um. Danach tastet er in der Tasche nach seiner Waffe, holt sie heraus. Es ist erneut eine SIG Sauer, nicht mehr diejenige, die er in Israel benutzte, aber eine baugleiche. Er entsichert sie. In diesem Moment hört er das Geräusch eines Glasschneiders, der nur sehr vorsichtig benutzt wird. Er begibt sich auf Zehenspitzen ins Treppenhaus, drückt sich hier in eine Nische. Von seinem Versteck aus kann er sehen, dass sich mindestens ein Mensch in dunkler Kleidung und mit einer Maske über dem Kopf in der Halle des Hauses aufhält. In diesem Moment wird im Obergeschoss Licht gemacht. Jemand schießt und will in Bessos Schlafzimmer eindringen. Bernard zögert nicht, hebt seine Waffe und drückt ab. Er trifft den Mann in der Halle in den Rücken, der fällt nach vorne, schlägt auf einem Tisch auf, reißt den Tisch im Fallen um, Glas zerbricht. Der Mann vor Bessos Schlafzimmertür feuert wahllos um sich, auf die Tür vor ihm, in die Halle hinunter. Bernard huscht durch die dunklen Wirtschaftsräume, gelangt zu einer schmalen Treppe, die nach oben führt, wohl in die Küche. Hier gibt es einen Ausgang in den Garten. In die hohe Mauer, die das Haus umgibt, ist hinter der Küche eine schmale, eiserne Tür eingelassen. Sie ist verschlossen; Bernard schießt auf das Schloss, danach lässt sich die Tür öffnen. Er geht langsam nach draußen, gelangt in eine stille Seitenstraße. Er geht.

In einiger Entfernung sind Polizeisirenen zu hören, ist Blaulicht zu sehen. Offenbar konnte Besso den Alarm aktivieren.

An der Via Mure della Chiappe erwischt Bernard den 64er Bus und fährt mit ihm hinunter in die Innenstadt. Am kleinen Bahnhof *Per Caselle* an der gleichnamigen Straße steigt er aus und erreicht den letzten Zug der *Ferrovia delle tre valli*, der Eisenbahn der drei Täler, eine alte Schmalspurbahn, die seit mehr als hundert Jahren ihren Dienst verrichtet.

Als er im Waggon sitzt und die Bahn losgefahren ist, entspannt er sich. Atmet. Schaut dann durch, was er hat retten können.

Er fährt aufs Geratewohl bis zur Endstation. Das ist Casella, ein kleiner Ort, im Apennin gelegen und etwa dreißig Kilometer von Genuas Stadtzentrum entfernt. Die Fassaden vieler Häuser sind renovierungsbedürftig. Aber das scheint nur er zu bemerken.

Es gibt hier keine Hotels, nicht mal ein Albergo. Nach einigem Fragen erfährt er aber, dass die Trattoria *Casa Torre* ein paar einfache Zimmer vermietet. Unter Wanderern, deren Tour durch den Apennin hier beginnt oder endet, ist das ein Geheimtipp. Bernard nimmt das einzige Zimmer, das frei ist. Als er gefragt wird: »Wollen Sie geweckt werden?«, antwortet er wahrheitsgemäß: »Auf keinen Fall. Ich bin erst mal fertig!« Der Hausdiener nickt verständnisvoll, wundert sich allerdings, dass der Gast keine vernünftigen Wanderschuhe trägt und statt eines angemessenen Rucksacks eine Umhängetasche bei sich hat.

›Na ja, Amerikaner …‹

Gegen Mittag des nächsten Tages verlässt Bernard seine Unterkunft, und auch nur, um sich die neueste Zeitung zu holen. Die tabaccheria führt nur eine Zeitung, die Lokalzeitung *Il Secolo XIX*. Schon auf der Titelseite ist zu sehen, was Einstein wissen will. Die Zeitung präsentiert ein großes Bild des Avvocato Roberto Besso im Trauerrand. Im kurzen Begleittext steht, dass der Abgeordnete bei Andruck dieser Ausgabe in seinem Haus im Stadtviertel Castelletto überfallen, ausgeraubt und getötet wurde; aller Wahrscheinlichkeit nach von Linksradikalen. Ein ausführlicher Bericht über die Vorgänge und eine Würdigung des Abgeordneten Besso wird für die nächste Ausgabe versprochen.

Bernard geht rasch in die Herberge zurück, zerrt die Papiere aus seiner Tasche und wirft sie aufs Bett.

»Verdammt! Was ist so viel wert an euch, dass Menschen dafür sterben?«

Er durchwühlt sie. Sortiert. Schließlich beruhigt er sich. Er setzt sich und nimmt die Papiere wieder in die Hand, beginnt erneut zu lesen.

Bernard arbeitet während des ganzen Tages an dem Einstein-Text, den Besso ihm überlassen hat. Auch in den folgenden Tagen bleibt Bernard in Cassella. Entweder hält er sich in seinem Zimmer auf oder unter den Obstbäumen hinter der Trattoria Casa Torre; immer darauf bedacht, nicht ins Blickfeld von Kameras zu geraten. Offene Flächen meidet er aus Angst vor Überwachungssatelliten. Wenn er nicht die Einstein-Papiere durcharbeitet, verschlingt er jedes Wort des *Il Secolo XIX*. Besso, als ein Sohn der Stadt, wird sehr ausführlich gewürdigt; ganze Seiten über seine Schulzeit, sein Studium, seine Karriere im Rechtswesen und in der Politik. Für die Behörden steht es von Anfang an fest: Roberto Besso wurde das Opfer seines politischen Engagements; seine Mörder waren Linksradikale. Die Zeitung sieht die Dinge genauso. Angeblich ist bereits ein entsprechendes Bekennerschreiben einer *Brigade 20. Juli* aufgetaucht. Bei der Brigade handelt es sich, nach Recherchen der Zeitung, um eine Abspaltung der FAI, der Informellen Anarchistischen Föderation, die bislang vor allem mit Briefbomben auf sich aufmerksam gemacht hat. Bernard liest, dass in den verschiedenen Artikeln zu Bessos Ermordung auch noch zwei andere Personen gestreift werden, die am Abend des Überfalls in der Villa Besso anwesend waren: ein Gast, mit dem Besso politische Gespräche führte, und ein Kellner, der die beiden Herren beim Mahl auf der Terrasse bediente. Dieser Kellner wurde, laut der Zeitung, ein offenbar unbeabsichtigtes Opfer des Anschlags, stellt den berühmten Kollateralschaden dar. Über die Identität von Bessos Gast haben Polizei und Staatsanwaltschaft noch nicht letzte Gewissheit erzielt; womöglich ist er unter falschem Namen aufgetreten und war Teil der Verschwörung. Von seiner Ergreifung und Aussage erhofft sich die zuständige Staatsanwaltschaft entscheidende Hinweise.

11.

Genua, 1. Juni

Sampierdarena, ein Viertel im Westen von Genua, früher eine kleine selbstständige Stadt. In den letzten Jahrzehnten ist Sampierdarena vom dominierenden Genua geschluckt worden. Dabei hat der frühere Fischerort seinen Charakter verloren. Jetzt ist er nur noch eine Ansammlung von Hochhäusern, Einkaufszentren, Schnellstraßen und, hinter einem Drahtzaun, von Hafenanlagen, Kränen, Kais und Silos.

Bernard kauft im hochmodernen Shoppingcenter *Fiumara* Kleidung, Wäsche und Schuhe, leistet sich sogar einen kleinen Koffer. Die Sachen schließt er in einem Gepäckfach in einer Halle des Frachthafens ein. In einer altmodischen Hafenkneipe isst er eine Fischsuppe, einen Teller Spaghetti mit Frutti di Mare, gönnt sich sogar eine üppige, sehr kalorienreiche Nachspeise. Erst nach dem Essen – und nach Grappa und Espresso – macht er sich über verschiedene Zeitungen her, will sich über die neueste Entwicklung im Fall Roberto Besso informieren. Das Interesse an der Mordgeschichte nimmt erkennbar ab, zumal keine neuen Fakten bekannt werden. Eine billige Illustrierte deutet an, dass Besso möglicherweise in Drogengeschäfte verwickelt gewesen sei. Sein Liebhaber Paolo F. ist angeblich schon vor Jahren bei der Rückkehr aus Südamerika mit Drogen gefasst worden. Die Angaben sind jedoch so vage und unglaubhaft, dass sich das nur noch glimmende Feuer damit nicht anheizen lässt. Der Illustrierten ging es wohl auch vor allem darum, Bilder des Liebhabers zu drucken – auf mehreren Fotos ist er mit bloßer Brust zu sehen, einmal sogar nackt. Allerdings hochkünstlerisch im Halbschatten und somit ist das entscheidende Teil nicht zu erkennen.

»Wo kann ich telefonieren?«, erkundigt sich Bernard bei der Bedienung.

»Unten!«, erwidert sie und deutet auf eine kleine Treppe, die ins Untergeschoss führt.

Hier sind die Toiletten und hier gibt es, wie in der guten alten Zeit, zwei Telefonzellen. Münzapparate, wie er sie lange nicht mehr gesehen hat, hängen an den Wänden der Zellen. Bernard wirft einige Münzen in einen Apparat und wählt eine Theaterkasse an. Ein Automat erklärt, wann welche Stücke gespielt werden und welche Plätze noch zu haben sind. Dann ein Freiton, und Bernard fängt an zu sprechen.

»Guten Tag, Doktor Wendtland. Ich habe Papiere entdeckt.«

»Herzlichen Glückwunsch! Dann hat sich unsere Investition gelohnt?«

»Das wird man sehen: viel Mathematik, vieles ist noch unklar. Es liegt eine Menge Arbeit vor uns.«

»Na, dann nichts wie los: Ab in den Flieger und kommen Sie her!«

»Man ist mir auf der Spur. Sie werden ja die Nachrichten gelesen haben. Die Leute waren hinter mir her. Das sind sie noch immer. Vielleicht hat man mich auch absichtlich laufen gelassen.«

»Was meinen Sie mit ›absichtlich‹?«, erkundigt sich der Bankier.

»Um festzustellen, mit wem ich in Verbindung stehe.«

»Dann sollten wir jetzt Schluss machen. Brauchen Sie noch etwas?«

»Einen Schutzengel.«

Er legt auf und verlässt das Restaurant. Gegen 19 Uhr stellt sich Bernard in einer großen Wartehalle am Schalter der Hafenpolizei an. Um diese Uhrzeit ist hier wenig Betrieb und nach ungefähr zehn Minuten kann er den Beamten seinen Pass durchschieben. Einen südafrikanischen Pass bekommt der hier selten zu sehen, er blickt Bernard an und drückt dann den italienischen Ausreisestempel in das Dokument.

»Buon viaggio, Signore Groenesteyn.«

»Vielen Dank!«

Bernard geht an Bord der russischen Fähre *St. Peter*, die sowohl für Personen- als auch für Frachtverkehr ausgelegt ist. Beim Zahlmeister legt er das Ticket und seine falschen Papiere vor; keinerlei Komplikationen. Man überlässt ihm eine überraschend geräumige Kabine auf Deck vier. Der Steward, ein Russe, der ein sehr hartes Englisch spricht, wünscht ihm eine gute Reise und teilt mit, dass es zwei Restaurants und eine Bar an Bord gibt. Die Bar ist Tag und Nacht geöffnet. Alle gängigen Zahlungsmittel werden akzeptiert. Bei anbrechender Dunkelheit läuft das Schiff aus.

Man sollte sich von keinem
Problem verführen lassen,
so schwer es auch ist.

Albert Einstein

Auf See und an Land

1.

Berlin, 3. Juni

Ein Mann Anfang sechzig, graue, kurz rasierte Haare mit ausgedehnter Halbglatze, einigen wenigen Kilos zu viel und glänzender, faltenzerfurchter Stirn steht am Fenster seines Büros und sieht auf den Wachturm hinter seinem Haus. Der Turm ist aus der Epoche der deutschen Teilung übrig geblieben und heute ohne jede Funktion. Er ist nur noch ein Denkmal seiner selbst. Wo jetzt Mercedes-Limousinen der E- und S-Klasse und Jaguars der jüngsten Baureihen parken, verlief während der Teilung der Stadt und des Landes die Mauer. Der Turm (im Jargon der Grenztruppen war er ein »BT 6«, ein »Rundblickbeobachtungsturm«) ist alles, was an dieser Stelle von der DDR geblieben ist. Das ALPHA-Haus, in dem das Büro liegt, ist ein seriöser, völlig gesichtsloser Bau, erst vor fünfzehn Jahren ganz neu errichtet. Die Bank teilt sich das Gebäude mit mehreren Anwaltskanzleien (diese beschäftigen jeweils Dutzende von Rechtsanwälten) und den diplomatischen Vertretungen zweier kleiner Länder.

Seine Sekretärin meldet: »Herr Doktor, die Herren vom Freundeskreis sind da!«

»Lassen Sie sie rein. Ich warte ja auf sie«, antwortet Dr. Rainer Maria Wendtland, Chef und Hauptaktionär der ALPHA-Privatbank.

Durch die Tür kommen Männer im Alter Wendtlands, ein Hüne mit Sakko, aber offenem Hemdkragen, und ein elegant gekleideter, eher hagerer, aber freundlich lächelnder Herr.

»Was gibt's so Interessantes, dass wir uns unbedingt einfinden sollten?«, will der auch gleich wissen.

»Vielleicht gehen wir rüber …«, schlägt Wendtland vor.

Sie gehen zu einer schmalen Tür, die man in der Wandvertäfelung aus extrem hellem Ahorn kaum erkennen kann. Wendtland öffnet die Tür mit Daumenabdruck; hinter der Holztür liegt ein kleinerer, abhörsicherer Raum. Man nimmt an dem langen Tisch, der den fensterlosen Raum fast vollkommen ausfüllt, Platz.

»Werner, Philipp – meine Herren«, sagt Wendtland im Kasino-Ton, »Bernard E. hat mir mitgeteilt, er ist einen bedeutenden Schritt weitergekommen. Ihm sind bislang unbekannte Einstein-Briefe und Dokumente in die Finger gefallen.«

»Bravo!«, bemerkt Werner Landau, der hagere Anzugträger, dazu und klopft mit den Knöcheln der rechten Finger auf den Tischrand. »Und wann werden sie uns ausgehändigt?«

»Ich warne vor Euphorie! Er hat Papiere ausfindig gemacht, die er suchen und finden sollte. Aber ob es der Volltreffer ist, auf den wir warten, kann in diesem Moment noch nicht beurteilt werden. Ich habe ihn gebeten, hierher zu kommen, dabei aber alle notwendigen Vorsichtsmaßnahmen zu beachten. Akzeptiert?«

»Was wäre die Alternative?«

»Er kommt her und bringt alle mit, die sich an seine Fersen geheftet haben.«

»Dann Handlungsanweisung Nummer 1, wir haben das bereits beschlossen«, bemerkt Philipp Niebuhr, der Hüne.

»Du bist unser Experte für Sicherheitsfragen«, bestätigt Landau seinem Freund Niebuhr und wendet sich dann an Wendtland. »Ich schließe mich dem Votum von Philipp an. Wer einen effizienten, privatwirtschaftlichen Sicherheitsdienst mit 3000 Mitarbeitern aufgebaut hat wie er – da werde ich nicht lange diskutieren.«

»3066 Mitarbeiter«, lacht Niebuhr.

»Angeber!«, stimmt Wendtland ins Gelächter der anderen ein. »Ansonsten verfahren wir weiter nach Plan. Einverstanden?«

»Einverstanden«, echoen Niebuhr und Landau.

2.

In der Biskaya, 4. Juni

Bernard sitzt in seiner Kabine und legt die Einstein-Papiere aus den Händen, mit denen er sich schon wieder befasst hat. »Auf was will er hinaus? Ich verstehe das nicht!«

Ärgerlich wischt er die Papiere von dem kleinen Tischchen, das unterhalb des Bullauges befestigt ist und kaum als Schreibtisch reicht. Er weiß aber, dass es nicht die Komplexität und Lückenhaftigkeit der Papiere ist, die ihm allein Schwierigkeiten bereitet. Immer wieder gehen ihm einzelne Bemerkungen des Ermordeten durch den Kopf, Überlegungen und auch Bilder. Genau genommen hat er nur sieben oder acht Stunden mit Roberto Besso verbracht, doch er hat die Empfindung, einen nahen Verwandten verloren zu haben. Einen Artikel über Bessos Tod hat er so oft gelesen, dass er ihn vor Publikum rezitieren könnte.

Es wird Morgen, als Bernard plötzlich aus seiner Koje springt.

»Natürlich!«

Er nimmt die Papiere wieder in die Hand, blättert sie durch, sortiert sie neu.

»Ich Idiot! Ich hab's nicht erkannt, weil es nur Auszüge sind. Es fehlen Seiten!«

Hektisch sucht er auf seinem Notebook in verschiedenen Sach- und Fachbüchern. In *Zur Elektrodynamik bewegter Körper* wird er fündig: Die handschriftlichen Papiere entsprechen einigen Seiten aus diesem Buch von 1905. Sie sind ohne offensichtliche Abweichung oder Verfeinerung gegenüber den späteren, gedruckten Versionen. Wie lange er auch liest und vergleicht, es ist und bleibt der Text, den Albert Einstein später die Spezielle Relativitätstheorie genannt hat und die mittlerweile als eine der größten Leistungen des menschlichen Geistes gilt. Fassungslos sieht Bernard auf.

›Aber warum hat Roberto Besso nun mit seinem Leben für etwas bezahlt, das in jedem besseren Physikbuch zu finden ist? Das ist doch absurd!‹

Wieder und wieder liest Bernard das Papier, das er in der Hand hält, vergleicht, rechnet.

›Gut, es gibt Abweichungen – aber das ist doch völlig normal bei einer Theorie, die sich über Jahre entwickelt. Außerdem scheint nichts wesentlich in den Variationen. Ach, Rose, kannst du mir nicht helfen?‹

Bernard ist sich sicher, dass das Papier ein Originalstück der wichtigsten These von Albert Einstein ist, zumindest eine Kopie des Originaltextes in der Handschrift von Albert Einstein. Es enthält nichts Unbekanntes, ist aber wertvoll.

›Wer kann schon von sich sagen, eine Originalschrift zu besitzen, so bedeutend wie die Schriftrollen von Qumran, die Magna Charta oder die Amerikanische Unabhängigkeitserklärung?‹

Bernard legt das Blatt zur Seite und befasst sich noch einmal mit den Einstein-Briefen, die er ebenfalls in letzter Minute zusammengerafft hat. Er hat sie nach Daten sortiert, soweit Daten angegeben sind. Der letzte Brief ist von A. Einstein (wie der große Mann für gewöhnlich signierte) im Jahr 1955 verfasst worden, wenige Wochen vor dem Tod des Freundes Michele Besso und damit auch wenige Wochen vor Albert Einsteins eigenem Ende. Er beginnt aber mit einem undatierten Brief. Bernard liest, dass Einstein seinem Freund berichtet, wie er im Laufe des Jahres 1932 sehr an sich zweifelte. Er habe in diesem aufgeregten, fiebrigen Jahr eine Theorie entwickelt, die ihn immer noch erschauern lasse. Die Überlegungen haben in sehr ferne Welten geführt und am Ende nicht nur sein Weltbild, sondern unsere Existenz vollkommen umgestoßen. Er habe vor der Frage gestanden, ob er diese Überlegungen preisgeben solle. Es hätte aber sein können, dass er sich mit der Veröffentlichung seiner Gedanken und Berechnungen selbst vom Sockel gestürzt hätte. Dass er sich damit um alle Reputation gebracht hätte und in der Kategorie ›Genie und Wahnsinn liegen dicht beieinander‹ geendet wäre. Die viel schrecklichere Alternative aber sei gewesen, dass seine Überlegungen die Wirklichkeit – und die Prinzipien, die ihr zugrunde liegen – in irreparabler Weise treffen würden. In diesem Fall hätte er alle Taten, alle Empfindungen und alle Gewissheiten der gesamten Menschheit ausgelöscht. Bernard schluckt, als er das liest. Weiter steht da: Wer wage, solches zu riskieren? Er, A. Einstein, jedenfalls nicht.

Bernard geht den Briefstapel weiter durch. In früheren Briefen berichtet Einstein seinem Freund Michele, was ihn gerade so beschäftigt. Da geht es um Gravitonen beziehungsweise um die gequantelten Teilchen in der Gravitationstheorie, deren aufgeregte Diskussion Bernard gut kennt. Weiterhin vermutet Albert Einstein, gibt es wahrscheinlich auch überlichtschnelle Teilchen.

»Tachyonen.«

Dann liest er in einem Brief aus dem Jahr 1934, der anscheinend nicht mit der Post geschickt wurde, sondern durch eine befreundete Person überbracht wurde. Wieder spricht Einstein von »sehr einschneidenden Ideen«, die »ich im Sommer 1932 hegte«. Um welche Art von Ideen es sich handelte, führt Einstein auch in diesem Schreiben nicht aus. Bernard elektrisiert etwas anderes: Einstein teilt Besso in diesem Schreiben mit: »Wegen der bekannten Zeiterscheinungen und durch die Umstände unserer Übersiedlung nach Princeton sind die Überlegungen und Berechnungen in Berlin geblieben.«

Bernard seufzt.

›Das kann nun vieles heißen. Oder es heißt: Einstein hat seine die Welt umstürzenden Ideen skizziert. Er hat seine Überlegungen durchgerechnet, komplizierte Formeln notiert, die einem durchschnittlichen Physiker nichts sagen würden. Und dann? Was ist wahrscheinlich? Seine Berliner Wohnung wurde von den Nazis auf den Kopf gestellt. Wenn sie etwas gefunden haben, dann werden sie es irgendeinem Fachmann mit Parteiabzeichen in die Hand gedrückt haben. Kaum denkbar, dass der das verstanden hat. Danach hat eine Sekretärin das Zeug in einen Aktenordner gepackt und ins Archiv getragen. Die Registratur hatte dem Akt ein Aktenzeichen gegeben und damit war der Vorgang abgeschlossen. Hat dieses Archiv den Krieg und die Nachkriegszeit überlebt, ruhen die fraglichen Papiere wahrscheinlich immer noch dort. Und da die Nazis mit großer Wahrscheinlichkeit ähnlich viel Papier produziert hatten wie die roten Preußen, wie die DDR-Deutschen also, wird es eine Sisyphusarbeit sein, den Akt zu finden. Unter der Voraussetzung, dass ich nicht in nächster Zeit erschossen, erdrosselt oder vergiftet werde.‹

Bernard verlässt seine Kabine, geht zum Achterdeck und holt tief Luft. Eine Weile steht er an der Reling, sieht auf das aufgewirbelte Wasser, das das Schiff wie eine Schleppe hinter sich herzieht. Man ist auf hoher See, Land ist weit und breit nicht zu sehen. Die Kameras der Überwachungssatelliten können die *St. Peter* verfolgen, aber nicht einzelne Personen auf dem Schiff. Zur Vorsicht zieht Bernard aber seine Kappe mit dem Wappen von Sampdoria Genua noch etwas tiefer ins Gesicht.

›Ach, Rose. Du fehlst mir; sogar sehr.‹ Ihm wird eiskalt. ›Mein Gott, was bist du denn für ein Physiker? Wie konnte sich das Massachusetts Institute of Technology je auf dich einlassen? Du bist doch eine Niete, wie man sie so schnell nicht wieder findet!‹

Im Trab kehrt Bernard in seine Kabine zurück, schließt sich ein, verrammelt zur Vorsicht auch noch den Eingang der Tür mit einem Stuhl und nimmt sich dann das Manuskript *Zur Elektrodynamik bewegter Körper* ein weiteres Mal vor. Im hinteren Drittel des Textes findet er, was er sucht: Es ist eine Seite mit komplizierten Berechnungen, die er bis jetzt einfach nicht beachtet hat. Die Formeln, die hier entwickelt stehen, versteht er nicht. Aus purer Bequemlichkeit hat er immer angenommen, es werde schon alles richtig sein, schließlich ist die Arbeit ja vor Jahrzehnten veröffentlicht und von den Spezialisten tausend Mal gedeutet worden, ist eine der grundlegenden Arbeiten eines ganzen Jahrhunderts. Bernard versucht es jetzt, die Formeln zu verstehen – auch wenn er ahnt, dass er daran scheitern wird.

›Aber, das ist unmöglich: Diese Seite kann unmöglich 1905 verfasst worden sein! Das ist Wissen der zwanziger Jahre, Quantenphysik! Verdammt, ich verstehe einfach zu wenig davon, die Formeln ergeben für mich keinen Sinn, die Berechnungen – das ist Mathematik, die ich nicht beherrsche.‹

Bernard beschäftigt sich über Stunden mit diesem Einfall. Er notiert und sortiert alles, was er zur Drucktheorie im Kopf hat, Le Sage, Quirinio Majorana. Endlich gibt er auf und legt sich wieder in seine Koje.

›Was immer Albert Einstein da niedergelegt hat; dieser Text ist nicht für mich gedacht, für Michele Besso aber auch nicht. Drucktheorie? Hat wohl nichts damit zu tun. Eine Sackgasse. Aber eines ist dennoch sicher: Das ist ein Text, den der große Albert verstecken wollte. Darum hat er sich die Mühe gemacht, seine Arbeit von 1905 Wort für Wort abzuschreiben. Der neue Text sollte in Papier, Tinte und Handschrift dem alten gleichen. Diese spezielle Seite muss also Teil einer größeren Abhandlung sein. Für sich genommen ist sie bestenfalls der Schlüssel eines Schlosses, das sich irgendwo anders befindet. Aber wo? Und was wird damit verschlossen? Wo sind die restlichen Seiten dieser Abhandlung?‹

3.

Tel Aviv, 8. Juni

Ein Jeep der Militärpolizei bringt Elyas am hellen Vormittag nach Hause, in das kleine Haus im Stadtteil Neve Tzedek, das für ihn und seine Schwester Hannah Heim und Burg ist.

Als er ins Haus kommt, hört er Stimmen im Wohnzimmer. Er überrascht Hannah und einen überaus bärtigen Menschen unbestimmten Alters. Er sitzt am Klavier und spielt eine Passage an; sie hat sich am Tisch breitgemacht und klopft zu der Melodie mit einem Bleistift auf einen Stapel Noten, der vor ihr liegt. Der Mensch am Klavier ist irgendetwas zwischen dreißig und fünfzig Jahren und kräftig wie ein Hammerwerfer. Offenbar arbeitet er mit Hannah an ihrer Komposition.

Elyas hatte gehofft, die Geschichte sei ausgestanden, als sich Franzosen bereiterklärt hatten, Hannahs Kantate aufzuführen. Die Hoffnung hat getrogen; die Franzosen haben abgesagt; Geldschwierigkeiten.

Hannah macht die Männer miteinander bekannt: »Vadim … mein Bruder Elyas!«

Der Besucher deutet eine Kopfbewegung an, sagt aber ansonsten keine Silbe.

»Kommst du mal mit in die Küche?«, fordert Elyas seine Schwester auf, ihm zu folgen. Er schließt hinter ihr die Tür. »Wer ist das?«, erkundigt er sich im Ton eines Vernehmers.

»Von wem sprichst du?«, gibt sie aufsässig zurück.

»Wer ist das?«, wiederholt er geduldig.

»Vadim … Vadim Kayal.«

»Was macht er hier?«

»Er ist mir behilflich …«, erklärt sie hochmütig und abweisend. »Er ist ein angesehener Komponist.«

»Ich vermute, ihr arbeitet an deiner Kantate?«

»Wir denken darüber nach, sie zu einer Kammeroper weiterzuentwickeln …«

»Warum nicht gleich zu einer richtigen Oper? So etwas wie ›Aus einem Totenhaus‹? Wenn du schon einen angesehenen Komponisten an der Hand hast!«

Hannah lässt sich nicht provozieren: »Vadim ist Spezialist für Kammeropern … Er ist sehr interessiert an dem Stoff.«

»Das ist erfreulich! Und was wissen wir sonst noch über Vadim?«

»Du kannst dir deine Ironie sparen! Ich bin glücklich, dass er mit mir arbeiten will …«

»Ich nehme an, das Glück wird noch größer, wenn er dich ordentlich durchzieht …«

»Geht's noch ordinärer?«

»Macht das ganz, wie ihr wollt. Meinen Segen habt ihr. Mich interessiert nur eins: Ist er überprüft worden?«

»Ihr überprüft doch jeden! Gibt's jemanden, den ihr nicht überprüft?«

»Woher kennst du ihn?«, fragt er, nun doch gereizt.

»Ich habe auch meine Bekannten! Im Gegensatz zu dem, was du annimmst, lebe ich nicht im luftleeren Raum … Hör auf, hier den Geheimdienstchef zu spielen. Du bist nicht der Mossad persönlich!«

»Woher kennst du ihn?«, wiederholt Elyas seine Frage mit mehr Schärfe.

»Woher kennt man jemanden? Wir haben uns bei einem Konzert kennengelernt … Er hat lange im *Israel Philharmonic Orchestra* gespielt. Neulich sind wir uns zufällig im *Dizengoff Center* über den Weg gelaufen und haben eine Tasse Kaffee zusammen getrunken … Wird ja wohl erlaubt sein!«

Elyas ist grundsätzlich gegen alles, was sich als zufällig ausgibt. Er erwidert deshalb strenger, als er eigentlich will: »Er kann der Zwillingsbruder des Schahs von Persien sein, mich interessiert nur eins, wenn er mein Haus betritt: Ist er durchleuchtet worden oder nicht?«

»Das musst du ihn fragen … Oder frag deine Leute … Dein Misstrauen ist krankhaft.«

»Bis jetzt sind wir damit gut durchs Leben gekommen!«

»Du bist wie Vater: Geheimnisse, Schweigen, keine Gefühle! Mich macht das krank!«

»Du weißt besser als jede andere, warum er so viel schwieg – jetzt machst du sogar deine Musik aus seinen Aufzeichnungen. Das ist krank!« Elyas ärgert sich über sich selbst, dass er sich wieder auf diese Diskussion eingelassen hat.

»Was willst du überhaupt hier?«, will Hannah plötzlich wissen. »Warum bist du nicht im Amt?«

Elyas eröffnet ihr: »Ich erwarte Besuch.«

»Dann weiß ich, wen! Es kann nur eine bestimmte Person sein, die du erwartest … Außer deiner Professorin hat ja niemand Zutritt hier! Hoffentlich wurde *sie* gründlich überprüft! … Ich sage dir, das Weibsbild wird dein Untergang sein! Wenn es soweit ist, sehe ich gleichgültig zu … Ich werde nur sagen: Ich habe dich gewarnt!«

»Das wäre sehr hilfreich, kurz vorm Untergang. Und jetzt würde ich es begrüßen, wenn du zusammen mit deinem Komponisten verschwinden würdest. Und glaube ja nicht, dass ich ihm die Überprüfung erspare!«

Hannah hält es nicht für nötig, darauf zu antworten. Sie bittet den Bärtigen, seine Siebensachen zu packen; sie seien gegenwärtig hier unerwünscht.

Rose kommt gegen 18 Uhr übermüdet an. Elyas' Leute haben sie an einem Militärflughafen abgeholt und hierher gebracht. Sie essen und reden Belangloses. Aber Roses Ahnung, dass es dabei nicht bleiben wird, bestätigt sich schnell.

»Wie konnte die Verbindung zu Bernard abbrechen?«
»Ich hab doch schon alles erzählt«, seufzt Rose müde.
»Es fehlt noch zu viel … Ich mache mir Sorgen.«
»Um Einstein oder die Papiere, nach denen er sucht?«
»Um dich.«
»Um mich? Elyas, alles, an das ich denke, ist Bernard. Vielleicht lebt er nicht mehr.«
»Mir ist egal, wen du liebst.«
»Dann geht es also um meine Loyalität zu Shin Bet?«
»Bist du damit einverstanden, dass wir dir ein Wahrheitsserum verabreichen?«
»Und wenn ich nicht einverstanden bin?«
»Lassen wir es!«
»Du vertraust mir nicht mehr«, stellt Rose nach sehr kurzem Nachdenken fest und erklärt sich einverstanden.
»Wir müssen alle mit Enttäuschungen fertig werden«, erwidert er kalt lächelnd. Es sei geradezu genetisch im Wesen der Männer verankert, Frauen zu enttäuschen. Er legt seine Hand auf ihre: »Rose – es ist ein Risiko vorhanden. Deswegen frage ich dich ja erst heute danach und nicht in Berlin. Ich wollte, dass du erst wieder stabil wirst … Es hat einen Grund, dass wir mit dem Mittel nicht mehr arbeiten und die ganze Geschichte mit Wahrheitsdrogen international geächtet ist … Aber der entscheidende Unterschied zwischen dir und einem beliebigen Gefangenen liegt auch auf der Hand … Du wehrst dich nicht gegen die Wahrheit; du willst sie mir anvertrauen, du kennst sie nur nicht. Ein Gegner hingegen, ein feindlicher Kämpfer, will mich reinlegen. Er ist psychologisch in einer grundsätzlich anderen Situation und damit auch physisch.«
»Vorsichtshalber willst du aber das Experiment hier vornehmen, wo dich niemand sieht und dir niemand in den Arm fallen kann.«
»Rose, entweder vertraust du mir oder wir lassen es. Ich zwinge dich zu nichts. Wie käme ich dazu, ausgerechnet

dich zu etwas zwingen zu wollen? Außerdem, es gab mal eine Zeit, da waren solche Verhörmethoden gang und gäbe, auch für mich … So lange ist das noch nicht her … Ich habe meistens mit Thiopental gearbeitet; auf der Basis würde ich es auch mit dir versuchen …« Als er ihren skeptischen Blick bemerkt, fügt er hinzu: »Ich kann dir nur versichern, mir ist nie jemand unter der Hand weggestorben; ich schwöre es bei allem, was dir oder mir heilig ist!«

»Na gut, versuchen wir unser Glück! Mein Testament habe ich schon gemacht … Sorg dafür, dass Bernard meinen Mini kriegt, im Fall der Fälle!«

»Ich verspreche es!«, erwidert Elyas und fügt an: »Wenn dann soweit alles geregelt ist …« Er holt sein Handy aus der Tasche und spricht kurz mit jemandem, der anscheinend nur auf seinen Einsatz wartet.

Kaum hat er sein Gespräch weggedrückt, kommt ein Mann ins Haus, Anfang dreißig, der von einem jungen Soldaten begleitet wird. Der Soldat trägt allerhand elektronische Geräte. Elyas führt beide ins Gästezimmer, bittet Rose, sich aufs Bett zu legen und fesselt sie sachkundig. Danach bringt der jüngere der Soldaten Kontakte an ihrem Körper an, vor allem am Kopf und an den Armen. Als er sicher ist, dass alle Vorbereitungen exakt ausgeführt sind, sieht er Elyas fragend an. Der nickt und darauf verabreicht der junge Mann Rose eine Spritze.

Rose gerät in einen Zwischenzustand, einerseits gelähmt, andererseits hellwach. Alles erscheint ihr hell und leicht und sie möchte es erzählen, alles offenbaren, alles erzählen wie im Rausch.

»Wer hat dich befreit? Wie viele waren es?«, will der Mann von ihr wissen.

»Zwei …«, sagt sie daraufhin, als sei das eine altbekannte Tatsache. »Zwei Männer …«

»Wie sahen sie aus?«

»Ich habe sie nicht gesehen … Es ging alles sehr schnell … wahnsinnig schnell … Jemand rief: Charlie, auf 15! Und schon fiel einer meiner Bewacher!«

»In welcher Sprache sprachen sie? Dieses ›Charlie, auf 15!‹, in welcher Sprache wurde es gerufen?«

Rose überlegt, als sei ihr eine besonders knifflige Quizfrage gestellt worden. Endlich antwortet sie: »Auf Deutsch! Ja! Die Männer, die mich befreit haben, haben untereinander Deutsch gesprochen … Ja, Deutsch. Einer hat gesagt: ›Wir haben sie!‹, und der Zweite hat mir zugeflüstert: ›Mädchen, bleib' bei uns!‹«

»Was haben sie noch gesagt?«

»Ich weiß nicht … Haben sie was gesagt?«

»Sag du es mir!«

Rose schweigt. Man weiß nicht, kann sie nicht mehr sagen oder will sie nicht mehr sagen. Der Verhörspezialist wechselt das Thema.

»Soweit die Befreier! In welcher Sprache haben sich die Entführer verständigt?«

Rose denkt nach, plötzlich kichert sie, als habe sie etwas unglaublich Komisches auszupacken: »Sie sprachen untereinander AFN-Englisch …«

»Was ist das?«, geht Elyas dazwischen.

Rose kichert erneut.

An Roses Stelle antwortet der Verhörspezialist: »Na, dieses aufgedrehte Amerikanisch der Militärsender …«

»Ja«, bestätigt Rose und fängt an, prustend zu lachen.

»Ist das normal?«, erkundigt sich Elyas beim Spezialisten.

»Nichts, was uns Sorgen machen muss«.

Er stellt ihr danach Fragen zu ihrem Alltag, zu ihren Wünschen und Träumen, befragt sie sogar nach ihrem Sexleben. Es kommen nur sexuelle Fantasien harmloser Natur zur Sprache. Zu Elyas' Bedauern kommt er, Elyas, in ihren Fantasien nicht vor.

Gegen Abend lässt Elyas die noch schläfrige Rose zum Militärflughafen Ovda in der Negev-Wüste bringen. Von da geht es mit einem Privatjet nach Deutschland zurück.

Er hat das entschieden.

4.

New York, 9. Juni

Anfang Juni, nichts von der üblichen Sommerhitze. Das Wetter ist angenehm, nicht zu kalt und nicht zu warm, ungewöhnlich für New York, das die Extreme liebt. Im Taxi laufen ein Fernseher und ein Radio gleichzeitig; Charnick stört es nicht. Er merkt es nicht einmal. Er hat andere Probleme. Das Taxi hält vor dem Eingang des *Pierre*, dem schönen, alten Hotel, das er aus sentimentalen Gründen schätzt. Von hier ist man mit wenigen Schritten im Central Park, wo er mitten im Winter und auf einer verschneiten Bank zum ersten Mal Sarah geküsst hat. Charnick tritt, seine Reisetasche noch in der Hand, an den Tresen der Rezeption des Hotels. Man sagt ihm, seine Frau sei oben, in der Suite; seiner Suite. Doch als er ins Zimmer kommt, ist von Sarah nichts zu sehen, ausgenommen ihre Kleider und andere persönliche Dinge, die im ganzen Raum verstreut sind. Kein Zweifel, sie ist im Haus und er kann sich vorstellen, wo sie jetzt ist. Er fährt in die zweite Etage hinunter (der Fahrstuhlführer zeigt ehrlich wirkende Freude, dass man sich mal wieder sieht) und geht in den Fitnessbereich. Tatsächlich trainiert Sarah hier. Zu dieser Uhrzeit ist sie in dem mit Trainingsgeräten aller Art ausgestatteten Kraftraum fast allein. Sie trägt nur ein knappes, schwarzes Trikot, wie Tänzerinnen sie beim Training tragen, sehr leichte Espadrilles und ist derart in ihre Übung versunken, dass sie ihn an eine Gläubige bei der Anbetung ihrer Gottheit erinnert.

Als Charnick zu ihr tritt, lächelt sie glücklich; von einem Moment zum nächsten ist er voller Liebe für seine junge, schöne Frau. Sie umarmt ihn, küsst ihn und sagt stolz: »Es klappt!«

»Was klappt?«, fragt er überrascht.

»Die Chinesen steigen ein … Sie wollen mich sponsern!«

»Gratuliere! … Ich will alles darüber hören. Aber können wir vorher raufgehen?«

»Klar, ich will nur …

»Du kannst im Zimmer duschen!«

»Richtig!«

Sie zieht einen weißen Bademantel über, nimmt ihre grüne Tasche, in der sie ihre Sportsachen mit sich herumschleppt, hängt sich bei ihm ein und sagt: »Du kannst dir gar nicht vorstellen, wie ich dich vermisst habe.«

»Die Fidschi-Inseln sind eben am anderen Ende der Welt«, scherzt er. Und sie erwidert: »Noch weiter weg!«

»Das war eine der weniger wichtigen Stationen auf der Tour. Und es lief nicht so richtig.«

»Und? Wie ist dein Trainer zufrieden?«

»Mit wem oder was?«

»Na, mit den Wellen dort … Mit was könnte er denn sonst unzufrieden sein?«

»Er war gar nicht da!«

»Ihr konntet euch trennen?«

»Lass die Eifersucht, steht dir nicht … Shaun liegt seit zehn Tagen im Krankenhaus. Das hatte ich dir auch gesagt! Gib' zu, du hast gar nicht zugehört …«

»Hat er was Ernsthaftes?«

»Autounfall.«

»Ich erinnere mich, du hast so was gesagt … Ich dachte, er hätte nur einen Kratzer abgekriegt …«

»Mehr! In den ersten Tagen sah er aus wie Frankenstein …!«

»Dann wollen wir hoffen, dass bald der Normalzustand wiederhergestellt ist!«

»Seit wann bist du denn eifersüchtig?!«, erwidert sie und küsst ihn flüchtig.

Sie will in die Dusche. Er hält sie fest, drückt ihren nackten Körper an sich.

»Soll ich nicht erst mal unters Wasser …?«

»Nein, bleib, wie du bist …«

»Ich hab eine halbe Stunde Krafttraining hinter mir … Ich rieche wie ein nasser Fuchs …«

»Du riechst und schmeckst wunderbar …«

»Wunderbar animalisch?«

»Wunderbar!«

Ihre Kleidung liegt noch immer verstreut im Raum, der Zimmerservice, der ihr ein Steak brachte, tat so, als sei nichts zu sehen. Charnick und Sarah sitzen in Bademänteln auf dem Bett, er streicht zärtlich über ihre Schenkel, durchtrainiert, aber schlank.

»Sarah, ich habe mich in etwas reingeritten … Ich brauche deine Hilfe …«

»Bekommst du!«, verspricht sie, ohne nachzudenken. »Um was geht es?«

Er zögert, sagt endlich: »Ich bitte dich um etwas, was ich noch nie gemacht habe … Ich bitte dich, mich in die Hölle zu begleiten.«

»In die Hölle? Ist das nicht ein zu großes Wort?«

»Dann in den Vorhof der Hölle …«

»Klingt interessant«, sagt sie noch immer unbeschwert.

»Man braucht sehr starke Nerven. Es wird widerlich …«

»Und warum willst du dorthin? In den Vorhof der Hölle?«

»Ich will nicht, ich bin dorthin zitiert worden … Scheich Talal.«

»Ich verstehe«, sagt sie, nun sehr ernsthaft werdend.

»Nein«, widerspricht er, »du kannst es nicht verstehen. Ich habe dir bisher nur die Hälfte erzählt. Weniger als die Hälfte!«

Abends sind sie im Nachtklub *Uncle Tom's*, den der Scheich so schätzt. Genauer gesagt, sie sind mit dem Scheich in der Folterkammer des Klubs, einem schalldicht isolierten Raum. Jedes Stöhnen und jeder Schrei bleiben mit absoluter Sicherheit in den vier dunklen Wänden. Es gibt hier, beinahe wie im Trainingsraum des *Pierre*, merkwürdige Apparate und furchteinflößende Gerätschaften, deren Zweck man nicht auf den ersten Blick erkennt. Sarah sieht mit offenem Mund, was da vor sich geht. Je länger sie sieht, was sich hier tut, desto faszinierter wird sie. Sie sitzt angespannt da, rührt sich nicht. Ihr sehr langes, enges Kleid aus geblümter, schwarzer Seide, ein Kleid wie ein Futteral, wirkt chinesisch. Die Seide liegt eng an, nein, klebt geradezu an ihrem schlanken Körper, lässt vermuten, dass sie kaum Unterwäsche trägt. Dabei erlaubt das Kleid aber keinerlei Freiheiten. Nicht einmal ihr selbst. Sarah hält die Hände im Schoss gefaltet und ihr Mund steht etwas auf.

Der Scheich wirkt gelangweilt, er sieht dem Geschehen bestenfalls nebenher zu. Die Quälerei der Rothaarigen wird unterbrochen, aber wirklich nur eine Pause. Sie muss einfach wieder zu Kräften kommen.

Charnick räuspert sich: »Scheich Talal, wir benötigen mehr Zeit.«

»Ich wüsste nicht«, bemerkt der Scheich, »dass ich Ihnen ein Ultimatum gestellt hätte.«

»Sie nicht«, erklärt Charnick, »aber Ihr Anwalt …«

»Und warum soll ich warten?«, will der Scheich erfahren.

»Die Geschichte ist verwickelt und derart undurchsichtig, dass selbst unsere sehr guten Quellen nicht sagen können, wo Bernard Einstein geblieben ist – der Mann, der die Papiere sucht. In Genua gab es eine Schießerei, bei der er anwesend war, so viel steht fest. Es sind Fingerabdrücke von ihm gefunden worden; die Hausangestellten haben entsprechende Aussagen gemacht. Das Ganze hat sich in der Villa eines italienischen Parlamentsabgeordneten abgespielt. An dem Abend, an dem Einstein dort zu Gast war, wurde der Gastgeber von Unbekannten umgebracht, wahrscheinlich von Linksterroristen. Aber man weiß nicht, was mit ihm, Bernard Einstein, passiert ist. Womöglich ist er entkommen, womöglich nicht, die Informanten sind ratlos. Alle Quellen sind versiegt. Zuvor schon war das Auto des äußerst erfahrenen Ermittlers Dean Baquet, auf den General Clark gesetzt und den CAINE beauftragt hatte, in die Luft gesprengt worden. Man weiß nicht, von wem; man weiß nicht, ob die Dinge zusammenhängen. Wahrscheinlich stammt die Bombe von denselben Leuten, die den jungen Einstein gekidnappt haben.«

»Dafür, dass Sie nichts wissen, können Sie eine ganze Menge erzählen … Ist mein Geld verloren? Wollen Sie mir das sagen?«

»Nein, wir brauchen einfach mehr Zeit, mehr Geduld«, erklärt Charnick.

»Ich kann warten«, behauptet der Scheich mit kaltem Lächeln. Er fragt noch einmal scheinbar freundlich: »Habe ich etwa gedrängt?«

Charnick kommt es vor, als drohe er nun.

»Worum geht es wirklich?«, erkundigt sich der Scheich nach kurzer Pause, in der er verfolgt, wie sich seine rothaarige Gespielin erneut in Schmerz und Lust wälzt. Dann wiederholt er: »Worum geht es wirklich?«

»Das CAINE Institute geht davon aus, dass Albert Einstein den Schlüssel zu einer ungeheuren Energie gefunden hat, gegen die Atom- und Wasserstoffbomben eine Kleinigkeit sind. Es gibt in der Angelegenheit aber nur wenige sichere Konstanten.«

»Und die sind?«, verlangt der Scheich zu erfahren.

»Von CIA und Israel weiß ich positiv, dass sie gegenwärtig hinter dem Einstein-Enkel her sind, respektive hinter einer bedeutenden, aber unbekannten Theorie seines Großvaters. Allem Anschein nach sind mittlerweile aber auch noch andere auf diesen Zug aufgesprungen.«

»Wer? Was vermuten Sie?«

»In erster Linie die Russen, dann die ewig misstrauischen Chinesen … Selbst die Inder kommen infrage, diese geborenen Mathematiker! Das würde die allgemeine Verwirrung erklären.«

»Und Sie? Was will CAINE? Geld oder Macht?«, will der Scheich wissen.

»Nach Möglichkeit beides. Aber Sie kennen ja die Besitzverhältnisse, deshalb – wenn das Institut wählen müsste, würde es sich für Macht entscheiden.«

»Haben Sie keine Angst, dass ich die Wunderformel missbrauche, wenn ich sie erst mal habe?«

»Nein.«

»Was macht Sie sicher?«

»Sie sind ein Sammler. Sie wollen haben, Sie wollen besitzen. Sie genießen den Gedanken: ›Wenn ihr wüsstet, was ich weiß!‹ Das ist Ihre Natur. Wenn Sie in der Politik mitmischen wollten, würden Sie es längst tun. Sie sind in die Politik hineingeboren worden und genießen dennoch andere Freuden.«

»Welche Theorie steht hinter den Vermutungen?«

Charnick versucht Zeit zu gewinnen, fragt verbindlich: »Wie ist die Frage zu verstehen?«

»Ich nehme an, bei CAINE hat man eine Vorstellung, wonach man sucht? Es muss doch irgendeine plausible wissenschaftliche Theorie geben?«

»Selbstverständlich. Ich bin allerdings kein Wissenschaftler …«

»Aber Ihre smarte Frau!«

Charnick ist von der Bemerkung überrascht. Er kann sich nicht erinnern, je mit dem Scheich über Sarahs Studium gesprochen zu haben. Er nimmt sich jedoch zusammen und erwidert, er werde versuchen darzulegen, was er sich als Laie zusammenreime. Soweit er es als Nicht-Fachmann verstanden habe, gehe es um eine womöglich winzige, aber bedeutende Abweichung von Einsteins berühmter Formel $E = mc^2$. Um irgendeine Anomalie dieser Formel.

»Lassen Sie doch Ihre bezaubernde Gattin das machen!«, fordert Talal mit einer Handbewegung Sarah auf, für ihren Mann weiterzumachen.

Sie versucht es, in diesem Klub der Perversionen dem Scheich den Zusammenhang zwischen Masse und Energie zu erläutern, dass jede Energie E einer wohlbestimmten Masse m entspreche. Charnick versucht sich hin und wieder auch als einigermaßen sachverständig zu zeigen, bringt bei seinen Erklärungsversuchen aber Zahlen durcheinander, dann korrigiert Sarah gleichmütig.

»Wo ist der neue Gedanke? $E = mc^2$ kann ich im Internet nachlesen!«, verlangt der Scheich zu verstehen.

»Wenn man die Energie einer Masse direkt freisetzen könnte, hätte schon ein kleiner Gegenstand genügend Macht, um die Menschheit zu zerstören. Gott sei Dank geht das nicht.«

»Oder eben doch«, fühlt sich Charnick wieder auf sicherem Boden. »Bei CAINE spekuliert man darauf, dass in Einsteins Kopf möglicherweise eine Idee entstanden ist, wie man die komplizierten Prozesse, die heute zur Kernspaltung notwendig sind, in einfacher Weise umgehen und dennoch zu einem unvorstellbar großen Energiegewinn gelangen kann … Womöglich ist es Einstein gelungen, eine Möglichkeit zu finden, die die Sonne nachahmt. Bislang scheint die so einfache Masse-Energie-Äquivalenz $E = mc^2$ immer und überall gültig, eine wie auch immer berechnete Abweichung dieser Formel ergibt keinen Sinn! Es sei denn im Kopf eines Einstein!«

Der Scheich verlangt dann, dass die Show weitergeht. Die Tortur zieht sich über eine Viertelstunde hin, dann über eine halbe und endlich über eine geschlagene Stunde. Sie endet damit, dass der Scheich Charnick hinauskomplimentiert und Sarah zurückbehält. Sie wehrt sich nicht; sie ist wie paralysiert. Und John Charnick weiß nicht, was er machen soll. So macht er nichts.

5.

Paris, 10. Juni

Gegen acht Uhr abends betritt Baquet das *Train Bleu* und ist damit in einem anderen Jahrhundert: Das Restaurant füllt mehrere gewaltige, verschwenderisch ausgestattete Säle. Alles sieht aus wie eine Karikatur von Versailles. Polierte Fußböden, Holzverkleidungen, Lederbänke und mit weißem Damast und mit edlen Gläsern und teurem Porzellan überladene Tische, üppig vergoldete Stuckaturen an Decken und Wänden. Der wahre Blickfang sind jedoch die pompösen Wand- und Deckengemälde, die allesamt Szenen aus dem Frankreich von ehedem zeigen. Wenn irgendwo das Frankreich der Belle Époque noch existiert, dann hier.

»Sie haben reserviert, Monsieur?«, erkundigt sich ein äußerst wichtigtuender Empfangschef.

»Ich bin mit Exzellenz Zaldívar verabredet … mein Name ist d'Albert …«

Der würdige Mann schlägt in einem gewichtigen Buch nach, das auf einem Lesepult liegt.

»Ah ja, ich sehe: Die mexikanische Botschaft hat reserviert. Tisch 30; 20 Uhr … Wenn wir Sie an Ihren Tisch führen dürfen …«

Er gibt einem Piccolo ein Zeichen; dieser geleitet den Gast zu einem Tisch im Großen Saal. Es handelt sich um einen Tisch für vier Personen, etwas abseits platziert. Auf altmodische Art ist er mit einem massiven Messingschild als Reserviert gekennzeichnet.

Baquet hat kaum Platz genommen, da erscheint Zaldívar mit einer etwas molligen, extrem schwarzhaarigen Frau, die ein etwas sehr enges, helles Kostüm trägt. Zaldívar präsentiert sie als »meine Chavela«. Baquet weiß anfangs nicht, ob das ein Name oder eine Zärtlichkeit ist. Vorsichtshalber spricht er sie überhaupt nicht an. Zaldívar sieht trotz seines eleganten Anzuges aus, als hätte er eine Karriere als Preisboxer abgebrochen und widme sich nun ganz dem Geldeintreiben. In Wirklichkeit ist er Jurist und Botschaftsrat der Botschaft der *Estados Unidos Mexicanos* in Frankreich, der Vereinigten Staaten von Mexiko also.

Die drei leisten sich ein üppiges Menü, das mit der berühmten Gänseleberpastete des Hauses beginnt und mit kalorienreichen Desserts abgeschlossen wird. Alles wird mit viel Champagner und sehr kostspieligen Weinen begossen. Die Digestifs sind so teuer wie anderswo ganze Mahlzeiten. Das Essen ist ein Schauspiel an sich. Der Service ist streng hierarchisch organisiert und wird von einem Bataillon verschieden gekleideter Kellner erledigt. Schon der Beginn ist ein Erlebnis. Die Bestellung wird von einem der Maîtres d'hôtel, im schwarzen Anzug, schriftlich aufgenommen. Er klemmt die Bestellung unter einen kleinen Metallteller und übergibt sie einem Kellner in einer weißen, langen Schürze. Diese Prozedur nimmt einige Zeit in Anspruch. Als Erstes wird das Brot gebracht, zusammen mit einem kleinen Gefäß, in dem sich Echiré-Butter befindet. Diese Butter, die als eine der besten der Welt gilt, wird angeblich aus der Milch von zwei- bis dreitausend Kühen, die auf einigen Tausend Hektar besten Weidelands mit gutem Boden und hochwertigem Gras weiden, hergestellt. Sie muss nicht pasteurisiert werden, da die Kühe mehrmals monatlich von Tierärzten überprüft werden, sodass in dieser Region die gängigen Rinderkrankheiten seit Jahrzehnten nicht mehr existieren.

In der Art geht es während der ganzen Aufführung – Köstlichkeiten kombiniert mit Belehrungen.

Zwischendrin schiebt der Botschaftsrat seinem Gast sehr diskret einen Computerstick zu.

»Alles, was die mexikanischen Abhörspezialisten in Paris, einschließlich Igor, der zu Ihrem Team gehören wird, zu Ihrer Zielperson in der letzten Zeit aus dem weltweiten elektronischen Wust herausgefiltert haben. Ihr Mann befindet sich derzeit auf dem russischen Schiff ›St. Peter‹ mit Kurs Kaliningrad und er ist im Besitz wichtiger Papiere von Albert Einstein. Ich wusste nicht, dass Sie sich für die Wissenschaft interessieren …«, kommentiert Zaldívar.

»Jorge, ich interessiere mich für alles, was Geld bringt, und diese Sache kann wirklich Geld bringen«, bemerkt Baquet und bedankt sich gleichzeitig bei Zaldívar für alles, was er in dieser Sache bis jetzt für ihn getan hat.

»Bedanken Sie sich bei Chavela. Sie hat für so was ein Händchen. Sie hat nicht nur Ihr Team zusammengestellt, sondern es war auch ihre Idee, die Mitarbeiter als Sicherheitskräfte der mexikanischen Botschaft in Litauen beziehungsweise des Generalkonsulats in Kaliningrad auszugeben!«

»Sehr gute Idee.«

»Sie kennen die misstrauischen Russen … Wenn sie überhaupt jemand akzeptieren, dann Kollegen.«

»Ich kann mich bei Ihnen beiden nur bedanken.«

»Was macht Sie eigentlich so sicher, dass Einstein nach Kaliningrad will und nicht nach Klaipėda?«, überlegt Chavela.

»Alles spricht dafür, dass er die Unterstützung der Russen hat oder sucht. Womöglich will er – mit seinem Wissen im Gepäck – bei ihnen Asyl beantragen. «

»Das wird ja immer verrückter«, staunt Zaldívar.

»Inwiefern?«

»Wer will nach Russland? Der Sozialismus ist zusammengebrochen, die Oligarchen werden nur von Fußballprofis geschätzt …«

»Es gibt auch andere. Denken Sie an Snowden, den Whistleblower, der die NASA lahmlegen wollte … Wenn Bernard

Einstein wirklich Geheimnisse von der Art und Tragweite in der Tasche hat, wie man vermutet, gibt es für ihn tatsächlich nur wenige sichere Plätze auf der Erde. Die USA sind es nicht.« Baquet ist von seiner eigenen Redseligkeit verblüfft. Einerseits fühlt er sich in dem überfüllten, lauten Restaurant absolut sicher. Vielleicht ist es aber auch der Alkohol, der ihn auftaut, oder die Frau, auf die er reagiert. Er trinkt jedenfalls mehr, als er es unter anderen Umständen tun würde, und er ist weit mitteilsamer, als es seiner Natur entspricht.

»Kann man in die Geschichte einsteigen?«, fragt Zaldívar unvermittelt, aber ganz offensichtlich in der Erwartung, Baquet werde ablehnen.

»Durchaus. Ich arbeite im Moment auf eigene Rechnung und insofern … Mein Auftraggeber ist abgesprungen, ich mache auf eigene Faust weiter. Ich denke, die Sache hat was …«

Zaldívar hört sich das interessiert an. Abspringende Auftraggeber schrecken für gewöhnlich ab, ihn nicht. Baquet hat ihn bisher immer überzeugt.

»Was genau ist das Problem? Brauchen Sie Geld? Ich kann Ihnen Kredit verschaffen.«

»Nein, Geld ist das Einzige, das ich ausreichend habe. Ich bin absolut flüssig. Aber danke für das Angebot …«

»Schön, wenn man so etwas sagen kann … Und was ist das Problem?«

»Das Spiel hat sehr unterschiedliche Mitspieler, ist komplex … Es erfordert sehr starke Nerven.«

»Das ist die Voraussetzung von allem …« Er streckt die Hand aus: »Ich steige ein«.

Baquet schlägt ein, soweit wäre alles geklärt.

Da wendet sich Zaldívar überraschend an seine Chavela: »Schatz, wäre das auch was für dich? Würdest du mitmachen?«

»Du kommst zu spät. Das ist bereits entschieden. Ich bin der ›fünfte Mann‹ im Team … Sie wollten doch fünf Leute?«, wendet sie sich an Baquet.

Baquet blickt sie forschend an, fragt erneut: »Wie soll ich Sie ansprechen?«

»Für den Anfang mit Chavela ...«

Dabei schwingt mit: ›Schatz‹ kommt später!

In diesem Moment geht Baquet durch den Kopf: ›Das Ganze hier läuft zu leicht, ist wie inszeniert. Was stimmt hier nicht?‹

6.

Kaliningrad, 11. Juni

Der Flughafen Chrabrowo ist rund 25 Kilometer von Kaliningrad entfernt. Dabei handelt es sich um einen hochmodernen Airport, der erkennbar auf mehr Verkehr wartet. Seitdem der Westen Wirtschaftssanktionen gegen Russland verhängt hat, strahlt er die Überheblichkeit eines Flugplatzes in der Hauptstadt eines großspurigen Landes der Dritten Welt aus, ambitioniert, aber ohne Bedeutung. Baquet, Chavela und Igor steigen hier gegen Mittag aus ihrer Maschine. Sie sind mit einer spanischen Billigfluglinie unterwegs. *Aeroflot* bot selbstverständlich ebenfalls Flüge nach Kaliningrad an, doch Baquet wollte es dem russischen Inlandsgeheimdienst nicht zu einfach machen.

»Sie haben Respekt vor den Russen, vor dem FSB?«, fragt Chavela, die neben ihm in Flugzeug sitzt.

»Eine bissige Truppe, sehr darauf bedacht, stets die Kontrolle zu bewahren, nach Möglichkeit über alles und jeden.«

»Sie werden sehen: unnötig. Ich habe alles vorbereitet. Wenn Sie zufrieden damit sind – bekomme ich eine Extrabelohnung?«

Baquet lacht.

Auf dem Flughafen Chrabrowo werden Baquet und sein Team von Señor Siqueiros, dem Chef des Konsulats, erwartet und mit großen Gesten und herzlichen Umarmungen begrüßt. Auf allen Überwachungsbildern soll zu sehen sein, dass alles mit rechten Dingen zugeht: Die drei, die da so unerwartet eintreffen, werden von ihresgleichen geschätzt.

»Herr General, wie schön, Sie wiederzusehen!«

»Oh, Chavela, jetzt nur noch ›Konsul‹. Den ›General‹, den gibt's nur zuhause. Hier bin ich sogar mein eigener Chauffeur! – Wollt ihr zuerst ins Konsulat oder sofort in den Hafen?«, erkundigt er sich beim Start mit der Leutseligkeit eines ehemaligen Offiziers Veteranen gegenüber.

»In den Hafen, General!«

Der Konsul nickt, als habe er weiß Gott nichts anderes erwartet, und fängt an, banales Zeug zu reden. Vor allem redet er über die Probleme, vor denen der Im- wie der Exporteur in Russland gegenwärtig steht. Siqueiros steuert den riesigen Lexus des Generalkonsulats über den Primoskoje Kolzo, den Küstenring, eine Schnellstraße, die direkt ins Zentrum von Kaliningrad führt. Der Kaliningrader Hafen befindet sich mitten in der Stadt. Sie fahren zu einem sehr großen Schuppen. Er ist so groß, dass man darin Fußball spielen könnte.

»Das Gute an dem Lagerraum ist die Tatsache, dass es sich – staatsrechtlich betrachtet – um einige Quadratmeter Mexiko handelt. Hier können wir Mexikaner und unsere Gäste tun und lassen, was wir wollen. Russland geht das nichts an«, grinst Siqueiros in den Innenrückspiegel.

Im Schuppen lagern längst erledigte Akten, die noch weiter aufgehoben oder vernichtet werden sollen, außerdem klapprige Möbel und – Abhörgeräte. Innerhalb einer Stunde bringt Igor die Abhöranlage auf den neuesten Stand. Die Zusatzgeräte, die er dazu braucht, hat er im Diplomatengepäck mitgebracht.

»Man kann jetzt jedes Räuspern im Umkreis von fünf Kilometern einfangen und aufnehmen«, fasst der tätowierte Weißrusse Igor die Lage zusammen, nachdem er fertig ist.

»Was ist mit Klaipėda? Igor, kannst du eine Verbindung dahin aufbauen?«, will Baquet wissen.

»Ich bin dabei …«

»Ich muss wissen, ob die *St. Peter* schon eingelaufen ist …«

Igor greift nach seinem Handy, will jemanden anrufen.

»Stopp!«, verlangt Baquet, »Telefonieren kann ich selbst! Ich dachte …«

»Geht alles; ich bin ja dran!«, rechtfertigt sich Igor, »aber ich brauche Zeit! Und mehr Equipment!«

»Verstehe!«, winkt Baquet ab und telefoniert selbst. »Wie sieht es aus?«, erkundigt er sich knapp. »Ist die Ware eingetroffen?«

»Hier stimmt was nicht … Im Hafen wimmelt es von litauischer Polizei, Grenzschutz, Spezialkräften. Ich würde sagen, wir haben es mit einer Antiterror-Aktion zu tun … Ein paar Amerikaner mischen auch mit, vielleicht CIA …«

»Was ist mit Russen?«

»Bis jetzt sind keine zu entdecken …«

»Das sagt nur bedingt was; die laufen nicht alle mit der Uschanka herum.«

»Was ist das, die Uschanka? Ein Gewehr?«

»Die typische Russenmütze … Was ist mit dem Schiff?«

»Es macht gerade fest … So wie es aussieht, lassen die Behörden vorerst niemand an Land und niemand an Bord …«

»Habt ihr einen Hinweis auf unseren Freund?«

»Pascal hört mit, was auf der Kommandobrücke gesprochen wird. Bis jetzt ist der bewusste Name nicht ein einziges Mal gefallen … Oder, Pascal?«

Pascal bestätigt im Hintergrund, nein, der bestimmte Name sei nicht gefallen.

Baquet sagt: »Alles klar. Konzentriert euch aufs Observieren. Ihr greift nur in absolut sicheren Situationen ein!«

»Ich halte es für ausgeschlossen, dass wir aktiv werden können, solange die Zielperson noch an Bord ist … unter diesen Umständen.«

»Geduld! Ich melde mich in einer Stunde wieder.« Baquet beendet das Gespräch. Er ist in einer Stimmung, in der alles möglich ist. Dabei hat er alle Entscheidungen allein und freihändig getroffen – trotzdem würde er, wenn er könnte, irgendjemandem den Hals umdrehen. Das Knacken der Wirbelsäule würde ihm Befriedigung verschaffen. Und ihn wieder etwas klarer denken lassen. Er fährt Igor an: »Tut sich hier was?«

»Hier rührt sich nichts. Keine Bewegung.«

7.

Klaipeda, 11. Juni

Es schüttet wie aus Kübeln. Dazu pfeift ein kalter Ostwind, was für die Jahreszeit ungewöhnlich ist. Jacqueline Rouvre und Pascal haben sich oberhalb des Hafens postiert. Sie sitzt am Steuer eines kleinen Lieferwagens, den sie gemietet haben, und hält mit dem Fernglas den Hafen und speziell die Frachtfähre *St. Peter* im Blick. Pascal sitzt hinter ihr auf der Rückbank des Autos und fummelt an seinem hochgerüsteten Computer herum.

»Alles Scheiße!«, zischt er.

»Was ist?«, fragt Jacqueline, ohne das Fernglas abzusetzen.

»Ach ... Ich komme in die Netze, aber die meisten reden nur Litauisch oder Russisch. Da nützt mir auch die Hardware nichts: Ich verstehe nichts! Wie soll ich mir da ein Bild machen, was los ist?«

»Hör einfach weiter zu und nimm es auf. Wir haben die Frequenzlisten. So kriegen wir immerhin mit, wenn's wo hektisch wird.«

Üblicherweise spürt man im Hafen Klaipėda noch immer den Schlendrian der Sowjetzeit. Wo in anderen Häfen Taktzeiten, meterhohe Zäune und permanente Kontrollen

Hektik und Frust erzeugen, geht es hier gelassen zu. Es gibt Zäune, aber sie stehen nicht überall, und wo sie stehen, haben sie Lücken. Auch in Klaipėda finden Kontrollen statt, doch für gewöhnlich beschränken sie sich aufs Durchwinken. Umso auffallender die Betriebsamkeit, die heute herrscht. Die *St. Peter* wird belagert, als habe sie die Pest an Bord. Die Ladeklappen, die sonst sofort nach dem Anlegen heruntergelassen werden, bleiben oben. Ein Trupp der litauischen Grenztruppe VSAT in ihren schwarzen Uniformen geht an Bord, nimmt mit dem Kapitän Verhandlungen auf. Plötzlich Aufregung im Containerlager, das etwa achthundert, tausend Meter von Jacqueline und Pascal entfernt ist. Polizeiwagen mit Blaulicht und heulenden Sirenen jagen dorthin, Männer rennen, die Hubwagen, mit denen Container umgesetzt werden, werden gestoppt.

»Was ist da los?«, will Pascal wissen, der sich nun auf den Beifahrersitz geschoben hat.

»Ich sehe genau so viel wie du!«, erwidert Jacqueline unwirsch. »Was hörst du denn?«

Er reicht ihr seinen Kopfhörer: »Hektik!«

»Das ist auch das, was ich sehe …«

»Irgendwas mit Georges?«, überlegt Pascal.

»Wollen wir nicht hoffen!«

»Willst du hier sitzen bleiben?«

»Was schlägst du vor?«

»Also gut, bleiben wir hier und halten die Luft an.«

»Genau das machen wir!«

Die Tür des Wagens wird aufgerissen, beide erstarren.

»Verdammt!«, schnauzt Pascal los: »Musst du dich so anschleichen!«

Georges grinst die beiden frech an. »Ich komm aus dem Containerlager.«

»Was war da los?«

»Die haben zwei Typen aus einem Container geholt …«

»Wir dachten schon, dich!«

»Nein! Mich holt man nirgends raus, nicht mal aus dem Bordell.«

»Welche Art von Typen?«, erkundigt sich Jacqueline.

»Wovon sprichst du?«

»Du hast gesagt, sie haben aus einem Container zwei Typen gefischt …«

»Ein Mann und eine Frau. Sie hatten sich vermummt … Ich würde sagen, es waren Privatschnüffler.«

»Mein Gott, was geht hier eigentlich ab?«, stöhnt Jacqueline. »Ist das ein internationales Meeting? Agenten aller Länder vereinigt euch! Wir haben wohl das Einladungsplakat übersehen.«

Pascal konzentriert sich während dieses Geplänkels auf die Verhandlung auf der Brücke der *St. Peter.* Soweit er es sich zusammenreimen kann, erklären die litauischen Grenzbeamten dem Kapitän gerade, dass sich mutmaßlich ein amerikanischer Terrorist auf seinem Schiff aufhält.

»Tourist oder Terrorist?«, vergewissert sich Jacqueline.

»Terrorist!«

Der Kapitän ist die Ruhe selbst. Entweder weiß er absolut nichts oder er weiß alles. Er diskutiert gelassen. Nach dem, was im Auto und bei Pascal ankommt, zeigt man ihm offenbar Fotos des Gesuchten. Der Kapitän erklärt darauf definitiv: »Den Mann habe ich noch nie auf meinem Schiff gesehen – nicht bei der jetzigen Passage und früher auch nicht!«

»Können wir uns durch Augenschein überzeugen? Gestattet der Herr Kapitän eine Durchsuchung?«

»Das muss St. Petersburg entscheiden!«, erklärt dieser. Er meint damit, wie Nachfragen ergeben, die Reederei St. Peter Line.

»Dann machen Sie das!«, verlangt der VSAT-Offizier.

Der Kapitän sperrt sich nicht. Er informiert seine Reederei. Gleichzeitig werden der Chefsteward und zwei Stewards auf die Brücke zitiert. Ihnen werden Fotos von Bernard Einstein vorgelegt. Alle drei sagen: »Ja, klar! Der Passagier reist mit uns, Kabine 422, Deck 4, Außenkabine. Allerdings ist sein Name Groenesteyn. Es ist ein Südafrikaner!«

»Ein Schwarzer?«, fragt der Kapitän verblüfft.

»Nein, weiß. Ein weißer Südafrikaner.«

»Ist mir nicht aufgefallen«, bekennt der Kapitän.

»Ich glaube, den hat nie einer gesehen«, vermutet einer der Stewards. »Der war die meiste Zeit unter Deck in seiner Kabine … Hat ein Buch geschrieben oder so was …«

»Was man alles erfährt!«, bemerkt der Kapitän und gibt den VSAT-Leuten freie Hand.

Die Soldaten stürmen die Kabine 422. Sie ist säuberlich aufgeräumt, keinerlei Hinweise, dass sich hier jemand mehr als eine Woche aufgehalten hat: Waschbecken und die Toilettenschale blitzen, die Terroristenjäger sind sicher, man kann suchen, so lange man will, man wird keine Fingerabdrücke entdecken. Hier war jemand tätig, der auch bei der Hausfrauen-Olympiade mitmachen könnte. Ohne Hoffnung befragt man die Frauen, die für die Sauberkeit auf Deck 4 zuständig sind. Sie haben die Kabine vorhin so vorgefunden: »blitzblank«. Sie brauchten nur das Bett neu zu beziehen und die Handtücher auszuwechseln, dann war alles erledigt.

»Wann haben Sie den Passagier zum letzten Mal gesehen?«

Die beiden Frauen zucken mit den Achseln: »Überhaupt nicht!«

Man macht sich daran, das Schiff zu durchsuchen. Nirgends ein Hinweis auf Bernard Einstein. Dann muss die Durchsuchung eingestellt werden. Die Lastwagenfahrer drängen. Ein Teil von ihnen muss mit verderblicher Ware von Bord. Andere Fahrer wollen mit ihren Lastern an Bord und werden ebenfalls sehr massiv. Man wartet in Kaliningrad auf sie; es muss rollen.

Die VSAT-Kräfte nehmen sich dennoch jeden Lastwagen vor, der litauischen Boden berührt, nehmen dabei Fahrerkabine und Ladung gründlich in Augenschein. Bei allen, die das Schiff zu Fuß verlassen wollen, vergleichen sie die Pässe gleich dreimal. Alles ohne Erfolg. Entweder hat sich der Gesuchte ein besonders gutes Versteck gesichert oder es ist ihm mit einem Trick gelungen, unbemerkt an Land zu gelangen.

Gegen 16 Uhr läuft die *St. Peter* aus. Ihr Ziel ist unverändert Kaliningrad. Die Grenzschützer kehren danach wieder in ihre Unterkünfte zurück und die beiden amerikanischen Privatdetektive, die in einem Container aufgespürt worden sind – tatsächlich ein Mann und eine Frau, wie Georges Dédé vermutet hat – werden in die Hauptstadt Vilnius überstellt. Sie sollen dort verhört werden. Jacqueline und ihre beiden Mitstreiter kontrollieren auf Anweisung von Baquet weiterhin das Hafengebiet, soweit es zugänglich ist.

»Wann sollen wir hier Schluss machen?«, fragt Jacqueline.

Baquet fährt sie an: »Wenn ich's euch sage … Oder wenn ihr habt, was wir suchen!«

8.

Kaliningrad, 11. Juni

Dean Baquet wirkt in sich gekehrt, beinahe ebenso verschlossen wie sein offenbar autistisch veranlagter Abhörexperte Igor. Die Übrigen seiner Truppe verständigen sich fast flüsternd. Alle spüren, welche Wut sich in ihrem Anführer angesammelt hat; eine Wut, die ihn zu überwältigen droht. Niemand will, dass diese Wut gerade ihn trifft.

Jacqueline und die beiden anderen Männer sind am frühen Morgen eingetroffen. Von Klaipėda nach Kaliningrad sind es mit dem Auto an ruhigen Tagen rund vier Stunden Fahrt; sie haben die Strecke in weniger als drei geschafft.

Die Spannung wächst noch weiter an, als die *St. Peter* einläuft und entladen wird.

Igor, der das Geschehen im Hafen verfolgt, versichert mehrmals: Niemand zeigt besonderes Interesse an dem Schiff, an dessen Passagieren oder an dessen Fracht. Der Name der Zielperson wird während des Ausladens nicht ein einziges Mal erwähnt.

Dean Baquet wartet dennoch.

Stunden nach dem Anlegen des Fährschiffs gibt er zu: »Herrschaften, wir sind reingelegt worden. Unser Mann ist entweder mit einem Trick von Bord gegangen oder er ist gut getarnt runtergeholt worden. Bedeutet, er kann jetzt schon in Paris, London oder Timbuktu sein, für uns ist er jedenfalls nicht mehr zu greifen.«

»Wahrscheinlich ist das nicht«, überlegt Chavela. »Wenn er sich dem FSB anvertraut hat, ist er entweder noch hier im Oblast oder auf dem Weg nach St. Petersburg oder Moskau.«

»Wie ich gesagt habe, für uns nicht mehr zu greifen«, bemerkt Baquet heftig.

»Warum klammern Sie sich unbedingt an die Russen?«, gibt Georges Dédé zu bedenken. »Litauen ist ein selbstständiger Staat … Mitglied der NATO sogar. Es wäre immerhin möglich, dass er da untergetaucht ist …«

»Wie …?«, Baquet winkt ab. »Die Russen wären ein interessanter Partner für ihn.«

»Und dass der FSB in Litauen operiert wie auf eigenem Territorium, steht fest«, ergänzt mit einem Mal leutselig Igor. »Die Russen empfinden das Baltikum immer noch nicht als Ausland, sondern als russisches Territorium, das früher oder später zu Mütterchen Russland zurückfindet. In ihren Augen kann der jetzige unnatürliche Zustand nicht ewig andauern …«

»Wie auch immer, wir werden die Aktion hier abbrechen, Herrschaften«, bestimmt Baquet. »Ich bedanke mich für eure Bereitschaft und eure Aktivität. Chavela übernimmt die finanzielle Regelung, wie verabredet. Ansonsten ist es eure Entscheidung, was ihr und wann ihr ...«

Igor unterbricht ihn: »Stopp!« und macht mit einer Handbewegung deutlich, er will um absolute Ruhe.

Niemand spricht mehr ein Wort, alle beobachten Igor.

Der konzentriert sich auf seine Geräte und erläutert endlich: »Im FSB-Hauptquartier herrscht auf einmal Riesenaufregung. Es wird telefoniert, gerufen und geschrien ... Angeblich haben sie einen Terroristen festgesetzt! Einen Tschetschenen.«

»In welchem Hauptquartier? In Moskau?«

»Nein. Hier ... In der Zentrale des hiesigen FSB ...«

»Was ist das denn für ein Quatsch? Wo soll plötzlich ein Tschetschene herkommen und dann noch Terrorist!«

Igor erwidert: »Sie haben ihn in der Europa-Galerie geschnappt ... Scheint ein Shoppingcenter zu sein!«

»Ja, ist es!«, bestätigt Chavela. »Habe ich gestern gesehen!«

»Sie bringen ihn jetzt in die Zentrale!«

Baquet bleibt skeptisch, sehr skeptisch sogar: »Tja, wie auf Kommando taucht ein Tschetschene auf! Hier! Das wirkt doch sehr aus dem Hut gezaubert!«

Pascal, der seinen Laptop wieder angeworfen hat, gibt zu bedenken: »Und wenn es ein Code ist? Wenn Sie Einstein meinen?«

Baquet verlässt seinen Platz am Fenster und geht zu dem improvisierten Abhörzentrum in der Mitte der Halle. Hier lässt er sich von Igor den Kopfhörer reichen. Er verfolgt eine Weile lang die Gespräche im FSB-Gebäude und teilt dann den Übrigen mit: »Die suchen einen Koslow, wollen unbedingt eine Anweisung von Koslow haben ... Scheint der Häuptling zu sein.« Von Pascal verlangt er: »Stell fest, wer das ist!«

Pascal hat kurz darauf die Lösung: »Hier haben wir ihn ... Generalleutnant Alexander Koslow, seit 2010 Chef des FSB Kaliningrad. Vorher ...«

»Was er vorher war, ist im Moment unwichtig … Was wollen sie von ihm?«, wendet Baquet sich wieder an Igor.

»Er ist im Haus und soll jetzt in Raum 210 kommen … Mehr kann ich nicht sagen.«

»Pascal, kommen wir an einen Bauplan des Gebäudes?«

Pascal hackt und tippt, vergleicht und geht wieder an den Anfang zurück. Schließlich kann er mit dem Gewünschten dienen. Der Bau stammt aus preußischer Zeit, ist 1906 errichtet worden, und wenn nicht umgebaut oder umnummeriert wurde, befindet sich der Raum 210 im zweiten Stock; dem Treppenaufgang gegenüber.

»Findest du noch etwas Neueres über das Gebäude?«

»Ich bemühe mich …« Kurz darauf kann er verschiedene Fotos anbieten, die Szenen auf dem Hof und im Gebäude anbieten. Auf einem Flur kann man eine Zimmernummer lesen; Raum 210 ist noch da, wo er von Anfang an war.

Igor meldet sich: »Der Tschetschene ist eingetroffen. Sie bringen ihn rein.«

Baquet wendet sich an seine Leute: »Ist hier jemand in der Halle, der auf einen tschetschenischen Kämpfer setzt? Ich mache es jedenfalls nicht …«

Igor wirft ein: »Im Moment geht es um einen Dolmetscher. Sie verlangen einen Dolmetscher …«

»In welcher Sprache?«

»Weiß ich nicht … Eine Sprache ist nicht erwähnt worden.«

»Wird Englisch sein«, nimmt Chavela an. »Sie gehen auf Nummer sicher.«

»Ich setze hundert Dollar! Sie haben unseren Freund …«, erklärt Baquet mit Befriedigung in der Stimme. »Ich schlage vor: Wir schnappen ihn uns sofort!«

»Wie? Jetzt? Im FSB-Hauptquartier?!«, fragt Chavela verblüfft.

»Noch haben wir das Überraschungsmoment auf unserer Seite! Wer weiß, wie sie ihn morgen absichern!«

Ein schwarzer Audi Q7 rast auf das Gelände des FSB, durchbricht die marode Schranke des Kontrollpunktes, die eher symbolisch wirkte. Drei Maskierte springen aus dem Wagen und stürmen schwer bewaffnet in das Gebäude, zwei weitere bleiben am Eingang, übernehmen die Kontrolle des Hofes und des Eingangs. Die übrigen Angreifer – Baquet, Pascal und Jacqueline – rennen die Treppe hinauf. Rufe, dann Schüsse. Im Hof und im Haus.

Die drei im Haus beteiligen sich nicht daran, sehen sich nicht einmal um. Sie reißen die Tür von Zimmer 210 auf: mehrere FSB-Agenten, zum Teil in Uniform, zum Teil in Zivil, sehen sie völlig verständnislos an. Auf einem Stuhl sitzt, Arme und Beine gefesselt, ein jüngerer Mann mit asiatischen Gesichtszügen. Ein zweiter Mann, der nicht viel anders aussieht, steht neben ihm.

Der Übersetzer.

»Rückzug!«, ruft Baquet.

9.

Kurische Nehrung, 17. Juni

Jana sitzt, während sie nervös mit dem Handy spielt, in einem Wohnwagen, mit Blick auf Dünen und Meer. Bei dem Trailer handelt es sich nicht um das neueste Modell, aber er ist sehr geräumig und die Inneneinrichtung durchdacht; eine Wohnung auf Rädern eben. Das Fahrzeug parkt zu der Zeit an einem Küstenstreifen im litauischen Teil der Kurischen Nehrung. Der nächste Ort ist etwa fünf Kilometer entfernt, eine kleine Ansammlung knallrot oder knallblau gestrichener Ferienhäuser, die allesamt auch in Dänemark oder Finnland stehen könnten. Der Regen hat aufgehört, doch der Wind nicht. Im Gegenteil, er ist in den letzten Stunden wieder heftiger geworden und das Meer rauer.

Jana liebt diese Stimmung. Endlich drückt sie auf einen der Knöpfe am Handy. Die Bank meldet sich. Jana verlangt, mit Dr. Wendtland verbunden zu werden. Als sich Wendtland meldet, mimt sie die Heitere.

»Sie wissen, wer hier ist?«

»Aber ja, meine Gute … Ich hoffe, Sie sind nicht allein?«

»Nein, mein Herr Gemahl ist ebenfalls hier, schon vor ein paar Tagen eingetroffen … Wollen Sie ihn sprechen?«

»Nicht unbedingt … Mir genügt es zu wissen, dass es ihm gut geht.«

»Es geht ihm sogar sehr gut. Er lässt Sie herzlich grüßen und für alles danken …«

»Gern geschehen, Gruß zurück … Und sonst? Alles in Ordnung? Was ist mit den Kindern?«

»Die fühlen sich genau so wohl wie wir … Jetzt, wo Papa da ist, hängt der Himmel voller Geigen …«

»Kann ich mir vorstellen!«

»Hören Sie selbst!«, sagt Jana theatralisch und hält das Handy Richtung Schlafbereich. Von dort kommt helles Kinderlachen.

»War's das?«

»Ja.«

»Gönnen Sie sich ein paar schöne Tage … Es freut mich wirklich, dass Sie wieder zusammengefunden haben, Sie sind einfach füreinander geschaffen!«

»Danke!«

»Ehe ist einfach das Beste, zumal, wenn Kinder da sind.«

»So sehen wir das auch, Herr Doktor.« Sie setzt noch ein weiteres übertriebenes, mehr gehauchtes als gesprochenes »Danke!« hinzu und drückt das Gespräch weg. Dann geht sie die paar Schritte zum Schlafbereich. Bernard sitzt auf einer der Schlafbänke und spielt mit Janas Kindern *Mensch-ärgere-dich-nicht*. Der Junge ist fünf, stämmig und rechthaberisch und das Mädchen vier; es ist ausgesprochen süß.

»Der Herr Doktor lässt grüßen.« Die Kinder sehen nicht mal auf, als Jana das sagt.

»Ich habe alles mitbekommen …«

»Er hat mir eingeschärft, du sollst Vorsicht walten lassen!«

»Was denn noch? Ich hab' mir die Haare gefärbt, ich trage eine Brille mit Fensterglas, ich hab die alten Klamotten weggeworfen. Was soll ich noch bieten?«

Die Kinder kichern bei seiner Aufzählung; man hat ihnen gesagt, die Verkleidung gehöre zu einem Spiel und sie finden die Maskerade ausgesprochen komisch.

»Er macht sich eben Gedanken!«

»Das nimmt mich sehr für ihn ein!«

Jana öffnet den Kühlschrank in der Küche, schenkt sich etwas zu trinken ein und fragt: »Noch jemand 'ne Cola?«

Die Kinder wollen selbstverständlich, Bernard nicht. Als sie den Kindern die Cola gibt, erkundigt sich Bernard nebenbei, so, als sei das die unwichtigste Frage der Welt: »Was hast du mit ihm zu schaffen?«

»Hab ich dir doch schon erklärt …«, erwidert Jana. »Ich kenne ihn nicht. Als er mich anrief und fragte, ob ich für ein weiteres Engagement im Stück ›Bernard reist durch die Welt‹ zur Verfügung stehe, hab ich zugesagt. Die Gage ist üppig«, gluckst sie.

»Besonders, wenn's mit dem Stadttheater Brünn nicht so klappt!«

»Ja, schade, dass die in letzter Minute abgesagt haben.«

»Jana, sie hatten nie zugesagt!«

»Sei nicht so nachtragend!« In der Manier einer Boulevardkomödiantin fügt sie hinzu: »Eine Frau hat ihre kleinen Geheimnisse!«

»Ist schon klar … Aber meine Frage war eigentlich: Was hast du mit der Alpha-Bank zu schaffen?«

»Nichts: Na ja gut, jetzt habe ich da ein Konto! Ich kriegte einen Anruf, der Mann sagte, er heiße Dr. Wendtland und ob ich Interesse habe, Herrn Bernard Einstein noch einmal zu begleiten. Ich war total baff! ›Woher wissen Sie …?‹ ›Roter Mazda MX 5, *Hotel de la Paix* in Genf – Sie fallen auf. Ich schicke Ihnen einen Wagen, der Sie abholt.‹ Na ja, und so kam's! Und du? Woher kennst du den guten Doktor?«

»Durch reinen Zufall«, antwortet ihr Bernard. »Wir haben uns bei einem amerikanischen Physikerkongress kennengelernt.«

»Das kann ich mir vorstellen; er ist ja unheimlich an Physik interessiert.«

»Ihr habt über Physik geredet?«, fragt Bernard.

»Seit ich dir begegnet bin, rede ich mit jedem über Physik«, scherzt sie und strahlt ihn an. »Nein, als er mich ankarren ließ. Übrigens: eine Wahnsinnslimousine! Die hatte nicht einmal irgendeine Marke, ich weiß bis heute nicht, was es war. Er war sehr höflich und es waren auch zwei andere Männer da, die er als Kreis von Physikinteressierten vorstellte. Er sagte zu mir, die Physik mit ihren unglaublichen Rätseln sei für ihn der ideale Ausgleich für seine Bankierstätigkeit … Das Geldscheffeln betrachtet er als sein ›Mensch-ärgere-dich-nicht-Spiel‹.«

»Ich kann nur sagen, wenn er mich nicht so großzügig unterstützte, könnte ich nicht durch die Welt reisen … Ohne seine Hilfe hätte ich meine Suche überhaupt nicht begonnen.«

»Du wärst zumindest nicht hier …«, gibt sie zu bedenken. »Ich werde bis an mein Lebensende nicht vergessen, wie du mit Helm und Taucheranzug aus dem Wasser gestiegen bist!«

»Überlebensanzug. Freut mich, dass ich dich beeindrucken konnte. Damit wollen wir es aber auch gut sein lassen.«

»Eins will ich trotzdem noch wissen: Wo hattest du den Taucheranzug her? So was gehört ja nicht zum Reisegepäck!«

»Not macht erfinderisch … Ich wusste, ich musste von Bord, und wie kommst du von Bord eines Hochseeschiffes? Man schwimmt.«

»Wie bist du an den Taucheranzug gekommen?«

»Warum? Brauchst du einen?«

Sie gibt nicht auf: »Wo hattest du das Ding her?«

»Es gibt einen Stauraum für die Rettungsausrüstung auf dem Schiff, deutlich gekennzeichnet … Da werden solche Dinge aufbewahrt … Die Schwierigkeit besteht nur darin, dass man nicht so ohne Weiteres da hineinspazieren kann.«

»Du hast es aber geschafft?«

»Ja.« Sie setzt sich zu ihm, sieht beim Spiel zu und will unvermittelt wissen: »Hast du dir schon mal Gedanken über die Uneigennützigkeit des Dr. Wendtland gemacht? Ist das ein Problem für dich?«

»Moment!« Er würfelt, bekommt die Fünf, die er braucht, um die kleine Hanka aus aussichtsreicher Position zu vertreiben. Die Kleine trägt den Schicksalsschlag mit Fassung. Bernard wendet sich danach wieder Jana zu: »Du fragst, ob ich mir Gedanken darüber mache, dass Dr. Wendtland meine Recherche finanziert?«

»Ja, das war die Frage.«

Bernard denkt kurz nach und antwortet: »Nein, macht mir keine Sorgen.« Er macht den nächsten Zug auf dem Spielbrett, ehe er fortfährt: »Mein Großvater wurde schon von deutschen industriellen Kreisen gefördert, sogar großzügig beschenkt. Ich kann dir nicht sagen, ob unter den Gönnern auch nur einer war, der seine politischen Ansichten geteilt hat, wahrscheinlich nicht. Und dennoch hat er das Geld genommen … Das Boot auf dem Schwielowsee, das er so liebte, war ihm von Industriellen geschenkt worden. Immerhin ein 500.000-Mark-Geschenk … Kannst du dir vorstellen, was das heute bedeutet? Aber warum stellst du mir plötzlich diese Frage? Was willst du mir vermitteln?«

»War nur eine Frage!«

»Das ist doch Unsinn! Was willst du wissen? Willst du damit andeuten, Dr. Wendtland verfolge andere Ziele, als er vorgibt?«

Ehe Jana darauf antworten kann, werden die Kinder unruhig, wollen nicht weiterspielen.

»Bernard, es geht gleich los!«

»Was?«

»*Feuerwehrmann Sam* … Hast du das vergessen?«

»Wollen wir nicht zu Ende spielen?«, fragt Bernard.

»Ooch, bitte«, bettelt die Kleine bei Bernard: »Bitte, Bernard!«

»Klar! Welcher Kanal?«

»Elf!«, sagt der Junge eifrig.

Bernard schaltet den gewünschten Sender ein und schon erscheint Sam, der Held von *Pontypandy.*

»Der Hubschrauber ist ja gar nicht da!«, bemerkt Hanka enttäuscht.

»Der ist doch in der Reparatur! Du vergisst aber auch alles«, wird sie von ihrem Bruder zurechtgewiesen.

»Ich vergesse gar nichts!«, wehrt sich die Kleine. »Der Rotor war kaputt!«

»Richtig!«, gibt ihr Bruder zu.

Familienidylle pur. Bernard Einstein glaubt, es ist das erste Mal, dass er so etwas erlebt.

In der Nacht schieben Jana und ihr – was ist er eigentlich? Ihr Gast? – die beiden Sitzgruppen im hinteren Teil des Trailers zu einem Doppelbett zusammen. Die Kinder schlafen in ihrer Koje über der Fahrerkabine, die sie so lieben. Jana legt ihre Arme behutsam um den Mann, der neben ihr liegt.

»Warum sprichst du nie von ihr?«, fragte sie leise.

»Von wem?«

Sie antwortet darauf nicht, wartet ab, und endlich fragt er: »Kränkt dich das?«

»Was soll mich kränken? Dass du eine andere Frau liebst? Warum sollte mich das kränken?«

»Nun, immerhin … Wir sind nicht untätig.«

»Ich soll mich um dein Wohl kümmern …« Sie antwortet nüchtern, aber freundlich: »Ich werde gut dafür bezahlt! Jede Barfrau würde mich beneiden!« Sie beugt sich zu ihm, küsst seine Brust und seinen Bauch und fügt im selben Tonfall hinzu: »Du sollst dich wohlfühlen …« Sie tastet nach seinem Geschlecht und will wissen: »Fühlst du dich wohl?«

Er bewegt sich nicht, lässt sie gewähren.

»Es ist mir nicht unangenehm mit dir, falls dir das Sorgen bereitet … Ich muss mich wirklich nicht dazu zwingen …«, versichert sie ihm. »Man merkt, dass du mit Frauen groß geworden bist … Immer vorsichtig, immer auf der Hut. Immer darauf bedacht, dass die Frau nicht zu kurz kommt …«

Er packt sie.

»Wie ist sie?«, fragt sie ungerührt, während sie ihre Beine zwischen seine legt.

»Ist das heute der Tag der Wahrheit?«

»Warum nicht?«

»Also gut …« Er denkt kurz über eine Antwort nach und sagt endlich: »Wenn ich es genau nehme, weiß ich von ihr kaum mehr als von dir … Wenn überhaupt so viel.«

»Beschreib sie!«

»Sie ist klug! Sie ist mutig! Und ich bin verrückt nach ihr!«

»Das ist das Einzige, was zählt …«

»… sagt unsere lebenserfahrene Jana.«

»Ja, sagt unsere lebenserfahrene Jana … Sie hat schon einiges hinter sich … Zwei Ehen und einen Zuhälter! In der Liebe ist es immer am besten, wenn einer der beiden verrückt auf den anderen ist.«

»Und wenn beide …?«

»Das geht schief!«

»Und wer ist der Vater der Kinder? Oder waren's Väter?«

»Nein, ein freundlicher Mann … Leider nicht meiner. Und auch nicht meine Kinder … Sie sind nur ausgeliehen, von meiner Schwester; ich bin die Tante.«

»Jana, du verstehst es zu überraschen.«

Ich brauche keine Zettel
oder ein Notizbuch, Ideen
sind etwas sehr Seltenes.

Albert Einstein

Tote

1.

Teahupoo, Tahiti, 7. August

Eine riesige Welle kracht auf den dunklen Kies des Strandes. Deswegen sind alle hier. Es ist ein heißer Tag, mindestens 30 Grad Celsius; die Wassertemperatur liegt entsprechend bei 28 Grad. Derzeit seien die angenehmsten Monate des Jahres. Der Taxifahrer teilt Charnick das unaufgefordert mit, auch dass man in den nächsten Wochen nicht mit Regen zu rechnen habe. Er weiß, dass jeder, der um diese Zeit nach Teahupoo will, irgendetwas mit Surfen zu tun hat und entsprechend an solchen Informationen interessiert ist. Der Ort liegt am südlichen Ende Tahitis und am Fuß des Vulkans Tahiti Iti, ein Dörfchen. Es besteht im Grunde nur aus einigen Buden und einigen Resorts im Regenwald. Wegen der riesigen Wellen vor der Küste ist Teahupoo allerdings ein Traum für jeden Surfer und gleichzeitig die denkbar größte Herausforderung.

Als Charnick, nach Einchecken und Umziehen, an den Strand kommt, sieht er die Monsterwellen, die sich an den Korallenbänken brechen.

»Beängstigend, nicht wahr?«

Shaun Tomson steht neben ihm und grinst ihn spitzbübisch an. Er ist braun gebrannt und beeindruckt mit seinem muskulösen Oberkörper. Offenbar hat er seinen Unfall blendend überstanden.

»Hier entscheidet es sich: Wer diese Welle reitet, wird zum Star.«

»Sarah hat es mir gesagt, deshalb bin ich gekommen. Sie will ihre Karriere von ihrem Abschneiden abhängig machen. Aber diese Wellen – das hatte ich nicht erwartet.«

»Sarah ist bei dieser Tour sensationell gut. Sie hat reelle Chancen, den *XXL Big Wave Award* zu gewinnen. Das wäre das große Ding: Geld, Anerkennung, Werbeverträge und noch mehr Geld …«

Charnick erkennt, was er ihm wirklich mitteilen will: Das erreicht man nicht ohne Risiken. Die Herausforderungen, denen sie sich beim Training und erst recht beim Wettkampf stellen muss, werden immer größer. Versuch nicht, sie davon abzuhalten! Er nickt, deutet an: Kapiert!

»Und wo ist Sarah?«

»Draußen!«

Charnick entdeckt sie kurz darauf. Ihm stockt der Atem, als er sieht, wie sie auf einer riesigen Welle reitet. Sie ist obenauf; im nächsten Moment scheint sie abwärts zu rasen, kommt dann wieder hoch und alles mit unbegreiflicher Leichtigkeit. Sie ist mit einem glitzernden, pinkfarbenen Surfbrett unterwegs. An und für sich muss ihr Brett immer grasgrün sein; andere Farben bringen ihr erwiesenermaßen Unglück. Doch heute passt alles hundertprozentig zueinander, das Brett, ihre Haltung, die Welle. Zum Abschluss dieser Trainingseinheit schießt sie durch einen Wellentunnel und kommt elegant wieder daraus hervor.

Als sie ihren Mann bemerkt, winkt sie ihm glücklich zu. Charnick fühlt nichts als Stolz – diese Göttin gehört ihm.

Er achtet nicht auf den Mann mit dem kantigen Gesicht, der in seiner Nähe am Strand steht, in schreiend bunter Kleidung und mit gewaltiger Sonnenbrille, durchtrainiert. Wahrscheinlich hätte Charnick auch nur angenommen, dass er einer der vielen Helfer respektive Offiziellen ist, die stets am Rande eines solchen Großereignisses zu finden sind. Und natürlich gänzlich unsichtbar für den CEO des CAINE Instituts bleibt der tätowierte Mann in einer Baumhütte eines Resorts mit Blick über Palmen und der Möglichkeit, fast den gesamten Strand von Teahupoo im Auge zu behalten. Er sitzt dort an seinen Geräten und versucht, das Rauschen des Meeres aus den Stimmen herauszufiltern.

2.

Berlin, 9. August

In der Technischen Universität herrscht Wochenendfrieden. Leere, stille Gänge. Einige Studenten schlurfen die Treppen hinauf, irgendjemand spielt selbstvergessen mit einer leeren Coladose Fußball. Rose vermutet, er gehört zu ihrer so überaus diskreten Wachmannschaft. Sie hat den jungen Mann noch nie gesehen. Aber das sagt nichts. Nach dem Überfall auf sie und ihrem Erwachen in einem Krankenwagen wird sie gehütet wie ein Kronschatz.

Sie geht an ihrem Fach vorbei, sieht, dass dort eine Handvoll Post deponiert worden ist, außerdem Reklame und verschiedene Handzettel, die für Benefizveranstaltungen werben. Sie fischt alles heraus, was im Fach steckt, und sortiert im Weitergehen einiges aus, das für sie uninteressant ist. Als sie in ihrem Büro ist, hat sie bereits die Schafe von den Böcken getrennt, viele Schafe, wenige Böcke. Das Unbrauchbare wirft sie sofort in den Papierkorb, liest dann die Briefpost. Sie wird gleich zu zwei Veranstaltungen eingeladen: einmal zu einem Kongress in Finnland, dann zu einem Vortrag in kleinerem Kreis in Triest. Die letztere Einladung kann man als Auszeichnung verstehen. Überraschend nur, dass die Termine so eng sind und dass man ihr diese Einladung nicht angekündigt hat.

Schließlich liegt nur noch der B5-Umschlag vor ihr, der ihr als Erstes aufgefallen war. Sie hat ihm aber mit Bedacht keine besondere Aufmerksamkeit geschenkt. Für den Fall, dass sie beobachtet wird, wollte sie auf Nummer sicher gehen. Sie dreht die Jalousien am Fenster zu; von draußen kann nun niemand ins Zimmer sehen. Der Umschlag besteht aus dünnem, braunem Papier und hat weder auf der Vorderseite eine Anschrift noch auf der Rückseite einen Absender. Er ist nicht verschlossen. Sie schüttelt ihn etwas, dreht ihn dann so, dass sein Inhalt herausrutscht. Zwei Fotokopien, Vorder- und Rückseite eines handgeschriebenen Textes mit Berechnungen. Eine exakte, altmodische Schrift. Der Schreiber hat sich erkennbar Mühe gegeben, jeden Buchstaben möglichst gleich auszuführen. Und der Text selbst besteht aus antiquierten Formulierungen. Sie vergewissert sich: Es existiert kein Anschreiben, keine Erklärung, keine Grüße. Man hat ihr nur diesen Text zukommen lassen.

Rose braucht nur einige Minuten, bis sie etliches erkennt: die Einstein-Konstante und den Energie-Impuls-Tensor. Sie wendet die Kopie mehrfach, als erwarte sie, eine verschlüsselte Botschaft vor sich zu haben. Aber Physik bleibt Physik und höhere Mathematik bleibt auch bei eifrigstem Betrachten, was sie ist. Hier wird kein Anschlag angekündigt und keine Fatwa ausgesprochen. ›*Energie-Impuls-Tensor.*‹ Zum Text passend, formuliert sie den Gedanken halblaut um: »Hat sich einer extrem kleinen Schrift befleißigt …«

Vorsichtshalber vervielfältigt sie die Kopie, versteckt diese Kopien zwischen anderen Papieren, faltet das Original und steckt es in ihre Handtasche.

»Und euretwegen sind bereits Menschen gestorben …«

3.

Berlin, 10. August

An diesem Sonntagmorgen rutscht Wendtland vorsichtig aus dem Bett, will seine Frau nicht stören.

»Wo willst du denn hin? Willst du etwa weg?«, fragt Irene irritiert, sogar mit einem Anflug von Verbitterung in der Stimme, als sie sieht, dass ihr Gatte sich jetzt, an einem Sonntag, kurz nach sieben anzieht. »Du willst doch nicht etwa heute spielen?«

»Doch, habe ich vor … Geht nicht anders. Dienstag klappt's bei Werner nicht.«

»Du weißt, wir sind nachher … Um zwölf Uhr geben die ihren Empfang!«

»Ja, ist notiert. Bis dahin bin ich zurück.«

Er tritt an ihr Bett und drückt ihr einen Kuss auf die Stirn, was sie hasst. Sie ist nicht seine Mutter. Wenn er sie nicht anfassen will, soll er es lassen! Aber nicht diese albernen Gesten.

Das Klubhaus und die Plätze des Tennisklubs LTC Rot-Weiß-Berlin e. V. sind keine fünf Minuten von Wendtlands Haus entfernt. ›Rot-Weiß‹ ist einer der ältesten deutschen Tennisklubs; schon 1897 gegründet. Er liegt im schönen Grünewald, am Gottfried-von-Cramm-Weg, dem Tennisbaron der dreißiger Jahre und noch immer das Aushängeschild von ›Rot-Weiß‹. Auch andere Tennisgrößen wie Steffi Graf, Boris Becker oder Hans Jürgen Pohlmann spielten im Verein. Die schöne Anlage liegt direkt an der Hundekehle, einem See, in dem man früher in heißen Sommern nach dem Tennis baden konnte. Fünf Minuten sind auch nicht weit für Wendtland. Doch Wendtland käme es nie in den Sinn, die Strecke zu laufen. Er fährt also die wenigen Meter, deponiert seine Sachen in der Umkleidekabine im Souterrain, schließt einige Gegenstände in seinem Spind ein, schnappt sich ein Handtuch, nimmt seinen Schläger und geht raus auf den Platz.

Werner Niebuhr macht sich dort bereits warm. Die Männer begrüßen sich, wechseln einige Standardsätze und schon geht's los.

Nach ungefähr einer halben Stunde entschuldigt sich Wendtland, trocknet sich etwas ab, geht ins Klubhaus und fährt dort mit dem Aufzug in den zweiten Stock hinauf. Hier befinden sich die Büros der Verwaltung und einige kleinere Klubräume. Jetzt sind sie verlassen; auch auf den Courts spielen um diese Uhrzeit nur wenige. Einige Jugendliche der Abteilung U 14 – begehrter Nachwuchs selbstverständlich, der Klub ist für seine Nachwuchsarbeit bekannt – machen etwas Lärm auf den Hauptplätzen, die sie zu dieser Zeit benutzen dürfen, ansonsten Stille.

Wendtland öffnet die Tür zur Bibliothek. Hier sitzt Bernard Einstein in einem der Ledersessel und liest in einer älteren Klubzeitschrift. Er ist ebenfalls in Sportkleidung und trägt ein Schild ›Gast‹ an einem langen Band um den Hals.

»Ich hoffe, ich habe Sie nicht zu lange warten lassen.«

»Hier ist es sehr angenehm … Ich konnte über einiges nachdenken«, erwidert Bernard freundlich.

»Schön, dass Sie es so betrachten … Ich kam zuhause nicht früher weg. Ich glaube, meine Frau würde es leichter nehmen, wenn ich zu einer Geliebten ginge als hierher!«

»Probieren Sie es aus!«, empfiehlt Bernard ungerührt.

»Wie geht's Jana?«, fragt Wendtland darauf sehr direkt.

»Als ich sie zuletzt sah, schien sie sich rundherum wohlzufühlen … Und nochmals herzlichen Dank, dass Sie mir in dieser Weise geholfen haben. Wir sind nicht ein einziges Mal irgendwo angehalten worden …«

»So war's gedacht. Wer denkt sich schon was Böses dabei, wenn er ein glückliches Paar sieht?«

»Eine Familie mit zwei Kindern …«, korrigiert Bernard.

»Richtig«, bemerkt Wendtland dazu. »Eine Improvisation von Jana. Wo kamen die Kinder her?«

»Von Janas Schwester ausgeliehen …«

»Jana hat keine Schwester!«

Nun ist es an Bernard, sich zu wundern. »Dann habe ich etwas missverstanden … «, erklärt er lahm. »Aber jedenfalls sehr nette Kinder!«

»Famos! Und was bringen Sie mir mit?«

»Wie angedeutet: Originaltexte von Einstein.«

Bernard öffnet seine große Umhängetasche und entnimmt ihr als Erstes Briefe, die zwischen Besso und Albert Einstein im Laufe der Jahre gewechselt wurden und die er aus der Villa Besso gerettet hat. Er schildert Wendtland die Vorgänge in wenigen knappen Sätzen und überlässt ihm dann die Briefe. Als Nächstes zieht er den von Albert Einstein eigenhändig abgeschriebenen Artikel *Zur Elektrodynamik bewegter Körper* heraus.

»Damit hat mich Albert der Große sehr verwirrt«, erklärt er dazu. »Es hat eine Weile gedauert, bis ich begriffen habe, ich habe nur eine Abschrift in der Hand, keine unbekannte Arbeit, nicht mal ein Originalmanuskript.«

»Es ist …?«, will Wendtland erfahren.

»Es ist der in Band 17 der Annalen der Physik 1905 zum ersten Mal gedruckte Aufsatz, allgemein bekannt als Einsteins Spezielle Relativitätstheorie, die Arbeit, die alle Vorstellungen über Raum und Zeit umgestoßen hat. Aber ganz offenbar nur eine Abschrift, allerdings von Albert Einstein selbst angefertigt.«

«Er hat seine Arbeit noch mal abgeschrieben«, staunt Wendtland.

»Was meinen Sie mit: noch mal?«, fragt Bernard.

»Na ja … Es ist eine bekannte Tatsache, dass die Originalhandschrift der Arbeit von 1905 nach der Veröffentlichung vernichtet wurde. Deswegen schrieb Einstein sie 1943 nochmals von Hand ab, und zwar als seinen Beitrag zur amerikanischen Kriegsanleihe. Das Manuskript wurde 1944 in Kansas City für sechs Millionen Dollar versteigert – und damals waren sechs Millionen noch Geld …«

»Das kann man sagen. Sechs Millionen, das wäre heute …?«

»Keine Ahnung. Mehr. Viel mehr!«

»Ich bin immer noch verblüfft, dass Sie von einer zweiten Abschrift wissen …«

»Es ist kein großes Geheimnis. Die Handschrift Ihres Großvaters von 1943 wird in der Library of Congress in Washington in Ehren gehalten.«

»Wieder was gelernt, danke ... Dies hier ist jedenfalls ein handschriftlicher Text von Albert Einstein. Dass es ihn gibt, beweist meiner Meinung nach vor allem eins: Es war ihm wichtig, dass seine unbekannte, extraordinäre Theorie von 1932, 1933 oder 1934, genauer kann ich's nicht eingrenzen, aufbewahrt wird und dass sie gleichzeitig der Menschheit vorenthalten wird.«

Er übergibt Wendtland die Abschrift der Speziellen Relativitätstheorie und der nimmt sie mit einer gewissen Ehrfurcht an sich.

»Gut, wir müssen über alles gründlich reden ... Aber erst mal sollten wir hierüber ein paar Worte verlieren. Es kommt ja nicht jeden Tag vor, dass man als braver Banker die größte Leistung menschlichen Denkens über die Natur, wie es Max Born formuliert hat, in der Hand halten darf. Und er war immerhin der Mann, der für seine grundlegenden Beiträge zur Quantenmechanik mit dem Nobelpreis für Physik geehrt wurde ... Wenn Max Born derart ins Schwärmen gerät, was soll ich da sagen?«

»Max Born geriet ins Schwärmen? Das war ja eigentlich nicht seine Natur ...«

»Passierte in Bern, 1955. Alles, was in der Physik Rang und Namen hatte, hatte sich zu einem Kongress versammelt – Thema *Fünfzig Jahre Relativitätstheorie*. Ihr Großvater war da gerade zwei oder drei Monate zuvor gestorben, glaube ich, und Max Born war in letzter Minute für Niels Bohr eingesprungen, den Festvortrag zu halten. Eine Passage darin hat mich immer besonders beeindruckt; ich habe ja gerade daraus zitiert ... Warten Sie.« Wendtland geht zu den Regalen, zieht zielstrebig einen dicken Band heraus. »Sie wundern sich vielleicht über die Bibliothek in einem Sportklub. Das hab ich initiiert, deshalb stehen hier auch so viele

Bücher über Physik. Also, im Ganzen sagt er da: ›Seine Relativitätstheorie erschien mir damals und erscheint mir auch heute noch als die größte Leistung menschlichen Denkens über die Natur, die erstaunlichste Vereinigung von philosophischer Tiefe, physikalischer Intuition und mathematischer Kunst. Aber sie hatte damals wenig Zusammenhang mit empirischen Tatsachen. Sie zog mich an wie ein Kunstwerk, an dem man sich ergötzt und das man bewundert – aus gehöriger Entfernung.‹ Nun gut, in den seit 1905 verflossenen fünfzig Jahren hatten alle begriffen, dass Ihr Großvater kein Kabinettstückchen geliefert hatte. Den versammelten Geistesgrößen war bewusst, Einstein hatte ihnen ein neues Fundament für ihre Wissenschaft geliefert und in den dann folgenden Jahrzehnten, bis heute eben, hat es jeder Student gelernt … Wie ist das, wenn man ein Teil von diesem Genie ist? Wenn man Blut von seinem Blut in den Adern hat?«

»Man merkt es nicht, ehrlich gesagt …«, behauptet Bernard. Für ihn gibt es keinen Zweifel mehr: Dr. Wendtland hat mehr als die gehörige Hochachtung für die Physik und die Physiker. Womöglich glüht in ihm wirklich die Leidenschaft, die er behauptet. Ohne weitere Feierlichkeit überreicht ihm Bernard danach die geheimnisvolle Seite, die Einstein in seiner Abschrift versteckt hatte.

»Vielleicht lösen Sie das Rätsel … Ich habe es nicht geschafft.«

»Immerhin haben Sie sich Ihres Großvaters würdig erwiesen. Sie haben gezeigt, dass es ein Rätsel gibt, wo keiner eines vermutet hatte …«

»Ich glaube nicht, dass ich dafür einen Orden erhalte!«, erwidert Bernard lächelnd.

»Ich zahle Ihnen wenigstens ein anständiges Honorar …«

»Ein sehr anständiges! Darüber kann ich mich weiß Gott nicht beschweren.«

Eine kleine Pause entsteht. Dr. Wendtland bringt das Gespräch dann wieder in Bewegung. Er gesteht, er hatte die

Hoffnung, Bernard werde ihm eine Weltsensation bringen. Nun stellt sich heraus, es ist eine halbe Sensation – das ist auch nicht wenig. Nur eine Handvoll Menschen bringt so etwas fertig.

»Ich glaube, dass ich noch lebe, ist die eigentliche Leistung … Ich weiß nicht, wie viele Menschen bereits wegen dieser Papiere gestorben sind, jedenfalls zu viele, und ich bin nur mit viel Glück davongekommen! Ohne Ihre Hilfe wäre es nicht gelungen. Und da rede ich nicht nur von Ihrer Warnung, mich möglichst schnell von der *St. Peter* zu verflüchtigen.«

Wendtland winkt ab; unwichtig, deutet seine Handbewegung an und lobt im Gegenteil Bernard ein weiteres Mal für seinen Einsatz. Nebenbei erwähnt er, dass in Kürze eine weitere ansehnliche Summe auf dessen Konto eingehen wird, wieder auf das bewusste Konto auf einer der Cayman-Inseln. Er wird sehr direkt: »Ich betrachte diese Rate nicht als Schlussrate, sondern als Ansporn für weitere Zusammenarbeit!«

»Wenn es möglich ist …«, bleibt Bernard vage.

»Was werden Sie in Zukunft unternehmen?«

»Mich eine lange Weile sehr, sehr ruhig verhalten, und zwar so lange, bis ich den palästinischen Terroristen gleichgültig geworden bin und verschiedenen Geheimdiensten ebenfalls!«

»Ihre Arbeit ist nicht zu Ende«, wendet Wendtland ein. »Das wissen Sie genau so gut wie ich … Sie sagen selbst, Einstein hat auf die Archive der Nazis verwiesen. Wollen Sie tatsächlich so kurz vor dem Ziel aufgeben?«

»Ja, will ich! Was jetzt ansteht, ist reine Fleißarbeit. Möglicherweise eine sehr langwierige Fleißarbeit, zugegeben. Aber jeder Student mit drei Semestern Physikstudium und einigen historischen Grundkenntnissen kann in Nazi-Archiven suchen und fündig werden. Dafür will ich nicht erschossen werden!«

Man verabschiedet sich; Dr. Wendtland betrachtet und behandelt Bernard dabei wie einen Lieblingsneffen, der womöglich als Erbe des Familienvermögens in Betracht kommt.

Kurz bevor Bernard die Bibliothek verlässt, sagt er: »Vergessen Sie nicht, Ihre Besucherkarte abzugeben … Das passiert gern.«

4.

Teahupoo, Tahiti, 10. August

»Setz dich nicht unter Druck! Du musst heute überhaupt keine Entscheidung treffen. Selbst, wenn du in der ersten Runde ausscheidest, sagt das überhaupt nichts, außer dass du heute nicht gut drauf bist … Aber du packst es! Ich spüre es! Du wirst gewinnen!«

Sarah lächelt, aber Charnick merkt, dass ihre Unbekümmertheit fehlt. Sie glaubt ihm nicht, erkennt aber seinen guten Willen an.

»Die Wellen am Riff sind heute unglaublich! Zum Teil sechs Meter hohe Wasserwände; Wellen, die sich perfekt abrollen! Fürs Surfen auf höchstem Niveau gibt es keine besseren Voraussetzungen. «

»Dann viel Erfolg! Zeig's Ihnen, Sarah!«

John Charnick sitzt an diesem Tag über Stunden in der obersten Reihe einer improvisierten Tribüne. Man hat am Strand mehrere Trucks nebeneinander aufgefahren und auf die Ladeflächen eine atemberaubende Konstruktion aus Stahlrohren und Brettern montiert. Die Fans schätzen dieses Gestänge; John vermisst den Schatten, er ist völlig verschwitzt. Ab und zu wird mal ein Platz frei, sofort belegt ihn der nächste Zuschauer. Unter ihm und rund um ihn schlucken die Zuschauer Bier aus Kühlboxen, knabbern Erdnüsse, und das Ganze wird vom süßlich-herben Duft von Marihuana umnebelt. Sarah behauptet, wahrscheinlich hätten alle irgendwo Drogen deponiert, und Charnick glaubt ihr.

»Aber du bist die Ausnahme?«, hat er sie auf Herz und Nieren befragt.

Sie hat ihm versichert: »Die ganz große Ausnahme!«

Mit einem Fernglas beobachtet er, wie einer der Heroen auf dem Kamm einer Monsterwelle auftaucht und auf ihr reitet, als seien Menschen dafür geschaffen, auf Naturgewalten herumzutanzen. Alles, was sie tun, sieht leicht und selbstverständlich aus; es ist unfassbar. Am Ende gleiten die Besten der Besten elegant an Land, werden heftig beklatscht und bejubelt und anschließend ist Pause bis zum nächsten Auftritt.

Jeder der Teilnehmer wartet genau auf die Welle, die ihm zusagt; das kostet Zeit, viel Zeit. Charnick hat gelernt, je nach Wetterlage dauert ein Duell zwanzig, dreißig Minuten, manchmal länger. Die meiste Zeit lauern Sarah & Co. nur im Wasser, um das Meer zu lesen, wie sie das nennen. Keiner kann genau erklären, warum er diese Welle auslässt, die nächste auch, aber sich auf die dann kommende stürzt. Am Strand von Teahupoo gibt es keine der Riesenbildschirme, wie sie anderswo und bei anderen Sportarten selbstverständlich sind – Bildschirme, auf denen die entscheidenden Augenblicke wieder und wieder in Großaufnahme gezeigt werden. Hier gibt es nur den einen Moment. Verpasst man ihn, ist er verloren.

Ein Ansager erklärt sehr laut und sehr aufgeregt, was sich gerade tut; außerdem wer zugesagt und wer abgesagt hat und wer demnächst wo auftreten wird. Er sieht selbst, was sich abspielt. Sarah liegt sehr gut im Rennen; nach mehreren Durchgängen ist ihre Chance, den Wettbewerb zu gewinnen, mit Händen zu greifen. Im Grunde hat sie nur noch eine ernsthafte Gegnerin und das ist Kelly Preston, die Frau, die jetzt an der Reihe ist. Sarah und Kelly mögen sich. Sicher, sie sind Konkurrentinnen, aber auch Freundinnen. Kelly ist eine eigenwillige Person, süchtig nach Erlebnissen. Sarah nennt sie »meine Immer-weiter-Freundin«. Das trifft Kellys Charakter ganz gut. Er, Charnick, hat stets den Eindruck, Kelly sei nur auf einen Sprung in ihrem eigenen Leben, heute hier, morgen da, heute dies, morgen das. Selbstsicherheit und Selbstgewissheit sehen anders aus. Er wundert sich, dass sich Sarah ausgerechnet mit ihr so gut versteht.

»John, sie will nichts beweisen, niemandem. Für sie ist Surfen wie Atmen oder Autofahren; sie genießt es, aber sie kann es auch lassen«, hat Sarah versucht, es ihm zu erklären.

»So, kann sie? Das Atmen ist jedenfalls nicht so ohne Weiteres einzustellen«, hat er darauf erwidert.

Diese harmlose Bemerkung hat einen heftigen Streit zwischen ihnen ausgelöst. Bei solchen Gelegenheiten wird ihm klar, wie viel jünger sie ist als er. Bislang spielt der Altersunterschied aber noch nicht wirklich eine Rolle. Kommt mit Sicherheit, prophezeien ihm seine wohlmeinenden Freunde gern.

Sarah taucht wie aus dem Nichts auf, hält sich auf einer der Superwellen, reitet auf ihr. Dabei wirkt sie aber merkwürdig unsicher. Charnick sieht zu ihrem Trainer. Mit einem Blick erkennt er, Shaun leidet. Irgendetwas scheint mit Sarahs Auftritt nicht in Ordnung zu sein. Genau in diesem Augenblick klingelt Charnicks Handy; er lässt es klingeln und verfolgt weiter voller Bangen, was sich auf dem Wasser tut. Plötzlich sieht es aus, als würde eine unsichtbare Macht Sarah vom Surfbrett reißen, den Bruchteil eines Moments scheint sie zu taumeln. Dann ist sie verschwunden. Am Strand und auf der Tribüne Entsetzen, Rufe und Schreie. Leute laufen ins Wasser; stürzen sich ins Wasser, Surfer, Helfer, selbst Fotografen. Sie schwimmen und paddeln nach draußen, wollen Sarah irgendwie helfen. Allen ist klar, es geht um jede Sekunde. Charnick klettert die Tribüne hinunter, drängt andere rücksichtslos zur Seite und rennt Richtung Strand. Ein Security-Mensch, ein Bodybuilder vom Stamm der Maori, von Kopf bis Fuß tätowiert, will ihn aufhalten.

»Sie ist meine Frau!«, schreit Charnick.

Der Maori geht zur Seite, ruft ihm nach: »Viel Glück!« Merkwürdigerweise hört Charnick genau diesen Ruf und er verstärkt seine Angst.

5.

Langley, Virginia, 10. August

Maggie Parker sitzt an ihrem Schreibtisch im CIA-Hauptquartier in Langley und versucht ihren Ex-Mann zu erreichen. Er meldet sich nicht.

›Nun, er wird schon zurückrufen, wenn er bei passender Gelegenheit seine Anrufliste kontrolliert.‹

Maggie hat Papiere vor sich, kurz gefasste Übersichten; dennoch Papiere. Sie liebt Thriller, verschlingt sie in ein paar Stunden. Aber kein Mensch, der je einen Thriller verfasst hat, scheint zu ahnen, wie viel Papier selbst im Spionagegeschäft im Spiel ist.

Ein Bericht ist vor einer Stunde aus Berlin reingekommen; wegen dieser Entwicklung muss sie unbedingt mit John sprechen. In Berlin hat ein CIA-Agent, angesetzt auf einen Dr. Wendtland, Chef der ALPHA-Privatbank in Berlin, ein Foto geschossen. Es zeigt Bernard Einstein. Als er die Aufnahme machte, war dem Agenten nicht bewusst, dass es sich bei Einstein um eine Person handelt, für die sich die Agency brennend interessiert. In den Informationen zu dem Foto ist festgehalten, dass Bernard und Wendtland heute, Sonntag, 10. August, in der Zeit zwischen 8 Uhr 45 und 9 Uhr 30 Ortszeit eine fast einstündige Unterredung in einem Berliner Tennisklub geführt haben.

Da dem Agenten nicht bewusst war, wie wichtig der Agency die zweite Person, eben der Gesprächspartner des observierten Wendtland, ist, hat er ihn weder verfolgt noch versucht, ihn zu verwanzen. Er hat sich vielmehr darauf konzentriert zu verfolgen, was zwischen Wendtland und dessen Tennispartner Werner Niebuhr, Chef der Security-Agentur Niebuhr & Partner, gesprochen wurde. Diese Überwachung brachte keine neuen Erkenntnisse.

Maggie nimmt die Akte und wirft sie voller Wut gegen die Wand.

»Hab ich es nur mit Idioten zu tun? Ist das mein Schicksal? Allzeit von Kretins umgeben zu sein?«

6.

Genf, 16. August

Der dunkelblaue 3er-BMW strahlt Seriosität aus, er ist erst 1500 km gelaufen, riecht nach neuem Leder und ist makellos. Schon deshalb hält Bernard sich beim Fahren an jedes Ge- und Verbot. Er weiß zudem, dass die Schweizer Verkehrspolizei unnachgiebig jeden Verstoß ahndet.

Kurz hinter Murten will ein Ferrarifahrer direkt vor einer Baustelle unbedingt zwei ausscherende Lastwagen überholen, riskiert alles. Den hinteren der Laster schafft er, beim zweiten gerät er ins Schleudern. Sein Fahrzeug rutscht wie betrunken hin und her. Plötzlich dreht es sich auf der Bahn wie ein Kreisel und erwischt Bernard. Und dies, obwohl Bernard so stark abgebremst hat, dass er in diesem Moment fast steht. Ändert nichts. Der Ferrari dreht sich weiter um die eigene Achse, bis er an einer Baumaschine zu Schrott wird.

Bernards Auto wird gegen die Absperrung der Baustelle gedrückt. Sein Hintermann fährt auf; der Airbag fängt Bernard auf. Er fühlt einen stechenden Schmerz in Nacken und Rücken.

Die Aufnahme des Schadens dauert Stunden. Sie findet in einem kleineren, zum Glück klimatisierten Bus statt, mit schönem Blick auf den Neuchâteler See. Bernard wird von Kantonspolizisten unter die Lupe genommen. Entweder hat deren Anführer ein besonders misstrauisches Gemüt oder irgendetwas stört ihn an Bernards Aussehen oder an seinen Papieren.

»Sie sind Journalist, Herr William Liggett, aus Kanada?«, fragt der Polizist.

»Vancouver Sun, ja«, antwortet Bernard. »Ich komme von meinem Europa-Büro in Berlin. Den Wagen habe ich am Züricher Flughafen geliehen.«

Der Verkehrspolizist akzeptiert die Aussage: »Ja, geht aus den Papieren hervor. Was genau machen Sie in der Schweiz?«

Bernard erklärt ihm, er müsse für seine Zeitung beziehungsweise seine Zeitungsgruppe, die Pacific Newspaper Group, über das Genfer Kernforschungszentrums CERN berichten. Dort werde gerade die »Weltmaschine« auf Vordermann gebracht und solches interessiere seine auf Wissenschaftsberichte fixierten Leser.

Der Polizist will einen Presseausweis sehen. Auch den kann Bernard vorlegen, und auch die Einladung von CERN. Bernard ist erstaunt darüber, dass man mehr über seine Arbeit und seine Person wissen will als über seinen Anteil an dem Autounfall. Er tut jedoch so, als sei dies so üblich, lässt sich jedenfalls durch keine Frage aus der Ruhe bringen.

Endlich kann er weiterfahren. Der BMW hat zum Glück nur Blechschäden davongetragen.

Es sieht aus wie ein beliebiger Industriekomplex mit schmucklosen, zumeist mehrgeschossigen Gebäuden, Zweckbauten, Büros: das CERN-Gelände, das sich wenige Kilometer von Genf entfernt befindet, unmittelbar an der französischen Grenze. Als sich Bernard an einer stark gesicherten Pforte ausweisen muss, denkt er an die Warnungen, dass in einer Art Kettenreaktion bestimmte aktuelle Experimente zur Vernichtung der Erde führen könnten; könnten womöglich gar das Raum-Zeit-Gefüge zerreißen! Er versucht es sich vorzustellen: ›Wird vielleicht ausgerechnet hier ein schwarzes Loch geschaffen, das die Erde, das Sonnensystem oder gar das ganze Universum verschlingt?‹ Angesichts der unscheinbaren Normalität des Ortes kann er es nicht glauben.

Im Inneren des Blocks 7 in der Niels-Bohr-Straße (alle Straßen auf dem Gelände sind nach bedeutenden Physikern benannt) kommt er sich vor wie in einer Schule während der großen Ferien: lange Gänge, viele Türen, aber vollkommene Stille. Er sieht weder Lehrer noch Schüler, weder Professoren noch Assistenten. Mit einer gewissen Beklemmung geht Bernard einen der langen Gänge entlang, nimmt dann, wie man es ihm angeraten hat, einen Aufzug, der sich bei der Fahrt bedenklich schüttelt. So gelangt er zwei Etagen nach unten, geht auf das ihm genannte Büro zu, dass sich als fensterloser Raum erweist. „Perec“ steht auf dem Türschild.

»Hier habe ich angefangen ... Das war mein erstes Büro, 1957«, erklärt Perec seinem Besucher, nachdem sie sich begrüßt haben. »Ich werde sentimental, wenn ich daran denke. Mein Gott, welch große Pläne hatten wir!«

»Sie haben sich erfüllt«, bemerkt Bernard leichthin. »Etwas Gewaltigeres als das hier, als den LFC, Ihren Large Hadron Collider, hat es noch nie gegeben ... Und jetzt wird er auch noch aufgerüstet! Was sind dagegen die Pyramiden!«

»Wenn Sie es so sehen wollen, bitte. Ich sehe es anders ... Wir dachten, wir würden alle Welträtsel in höchstens zwanzig Jahren gelöst haben. Und? Sie sind noch da ...« Er wechselt den Ton, klingt jetzt optimistischer: »Wir wollen nicht undankbar sein. Wenn alles so klappt, wie wir es uns vorstellen, werden wir in einem Jahr womöglich Dunkle Materie produzieren können – vorausgesetzt, es gibt so etwas überhaupt. Wir haben ja schon einmal darüber gesprochen.

Meiner Meinung nach ist die Dunkle Materie nur eine wissenschaftliche Krücke für Phänomene, die keiner erklären kann.« Er kommt dann aber ins Schwärmen: »Die Anlage hier hat etwas Göttliches. Man muss sich das vorstellen: Wir bringen Protonen in Fahrt und zwingen sie bei einer Geschwindigkeit von fast 300 000 Kilometern pro Sekunde – das entspricht 99,999 999 1 Prozent der Lichtgeschwindigkeit – auf einen Kollisionskurs! Finden wir nach dem großen Knall dann unter den in alle Richtungen schießenden Funken Teilchen, die zu Dunkler Materie oder etwas dieser Art passen könnten, stehen wir im Geschichtsbuch.«

»Wann ist der große Tag?«

»Es dauert noch … Drücken Sie den Daumen, dass unser Baby tatsächlich so funktioniert, wie gewünscht und wir nicht die Welt auslöschen. Aber deswegen wollten Sie mich nicht sprechen …«

»Professor, wie schon gesagt, ich bin Ihnen dankbar, dass Sie mit mir reden.«

»Sollten Sie auch sein … Sie scheinen ja lebensgefährlich zu sein! Ich habe in der Zeitung gelesen, was mit Roberto Besso geschah. Ich hoffe nicht, dass Sie …«

»Ich wahrhaftig nicht! … Ausgerechnet Roberto Besso musste es erwischen! Sie kennen das Gefühl, wenn man jemanden trifft, bei dem man spürt: Er denkt wie ich! Er ist wie ich und dann geschieht so etwas … Besso wollte mir Papiere meines und seines Großvaters anvertrauen und plötzlich fing diese Schießerei an … Seitdem lebe ich mit falschem Namen und falschen Papieren. Um dieses Blatt Papier ging es!«

Bernard öffnet seine Tasche für alle Lebenslagen und entnimmt ihr eine fotokopierte Seite mit Zahlen, Formeln und für ihn mehr oder minder unverständlichen Bemerkungen auf Vorder- und Rückseite, eben eine Kopie der Seite, die Albert Einstein so geschickt versteckt hatte. Er reicht Perec das Blatt.

»Hört sich ja an wie ein Horrorroman!«, bemerkt er und nimmt das Papier von Bernard entgegen. »Ich kann nur hoffen, dass wenigstens wir beide das Abenteuer überleben … Wobei ich mir mehr Sorgen um mich mache als um Sie!«

»Ich weiß Ihre Ehrlichkeit zu schätzen, Professor.«

»Und was erwarten Sie nun von mir?«

»Ich weiß, dass ich nur ein Fragment in der Hand halte … Aber ehe ich nach dem Rest suche – können Sie erkennen oder prüfen lassen, mit welchem Problem Albert Einstein hier gerungen hat? Soweit ich es sehe, geht es um Antimaterie … Ich verstehe nicht, was er gerechnet hat und wo es hinführen soll. Vor allem weiß ich nicht, was sein Ansatz ist.«

»Womöglich hat Einstein der Sache weniger Gewicht beigemessen, als Sie es tun. Vielleicht ist es eine Überlegung unter vielen anderen. Er war ein fleißiger Mann … Er hat viel von Fleiß gehalten.«

»Das glaube ich nicht … Ich meine, ich glaube nicht, dass es sich um eine gewöhnliche Spekulation handelt, um eine beliebige Überlegung. Wer sich derart viel Mühe macht, eine Sache zu verschleiern, für den ist sie wichtig.«

Perec blickt auf das Stück Rätsel und will wissen: »Wie viel Zeit habe ich dafür?«

»So viel Sie brauchen.«

»Und Sie erwarten, dass ich die Möglichkeiten hier nutze? Deswegen machen Sie mir die Nase lang?«

»Professor, ich kann überhaupt nichts erwarten. Ich kann nur bitten und an Ihren Sportsgeist appellieren! Sie haben einen ungeheuer großen Apparat zur Verfügung … Abertausend hungrige junge Wissenschaftler, alle gierig auf den Nobelpreis …«

»Sie arbeiten nicht für mich!«

»Nicht direkt, ich weiß. Aber wenn ich mir vorstelle, Sie kämen damit zu mir, machten geheimnisvolle Andeutungen … Ich würde doch Tag und Nacht dran sitzen!«

»Das machen die Armen ja sowieso schon. Es ist unglaublich, welche Opfer die jungen Leute bringen, um hier mitmachen zu dürfen ... Manche verschulden sich für ihr Leben, nur um sagen zu können: ›Ich war zwei Jahre bei CERN.‹ Aber Sie wollen ja nichts über Idealismus hören; Sie wollen ja, dass ich die Möglichkeiten von CERN ausschöpfe. Nicht wahr?«

»Oder vergleichbarer Institute ...«

»Sie haben eine hohe Meinung von mir. Sie scheinen mich für einen Allmächtigen zu halten.«

»Ich halte Sie für einen Menschen, dem alle Welt einen Gefallen schuldet.«

»Und jetzt auch noch einen Gefallen für Sie ... Sie sind wirklich so egozentrisch wie Ihr Großvater.«

»Ich sehe, wir verstehen uns, Professor!«

7.

Berlin, 16. August

Heute, kurz vor dem Ende der Sommerferien, findet ein Klubabend der *Gesellschaft der Freunde* statt. Professor van der Linde hält den obligatorischen Vortrag. Er ist einer der Chefs der weltbekannten Charité, mit Abstand das größte Krankenhaus der Stadt und eines der renommiertesten in Europa. Van der Linde ist einer der Typen, die überall obenauf schwimmen. Er ist schlank, smart, weltgewandt, spricht knapp und verständlich, konzentriert sich aufs Wesentliche. Wenn man ihn sieht und hört, hat man auch sofort eine Vorstellung von seiner nervösen, durchgeistigten Frau und den stets hart geforderten Kindern, ewig auf der Kippe. In seinem Vortrag beschreibt van der Linde, mit welch ungeheurer Schnelligkeit die neurochirurgische Forschung derzeit voranschreite. Was im erkrankten oder gefährdeten Hirn geschehe, könne heute punktgenau simuliert und somit sichtbar gemacht und am Ende entweder operiert oder geheilt werden.

Später, im kleinen Kreis, sitzen sie auf eine Zigarre im ›Tabakskollegium‹ zusammen, bestellen Cognac, Armagnac und sehr teure Zigarren.

»Ernst, schone dein Nervenkostüm … Wir sind unter uns! Es gibt keine Mitwisser.«

»Ich möchte nur sichergehen.« Harnecke nimmt darauf am Kamin Platz, unmittelbar neben Wendtland, richtet sich kerzengerade auf und teilt den Übrigen mit, er war in den letzten Tagen im »Wissenschaftsstädtchen« Akademgorodok bei Novosibirsk. »Dort hatte ich Gelegenheit, das Papier, das ihm Klubfreund Wendtland zur Verfügung gestellt hat, gründlich mit Experten zu diskutieren. Die Physiker dort sind Koryphäen, das war zur Sowjetzeit so, das ist heute noch so, daran gibt es nichts zu deuteln. Ich bin immer wieder beeindruckt von der Brillanz der Kollegen …«

»Und?«, drängt van der Linde.

»Es gibt keinen Zweifel: Das Dokument ist echt und die Berechnungen, die Albert Einstein angestellt hat, sind ohne Zweifel phänomenal, in jedem Fall hochinteressant, aber letzten Endes ist das Papier nur das Teil eines Puzzles. Hat man den Rest nicht, bleibt es wertlos. Jedoch?« Harnecke wird jetzt noch leiser, noch geheimnisvoller: »Die Sache ist bereits weitergegeben worden. General Pugatschew ist informiert; er gratuliert! Ist äußerst interessiert …«

»Und Pugatschew ist wer?«, fragt Landau, der Diplomat im Ruhestand. Alle sehen ihn verständnislos an.

Wendtland erwidert sehr ruhig: »Philipp, er ist der Mann, auf den wir alle Hoffnung setzen.«

Landau tut nun so, als habe er einen kleinen Aussetzer gehabt, sei aber wieder voll im Bild. Dann erschreckt er seine Freunde aufs Neue, als er wissen will, um was es denn genau gehe? Er bedauert; er weiß selbstverständlich, dass der Freundeskreis einen Enkel von Albert Einstein beauftragt hat, eine bedeutende wissenschaftliche Arbeit seines Großvaters ausfindig zu machen … Aber worum es sich dabei letztlich drehe, sei ihm nicht vollkommen deutlich geworden.

Man sieht den Übrigen an, dass sie denken: ›Leidet der Mensch an Alzheimer? Wie oft ist der Punkt denn schon durchgekaut worden?‹ Van der Linde übernimmt. Er erklärt dem Ex-Botschafter und Ex-Staatssekretär, der Auftrag an den Einstein-Enkel hat mit Albert Einsteins letztem Forschungsgebiet zu tun, der Gravitation.

Landau beflissen: »Ja, soweit ist mir alles klar. Aber wonach sucht man?«

»Letztlich nach einer Gebrauchsanweisung, die Gravitation zu beeinflussen«, gibt van der Linde zurück. »Könnte man die Gravitation beeinflussen, hätte das unter anderem sagenhafte Auswirkungen auf die Wirtschaft.«

»Ich ging bislang davon aus, wir interessieren uns für die politische Komponente?«, fragt Landau, erkennbar irritiert.

»Das auch, selbstverständlich! Das vor allem! Aber politisch ist letzten Endes alles! Auch die Frage, ob die Sonne scheint oder nicht.«

Wendtland sagt nüchtern: »Freunde, ich sehe uns eigentlich nicht als einen Klub von Weltverbesserern. Bei aller Euphorie sollten wir unser eigentliches Ziel nicht aus den Augen verlieren! Und ich wage zu behaupten, es ist sehr viel eher zu erreichen als alles andere!« Man stimmt ihm mit Kopfnicken und Klopfen auf die Tischplatte zu. Wendtland zieht daraus den Schluss: »Wir sind uns also einig … Bernard Einstein ist weiterhin von uns beauftragt, die übrigen Teile der so bedeutenden Einstein-Theorie ausfindig zu machen!«

Kein Widerspruch; im Gegenteil Zustimmung: »Unbedingt!«

Zum Abschluss versichert Wendtland den Klubfreunden, ein anderer als Bernard Einstein kommt für die Aufgabe nicht infrage. In mancher Hinsicht sei der junge Mann ebenso brillant wie sein Großvater.

8.

Brandenburg an der Havel, 20. August

Der große Kabinenkreuzer mit blau-weiß-rotem Rumpf ankert abseits der Ausflugsschiffe, am sandigen Ufer der Havel unter Weiden, Linden und Eichen. Es weht nur eine leichte Brise an diesem Sommerabend, vom nahen Kloster Lehnin trägt sie Musikfetzen herüber – ein Jazzkonzert im dortigen massiven Kreuzgang, das Rose mit ihren mitfahrenden Studenten besucht.

Die Nacht ist bereits hereingebrochen, als auf das verlassene, vor sich hin dümpelnde Boot eine dunkel gekleidete Gestalt huscht. Bevor sie an Bord geht, verharrt sie, schaut sich um, läuft dann rasch über die Gangway und schwingt sich unter Deck. Zielgerichtet steuert die Person Roses Kajüte an, öffnet die unverschlossene Tür.

Gelächter und heitere, laute Stimmen kündigen die Rückkehr von Rose und ihrem Tross an. Sie sind zu sechst, die anderen wollen noch an Deck etwas gemeinsam trinken, den Abend ausklingen lassen, aber Rose will zuerst in ihre Kabine. Sie geht die kleine, steile Treppe ins Innere des Bootes hinunter, greift nach dem Türgriff und öffnet ihre in Dunkelheit gehüllte Kajüte.

»Erschrick nicht!«, hört sie eine gepresste Stimme und zuckt zusammen. Augenblicklich schlägt ihr Herz schneller. Dann erkennt sie die Umrisse eines Mannes, der langsam auf sie zukommt und fast ins schwache Licht des kleinen Kabinenganges tritt.

»Bernard.«

Die beiden sehen sich stumm an, dann stürzt sie in seine Arme, sie umarmen sich wie aus Seenot Gerettete, sprechen kein Wort.

»Ich muss wieder hoch«, flüstert schließlich Rose, »wir feiern noch ein bisschen an Deck.«

Nachher schlafen manche der jungen Leute an Deck, manche unter Deck. Rose und ihr Geliebter berühren sich auf ihrer engen Liege, streicheln sich, erkunden sich aufs Neue. Dabei versuchen sie so wenig Geräusche zu machen, wie es nur geht. Dennoch schreit Rose einmal kurz auf.

»Wir dürfen nicht so laut sein«, lächelt Bernard sie an.

»Ich werde sagen, ich hatte Albträume und habe vergangene Nacht von dem Überfall im Negev geträumt«, haucht sie ihm ins Ohr und küsst ihn. Dann wird ihre Stimme ernst: »Ich halte es nicht mehr ohne dich aus. Ich werde verrückt, wenn ich dich nicht sehe und nicht anfassen kann.«

Bernard rückt von ihr ab.

»Was hast du?«, fragt Rose erstaunt.

»Ich … Es tut mir leid – ich weiß nicht, was ich jetzt machen soll. Mit schnellen Liebschaften weiß ich umzugehen, aber mit Liebe … Wie stellst du dir die Zukunft vor?«

»Gibt es eine Zukunft?«, flüstert Rose und sieht, wie er nach einer Antwort sucht.

»Hatte ich nicht von Anfang an gesagt, ich enttäusche die Frauen, die es gut mit mir meinen?«

Sie schluckt. Nach einem Moment fragt sie im sachlichen Ton: »Was sollte das geheimnisvolle Schreiben? Ist das eine Aufzeichnung von Albert Einstein?«

»Ich glaube, ja. Denkbar ist aber auch, dass es sich bei dem Papier um eine Fälschung handelt.«

»Nein, auf keinen Fall!«, wehrt sie erstaunt ab. »Wie kommst du auf diesen Gedanken?«

»Einstein verwendet Begriffe aus der Quantenphysik, die vor Jahrzehnten, als der angebliche Brief an Besso geschrieben wurde, noch nicht in Gebrauch waren, zumindest nicht in dieser Art und Form.«

»Nicht bei Wald- und Wiesen-Physikern«, gibt sie zu. »Für einen Albert Einstein hatten sie da aber vielleicht bereits Bedeutung.«

»Du hast das Papier also untersucht. Ich nehme an, andere auch … Was sagt dein Geheimdienst dazu?«

»Von welchem Geheimdienst redest du?«

»Jemand beschützt dich; das kann eigentlich nur der Mossad sein.«

»Jetzt redest du auch vom Mossad … Wenn du wüsstest, wie du damit den Shin Bet kränkst, unseren Inlandsgeheimdienst.«

»Letzten Endes ist es egal, wie die Truppe heißt. Hauptsache, dir geschieht nichts.«

»Sie geben sich Mühe …«

»Sind sie jetzt da draußen? Haben sie das Boot im Blick?«

»Ich würde mich nicht wundern …« Rose denkt einen Moment nach, dann offenbart sie ihm, was sie gerade noch vor Elyas verantworten kann: »Ich bin damit gewissermaßen aufgewachsen. Verwandte von mir gehören dazu, von Kindesbeinen an war es normal, dass ich gefragt wurde, was mir so aufgefallen sei – in der Schule, beim Obsthändler … Ich gehöre zum Inventar des israelischen Geheimdienstes. Als klar wurde, dass ich als Wissenschaftlerin Begabung zeige, wurde mein Studium vom Shin Bet beziehungsweise von dessen Sektion mad'A gelenkt und gesteuert.«

Bernard schweigt eine lange Weile, atmet tief. Dann schließlich: »Also gut, wenn das so ist, was sagt die Abteilung Wissenschaft zu dem Papier?«

»Nichts«, gesteht Rose. »Ich habe es nicht weitergegeben. Nur weil ich für sie arbeite, heißt das nicht, dass ich der israelischen Regierung traue. Gegenwärtig sind dort vor allem Paranoide. Die werden mit Einstein'schen Überlegungen, wie die Welt aus den Angeln zu heben ist, nichts Vernünftiges anfangen.«

Er sieht sie erstaunt an: »Das grenzt an Hochverrat … Du hast keine Angst, dass du abgehört wirst?«

»Nein. Sie haben mir Privatleben zugestanden – etwas.«

»Wie auch immer, du siehst, wenn ich auch meine Schwierigkeiten mit Liebeserklärungen habe, ich teile mit dir – was mir gehört, soll auch Dein sein.«

Einen Tag später läuft das Boot mit Rose und ihrem unter Deck versteckten Liebhaber im Hafen von Brandenburg an der Havel ein. Der Naturhafen liegt mitten in einer rundum von Wasser umgebenen, romantischen kleinen Stadt, mit einem ehrwürdigen Dom als Zentrum. Doch Rose entschuldigt sich bei den anderen, die die Stadt besichtigen wollen, ihr sei schlecht, wohl etwas Falsches gegessen, sie wolle sich lieber in die Kajüte zurückziehen.

In dem Moment, als sie in die Kajüte tritt, sieht sie, wie Bernard sein Handy wegsteckt.

»Mit wem hast du telefoniert? Mit der Blonden?«, fragt sie heiter gestimmt.

»Mit welcher Blonden?«

»Du warst wochenlang verschwunden … Kann mir nicht vorstellen, dass du in einem Kohlenkeller gesessen hast; wahrscheinlich auch nicht auf irgendeinem Dachboden.«

»Rose, betrachte das Ganze als ein großes, großes Rätsel … Am Ende werden alle Geheimnisse aufgeklärt.«

»Vorausgesetzt, mein Lieber, dass wir das Ende erreichen.«

»Ich würde darüber keine Witze machen … Uns kann vieles zustoßen!«

9.

Berlin, 21. August

Jana parkt ihr Auto mit Schwung auf dem Stück Parkplatz ein, das für sie reserviert ist; neben ihrem geliebten Wohnmobil. Der Parkplatz befindet sich hinter der Häuserschlange, in der sie seit fünf Jahren wohnt. Marzahner Plattenbau, eine Errungenschaft der untergegangenen DDR. Die meisten Berliner nehmen an, die Gebäude hier seien laut und eng, niemand kenne seinen Nachbarn, bessere Käfighaltung eben. In Wirklichkeit sind die Häuser in den letzten zehn Jahren mit sehr viel Geld renoviert und umgebaut worden und seitdem begehrt. Jana ist ausgesprochen froh, dass sie ihre Wohnung ergattern konnte, zwei Zimmer, eine Kammer, Küche, sehr günstige Miete und viel Grün vor der Tür. Dass der alte Ruf immer noch an dem Stadtteil klebt, macht ihr nichts aus. Sie holt einige Einkaufstaschen aus dem Kofferraum und schleppt die Sachen in Richtung Hintereingang. Dabei hofft sie, dass der anfällige Fahrstuhl – heute Morgen war er wieder außer Betrieb – im Laufe des Tages repariert wurde. Sie wohnt im neunten Stock, runter geht's immer, rauf ist es mit drei schweren Taschen auch für eine sportliche junge Frau wie sie eine wirkliche Herausforderung.

›Der Lift funktioniert, Gott sei Dank.‹

Vor der Wohnungstür sucht sie den Schlüssel; den sucht sie immer. Jedes Mal Herzklopfen, ob sie ihn heute verlegt oder irgendwo vergessen hat oder ob er auf andere Weise abhandengekommen ist. Sie sind keine Freunde, sie und der Wohnungsschlüssel. Sie findet ihn, schließt auf, und schon während sie die Wohnung betritt, irritiert sie etwas, etwas, das sie nicht benennen kann. Sie geht langsam an den Sachen vorbei, die im kleinen Flur hängen und stehen.

›Ich weiß nicht … Aber so habe ich die Wohnung nicht verlassen!‹

Vorsichtig setzt sie die Taschen ab, sieht sich in der Küche um, packt das lange Brotmesser, das griffbereit auf dem Tresen liegt, und geht mit angehaltenem Atem ins Wohnzimmer.

Da sitzt auf einem der Stühle am Esstisch ein Mann, den sie noch nie im Leben gesehen hat. Er betrachtet sie ausgesprochen erwartungsvoll.

»Ich dachte schon, Sie kommen überhaupt nicht mehr«, sagt er, als seien sie verabredet und sie habe sich verspätet. Er spricht Englisch mit einem speziellen Akzent, aber sie versteht jedes Wort.

»Was machen Sie hier? Verschwinden Sie!«, fährt sie ihn an und hält dabei das Messer auf ihn gerichtet.

»Alles in Ordnung! Beruhigen Sie sich! Mein Name ist Baquet … Dean Baquet! Sagt Ihnen das was?«

»Ist mir egal, wie Sie heißen! Verschwinden Sie!«

Sie geht einen Schritt auf ihn zu, versucht ihren Worten Nachdruck zu verleihen, aber er packt blitzschnell ihren Arm und dreht ihn herum. Das schmerzt dermaßen, das ihr schwarz vor Augen wird. Ihr fällt das Messer aus der Hand, sie rutscht, der kleine Teppich unter ihr gibt nach, sie fällt. Der Mann hält sie weiterhin, packt sie am Genick und am Hals und belässt sie in dieser unmöglichen Haltung, in der sie weder stehen noch fallen kann.

»Ich drücke Ihnen die Kehle zu, wenn Sie nicht Ruhe geben«, droht er vollkommen ruhig. Sie starrt ihn voller Angst an. Er nimmt das als Zeichen, dass sie sich nicht weiter wehren wird, richtet erst sich, dann sie auf und sagt endlich beschwichtigend: »Beruhig dich! Ich will nur mit dir reden!« Er lässt sie zu Atem kommen und befiehlt, wobei er auf den Stuhl neben seinem deutet: »Setz dich!«

Sie nimmt Platz, er ebenfalls. Dabei legt er seine Hand wie selbstverständlich auf ihren Oberschenkel.

›Das soll wohl sagen: Ab jetzt gehörst du mir! Mit dir kann ich machen, was ich will!‹

Jana hat keinen Zweifel, dass es so ist. Sie ist weiterhin starr vor Angst, wagt nicht, ihn anzusehen. Das ist es wohl, was er erwartet.

»Wo ist Bernard Einstein?«, beginnt er sein Verhör.

»Weiß ich nicht … Ich weiß es wirklich nicht … Vor ein paar Tagen ist er einfach verschwunden.«

Jana versucht keine Lüge; sie will keine Zeit herausschinden. Sie sagt, wie es ist; wohl weil sie das Empfinden hat, dass er über ihre Beziehung zu Bernard Einstein genau Bescheid weiß.

»Eine merkwürdige Art, sich zu verabschieden … Er hat ein paar Wochen hier gewohnt?«

»Ein paar Tage, nicht Wochen!«, widerspricht Jana.

»Auf alle Fälle lang genug, dass er dir sagt, wo er hingeht und wann er wiederkommt.«

»Nein, er taucht auf und er verschwindet, wie es ihm passt … Er ruft mich an, er bestellt mich und dann ist er wieder verschwunden.«

»Und du bist so entgegenkommend, weil …?«

»Ich bin nicht entgegenkommend; ich bekomme Geld dafür … Ich bin eine kleine Schauspielerin, ich nehme jeden Euro, den ich kriegen kann …«

»Woher kennt ihr euch?«

»Durch Zufall … Ich war in Prag, er stand plötzlich neben mir, hat mir Geld dafür geboten, dass ich ihn in die Schweiz fahre … Ich habe einen alten Mazda, einen MX 5 …«

»Wohin in der Schweiz?«

»Nach Genf …«

»Was wollte er in Genf?«

»Keine Ahnung … Über seine Pläne und was er macht, spricht er nicht. Hat er nie gemacht. Und ich frage nicht; das ist das Abkommen zwischen uns.«

Der Fremde scheint ihr zu glauben. Immerhin erkundigt er sich: »Aber irgendwas müsst ihr doch beredet haben. Worüber habt ihr die ganze Zeit gesprochen?«

»Viel über seine Mutter … über seine komplizierten Familienverhältnisse. Er musste als Kind Hundefutter essen.«

»Was hat er in Genf gesucht?«

»Ich habe wirklich keine Ahnung … Es hatte irgendwas mit seiner Arbeit zu tun … Er ist so eine Art Forscher oder was, aber Genaues weiß ich wirklich nicht.«

»Was wollte er in Genua?«

»In Genua? Wieso in Genua?«

»Das frage ich dich!«

»Ich war in meinem ganzen Leben noch nicht in Genua … Sie können mich bis morgen früh verhören! Ich weiß es nicht … Von Genua war nie die Rede … Er ruft mich an, will irgendwo hingefahren werden oder abgeholt und das war's dann.«

»Er liegt in deinem Bett, er fickt dich, er drückt dir einen Haufen Geld in die Hand und du hast keine Ahnung, wer er ist oder was er macht? Willst du mir das verkaufen?«

»Ich verkaufe Ihnen gar nichts! Es ist genau so, wie ich es sage.«

»Was ist mit seiner Handynummer?«

»Er hat kein Handy …«

»Wie erreicht er dich?«

»*Er* ruft mich an … hier zu Hause … ganz normal über Telefon. Ich kann ihn nicht anrufen.«

Baquet nickt, als leuchte ihm das ein. Dann stellt er die Frage: »Ist er wirklich ein Enkel von Albert Einstein? Oder hat er sich das ausgedacht?«

Jana blickt erstaunt auf. Diese Frage hat sie sich offenbar noch nie gestellt. Nach kurzem Nachdenken antwortet sie: »Er sagt es! Warum soll es nicht stimmen?«

»Weil er viel Scheißdreck redet! Wer finanziert ihn?«

»Das habe ich mich auch gefragt …«, antwortet sie zögerlich. »Irgendwo muss das Geld ja herkommen für seine vielen Reisen und alles …«

»Und?«

»Ich habe ihn gefragt. Angeblich hat er was geerbt …«

»Ich merke, du glaubst nicht an diese Erbschaft. Da sind wir schon zu zweit …«

»Daran glaube ich wirklich nicht. Ich habe ihn ein paar Mal nach dem Geld gefragt, er hat mir immer dieselbe Antwort gegeben. Letzten Endes war es mir auch egal … Ich war froh …«

»Ja, für jeden Dollar.«

»Für jeden Euro!«

»Dann fangen wir noch mal von vorne an!«

Er schiebt seine Hand brutal unter ihren Rock, packt sie schmerzhaft zwischen den Beinen und wiederholt seine Frage.

»Wo ist er?«

Mit Tränen in den Augen und mit umkippender Stimme antwortet sie: »Ich weiß es nicht … Und wenn Sie mich umbringen, ich kann es Ihnen nicht sagen!«

»Bedauerlich, wirklich bedauerlich«, erwidert Baquet, nimmt ihr Brotmesser und schneidet ihr die Kehle durch.

Das geht so schnell, dass Jana nicht mal Todesangst empfinden kann. Baquet steht auf, achtet darauf, dass er nicht von dem ruckweise aus ihrer Kehle spritzenden und endlich aus dem Hals laufenden Blut erwischt wird, legt sie auf dem Fußboden ab. Danach öffnet er alle Fenster der Wohnung. Dabei bewundert er kurz die Aussicht – viel Landschaft und viel Weite.

Anschließend wischt er sorgfältig alle Spuren weg, die er irgendwo hinterlassen haben könnte, und verlässt in aller Ruhe die Wohnung. Dabei zieht er die immer noch halb offenstehende Wohnungstür zu und schließt sie mit Janas Schlüssel ab. Unten steigt er in ihr Wohnmobil und fährt damit vom Parkplatz. Den Schlüssel für das Fahrzeug hat er bereits eingesteckt, als er auf sie wartete. Mit dem Trailer fährt er in die City West und dort in ein Parkhaus, wo Igor in einem gestohlenen Golf auf ihn wartet.

Igor wirft einen Blick auf das Wohnmobil, nickt zustimmend und bemerkt: »Ja, damit kann man was anfangen …«

»Freut mich, dass ich deinen Geschmack getroffen habe«, erwidert Baquet sarkastisch und hilft Igor, das Equipment aus dem Auto in den Wohnwagen zu schaffen.

10.

Brandenburg an der Havel, 21. August

Bernard wandert durch die halbe Stadt Brandenburg an der Havel auf der Suche nach einer Telefonzelle, wie sie noch vor einigen Jahren an jeder Ecke standen. Er hat kein Glück; Telefonzellen sind nicht mehr in Mode. Heute werden die Babys schon mit dem Handy am Ohr geboren. Endlich geht er in ein kleineres, altmodisches Hotel und erkundigt sich am Tresen.

»Könnte ich ein Zimmer haben, für heute …? Ein Tageszimmer?«

»So was kennen wir hier nicht … Wir kennen eine Übernachtung, zwei Übernachtungen und so weiter …«, erklärt ihm die Wirtin.

Bernard erwidert und dabei tut er so, als wäre es ihm unangenehm, danach zu fragen: »Ich hätte allerdings erst mal einiges mit einer Bekannten zu besprechen … Dabei möchten wir nicht gestört werden.«

»Besprechen Sie«, erwidert die rundliche, handfeste Wirtin, die offenbar alle Höhen und Tiefen des Gastgewerbes schon hinter sich hat. »Ich sage immer: Hereinspaziert, immer nur hereinspaziert in die Manege! Ist ein Zirkus hier!«

Bernard tut so, als müsse er überlegen, wie weiter vorzugehen sei. Dann stellt er die Frage, auf die es ihm ankommt: »Haben Sie Telefon im Zimmer?«

»Selbstverständlich, der Herr«, versichert ihm die Chefin.

Darauf mietet Bernard ein Zimmer für eine Nacht, zahlt auch gleich, bar natürlich, was der Wirtin angenehm ist.

»Brauchen Sie eine Rechnung?«, vergewissert sie sich dennoch.

»Nein, damit kann ich nichts anfangen …«

»Freut mich! Gibt's keinen Papierkram!«, sagt sie.

Nach kurzem Überlegen kündigt er an: »Dann würde ich erst mal aufs Zimmer gehen … Ich warte dann da auf meine Bekannte!«

»Tun Sie das!«

Das Zimmer befindet sich im zweiten Stock des Hauses, verfügt über ein breites, bequemes Bett, altmodische Nachttische neben dem Bett und einen Telefonapparat auf einem der beiden Nachttische. Bernard nimmt auf dem Bettrand Platz und telefoniert.

Als er nach einer Stunde das Haus verlassen will, hält ihn die Wirtin an der Treppe auf und drückt ihm einen Hausschlüssel in die Hand.

»Wir schließen zwischen eins und drei ab; zwischen 13 und 15 Uhr ist zu … Und dann ab 22 Uhr«, sagt sie zur Erklärung. »Mit dem Schlüssel sind Sie unabhängig.«

»Sehr gut, ja«, bedankt sich Bernard.

Wie verabredet holt ihn Rose am Molkenmarkt ab, ein auffällig auf gute alte Zeit getrimmter Platz in der Altstadt der Stadt Bandenburg. Sie kommt mit einem Leihwagen in dezentem Grau, einem erstaunlich geräumigen Škoda.

»Wohin, Gebieter?«, fragt sie, als er einsteigt.

»Nach Pritzerbe.«

»Pritz…? Wo ist das?«, erkundigt sie sich überrascht.

»An der Havel … Ein kleiner, alter Ort, seit ein paar Jahren Teil der Stadt Havelsee …«

»Du bist ja bereits gut informiert … Und wo genau muss ich Havelsee suchen?«

»Im Navigationssystem …«

»So erkennt man den erfahrenen Reisenden.«

In Pritzerbe fahren sie zum Altenwohnheim Clara Zetkin. Dem Heim sieht man seine Vergangenheit an. Wie die allermeisten dieser Bauten aus den euphorischen Jahren der DDR ist es nach der ›Wende‹ modernisiert und mit Edelstahl verhübscht worden. So ist das Heim ein Zeugnis des deutschen Hin und Her und völlig ohne Bezug zu dem Ort, an dem es sich befindet. Aber die Senioren des Heimes genießen einen romantischen Blick auf die sanft fließende Havel Tag für Tag, bei jedem Wetter und jedem Licht. Bernard und Rose steigen aus, gehen in das Haus, fragen eine der Pflegerinnen nach Franz Schiefelbein.

»Sind die für mich?«, kommt ein alter, aber sehr rüstiger Mann auf die beiden zu und deutet auf die Blumen, die Bernard mitgebracht hat.

»Herr Schiefelbein?«

»Ja, der bin ich.«

»Oh. Guten Tag. Ja, die sind für Sie … Ehrlich gesagt dachte ich, dass Sie … nicht ganz so fit wären, dass Sie vielleicht sogar im Bett liegen müssten«, erklärt Bernard etwas peinlich berührt den Blumenstrauß.

»Nein, nein«, lacht der Mann und nimmt die Blumen entgegen, »da haben Sie was falsch verstanden! Ich bin seit Jahrzehnten der Hausmeister hier, zwar schon lange in Rente, aber so lange es geht, werde ich nicht aufhören! Danke. Ein Blumenstrauß ist immer was Schönes. Wenn der Herr nichts dagegen hat, bringe ich ihn meiner Mutter«, erwidert der kräftige Hausmeister gutmütig.

»Wie?«, erkundigt sich Bernard überrascht. »Ihre Mutter lebt noch?«

»Na, das wär was! Nein, sie ist schon lange tot. Ich bringe ihr den Blumenstrauß ans Grab, wenn der Herr nichts dagegen hat … der Mister …«

»Liggett, William Liggett, Korrespondent der kanadischen Zeitung *Vancouver Sun*. Nein, ich habe natürlich nichts dagegen. Zurzeit arbeite ich an einer Reportage über Albert Einstein. Miss Ross, meine Kollegin hier, ist beauftragt, die Bilder beizusteuern. Wenn Sie, Herr Schiefelbein einverstanden sind, würde sie gern auch einige Fotos von Ihnen schießen.«

Schiefelbein ist einverstanden und stellt sich sofort in Positur. Rose nimmt ihn mit ihrer Spiegelreflexkamera auf. Die Canon wirkt sehr professionell.

Bernard geht das in diesem Moment zum ersten Mal auf; er denkt: ›Noch eine Belle Boyd!‹, und wundert sich über sich selbst. Seit Kindertagen hat er nicht mehr an die Boyd gedacht, diese legendäre Südstaaten-Spionin. ›Merkwürdig, wie unser Gedächtnis funktioniert.‹

Während er sich weiter mit Schiefelbein unterhält, macht sie diskret Fotos. Der alte Hausmeister wird dadurch ausgesprochen redefreudig. Der Gedanke, dass Menschen im fernen Kanada von ihm und seinem langjährigen segensreichen Wirken für »unsere Menschen«, wie er die Heimbewohner nennt, erfahren, macht ihn erkennbar stolz.

»Gibt es einen Ort, wo wir uns ungestört unterhalten können?«, erkundigt sich Bernard nach einigen Minuten.

»Am besten im Café Clara«, schlägt Schiefelbein vor. »Das ist die Cafeteria des Hauses. Oder wie wäre es in meinen eigenen Räumlichkeiten?«

»Am besten in Ihren Räumen«, stimmt Rose sofort zu. »Dort bekomme ich persönlichere Bilder von Ihnen«, fügt sie zur Begründung an.

Seine kleine Einliegerwohnung im Souterrain ist übermöbliert und mit Andenken an verblichene Heimbewohner überfüllt. Man muss Bücher, Zeitungen, einen Kasten billiger Pralinen und ungebügelte Wäsche zur Seite räumen, um sich überhaupt setzen zu können.

»Tja, und mit welchen Auskünften kann ich den Genossen nun dienen?«

»Mit allem, was Sie uns über Albert Einstein sagen können«, erwidert Bernard freundlich. »Jede Kleinigkeit kann für uns von Wichtigkeit sein. Es ist wie im Krimi … Wir wollen Albert Einstein anders zeigen, als man ihn allgemein kennt.«

»Na ja«, nickt Schiefelbein nachdenklich, »wie gesagt, ich hab' schon gründlich nachgedacht, nachdem Sie vorhin angerufen hatten … Ich frage mich, ob das überhaupt Einstein war, bei dem meine Großmutter in Stellung war, wie man damals gesagt hat … Sie haben es ja selbst schon erwähnt, meine Großmutter – mit Vornamen hieß sie Herta, Herta Schiefelbein – war eine sehr mutige Frau. Sonst hätte sie das ja nie gemacht, ich meine, sich den Nazis zu widersetzen. Sie war nie verheiratet, hatte aber zwei Söhne; einer war mein Vater und wie gesagt, in ihrer Jugend war sie in Berlin Hausangestellte bei einem damals sehr berühmten Naturwissenschaftler, das ist richtig. Das steht fest, meine Mutter hat das mehr als einmal erwähnt, mein Vater auch. Aber ob das nun Einstein war oder Hahn oder Heisenberg, daran erinnere ich mich beim besten Willen nicht so genau. Jedenfalls war es jemand von diesem Kaliber, und ich meine irgendetwas mit H im Namen. Deswegen bin ich ja auf Heisenberg oder Hahn gekommen. Und Jude war er auch, das ist bombenfest. Soweit ich mich erinnere, ich war ja noch sehr klein damals, hat meine Oma immer nur vom Herrn Professor gesprochen, nie ein Name, immer nur ›der Herr Professor‹. Wie gesagt, ich war drei, vier, fünf Jahre, als sie starb.«

»Herr Schiefelbein, Ihre Großmutter hat für die Familie Einstein gearbeitet. Daran gibt es keinen Zweifel; die Gestapo hat das in ihren Akten festgehalten und Albert Einstein in Briefen.«

»So, na ja, dann wäre das ja bereits geklärt … Wie gesagt, Sie hat sich im Haushalt da wohlgefühlt in Berlin, bei den Einsteins, wie Sie sagen … Bis das mit den Judenverfolgungen anfing.«

»Albert Einstein hat Deutschland schon Ende 1932 verlassen«, belehrt Bernard ihn vorsichtig.

»'32 sagen Sie?« Er rechnet nach: »Da war Hitler ja noch gar nicht am Ruder«, und kommt zum Schluss: »Dann hat das womöglich mit den Judenverfolgungen gar nichts zu tun, dass sie ihre Arbeitsstelle aufgegeben hat ... Sie sagen, das steht alles in den Akten der Gestapo?«

»Ja. Ihre Großmutter wurde zweimal verhört – einmal in der Einstein-Wohnung in der Haberlandstraße ...«

»Richtig. An den Namen Haberlandstraße kann ich mich erinnern. Wir waren sogar mal da, das war so'n Eckhaus. Meine Mutter hat mich mal mitgenommen und mir das Haus gezeigt ... Und das andere Verhör war wo?«

»Einige Monate später, in den Büros der Gestapo, da wurde sie vorgeladen.«

»Da wissen Sie wirklich mehr als ich ...«

»Das sind allerdings nur nackte Fakten ... Was wir suchen, sind persönliche Erinnerungen, Bilder, Briefe ... Was man sich in der Familie erzählt hat. So etwas wäre wichtig für meinen Artikel. Persönliches eben.«

»Meine Mutter hat gesagt, die Oma hat sich da wohlgefühlt. Davon hat sie immer gesprochen. Juden waren damals geschätzt als Arbeitgeber, an diesen Ausspruch erinnere ich mich auch noch. Sie haben angeblich besser gezahlt als die anderen. Glaube ich sogar; sie hatten es nötig, wäre ja sonst keiner hingegangen ... Juden waren ja verpönt. Es hatte immer einen Beigeschmack, wenn man gesagt hat: ›Ich arbeite in einem jüdischen Haushalt.‹ Das hatte immer ein bisschen Hautgout, will ich mal sagen ... In der DDR hat man am besten überhaupt nicht darüber gesprochen, aus welcher Klasse man kam; Bürgertum, Proletariat, Jude, Christ; wir waren alle Genossen und sonst nichts ... Das heißt, so einfach war's auch nicht. Wenn man nicht in der Partei war, war man Bürger ... Gut, Russen oder Bulgaren oder Polen oder so was gab's auch, so was existierte auch noch. Das war's dann aber auch … 1947 haben sie mal einen Bürger hier aus Pritzerbe nach Sibirien verfrachtet, weil er ein Denkmal für ermordete Juden aufstellen wollte … War sehr verpönt. Ja, wie gesagt, wenn ich gewusst hätte, dass ich eines Tages mal Besuch von Ihnen bekommen würde, ich hätte doch die Bilder und so weiter aufgehoben, alles … Wir hatten einen ganzen Karton davon … Persilkarton hat man immer dazu gesagt, ich weiß nicht, warum ausgerechnet Persilkarton …«

»Sie haben die Bilder jedenfalls nicht mehr? Weggeworfen?«, hakt Bernard nach.

»Nicht weggeworfen, weggegeben will ich mal sagen … Ich habe sie auf dem Dachboden gelassen, als ich meinem Sohn das Haus überlassen habe … Aber ob der sie noch hat …«

»Sie haben die Bilder Ihrem Sohn überlassen? Wann?«

»Nicht nur die Bilder, das ganze Haus! Vor zehn Jahren war das. Nee, zwölf Jahre ist das schon wieder her! Ich hab' ja so gut wie nie in dem Haus gewohnt … Ich hatte immer hier meine Arbeitsstelle und mein Auskommen und über meine Ehe wollen wir nicht reden … Für mich hat meine Arbeit immer im Vordergrund gestanden, mich konnten Sie nachts wecken, können Sie heute noch … Sie glauben gar nicht, wie dankbar unsere Menschen immer für alles waren, was die Objektleitung für sie getan hat … Ich war auch Objektleitung!«

»Könnten wir zusammen dort nachsehen, ob es noch etwas gibt?«

»Mein Sohn Werner ist auf Montage. Er hängt mit den Terminen hinterher und insofern ist er völlig unabkömmlich. Kommen Sie, wir fahren rüber. Ich habe einen Hausschlüssel; nur für den Fall, dass da was vorfällt und er ist auf Montage … Werner ist ja meistens auf Montage, in Westdeutschland, im Ausland, Schweden, Norwegen, überall …«

»Wo müssen wir hin?«, fragt Rose, als die beiden Männer in den Leihwagen einsteigen.

»Rüber nach Fohrde, andere Havelseite … Ich dirigiere Sie!«

Rose setzt sich hinter das Steuer, fährt los.

Schiefelbein, der sich den Beifahrersitz erobert hat, redet sofort wieder los: »Früher ging's nur mit der Fähre rüber, aber jetzt haben wir eine Brücke … Schönes, bequemes Fahrzeug«, lobt er dann das Auto. »Mein altes Haus steht direkt an der Bundesstraße 102; die B 102 geht mitten durch den Ort. Sie können das Objekt gar nicht übersehen … Immer geradeaus!«, ruft er aufgeregt, als er fälschlicherweise annimmt, Rose wolle abbiegen. »So ist gut … Immer geradeaus … Wie gesagt, das Anwesen hatte ich von meiner Großmutter geerbt, über Umwege sozusagen. Ist mir nach der Wende rückübertragen worden, vorher war ein HO drin. Ein HO war in der DDR so was wie ein Lebensmittelladen, nur ohne Lebensmittel …«

Es ist, wie er angekündigt hat: Das Haus der Schiefelbeins steht mitten im Ortsteil Fohrde, an einer sehr breiten Straße und hinter stark gestutzten Weiden. Es ist einstöckig, lang gezogen, besitzt ein rotes Dach und weiß getünchtes Mauerwerk. In Brandenburg gibt es viele solcher Häuser.

»Sehen Sie die Alte dahinten? Die alte Neugier?«, bemerkt Schiefelbein zu Bernard, als der ihm beim Aussteigen behilflich ist. »Meine Schwägerin! Aber wir reden seit Jahren kein Wort mehr miteinander! Mit der bin ich fertig!« Und zu Rose sagt er: »Die Kirche dahinten können Sie ruhig auch fotografieren! Das lohnt sich. Die ist von 1765, hat keinen Namen, heißt nur ›Die Kirche von Fohrde‹, die Orgel ist berühmt!«

Rose nickt, anscheinend dankbar für den Tipp. »Mache ich anschließend«, verspricht sie.

Schiefelbein schließt die Haustür auf. Im Inneren sieht alles aus wie bei einem Eremiten: so wenig Möbel wie gerade noch möglich, in der Küche ein Tisch und ein Stuhl, im Wohnraum ein Sofa und ein Sessel, und das alles von erkennbar teuren Designern, dazu ein Radio, aber kein Fernsehapparat.

Rose bemerkt dazu: »Ihr Sohn hat sich Sie zum Vorbild genommen …«

»Wie meinen Sie das?«, fragt Schiefelbein verständnislos.

Rose erklärt es ihm: »Auch keine Frau …«

»Er hat mein Elend gesehen«, stimmt ihr Schiefelbein zu. »Wie steht's mit Ihnen?«

»Ebenfalls solo«, bekennt Rose tapfer.

»Aber schwer verliebt, wie ich merke …«

Rose sieht überrascht und verlegen zur Seite.

Schiefelbein bemerkt es, sagt gutmütig: »T'schuldigung … Geht mich nichts an; weiß ich. An und für sich mische ich mich prinzipiell nicht in die Angelegenheiten anderer ein, aber in Ihrem Fall … Sie passen zusammen … Das sieht man mit bloßem Auge … Dann gucken wir mal oben …«

Schiefelbein öffnet eine Holztür und hinter dieser Tür befindet sich eine schmale, steile Treppe, die auf den Dachboden führt. Alle drei klettern nach oben. Hier dieselbe mönchische Kargheit. Unübersehbar, praktisch mitten im Raum, zwei unterschiedlich große Kartons mit den Aufschriften zweier verschiedener Transportfirmen.

»Ich glaube, da sind sie schon!«, vermutet Schiefelbein. »Die Sachen, die die Oma aufgehoben hatte!«

Er klappt den Karton auf, Rose und Bernard halten den Atem an. Der Karton enthält jedoch Winterkleidung seines Sohnes, Stiefel und so weiter.

»Das war's noch nicht!«, bemerkt er dazu und macht sich über den zweiten, etwas kleineren Karton her. Er öffnet den Karton, greift hinein und hat nun Papiere in der Hand, Briefe, Briefumschläge, schmale Aktenmappen, auch mehr oder minder indiskrete Fotos von Frauen, die sich für den Fotografen in Positur werfen. Die Papiere: Auf den ersten Blick erkennen Bernard und Rose die kleine, typische Schrift von Albert Einstein!

Rose fotografiert eifrig wie eine Berufsfotografin. Dabei möchte sie in Wirklichkeit nur dastehen und den Schatz in Empfang nehmen. Das tut Bernard an ihrer Stelle. Er fasst vorsichtig Blatt um Blatt an und breitet die Schriftstücke auf dem Fußboden aus wie Wäsche auf der Bleiche.

»Ich merke schon, es ist das, was Sie gesucht haben«, sagt Schiefelbein dazu mit Besitzerstolz.

»Können wir uns das in Ruhe ansehen?«

»Gucken Sie! Ich hab' heute keinen Termin mehr! … Wir können auch Stühle raufholen.«

»Sehr freundlich«, bedankt sich Bernard.

In diesem Moment öffnet Rose vorsichtig einen großen Briefumschlag. Er enthält eine Ansichtskarte, einen Brief an einen Kollegen und dann folgt eine Seite Papier, die der geheimnisvollen Arbeit, die Bernard in Bessos Hinterlassenschaft gefunden hat, aufs Haar gleicht.

Rose ist kreidebleich, als sie Bernard diese Seite reicht. Der versteht sofort.

»Scheint was Wissenschaftliches zu sein«, bemerkt er ungerührt und lässt auch Schiefelbein einen Blick auf das Blatt werfen.

»Sagt mir nichts …«, bekennt der ungerührt. »Mit so was kann ich nichts anfangen … Sie?«

»Kommt drauf an«, erwidert Bernard so allgemein wie möglich.

Schiefelbein winkt ab: »So was ist viel zu hoch für unsereinen! Wenn man sich das vorstellt … Hat ein Genie geschrieben und meine Oma hat's vor den Nazis gerettet … Man hatte die Sachen die ganzen Jahre im Haus und hat sie nicht ernstgenommen. Ich meine, ich weiß, wer Einstein ist …«

»Vielleicht ein Glück für die Menschheit, dass Sie das aufgehoben haben«, sagt Rose und für Schiefelbein hört es sich an wie eine offizielle Belobigung: Schiefelbein, gut gemacht! Held der Wissenschaft!

11.

Bei Brandenburg an der Havel, 21. August

Bei der Rückfahrt nach Brandenburg an der Havel und zu ihrem Boot sind Rose und Bernard still wie Menschen, die nicht fassen können, was ihnen widerfahren ist.

»Aber du hast dich im Griff?«, fragt Rose mit einem Mal völlig unvermittelt:

»Wie ist die Frage zu verstehen?«

»Du weißt, was aus Schock erwachsen kann – Depression, Angst, Verzweiflung, Hyperaktivität …«

Er lächelt: »Ich hab' mich im Griff! Danke der Nachfrage.«

»Danke für deine Besorgnis«, korrigiert ihn Rose.

»Danke für dein Mitgefühl«, sagt er, nun ernster werdend.

»Ich habe dich beobachtet, als ich das Papier aus dem Karton zog. Du wurdest bleich wie die Wand …«

Er sieht sie an: »Es war ja auch unglaublich … Ein Karton voller Kostbarkeiten!«

»Und du handelst mit dem guten Mann!«

Bernard ist sich keiner Schuld bewusst: »Er wollte zweitausend Euro, er hat fünfzehnhundert bekommen … Worüber beschwerst du dich? Ich habe den Preis ja nicht für mich gedrückt, ich habe im Interesse der Universität Jerusalem gehandelt. Es geht ja alles ans Albert Einstein Archiv! …«

»Sie bekommen alles?«, fragt Rose zweifelnd.

Bernard erwidert nichts. Es folgen einige Schweigeminuten.

»Es war tatsächlich ein Schock … Seit einem Jahr, ach was, seit zwei Jahren, wenn ich alles zusammenrechne, stöbere ich, wo ich nur was vermuten kann, und der alte Mann stellt uns den Karton hin und du greifst rein und ziehst raus, was ich wie eine Heilige Schrift suche … Wenn mein Großvater aus der Kiste gestiegen wäre, es hätte mich nicht mehr verwirren können.«

»Aber es ist dir klar, du hast wahrscheinlich nur ein weiteres Teil des Puzzles in der Hand?«

»Wir haben noch nicht jedes Stück Papier umgedreht, das wir uns erobert haben.«

»Doch, haben wir!«

»In jedem Fall eine merkwürdige Art, etwas zu verstecken. Hier ein Fitzel, da ein Fitzel … Wie wollte er je wieder an die komplette Arbeit gelangen?«

»Wollte er das? Bernard, die Frage ist nicht relevant, warum dein Großvater es so gehandhabt hat, wie er es tat. Die Frage lautet: Wo ist der Rest?«

Bernard versucht erst gar nicht, einen einleuchtenden Vorschlag zu entwickeln, wie man der Lösung des Einstein-Geheimnisses näher kommen könne. Er sagt vielmehr: »Rose, ich bin sicher eine einfältige Natur … ein Diener in der Schar der Weisen und Wissenden, ach was, ein Handlanger, blind und …«

»Jedoch?«, unterbricht sie ihn.

»Wir beide haben uns den Kopf über die Seite zerbrochen, die sich in der Kassette von Michele Besso befand. Du und ich, jeder für sich …«

»Womöglich auch noch andere Denker!« Sie denkt kurz nach, dann fährt sie fort: »Etwas hat mich sehr verblüfft. In einer Berechnung, die dein Großvater angestellt hat, wurde die Existenz von speziellen Wechselwirkungsteilchen angenommen, ähnlich zu den heute bekannten Gravitonen. Ich habe es nachgeschlagen, er, also dein Großvater, hat sich vorgestellt, sie könnten künstlich produziert werden. Sie existieren bis heute nur hypothetisch … Er ist davon ausgegangen, sie hätten in irgendeiner Weise mit dem Spin zu tun, dem Eigendrehimpuls von Teilchen … Das kommt auch zeitlich hin … Der Spin, der Eigendrehimpuls s von Elementarteilchen, wurde 1925 eingeführt, um das Elektron vermessen zu können.«

»Dann hat er just für dich gedacht, Rose …«

»Was?«

»Rose, ich denke nicht nur über deine zuckersüßen, roten Lippen nach … Ich weiß, dass du an Spintronik arbeitest …«

»Woher?«

»Das fragt eine Spionin? Rose, wir sind uns einig, in der Spintronik beweisen Elektronen, dass sie für weit mehr verwendet werden können als nur für Elektronik, und zwar genau dann, wenn ihr Spin genutzt wird. «

»Wir sind uns einig!«, bestätigt Rose.

»Das bedeutet, dass durch die Veränderung des Spins einiges möglich ist, das man bis heute nicht kennt.«

»Durchaus denkbar!«

»Durchaus wahrscheinlich!«, behauptet er. »Stephen Hawking hat einiges über den Spin geschrieben, in dieser Richtung.«

»Und, wie wir sehen, Albert Einstein war auch schon auf dieser Spur …«

»Du meinst, eine Veränderung des Spins könnte etwas total Umwälzendes mit sich bringen, nach sich ziehen, wie du willst; in welcher Beziehung auch immer?«

»Er hat es anscheinend so gesehen. Und darauf kommt's an. Ich bin nur in Be'er Sheva eine Größe … Also, wo ist der Rest des Papiers?«

»Kann ich dir nicht sagen. Ich vermute, es sind nicht mehr als weitere vier, fünf Seiten. Dem großen Albert war die Gabe gegeben, sich mit wenigen Sätzen verständlich zu machen.«

»Wie viel es auch ist, in jedem Fall brauchen wir alles!«

»Eine sehr hilfreiche Überlegung, danke. Dann habe ich doch wenigstens ein Ziel vor Augen.«

Bernard wendet sich um: »Werden wir verfolgt? Ist jemand hinter uns her?«

»Nein! Niemand … Ich habe den Rückspiegel permanent im Blick!«

Die beiden erreichen den Stadtrand von Brandenburg, biegen in die Willy-Sänger-Straße ein, eine der Ausfallstraßen der Stadt. Sie wollen zur Krakauer Straße. An deren Ende befindet sich die Marina *Schoners Wehr*, und damit der Liegeplatz des Kabinenkreuzers *Applaus*, den Rose für eine Woche gechartert hat. Als sie die Krakauer Schleuse überqueren, sehen sie auf der unbebauten Seite der Straße im dichten Grün einen Wohnwagen.

»Stopp! Stopp sofort!«, schreit Bernard Rose an.

Sie tritt auf die Bremse, dass es nur so quietscht.

»Wenn irgendwas passiert, verschwinde sofort! Gib sofort Gas!«

»Was ist los?«

Er antwortet nicht, steigt aus, nimmt seine SIG Sauer aus der Tasche der Türverkleidung, schließt dann sehr vorsichtig die Autotür. Er hält sich im Schatten der Sträucher und Bäume neben ihm, geht behutsam und etwas geduckt zu dem parkenden Wohnwagen zurück. Als er näher kommt, bemerkt er die leichte Verletzung an der vorderen Stoßstange – eine Delle, die er, Bernard, Janas Wohnwagen beim unvorsichtigen Rangieren zugefügt hat. Der Wagen scheint verlassen; alles ist dunkel. Man sieht niemanden, noch ahnt man jemanden hinter der Windschutzscheibe oder im Inneren des Wagens. Bernard kann jedenfalls nicht das kleinste Geräusch aus dem Fahrzeug ausmachen. Vorsichtig nähert er sich der Seitentür, die Waffe im Anschlag. Er versucht, die Schiebetür zu öffnen. Sie ist abgeschlossen. Daraufhin kehrt er, noch immer auf der Hut, zu Rose zurück.

»Wir lassen das Auto stehen! Ich fürchte, es ist verwanzt …«

»Was ist los?«

»Steig aus! Verdammt noch mal, mach!«

Sie sieht auf seine Pistole, steigt aus. Er nimmt sie an der Hand und will sie vom Auto wegführen. Sie bleibt stehen.

»Und der Karton? Die Einstein-Unterlagen?«

»Das ist jetzt nicht wichtig! Wir müssen hier weg!«

Er zerrt sie zur Seite, in die Deckung, die das Grün an der Straßenseite gewährt. Da steht jedoch Igor, Igor der Schreckliche. Rose und Bernard haben ihn noch nie zuvor gesehen. Seine Maschinenpistole spricht jedoch für ihn. Er hält sie unmissverständlich im Anschlag.

»Waffe weg! Fallenlassen!«

Bernard behält die Beherrschung, macht, was der Kerl von ihm will. Igor greift in seine Hosentasche und holt ein Instrument hervor. Er setzt es an die Lippen; zwei durchdringende, sehr hohe Triller durchdringen die allgemeine Stille.

»Stehenbleiben!«, verlangt Igor.

Rose kann sich nicht rühren, Bernard wagt es nicht.

Dean Baquet kommt näher. Auch ihn hat Bernard noch nie gesehen, aber er hat keinen Zweifel, er macht gemeinsame Sache mit dem Typen mit der Maschinenpistole. Wahrscheinlich hat er in der Nähe des Bootes auf Rose und ihn gewartet. Baquet erreicht sie. Auch er ist bewaffnet, als müsse er ein Haus stürmen. So wie sein Hemd aufgeplustert ist, trägt er darunter wahrscheinlich eine schusssichere Weste.

»Ah, der Enkel …«, sagt er zur Begrüßung. »Es war harte Arbeit, euch endlich persönlich zu treffen … Wirklich harte Arbeit … Wo sind die Papiere?«

Bernard versucht erkennbar, irgendetwas zu erfinden.

»Lass es!«, fährt Baquet ihn an: »Ich schätze keine Spielchen!«

»Im Auto …«, antwortet daraufhin Rose an Bernards Stelle; sie bleibt vollkommen unbewegt.

»Das haben wir gleich«, sagt Baquet und ermuntert Igor: »Eliminiere sie, wenn sie einen Finger rühren!«

Igor hält es nicht für angebracht, dazu etwas zu sagen. Baquet geht zum Leihwagen, öffnet den Kofferraum, sieht kurz in den Karton mit den Einstein-Hinterlassenschaften.

»Gut, dann wäre alles erledigt!«, sagt Baquet und befiehlt Igor: »Erschieß sie!«

Igor nimmt die Waffe hoch, zielt auf Bernard Einstein. Da ist ein merkwürdiges Geräusch zu hören, beinahe so, als werde eine Nuss geknackt. Gleichzeitig fällt Igor lautlos nach hinten. Baquet sieht ungläubig zu, wie er zu Boden geht. In diesem Moment wird er selbst von einem Schuss in den Hals getroffen, dreht sich um die eigene Achse und verschwindet hinter einem am Straßenrand geparkten Auto.

Bernard ist für Sekunden wie gelähmt. Jeder, der ihn erschießen wollte, könnte das ungehindert tun.

»Was zum ...«

Rose aber reagiert nach Ausbildung und Vorschrift, lässt sich fallen, rutscht zum Wohnwagen. Bernard folgt ihrem Beispiel. Sie erreichen den Wohnwagen, halten sich für Augenblicke in seinem Schutz und Schatten auf, richten sich etwas auf, rennen geduckt zum nächsten Straßengraben. In der Nähe gehen in den Häusern Lichter an.

»Holt endlich die Polizei! Da liegen welche!«, schreit jemand.

»Tot?«

Eine andere Frauenstimme kreischt: »Rudolf, bleib hier ... Rudi!!! Mach die Tür zu!«

Eine Haustür wird zugeworfen, dann erneut Stille.

Rose und Bernard richten sich auf, laufen, immer noch geduckt, den Graben entlang, bis sie das Krakauer Wehr erreicht haben. Sie klettern über die Absperrung, verlieren den Halt und die Balance, rutschen den Hang hinab, auf das Wasser zu. Sie suchen sich abzustoppen, sich irgendwo und irgendwie festzuhalten, da ist aber nichts, was ihnen Halt geben können. Endlich landen sie an einem Schild, das für die Schifffahrt gedacht ist. Sie bleiben einen Moment liegen; müssen wieder zu Atem und Besinnung kommen.

»Was jetzt?«, will Rose wissen, ganz so, als sei Bernard ein Reiseführer und müsse nun die nächste Attraktion bieten.

Er spürt einen Schmerz am Bauch, fühlt und entdeckt in einer Tasche den Hotelschlüssel, den er vergessen hatte.

»Wenn wir es schaffen, hier wegzukommen … Ich habe ein Hotelzimmer für uns!«

»Wieso ein Hotelzimmer?«

»Der kluge Mann baut vor!«

Sie laufen und laufen, versuchen Haken und Finten, um möglichen Verfolgern zu entgehen, indem sie immer mal eine dunkle Ecke, einen Winkel, in dem sie kurz verharren und dann weitergehen, ausnutzen. Nach einer halben Stunde befinden sie, dass ihnen niemand auf der Spur ist, ihnen niemand folgt. Vorsichtig gehen sie weiter.

Sie erreichen das kleine Hotel am Molkenmarkt. Bernard schließt die Haustür auf, schließt wieder hinter ihnen ab. Im Eingangsbereich ist alles auf Nachtbetrieb eingestellt.

Rose sieht ihn an: »Darf man mal erfahren …?«

»Ist draußen jemand?«

Rose sieht vorsichtig aus dem Fenster neben der Haustür: »Ich sehe niemanden …«

»Hast du was zu schreiben?«

Bevor sie antworten kann, entdeckt er einen Stift auf dem Tresen der Rezeption, nimmt ein Blatt Papier und schreibt: »Zimmer 22, bitte nicht wecken! Ich bleibe einen Tag länger!« Er lässt das Papier auf dem Tresen liegen und führt Rose in den zweiten Stock hinauf. Sie sieht noch mal aus dem Fenster auf den Markt; nichts Auffälliges, zieht die Vorhänge zu und erst danach macht sie das Licht an. Sie geht langsam zu ihm, legt die Arme um seinen Hals.

»Das war knapp!«

»Das würde ich auch so sehen …«, antwortet Bernard. »Deine gute Fee macht sogar Überstunden!«

Sie löst sich von ihm, setzt sich auf den Bettrand und sagt nach kurzem Überlegen: »Wenn uns diese gute Fee nun noch die Einstein-Dokumente aufs Bett stellen würde, wäre alles perfekt … Ich fürchte allerdings, deine fünfzehnhundert Euro sind verloren!«

»Nicht jeder Euro davon!« Er öffnet seine Sportjacke, dann sein Hemd und zieht eine dünne, blau eingefärbte Plastikhülle heraus. In dieser Hülle befindet sich ein alter, vergilbter Briefumschlag aus den dreißiger Jahren des letzten Jahrhunderts. Bernard zeigt Rose sowohl die Hülle als auch ihren Inhalt: »Hier hätten wir Teil zwei des großen Rätsels! Und einiges andere vom Meister!«

Sie sieht ihn überrascht an: »Wann hast du die Schriftstücke eingepackt?«

»Als der alte Mann mal wieder seine Großmutter bewundert hat …«

»Höre ich einen Tadel in deiner Stimme?«

»Nicht den geringsten … Ich wollte dir nur erklären, wann ich die Papiere weggesteckt habe.«

»Herta Schiefelbein hat wirklich erstaunlichen Mut bewiesen! Wer weiß, was ihr geschehen wäre, wenn die Nazis herausgefunden hätten, dass sie Papiere ihres Erzfeindes vor der Vernichtung bewahrt.«

»Sie wäre im KZ gelandet!«

»Ohne Zweifel! Insofern können wir Herta Schiefelbein und ihren Mut nur bewundern …«

»Tue ich, tue ich wirklich …«

»Wenn wir schon beim gegenseitigen Bewundern sind … Wo hast du deine Tricks gelernt?«

»Alles bei den *christlichen jungen Männern*!«

»Der Mossad sollte sich mal mit denen zusammentun …«

»Ja, man lernt dort eine Menge.«

12.

Brandenburg an der Havel, 22. August

Am nächsten Morgen sitzen Rose und Bernard in Unterwäsche im Bett, Frühstücksgeschirr steht auf einem Tablett zwischen ihnen. Die beiden gehen die Dokumente durch, die Bernard gerettet hat.

Auf dem braunen Umschlag steht, mit Bleistift geschrieben und in der Handschrift einer resoluten, jungen Frau: *Herr Professor – persönlich.* Die Schrift ist derart verblasst, dass sie gestern Abend weder Rose noch Bernard aufgefallen ist. Was zutage kommt, als Bernard den Umschlag öffnet, sind amtliche Schreiben, Rechnungen und Quittungen, auch handschriftliche Notizen Einsteins zu unterschiedlichen Themen, alle aus den Jahren 1931 und 1932. Beispielsweise hat sich Einstein Notizen für Vorträge gemacht, die er in der ›Preußischen Akademie‹ halten wollte. Und der Umschlag enthält Fotos von verschiedenen Freundinnen, zum Teil in kessen Posen, keinesfalls für Elsas Augen gedacht.

Inmitten dieser Papiere befinden sich acht Seiten handschriftlicher Text: Überlegungen, Berechnungen und mehrere Formeln, die sich mit überlichtschnellen Teilchen und den speziellen Wechselwirkungsteilchen befassen. Die Notizen stellen erste Überlegungen für einen Artikel in einer Fachzeitschrift dar. Außerdem gibt es zwei Briefe des österreichischen Arztes und Psychologen Sigmund Freud zur Frage „Warum Krieg?". Exakt gesagt handelt es sich um die Abschrift eines Briefes an Freud und dessen Antwort darauf. Alles in seiner Bedeutung nicht zu vergleichen mit der einen Seite des Einstein-Rätsels, das ihnen gestern in die Hand gefallen ist.

Rose nimmt das geheimnisvolle Papier vorsichtig in die Hand, als könne die Tinte bei unsachgemäßer Behandlung verblassen oder sich das Dokument in Luft auflösen. Bei Edgar Allan Poe kommt so etwas vor. Sie reicht Bernard das Blatt zurück.

»Was ist, wenn wir es einfach vernichten?«, fragt sie. »Dein Großvater wollte doch offenbar, dass es nicht gefunden wird …«

»Vielleicht jetzt noch nicht … Vielleicht in späteren Jahren, wenn die Menschen verantwortungsbewusster geworden sind … Wenn es keine Weltkriege mehr gibt und keine Staaten, die sich gegenseitig ausrotten wollen … Womöglich hat er auf die Zukunft gesetzt!«

Sie küsst seinen Arm und bemerkt leichthin: »Mein Lieber, ich glaube, wir können es nicht endlos hinausschieben …«

»Was?«

»Wir müssen uns irgendwann der Frage zuwenden: Wer wollte uns ausradieren und wer hat uns gerettet? War das einer von deinen Schutzengeln oder von meinen?«

»Es war jetzt das zweite Mal, dass du auf wundersame Weise aus höchster Not gerettet wurdest … Ich vermute, es sind deine guten Geister. Es scheint, dem Staat Israel ist sehr an deinem Weiterleben gelegen.«

»Und wer sind die Bösen in diesem Spiel?«

»Keine Ahnung, Rose. Ich habe die beiden Killer nie zuvor gesehen … Womöglich irgendwelche Freiberufler … Spekulationen bringen nichts!«

»Womöglich gibt es überhaupt keine Guten. Womöglich sind nur rivalisierende Gruppen hinter dem her, was wir ausfindig machen.«

»Auch möglich …«

»Sogar wahrscheinlich … Was war mit dem Wohnwagen? Wie passt er ins Bild?«

»Er gehört einer Freundin … Ich habe vorhin schon versucht, sie zu erreichen. Sie meldet sich nicht.«

»Dann versuch's noch mal …«

Er nimmt den Telefonapparat vom Tisch, will Janas Nummer wählen. In diesem Moment klingelt das Telefon. Er reicht Rose den Hörer. Sie meldet sich:

»Ja?« Es ist die Wirtin des Hauses. Sie erkundigt sich, ob die Herrschaften weiteren Kaffee wünschen. »Willst du noch Kaffee?«, fragt Rose ihren Liebhaber.

»Wenn's nichts ausmacht …«

»Wir nehmen gerne noch Kaffee«, erklärt Rose der Wirtin.

Danach versucht Bernard ein weiteres Mal, Jana zu sprechen. Er hat keinen Erfolg. Die Wirtin klopft an der Tür.

»Herein!«, ruft Rose. Die Türklinke bewegt sich, aber die Wirtin kann nicht eintreten. Die Tür ist abgeschlossen. Rose bittet: »Einen Moment!« Sie zerrt ihr Betttuch vom Bett und drapiert es dekorativ um sich.

»Vorsicht, wenn du die Tür aufmachst!«, warnt Bernard sie leise.

Rose nickt; er richtet seine Waffe auf die Tür. Rose stellt sich so, dass sie nicht von einem ersten Schuss getroffen werden kann und dass Bernard umgekehrt freie Schussbahn hat. Erst dann öffnet sie mit einer sehr geschickten Handbewegung die Zimmertür.

Entwarnung. Es ist tatsächlich die Wirtin, die Kaffee, weitere Hörnchen und Marmelade bringt. Während sie die Sachen ins Zimmer trägt und auf einem Tisch an der Wand abstellt, sagt sie: »Gute Nachricht; die Reinigung hat angerufen … Ihre Kleider sind um zwei fertig. Sie bringen sie dann.«

Rose, die mit ihrem um den Körper geschlungenen Tuch aussieht wie eine Römerin in einem Historienschinken, nickt ihr freundlich zu.

Die Wirtin muss wirklich alles kennen, was im Gastgewerbe vorkommen kann. Sie wirft einen neutralen Blick auf ihre geheimnisvollen Gäste und bemerkt kryptisch: »Hier geht's jetzt rund, in unserem schönen Städtchen … Jetzt haben wir sogar schon Mörder in der Stadt.«

»Wie das?«, erkundigt sich Rose freundlich.

»Es ist ein toter Killer gefunden worden … ›Ein russischer Auftragsmörder‹ haben sie im Radio gemeldet. Und am Krakauer Wehr wurde ein Wohnwagen entdeckt, vollgestopft mit Abhörtechnik … Ich frage Sie: Was wollen die hier abhören? Terroristen brauchen wir hier wirklich nicht. Wir sind lange genug terrorisiert worden; jetzt sind mal andere dran … Wenn Sie noch was brauchen, geben Sie Laut.«

»Sehr freundlich …«

Kaum ist die Wirtin gegangen, blickt Rose auf den Gang. Dort ist niemand. Erneut schließt sie die Tür ab.

»Meinst du, sie informiert die Polizei?«, fragt sie flüsternd.

»Dann wäre die Polizei schon hier …«

»War das eine Warnung? Ist Ihr Auftritt so zu verstehen?«

»Womöglich!«

Rose nimmt das Tablett, das immer noch in der Mitte des Bettes platziert ist, an sich und stellt es auf den Tisch.

»Schaff die Papiere aus dem Bett!«, verlangt sie von Bernard.

»Was wird das?«, fragt er.

»Jetzt wird das Bett für das genutzt, wofür es gedacht ist …«, antwortet sie freundlich: »Schließlich habe ich Semesterferien!«

Man sollte sich von
keinem Problem verführen
lassen ....
Albert Einstein

Der Untergang der Erde

1.

Pasadena, 27. August

John Charnick gehört zu den Trinkern, die so lange aufrecht sitzen, bis sie den einen entscheidenden Schluck nehmen und vom Hocker kippen. Noch ist es nicht so weit. Doch sein Freund Henry kennt die Anzeichen. Es kann nicht mehr lange dauern, bis es passiert.

»Lass uns gehen, John!«, wiederholt Gleeson seit einer halben Stunde. Er will, dass die Sauferei aufhört, will wenigstens nicht dabei sein, wenn das unvermeidliche Ende eintritt.

»Bleib noch, Henry, ich muss mit jemandem reden! Nur noch einen letzten Whisky. Islay-Inseln, das lieb ich: Man denkt, man kaut auf reinem Torf herum, wenn man das Zeug im Mund hat. Ha!«

»Du wirst fürchterlich abstürzen!«

»Bin ich schon, mein Freund, bin ich schon! Die Scheiße ertrage ich nur im Suff. Heute Morgen, die Geldsäcke! Ha! Ein Kreuzverhör! Ich, hörst du, *ich* musste erklären, warum wir in der Sache Einstein auf der Stelle treten. Ich, nicht dieses Arschloch Clark! Der behält seine weiße Weste!«

»John, eigentlich bin ich nur gekommen, ich … Wegen des Projekts Chañaral: Ich hab mich noch gar nicht bedankt, dass du es mir anvertraut hast«

»Sportsfreund, nichts zu danken! Ich habe an einigen Strippen gezogen; mehr habe ich nicht gemacht! Und das habe ich getan, weil du der Richtige dafür bist. Und der einzige Mensch bist, dem ich hier noch vertraue. Ha! Der Wolf umstellt von den Schafen! Zu viele Schafe sind sogar des Wolfes Tod! – Und wie läuft's da unten?«

»Eine Heidenarbeit, in der präsidialen Republik Chile am Rand der Atacama-Wüste einen Beschleuniger aufzubauen! Alles zehrt an den Nerven: die Hitze, die Straßenbedingungen, das Durcheinander im Hafen, die Bürokratie. Aber es geht voran, wir sind im Zeit- und Kostenrahmen. Es ist sogar noch Luft drin, sowohl im Zeit- als auch im Kostenplan.«

»Wie steht's mit der Korruption?«, will Charnick wissen.

»Auch das: alles im üblichen Rahmen.«

»Und sonst? Privat?«

»Kennst du schon alles, John. Keine Veränderungen. Unser kleines Eheproblem … Na ja, Frauen in dem Alter haben manchmal solche – Anwandlungen, sagen wir mal. Ich versteh's sogar. Wenn du den ganzen Tag lang nichts zu tun hast … Du kannst das Leben da unten einfach nicht vergleichen mit dem Leben hier. Wenn du da mal einen blühenden Baum sehen willst, musst du dich in den Botanischen Garten bemühen!«

»Ach, ist doch alles Schschscheiße! Die CAINE: eine einzige Scheiße. Stell dir vor: Vor dem gesamten Vorstand droht mir Clark! Wenn nicht endlich die bewusste Sensation … Dann war's das. Jetzt mit der Weaver! Immer das gleiche Muster: Er, der General, schleppt sie an, und jetzt, wo nur heiße Luft kommt, soll ich ihr Feuer unterm Hintern machen. Wie hat er sie anfangs in den Himmel gehoben! Und jetzt … Ach, ist ja sowieso glasklar: Der General sucht einen Vorwand, mit dem er mich abservieren kann. Jeder Vorwand tut's!«

»John, was ist eigentlich aus dem jungen Einstein geworden«, erkundigt sich Gleeson, »dem Einstein-Enkel, auf den du damals so große Stücke gesetzt hast?«

»Hörst du nicht zu? Von was reden wir denn?«

»Ich habe zugehört … Ich frage ja nur, was hört man gegenwärtig von ihm?«

»Nichts! Verschwunden!«

»In welcher Weise verschwunden?«

»In vollkommener Weise!«

Charnick will erneut zur Flasche greifen, Gleeson ist schneller und nimmt sie an sich.

»Henry, ich muss irgendwie mit Sarahs Tod fertig werden. Sie fehlt mir. Sie fehlt mir Tag und Nacht. Ich weiß erst jetzt, was sie mir bedeutet hat.«

»Und das willst du mit Whisky schaffen? Über ihren Tod mit fünfzigprozentigem Whisky hinwegkommen?«

»Gibt es eine andere wirksame Methode?«

»Der Alkohol wird's nicht bringen, John«, versucht Gleeson ihn zur Einsicht zu bringen, »hat's nie gebracht … Für jetzt hast du genug!«

»Glaube ich nicht; glaube ich wirklich nicht«, erwidert Charnick eigensinnig und stellt ein weiteres Mal die Frage: »Henry, wie läuft's wirklich da unten? Wo ist der Pferdefuß? Was muss ich wissen? Raus mit der Sprache!«

»Alles super!«, behauptet Gleeson, stellt die Flasche ab und steht auf: »John, ich habe einen Termin …«

Die Tür des Büros von Charnick wird aufgerissen, General Clark stürmt herein, ihm folgt hilflos Miss Hallstroem, die ihn offenbar aufzuhalten suchte.

»Welchen Schwachsinn haben Sie sich da wieder erlaubt!«, schreit er Charnick an.

Charnick richtet sich etwas auf und fragt langsam, aber sehr exakt artikulierend:

»Wovon reden Sie, General?«

»Davon, dass dieser verdammte Dean Baquet noch rumgeistert! In Deutschland sind Spuren von ihm gefunden worden, DNA-Spuren … Blutspuren, damit es auch in Ihr versoffenes Hirn geht!«

»Angeblich ist er doch in die Luft geflogen …«

»Der Typ war in Deutschland in eine Schießerei verwickelt, in der Nähe von Berlin!«

»Bemerkenswert!«, höhnt Charnick. »Da haben Sie sich wirklich was Bemerkenswertes ausgesucht … Nicht sich … Ich korrigiere: uns! Hat eine Himmelfahrt hinter sich und ballert anschließend rum! … Hat's ihn jetzt wenigstens erwischt?«

»Woher soll ich das wissen? Nach meinen Informationen ist er von einem oder mehreren Schüssen getroffen worden, von seinem Ableben war dennoch nicht die Rede … Nicht mal, dass ihn irgendjemand festgesetzt hat.«

»Woher stammen die Informationen? Woher?«

»Von den Damen Weaver und …!«

»Das ist alles Kuhscheiße!«, bringt Charnick heraus. Es hört sich an, als habe er endlich begriffen, was vorgefallen ist. »Fliegt in die Luft und …«

»Soweit waren wir schon, Sie Säufer!«, fährt ihn der General an und droht: »Wenn ich rauskriege, Sie spielen falsch, sind Sie fällig!« Der General hat sich kaum noch in der Gewalt. Gleeson glaubt, im nächsten Moment wird General Clark Charnick ohrfeigen. Der General droht aber nur: »Wenn ich einen winzigen Beweis finde, dass irgendwas mit Baquet gelaufen ist … Irgendein krummes Ding … Ich mache Sie fertig, Sie Schnapsleiche, Sie werden Ihres Lebens nicht mehr froh.«

Charnick wirkt plötzlich wie ein Stier, der zum Angriff übergehen will. Überraschend klar und scharf erwidert er: »Meines Lebens werde ich auch ohne Ihre verdammten Drohungen nicht mehr froh, General!«

Es ist klar, die eingebauten Programme funktionieren; die genetischen Vorgaben haben die Steuerung übernommen, bei beiden Männern. Der General spürt, er muss einen Gang runterschalten, wenn die Szene nicht in Gewalt enden soll. Er mustert kurz Gleeson, als nehme er ihn erst jetzt wahr, und wendet sich dann wieder Charnick zu.

»Baquet hatte, als er sich da in der Umgebung von Berlin rumtrieb, Abhörausrüstung bei sich und wohl einen Spezialisten für Lauschangriffe. Ich stelle jetzt die Frage: Was hat er abgehört? Und wen?«

»Wen wohl?«, erwidert Charnick herausfordernd.

Der General sieht ihn voller Verachtung an.

Darauf fällt Charnick wieder in seinen vorherigen Zustand von Lethargie und Selbstmitleid zurück. Er murmelt etwas wie: ›Woher soll ausgerechnet ich das wissen? Man hat ihm mitgeteilt, Baquet ist in die Luft geflogen! Und jetzt diese Eröffnung!‹

»Auf eins will ich doch noch hinweisen: Miss Weaver und ihre Partnerin sind ebenfalls Ihre Erfindungen, General! Genau wie Baquet!«

Überraschenderweise stimmt ihm der General ohne Wenn und Aber zu. Der General verlässt Charnicks Büro. Im Rausgehen droht er Charnick ein weiteres Mal, diesmal halblaut: »An dem Tag, an dem auch nur ein Ermittler von FBI, CIA oder selbst der Heilsarmee hier auftaucht, sind Sie dran. Dann schnappe ich mir eine Pumpgun und räume eigenhändig auf.« Charnick sieht Clark nach und dabei bemerkt er, wie Gleeson ihn mustert.

»Du auch, mein Freund Brutus?«, fragt er Gleeson.

»Was meinst du? Ich muss los. Bis dann, John.«

Nachdem er das Zimmer verlassen hat, geht Charnick durch den Kopf: ›Merkwürdig, dass der General nicht die geringste Rücksicht auf Henry genommen hat. Hält er ihn für zu unbedeutend? Oder rechnet er im Gegenteil mit dessen Loyalität? Ist Henry übergelaufen? Bullshit!‹, sagt er sich dann. ›Vollkommener Bullshit! Ich bin einfach besoffen.‹

Er schenkt sich einen weiteren Whisky ein.

2.

Brandenburg an der Havel, 29. August

»Das reicht alles noch nicht. Wir fangen von vorne an.« Der Kriminalbeamte, ein grau wirkender, etwa 60 Jahre alter Mann, dessen Gesicht jahrzehntelange Nikotinsucht verrät, sagt dies ohne jede Emotion. Dabei ist es der dritte Tag, an dem er und seine wechselnden Kollegen Bernard in den Räumen der Polizeidirektion West verhören. »Machen wir es einfacher und begrenzen wir die Fragen auf die Schauspielerin Jana Janský, die tot in ihrer Wohnung in Berlin-Marzahn aufgefunden wurde. Ihr Wohnwagen war verschwunden und ist auf einem Parkplatz außerhalb der Stadt Brandenburg entdeckt worden. Anwohner hatten dieses Fahrzeug zuvor bei einer nächtlichen Schießerei nahe der Marina ›Schoners Wehr‹ gesehen. Sie berichteten, dass der Wohnwagen kurz nach der Schießerei von vermummten Männern weggefahren worden ist. Die Zeugen sprachen auch von Toten; kam sogar im Radio. Und Sie sind William Liggett und arbeiten für kanadische Zeitungen und kennen Frau Janský nicht einmal.«

»Das ist das, was ich Ihnen immer wieder bestätigt habe – soweit es meine Person betrifft. Den Zusammenhang zum Rest der Geschichte verstehe ich nicht«, behauptet Bernard fest.

»Ihr Pass ist gefälscht, Ihre Fingerabdrücke wurden in dem Wohnwagen gefunden und bislang ist – bis auf die von Frau Janský – keine Leiche entdeckt worden – was Sie aber ja nicht wissen können, da Sie mit dem Ganzen ja nichts zu tun haben. Wie erklären Sie die Fingerabdrücke?«

»Gar nicht. Es muss sich um eine Manipulation handeln!«

»Wie kommen Ihre Fingerabdrücke auch in Frau Jankýs Wohnung?«

»Auch dafür habe ich keine plausible Erklärung.«

Die Brandenburger Beamten sind höfliche Menschen und arbeiten mit preußischer Akkuratesse. Früher oder später wird er über die Beziehung sprechen müssen. Bei allem hat Bernard den Eindruck, die Kriminalbeamten sind weniger an dem Mordfall in Berlin interessiert als an der Schießerei in ihrer Stadt. Es ist offensichtlich, dass sie sich die Vorgänge nicht zusammenreimen können. Andererseits hat Bernard keinen Zweifel, dass sie der Wahrheit Schritt für Schritt näherkommen, und fragt sich ständig, was er ihnen sagen kann und was nicht, ohne vor ihnen seine Entdeckungen ausbreiten zu müssen.

»Hören Sie, Herr Kriminaloberinspektor: Ich verstehe, dass die Geschichte für Sie keinen Sinn ergibt. Für mich aber auch nicht. Ich fühle mich nicht gut; es ist das erste Mal in meinem Leben, dass ich irgendwo eingesperrt bin und mich vollkommen dem Willen anderer unterordnen muss.«

»Wir werden sicher noch über Ihre Gefühle sprechen«, antwortet der Beamte gleichgültig. »Sollen wir einen Psychologen hinzuziehen? Oder möchten Sie theologischen Beistand? Über einen Rechtsanwalt hatten wir ja schon häufiger gesprochen.«

»Nein. Alles gut. Es ist gut.«

»Na dann. Wir haben Zeit, Sie bleiben weiter in Untersuchungshaft. Da hat uns Kommissar Zufall ja einen dicken Brocken vor die Tür gelegt.«

»Sie meinen die Wirtin des Hotels?«

Am Nachmittag des dritten Tags wird das Verhör unterbrochen. Man teilt Bernard mit, sein Anwalt sei eingetroffen und führt ihn in ein Besprechungszimmer. Hinter ihm wird die Tür abgeschlossen. Von einer Minute zur nächsten ist er mit einem Menschen konfrontiert, den er nie zuvor gesehen hat. Er hat ihn nicht angefordert; er hat nicht mit einer Silbe um Rechtsbeistand gebeten. Der Anwalt, etwa vierzig, wirkt taff, trägt handgenähte Schuhe und extrem scharfe Bügelfalten an den Hosen, ist Deutscher. Er erklärt, sein Name sei Dr. de Faria und er arbeite für die Botschaft von Südafrika in Berlin. Er legt Bernard ein Schreiben vor, das ihn legitimiert, Mr. Groenesteyn, Staatsbürger der Republik Südafrika, in allen juristischen Angelegenheiten zu vertreten.

»Nur damit wir nicht aneinander vorbeireden, Sir … Ihr Name ist nicht William Liggett, wie Sie hier angegeben haben? Sie sind in Wirklichkeit Conrad Groenesteyn aus Kapstadt? Ist das richtig?«

Bernard sieht dem Anwalt in die Augen und erwidert, ohne mit der Wimper zu zucken: »Hundertprozentig richtig!«

Darauf schiebt ihm de Faria den Pass zu, der ihm auf dem russischen Frachter und nachher in Lettland solch gute Dienste geleistet hat und den Bernard bislang nicht erwähnt hat. Bernard nimmt den Pass auf und erkundigt sich: »Wie kommen Sie an meinen Pass?«

»Sie hatten ihn im Konsulat vergessen … Bei Ihrem letzten Besuch …«

»Ah so! Ich hatte mir, ehrlich gesagt, schon Gedanken gemacht … Ich dachte, er sei mir gestohlen worden …«

»Nein, Sie hatten ihn zurückgelassen …«

»Na, Hauptsache, er ist wieder da«, erwidert Bernard und will den Pass an sich nehmen.

Der Anwalt legt seine Hand darauf. »Tut mir leid; ich brauche ihn noch. Er wird Ihnen bei Ihrer Freilassung übergeben«, sagt er und nimmt das Dokument wieder an sich. Der Anwalt will wissen: »Mr. Groenesteyn, nur der guten Ordnung wegen: Sind Sie damit einverstanden, dass ich Ihre Freilassung betreibe?«

»Selbstverständlich bin ich damit einverstanden … Solange ich die Kaution nicht selbst aufbringen muss. Im Augenblick besitze ich vielleicht vierzig Euro und einige kanadische Dollar …«

»In Deutschland braucht man in solchen Fällen keine Kaution. Die Regierung von Südafrika würde gegebenenfalls die Summe auch vorlegen.«

»Ich kann mich nur bedanken für das großherzige Angebot … Allerdings weiß ich nicht, wann und wie ich mich dafür revanchieren kann.«

»Ich an Ihrer Stelle würde mir darüber keine Gedanken machen!«, erwidert der Anwalt knapp. »Wenn sich Ihre Unschuld bestätigt, woran ich nicht den geringsten Zweifel hege, erledigt sich das Problem von selbst. Ich fürchte allerdings, ich kann Sie nicht auf der Stelle mitnehmen … Die leidige Bürokratie, Sie verstehen! Und Deutschland ist bekanntlich das Mutterland der Bürokraten. Nun, ich sehe zu, was ich erreichen kann. Spätestens morgen oder übermorgen sind Sie hier raus … Behandelt man Sie anständig?«

»Sehr gut.«

»Erfreulich zu hören!«, bemerkt der Anwalt und zieht gleichzeitig ein weiteres vorgefertigtes Schriftstück aus seiner eleganten Aktentasche und bittet um Unterzeichnung. Es handelt sich dabei um einen Antrag auf Haftbeschwerde.

Bernard unterschreibt, ohne zu zögern, mit Conrad Groenesteyn. Während er das tut, kommt ihm der Gedanke: ›Hoffentlich entspricht diese Unterschrift der in meinem falschen Pass!‹ Dann sagt er sich: ›Warum soll ein Mensch nur eine Unterschrift haben?‹

Zu Bernards Überraschung wird er noch am selben Tag entlassen. Mit Auflagen zwar, aber immerhin entlassen. Dr. de Faria holt ihn ab, da er jetzt für ihn verantwortlich sei. Er führt Bernard zu einem kleinen Bus mit dunklen Scheiben, gedacht für zehn oder zwölf Passagiere. Das Fahrzeug ist in einiger Entfernung vom Polizeigebäude abgestellt. Ein Chauffeur öffnet Bernard die Seitentür. Als Bernard einsteigt, bemerkt er zwei Schwergewichte, die in der hintersten

Reihe des Busses sitzen und offenbar auf ihn warten. Beide sehen aus wie Bodyguards.

›Na wunderbar: Auf was habe ich mich überhaupt eingelassen? Hab ich meinen Kopf freiwillig in die Schlinge gesteckt? In welche Schlinge auch immer …‹

In diesem Moment bemerkt er, wie die Tür neben ihm automatisch verriegelt wird. Niemand sagt dazu ein Wort.

»Alles in bester Ordnung!«, wendet sich der Anwalt ihm halb zu, und zum Fahrer sagt er: »Zum sicheren Haus!«

Man fährt los.

»Lassen Sie mich wissen, wo es hingeht?«, fragt Bernard scheinbar beiläufig.

»In eine ausgesprochen schöne Ecke von Brandenburg. Freuen Sie sich auf den Seeblick. In einer halben Stunde sind wir da! … Machen Sie sich keine Gedanken! Es handelt sich um ein Gästehaus … Wir bringen dort allerdings nur Gäste unter, die uns besonders am Herzen liegen.«

»Dann darf ich das als Auszeichnung betrachten?«, bemerkt Bernard.

De Faria nickt uninteressiert. Bernard mustert den Anwalt noch einmal und fragt sich: ›Wie kann ein ausgewachsener Anwalt mit solcher Chuzpe agieren? Gibt's überhaupt kein Berufsethos mehr? Wahrscheinlich ist er kein Anwalt‹, schließt Bernard seine Überlegungen über Anwälte und Anwaltsgepflogenheiten ab. ›Wahrscheinlich sind de Farias Papiere nicht echter als meine!‹

Nach einer Viertelstunde Fahrt bemerkt Bernard am Straßenrand einen Wegweiser: »Ferch«! Er kennt den Ort. Er war sogar schon einmal dort. Ferch ist ein Künstlerdorf am Ufer des Schwielowsee; im Sommer viele Touristen und viel Touristenkitsch. Der Schwielowsee ist just der See, den sein Großvater Albert Einstein als Segelrevier so geschätzt hat. Schwielowsee und Templiner See – der See, an dem der große Albert sein Sommerhaus hatte – sind durch einen schmalen Durchstich miteinander verbunden. Doch einige

Kilometer vor Ferch biegt der Fahrer von der Landstraße ab, nimmt einen schmalen Weg zum Schwielower Reiterhof. Bernard nimmt an, dabei werde es sich um das »sichere Haus« handeln, von dem die Rede war.

Als man näher kommt, sieht man auf Anhieb nichts anderes als die Reste einer ehemaligen *Landwirtschaftlichen Produktionsgenossenschaft.* Sein Blick fällt auf eine Ansammlung von Reitställen, leerstehende, riesige Getreideschuppen und einfache Wohn- und Bürohäuser. Alles in allem ist nicht mehr zu sehen als ein weiterer Reiterhof mit viel Entwicklungspotenzial. In den letzten beiden Jahrzehnten sind sehr viele solcher Betriebe rund um Berlin eröffnet worden. Am Rand des Areals, schon halb im schütteren Wald, der den Betrieb an zwei Seiten begrenzt, befindet sich ein flacher Bau, der wie alle Gebäude des Reiterhofs aus der DDR-Zeit stammt. Dieser Bau ist mit einer starken Mauer und einem massiven Tor vom übrigen Gelände abgetrennt. Erst bei einem genaueren Blick erkennt man die diskreten Überwachungsanlagen. Rund um den Bau finden sich Laubengänge. Hier kann man bei Wind und Wetter frische Luft schöpfen respektive Spaziergänge um das Haus unternehmen. Und immer in der Gewissheit, dass man weder bei Tag noch bei Nacht von Satelliten erfasst werden kann.

Der kleine Bus, mit dem man Bernard hierher gebracht hat, hält in der Nähe des Metalltors. Bernard und de Faria gehen wie selbstverständlich darauf zu, behütet und kontrolliert von den beiden schweigsamen Preisboxern hinter ihnen. Als sie zwei Meter vor dem Tor sind, schiebt sich dieses etwas zur Seite. Sie gehen durch die Lücke, hinter ihnen schließt es sich wieder und alle vier Männer gehen wortlos ins Haus.

Eine junge Frau, die hinter einem Schreibtisch sitzt und offenbar in der Hauptsache eine Telefonanlage bedient, steht auf und begrüßt Bernard.

»Mr. Einstein, herzlich willkommen!« So wie sie strahlt, scheint sie sich über Bernards Erscheinen tatsächlich zu freuen.

›Wer weiß, vielleicht ein Fan der Allgemeinen oder der Speziellen Relativitätstheorie!‹

Sie geht um den Schreibtisch herum, wohl um die Führung zu übernehmen und sagt dabei: »Mr. Redding erwartet Sie bereits! Kaffee, Tee?«

»Kaffee, wenn's nichts ausmacht.«

»Sehr gerne!«

Mr. Redding, wie Bernard annimmt, erhebt sich ebenfalls bei Bernards Eintreten. Er scheint sich mindestens ebenso sehr über Bernards Auftauchen zu freuen wie seine Empfangsdame. So viel Menschenfreundlichkeit hat Bernard seit Langem nicht mehr erlebt. Der Mann grinst übers ganze Gesicht, klopft Bernard auf den Rücken.

»Unser Wunderkind!«, sagt er anerkennend. »Wir sind stolz auf Sie!«

»Wie darf ich das verstehen?«

»Wissen Sie, wenn das eine Übung wäre – ich würde sagen: Hut ab! Aber in Ihrem Fall wird scharf geschossen, und Sie stehen immer noch … Ohne einen Kratzer! Respekt! Sie wissen, wo Sie hier sind?«

»Ich nehme an, nicht auf dem Boden der Republik Südafrika!«

»Nein, Sie sind quasi zu Hause … Sie befinden sich in einer Einrichtung der Agency … Ich bin der Berliner Sektionschef der CIA.« Er dreht einen Porzellanteller auf seinem Schreibtisch herum. Er zeigt einen Adlerkopf und stilisierten Kompass, das Wappen der CIA; darunter ist das Motto zu lesen: *The Work Of A Nation. The Center of Intelligence.*

»Ich vermisse das Sternenbanner hinter Ihrem Schreibtisch«, bemerkt Bernard ungerührt.

»Ja, das ist der Nachteil, wenn man undercover arbeiten muss«, gibt Redding lachend zurück. Er öffnet eine silberne

Zigarettendose auf seinem Schreibtisch, bietet Bernard eine Zigarette an. Der lehnt ab. Redding bemerkt dazu: »Ich bin Avantgarde … Ich habe mir das Rauchen nie abgewöhnt … Jetzt bin ich wieder vorne! Ist es Ihnen schon aufgefallen, wir Raucher sind nicht mehr schuld an allen Übeln der Welt? … Erlauben Sie, dass ich direkt anfange: Was uns am meisten interessiert, Mr. Einstein: In welcher Weise sind Sie mit der *Gesellschaft der Freunde* verbunden?«

»Mit wem?«

»Mit Dr. Wendtland – dem Bankier vom Leipziger Platz! Und damit wir uns Zeit ersparen und Ihnen unnötige Quälereien: Ja, wir benutzen all die widerwärtigen Methoden, die Sie aus Agentenfilmen kennen und aus Talkshows … Waterboarding gehört tatsächlich zu unseren Methoden. Bedauerlicherweise! Ich sage Ihnen das nur für den Fall …«

»Ich bin amerikanischer Staatsbürger!«, gibt Bernard verblüfft von sich.

»Und wir sind nicht in Amerika.«

3.

Untere Havelniederung, 6. September

Rose liegt in einem äußerst knappen Bikini auf dem Oberdeck des Kajütkreuzers *Applaus*. Die Sonne wärmt stark, leichte Schweißperlen haben sich auf ihrer Haut gebildet.

›Ach, Bernard … Was würden die Jungs, die in der Nähe lauern und auf mich aufpassen, wohl dazu sagen? – Rose, du bist Physikprofessorin, keine Stripperin! Aber ich brauche unbedingt einen Mann – oder wenigstens einen Psychiater; letztlich tut es auch eine Psychiaterin. Ich muss entweder mit jemandem schlafen oder ersatzweise mit jemandem reden! Ich drehe noch durch!‹ Rose hat ihr Boot an einem einsamen, offenbar seit Jahren nicht mehr benutzten Anleger am

Havelufer festgemacht. Rund um sie herum ist Natur, nichts als Natur, kräftiggrüne Uferböschungen, hochgewachsene Weiden und Pappeln, flache Weiden, hinter denen sich kleine Wäldchen emporrecken. Nach der Karte befindet sie sich in der Unteren Havelniederung, nicht weit vom Städtchen Havelberg entfernt und nicht weit von der Mündung der Havel in die Elbe. Alles wirkt friedlich, sanft, beglückend. Ein Naturparadies. Das Wasser ist derart klar, dass hier Biber und Fischotter zu Hause sind. Ab und an lassen sich Silberreiher auf und am Fluss nieder. Je nachdem, wie die Sonne gerade steht, wirken sie wie Scherenschnitte.

Nach Tagen der Stille und Einsamkeit rührt sich erstmals wieder ihr sicheres Handy; Elyas ist dran.

»Ich bin in deiner Nähe«, sagt er knapp, »ich komme an Bord, erschieß' mich nicht!«

»In Ordnung«, erwidert Rose, greift nach einem dünnen Kaftan und zieht ihn über.

Es dauert wirklich nur vier oder fünf Minuten, dann bewegt sich Elyas schwerfällig aufs Boot. Sie will ihm helfen, aber er lehnt ihre Hilfe unwillig ab. »Das packe ich noch!«, sagt er, als wolle sie ihm etwas antun. Immerhin überlässt er ihr seinen Stock. Sie gehen unter Deck. Als sie ihm eine Erfrischung hinstellt, bemerkt er: »Du hältst mich auf Trab ... Vielleicht sollte ich mir in Berlin eine Wohnung zulegen. Erspare ich mir viel Fliegerei. Was ist mit Bernard Einstein?«

»Keine Ahnung. Das wäre das Erste gewesen, was ich dich gefragt hätte ...«

»Ich dachte, er ist die große Liebe.«

»Ist er. Leider ist es mit seiner Treue nicht weit her!«

»Ich vermute, die Deutschen haben mit dir über diese tschechische Schauspielerin namens Jana Janský gesprochen?«

»Haben sie.«

»Sie ist ermordet worden ...«

»Aber nicht von Bernard.«
»Und das weißt du woher?«
»Ich weiß es«, erwidert sie knapp.
»Hat man dir gesagt, was er mit der Tschechin zu tun hatte?«
»Er hat mit ihr geschlafen! Wenn er nicht bei mir war, war er bei ihr!«
Elyas nickt nachdenklich und bemerkt: »So war's in der Tat … Ich muss sagen, du nimmst es gefasst auf. Freut mich. Es gibt Frauen, die so etwas verbittert …«
Sie sieht ihn an, empört, als wollte sie ihm sein Getränk ins Gesicht schütten, erwidert aber nur: »Du hättest mich warnen können … Aber du musst ja immer eine Karte im Ärmel haben!«
»Rose, wir wollen die Rollen nicht vertauschen. Ich muss dir nichts mitteilen, du hast mir Informationen zu liefern!«
»Weißt du, wo Bernard geblieben ist?«
»Ja. Die Amerikaner haben ihn.«
»Welche Amerikaner?«
»Die guten, die CIA.«
»Und wo?«
»Irgendwo, wo er sicher aufgehoben ist.«
»Das heißt, er ist in einem geheimen Gefängnis? In Polen? In Rumänien?«
»Sie haben ihn. Das reicht doch.«
»Warum habt ihr ihn euch nicht gegriffen?«
»Bevor wir darüber reden, was wir hätten tun sollen, reden wir erst mal darüber, was ihr getan habt, speziell du!«
Rose überlegt kurz, berichtet dann: »Es war verwirrend: Wir hatten uns ein Auto gemietet, waren ein bisschen in Brandenburg rumgefahren, wollten dann zum Boot zurück. Plötzlich wurde auf uns geschossen; wir mussten fliehen. Bernard hatte vorgesorgt. Er hatte ein Hotelzimmer reserviert, genau für einen solchen Fall. Als Reserve, als Versteck. Ein paar Stunden ging es gut. Plötzlich stand die deutsche

Polizei im Zimmer: ›Ziehen Sie sich an und kommen Sie mit!‹ Ich schwöre, es war der Original-Naziton.«

»Und? Was noch?«

»Was heißt ›noch‹? Sie haben uns in ein Polizeigebäude gebracht, in ein Präsidium, wie sie das nennen. Ich wollte einen Anwalt, sie haben mich vertröstet. Dann begannen die Verhöre. Sie haben uns getrennt vernommen. Ich bin Bernard nie gegenübergestellt worden. Sie haben mich auch nicht mit seinen Aussagen konfrontiert. Ich weiß nicht, was er den Polizisten erzählt hat.«

»Und was hast du erzählt?«

»Was soll ich erzählt haben? Ich habe eine Liebesgeschichte mit einem Kollegen, einem amerikanischen Physiker, der zufällig Einstein heißt … Wir sehen uns immer mal; wir haben uns in Israel kennengelernt und sind uns in Berlin wieder über den Weg gelaufen … Er ist an einem Forschungsprojekt beteiligt, passenderweise geht es dabei um seinen Großvater Albert Einstein … Nach ein paar Stunden war ich wieder frei; seitdem warte ich hier auf ihn, hier auf dem Boot. Jetzt habe ich wenigstens eine Vorstellung davon, wo er sein könnte. Also werde ich weiter auf ihn warten …«

»Ich fürchte, das wird nichts mit dem großen Warten. Die Ferien sind vorbei, du wirst im Negev gebraucht: Du bist die Treppe raufgefallen. Die Ben-Gurion-Universität hat dir den roten Teppich ausgerollt.«

»Inwiefern?«

»Asher Schemer ist in den wohlverdienten Ruhestand getreten. Du bist seine Nachfolgerin.«

»Ab wann?«

»Du hast seinen Posten bereits übernommen – dankend angenommen!«

»Schön, das zu erfahren … Wäre es nicht vielleicht sinnvoller gewesen, mich zu fragen?«

»Nein! Ich denke für dich, ich handele für dich … Alles zu deinem Besten!«

»Reizend von dir!«

»Ehrlich gesagt, du wirst uns zu teuer hier! Hast du mal ausgerechnet, was uns deine Bewachung kostet? Wie viel Mann du beschäftigst?«

»Gut, reden wir darüber! Über deine Leute! Was haben sie getrieben, als es drauf ankam? Wo waren sie? Das ist das dritte Mal in wenigen Monaten, dass ich gerade mal so überlebe! Mit Ach und Krach!«

»Umso erfreulicher, dass du dich in Zukunft wieder ganz der Wissenschaft widmen kannst!«

»So billig kommst du mir nicht davon! Welche Truppe hast du denn da um dich versammelt? Schlafen die alle mit offenen Augen? Und wenn ihr schon die entscheidende Situation verpasst, warum habt ihr Bernard nicht rausgeholt? Wieso habt ihr ihn den Deutschen überlassen?«

»Rose, die israelische Wirklichkeit ist immer kompliziert.«

»Das will uns was sagen?«

»Die Amerikaner waren effektiver; sie haben ihn sich unter den Nagel gerissen. Die Deutschen sind ihnen mehr verpflichtet als uns ... Und jetzt beschäftigen wir uns mal etwas genauer mit eurer Landpartie. Was habt ihr in diesem Altenwohnheim gemacht?«

»Von welchem Altenwohnheim sprichst du?«

»Rose, nicht! Keine Spiele! Bei allem ... Ich will dir gar nichts absprechen. Aber du bist in erster Linie Israelin, in zweiter Linie ebenfalls, dann Mitarbeiterin des Shin Bet und danach kannst du alles andere sein. Für mich zählt vor allem deine Loyalität zum Shin Bet. Siehst du das ähnlich?«

»Vollkommen!«

»Sehr schön, dann: Wo sind die Papiere, die euch dieser Hausmeister überlassen hat?«

»Ich hatte sie nie ... Ich durfte sie mal kurz anfassen, mal drauf blicken. Das war alles. Bernard hat sehr darauf geachtet, dass sie nicht verloren gingen. Er hat mich nicht eine Sekunde mit den Papieren allein gelassen. Wir haben den Karton mitgenommen, uns dann von Herrn Schiefelbein verabschiedet – das war der Mann, der die Papiere von seiner Mutter geerbt hatte. Zurück ins Auto und losgefahren. Wir wollten die Papiere auf dem Boot untersuchen, auf diesem Boot hier … Wir waren auch fast wieder an Bord, da wurden wir überfallen … Bei der Gelegenheit muss der Karton im Leihwagen zurückgeblieben sein … Bernards Tasche auch; er trägt sie nie beim Fahren. Er wirft sie beim Einsteigen immer auf den Rücksitz oder auch auf den Beifahrersitz, je nachdem. Ich habe mir das mehr als einmal vor Augen geführt … Ich sehe genau diese Geste, als wir uns von Schiefelbein verabschiedet hatten und in den BMW stiegen … Am Boot wurden wir erwartet, zwei bewaffnete Männer, einer davon Baquet. Es wurde auf uns geschossen, dann erschoss jemand unsere Angreifer … Ob Bernard einen von ihnen erwischt hat oder gar beide – ich weiß es nicht. Ich wollte nur mich retten. Wir sind ja auch glücklicherweise irgendwie davongekommen … Ich kann das nicht exakt rekonstruieren.«

»Woran fehlt's?«

»Mir fehlen entscheidende Teile des Ablaufs … Im Hotelzimmer hatte er den Karton beziehungsweise die Tasche jedenfalls nicht bei sich. Wir haben uns auch nicht lange damit aufgehalten. Wir waren froh, dass wir es in das kleine Hotel geschafft hatten, in die ›Krone‹ oder wie das Haus heißt.«

»Nach den ganzen Anstrengungen, die er unternimmt, um an die Einstein-Papiere zu gelangen, hat er es einfach ›gut sein lassen‹, dass er sie nicht mehr in seinem Besitz hat? Hat sich gesagt: ›Gott hat gegeben, Gott hat genommen.‹ Willst du mir das vermitteln?«

»Elyas, ich bin durchaus nicht beleidigt, dass du mich für bescheuert hältst! Ich bin sicher, der Karton und die Tasche sind in deinem Besitz … *Ihr* habt doch am Tatort aufgeräumt … Wenn du wirklich eine Frage auf dem Herzen hättest, wärst du viel früher aufgetaucht! Oder hättest mich entführt! Du liebst doch die dramatische Note!«

»Rose, wir haben sie nicht.«

»Auch nicht schlimm! Niemand auf der Welt kann mit einem der Teilstücke etwas anfangen! Entweder man hat das ganze Papier oder man hat gar nichts!«

»Na, da bin ich ja beruhigt. Themenwechsel: Was weißt du von der *Gesellschaft der Freunde*?«

Sie lässt sich mit der Antwort Zeit, bemerkt schließlich: »Nichts. Wer ist das?«

»Rose, wir haben vor zehn Minuten über deine Loyalität gesprochen … Ich muss dich nicht noch mal daran erinnern. Hat er die Freunde je erwähnt?«

»Nein!«

»Du bist dessen sicher?«

»Absolut! Hundertprozentig!«

»Dann muss ich dir sagen, deine Liebe ist auf Sand gebaut. Dann vertraut er dir nicht. Dann nutzt er dich aus. Entweder das oder du belügst mich. Rose, das Schreckliche in meinem Metier ist, dass man niemandem trauen kann … Das Misstrauen ist wie Rost, zerfrisst alles, alle Beziehungen …«

»Nicht so melodramatisch! Wer sind die Freunde?«

Elyas bleibt bei seiner Attitüde von Enttäuschung und Trübsal. Womöglich ist seine Enttäuschung nicht einmal gespielt. Er fährt jedenfalls fort: »Rose, wir bedeuten uns etwas! Ich habe dich gefördert seit dem Moment, als du deinen ersten Preis in diesem Physikwettbewerb gewonnen hast … Ich glaube, du warst damals zwölf!«

Sie wird heftig: »Sage ja nicht, ich bin wie eine Tochter für dich … Wage das nicht zu sagen! Du warst derjenige …«

»Rose, es gibt sehr unterschiedliche Beziehungen zwischen Vätern und Töchtern … Und dabei wollen wir gar nicht an Lot und dessen Töchter denken! Und er war immerhin Abrahams Neffe und in gutem Einvernehmen mit Gott!«, erwidert Elyas, nun wieder in vertrauter Weise zynisch werdend: »Also, ich frage dich ein weiteres Mal … Und wenn es sein muss, frage ich das noch hundert Mal: Wo sind die Papiere, die euch angeblich abhandengekommen sind?«

4.

New York, 22. September

John Charnick sitzt in einer düsteren Ecke des *Uncle Tom's*, trinkt Bier aus einer Flasche und wartet auf Scheich Talal. Dieser hat ihm versprochen, sich anzuhören, was er zu sagen hat. Dabei schwang mit: Wird wohl nichts Erfreuliches sein! Allerdings hat er nicht gesagt, wann er kommen wird. Das kann in einer Stunde sein oder in zwei, aber John kann damit rechnen, er wird kommen.

Neben Charnick rekelt sich eine fast nackte Frau mittleren Alters. Sie trägt nur einen BH und Schuhe mit sehr hohen Absätzen, sonst nichts. John kennt die Frau nicht und sie interessiert ihn auch nicht. Er nimmt an, dass sie nicht zum Personal gehört, sondern zum eigenen Vergnügen hier ist. Immerhin lässt er zu, dass sie ihre Hand auf seinem Oberschenkel bewegt und ab und zu über sein Glied streicht, das in seiner Hose längst schmerzend hart geworden ist. Was die Frau macht, tut sie nicht für ihn. Sie macht das für ihren Mann, der in einiger Entfernung sitzt und sich das Schauspiel starr und angewidert ansieht.

Charnick reicht es. Er fährt sie an: »Hör auf … Ich will in Ruhe ein Bier trinken! Deswegen bin ich hier!«

Die Frau stellt darauf ihre Bemühungen ein, rückt aber nicht von ihm ab. Im Gegenteil, sie drängt sich noch mehr an Charnick und flüstert ihm dabei zu: »Tu mir den Gefallen! Rede mit mir! Mach ihn verrückt!«

»Was willst du hören?«

»Irgendwas … Es ist mir egal … Rede übers Wetter oder dein Auto. Hauptsache, er denkt, du willst mich … Du schleppst mich ab, in irgendein Hotel! Oder du bringst mich nach hinten …« Sie wird eifriger, als sie anbietet: »Vielleicht willst du mich nach hinten bringen?« Wie zur Bekräftigung, dass sie für alles zur Verfügung steht, reibt sie erneut sein Glied.

»Ich habe gesagt, du sollst aufhören!«, sagt er und packt ihre Hand.

Sie stöhnt: »Ist deine Frau auch hier? Lässt du sie von den Kerlen hier rannehmen? Oder nimmt sie dich ran?«

»Meine Frau ist ermordet worden«, antwortet er knapp. Dann verlangt er: »Und jetzt hau ab!«

Sie versucht ihn zu beschwichtigen, legt erneut die Hand auf seinen Oberschenkel und sagt: »Tut mir leid … das konnte ich nicht wissen, das mit deiner Frau …« Sie bittet damit gleichzeitig um Verständnis und um Verzeihung. Er nimmt die Hand der Frau und presst sie auf die Bank, auf der sie sitzen.

Sie beschwert sich: »Du tust mir weh …«

»Dafür bist du hier!«

»Aber nicht, damit du mir die Hand zerquetschst. Die wird noch gebraucht!« Sie kichert in einer Weise, die aufreizend wirken soll: »Mehr kriegt mein Männchen nicht!«

Er lässt ihre Hand los; sie reibt sie mit der linken. Ansonsten bleibt sie neben ihm sitzen, als gehöre sie zu ihm. Sie blickt ihn kurz an. »Es macht dich fertig, wenn man jemanden verliert, an dem man hängt! Meinen Jungen haben sie in dem Scheiß-Irak mit einer Autobombe erwischt …«

»Meinen auch!«

Nach einem Moment des Schweigens fragt sie vorsichtig: »Wann ist es passiert, mit deiner Frau?«

»Vor ein paar Wochen …«

»Und wo?«

»Ist es wichtig, wo es passiert ist oder wann? … Ich will wissen, wer es war. Das ist es, was mich interessiert.«

»Klar … Das heißt, man hat noch niemanden gefasst?«

»Noch nicht, nein!« Und kaum hörbar fügt er hinzu: »Aber ich hoffe, das ändert sich bald …«

Sie sieht ihn wieder an: »Was soll das heißen?«

»Tu mir den Gefallen, hau endlich ab!«, sagt Charnick ein weiteres Mal.

Diesmal steht die Frau auf und geht zu einem Paar an der Bar. Dort macht sie sich an der Frau zu schaffen, die das mit einem gewissen Erstaunen hinnimmt. John bemerkt erst jetzt, wie knochig und faltig sie ist. Spuren von Auspeitschungen sind auf ihrem Hintern und ihren Oberschenkeln geblieben. Charnick nimmt einen Schluck Bier.

›Sarah. Deinetwegen bin ich hier.‹ Wegen Sarah. Er sieht sie auf einem Wellenkamm, wie sie elegant eine Welle reitet, eine sanfte Welle, gerade stark genug, sie zu tragen. Wie biegsam sie ist! Dann kommen ihm Bilder in den Sinn, wie Scheich Talal sich ihrer bedient hat. Hier in diesem Raum.

Ohne dass er es wirklich will, beobachtet er erneut die Frau, deren Hitze und Geilheit er eben noch gespürt hat. Sie hat ihm gesagt, sie führe eine halb offene Ehe. Alle Freiheiten für sie, keine für ihren Mann. Welche Art von Ehe hat er mit Sarah geführt? Hat er sie ausgenutzt? Oder sie ihn?

Scheich Talal kommt mit Julie, seiner Spielgefährtin. Sie trägt ein sehr enges, bodenlanges, vorne und auf der Rückseite extrem tief ausgeschnittenes Kleid. Bei allem wirkt sie, als laufe sie über einen roten Teppich und werde von einer Menge Schaulustiger bestaunt. Ihnen folgt wie ein eifriger Geschäftsführer dieser Mafia-Anwalt, der ihn, John Charnick, in seinem eigenen Haus bedroht hat.

›Wie heißt er noch? Arthur Wachsman, richtig, das war sein Name. Dass der Scheich ihn mitgebracht hat, kann nur eins bedeuten: Es geht zur Sache. Nun gut, ich bin bereit. Dann wird die Geschichte eben hier und jetzt beendet.‹

Der Scheich bleibt kurz bei Charnick stehen, sagt: »Ich habe nicht viel Zeit … Gehen wir nach hinten! Da können wir auch reden … Mr. Wachsman kennen Sie?«

»Er hat mir einen Besuch abgestattet …«

»Ja, so was macht er gern«, sagt der Scheich, geht weiter.

Charnick folgt den dreien. Am Perlenvorhang, der den Klubraum von den Gästeräumen trennt, wird er von den Bodyguards aufgehalten. Sie tasten ihn oberflächlich ab. Keine Waffen.

Der Scheich verlangt: »Macht's gründlich!« Er erklärt nicht, warum er heute besondere Sorgfalt verlangt.

›Das ist es!‹, spürt Charnick, ›das ist der endgültige Beweis! Er ist Sarahs Mörder. Er nimmt an, ich bin hier, um mich zu rächen.‹

Die Bodyguards finden auch beim zweiten Abtasten keine Waffe bei Charnick. Als sie fertig sind, nicken sie dem Scheich zu. Die Geste soll sagen: ›Er ist sauber! Alles in Ordnung!‹ Darauf begibt sich die kleine Truppe endgültig nach hinten. Wie gewöhnlich hat der Scheich die größte der drei schallisolierten Folterkammern für sich reservieren lassen. Auf den ersten Blick wirkt der Raum wie eine Mischung aus Fitness-Studio und mittelalterlichem Burgverlies, Maschinen und Eisenketten, die von der Decke herabhängen. In der Mitte des Raumes steht eine moderne Version eines Spanischen Reiters, aus Edelstahl gefertigt und aufs Notwendigste reduziert.

Der Scheich führt Julie zu diesem Folterinstrument und bemerkt: »Du weißt, was das ist?«

Julie zuckt die Achseln: »Auf die Dauer zerreißt es dich …«

»Ich dachte mir, dass du es kennst … Was kennst du nicht?« Dann dreht er sich um und man weiß nicht, wendet er sich jetzt an John Charnick oder seinen Anwalt oder an beide. Jedenfalls erklärt er, was wirklich nicht erklärt werden muss: »Die spanische Inquisition hat gern solche Vorrichtungen verwandt … Dieses Pferdchen ist die moderne Version. Machen Sie sich darauf gefasst, sie wird sehr bald schreien …« Er wendet sich wieder Julie zu: »Du weißt, ich liebe deine Schreie, meine Liebe!«

»Ich weiß es!«

Julie stellt sich unbeeindruckt vor dem Scheich in Positur. Der zieht ihr mit wenigen Handbewegungen das Kleid aus und führt sie ans Pferd. Alle Anwesenden sehen stumm zu, wie die nackte Frau auf das Folterinstrument steigt.

In die angespannte Stille sagt Charnick: »Scheich, würden Sie sich mal mir zuwenden?«

Scheich Talal dreht nur etwas den Kopf. In diesem Moment schießt John Charnick. Er trifft das Rückgrat des Mannes, der zweite Schuss durchschlägt seinen Oberkörper. Bevor er ein drittes Mal abdrücken kann, trifft ihn eine Kugel von einem der Leibwächter zwischen die Augen. Charnick fällt nach hinten, als seien ihm die Beine weggezogen worden. Zur Sicherheit gibt der Leibwächter einen weiteren Schuss auf ihn ab. Der Scheich lebt da noch, zappelt wie ein Fisch, sucht zu verstehen, was ihm geschehen ist. Der zweite Leibwächter hat ihn aufgefangen, hält ihn und spürt, wie sein Auftraggeber sein Leben aushaucht. Die Leibwächter sind verwirrt. Auf Arabisch fragen sie sich: »Wo kommt die Pistole her?«

Julie beantwortet ihre Frage kühl, wobei sie sich anzieht: »Die hat jemand für ihn hier versteckt … Wahrscheinlich ein Kellner oder der Chef selbst.«

»Was sollen wir machen?«

»Du nimmst dein Handy und rufst die Polizei … 911!«

»Nicht sein Büro?

»Sein Büro auch! Erst die Polizei, dann sein Büro! Und sorg dafür, dass nicht irgendeine seiner Ehefrauen hier auftaucht!«

»Wo wollen Sie hin?«, erkundigt sich der Bodyguard, als er sieht, dass Julie sich entfernen will.

»Für mich gibt's hier nichts mehr zu tun … Ihr habt den Namen? Der Tote heißt John Charnick und war Chef des CAINE Institutes in Pasadena … Am besten, ihr schreibt es euch auf!«

»Keine Sorge! Das regel ich schon«, bemerkt Wachsman. Er wirkt nicht, als erlebe er so etwas zum ersten Mal.

Der Fall wird der New Yorker Polizei bereits vom Geheimdienst abgenommen, da ist der Scheich noch keine Stunde tot. In der Presse wird anfangs mit riesigen Fotos und sehr kurzen Texten gearbeitet. In den ersten zwei Tagen ist von Islamismus und Terrorismus die Rede, dann wird die ganze Geschichte heruntergefahren, und Scheich Talal wird als Opfer seiner Begierden beschrieben. Julie taucht sogar in Talkshows auf und gibt sich als trauernde Geliebte. Der Täter wird als amerikanischer Bürger beschrieben, weißer Mittelstand, normaler Lebenslauf, normale Intelligenz, stramm rechte Gesinnung. Wohl auch wiedergeborener Christ. So wie sich der Fall nun liest und in den einschlägigen Sendungen dargestellt wird, hat der Scheich die Frau des Täters mit Drogen für seine perversen Zwecke gefügig gemacht. Es handelt sich also letzten Endes um ein Liebesdrama mit speziellen Zutaten.

Der Name CAINE Institute und die Tatsache, dass John Charnick dessen CEO gewesen war, kommen in keinem der Berichte vor. Entweder hat General Clark das bewirkt oder das Geld des Instituts. Wahrscheinlich beides.

5.

Berlin, 16. Oktober

Ein Mann Anfang dreißig mit schlaksiger Statur, leger in Jeans und grauem Sweatshirt gekleidet, darüber ein Dufflecoat, der ihm einen universitären Anstrich gibt. Er steigt am Savigny-Platz in die S-Bahn ein und an der Station Lichterfelde-Ost wieder aus. Er hat lockiges, dunkles Haar, eine Art Briefträgertasche um die Schulter. Zusammen mit auffällig zurechtgemachten Verkäuferinnen und sich als wichtig empfindenden Bürokräften hastet er eine steile Treppe hinab, geht an Massen abgestellter Fahrräder vorbei zum Bahnhofsvorplatz. Ein Schnellbus der Linie X 11 bringt ihn von hier aus in zehn Minuten zum Bundesarchiv an der Finkensteinallee. Die Fahrt führt durch den Stadtteil Lichterfelde, ein Refugium der Bürgerlichkeit. Der Stadtteil scheint nur aus kauzigen Häusern aus der Zeit um 1900 zu bestehen: Burgen, Miniatur-Palazzi, Schweizerhäuschen, Backsteinschlösser. Und dies nach hundert verrückten Jahren mit Bombardierung, Panzerbeschuss und Abriss, nach Jahren von Planungswahnsinn und Aufbauwut. Diese steingewordenen Wachträume des Bürgertums wurden ehedem von Pensionären, Obersten außer Dienst, zu Geld gekommenen Malern und Theaterdichtern bewohnt. Jetzt sind die Häuser und Wohnungen vor allem bei den C4-Professoren der in der Nähe gelegenen Freien Universität begehrt.

Am Eingang des Lesesaals des Bundesarchivs grüßt ihn eine in die Jahre gekommene Archivarin, kurze, graue Haare, ungeschminkt, mit einer etwas unpassend futuristischen Brille in den Haaren, die hinter einem halbhohen Tresen sitzt und mit ansonsten strengem Blick den Zugang kontrolliert.

»Guten Morgen, Herr Einstein.« Sie lächelt und insgeheim freut sie sich wirklich, ihn wiederzusehen, wie jeden Werktag seit fast vier Wochen schon.

»Guten Morgen, Frau Jobst«, lächelt Bernard zurück.

Er hat durch pure Ausdauer nicht nur das Gewohnheitsrecht erwirkt, seine Tasche mit in den Saal nehmen zu dürfen, sondern sich auch einen Fensterplatz in einem der drei Lesesäle erobert. Wenn er von seinen Papieren und Aktenbänden aufsieht, blickt er auf den Campus des Archivs. Er sieht dann Wiesen, Blumenrabatte und sehr alte Bäume, eine Kasernenanlage aus der Kaiserzeit, neoromanisch in orange-roten Backsteinen erbaut. Gelegentlich meint er beim Blick aus dem Fenster die Massen von Hakenkreuzfahnen zu sehen, die während des Dritten Reiches hier flatterten … Ende Juni, Anfang Juli 1934 erschossen auf dem jetzt so friedlich wirkenden Gelände Exekutionskommandos der SS ihre Konkurrenten von der SA.

Auf seinem Platz liegen schon die Akten, die er gestern noch bestellt hatte. Er startet seinen Laptop und beginnt die Unterlagen zu sortieren. Mittlerweile kennt er das Ablagesystem der Akten sehr genau.

Nach einigen Stunden steht Bernard auf, um sich ein Findbuch zu holen, die es zu seiner anfänglichen Überraschung hier noch als Folianten gibt, ganz ohne Digitalisierung. Bei der Gelegenheit bemerkt er einen Mann im Anzug, Anfang sechzig, zu teuer gekleidet für dieses Archiv, der sich auf einem der Besucherplätze niedergelassen hat. Die beiden tun so, als hätten sie sich nie im Leben gesehen.

Bernard ändert seine Absichten. Er kehrt unvermittelt an seinen Platz zurück, klappt seinen Laptop zu, räumt zusammen, was er ausgebreitet hat, und bringt die Unterlagen, mit denen er sich den Morgen über beschäftigt hat, zur Ausleihe zurück.

»Schon fertig für heute?«, erkundigt sich die freundliche, ältere Bibliothekarin, bei der er einen Stein im Brett hat.

»Für heute ja! Danke und schönen Tag noch!«

»Ihnen auch!«

Außerhalb des Lesesaals gibt es Schließfächer. Hier hat Bernard seinen Dufflecoat eingeschlossen, der ihm bei dem derzeit vorherrschenden unfreundlichen Herbstwetter gute Dienste tut. Er zieht seine Winterjacke an, Original Montgomery London, handmade in England. Danach hängt er seine Tasche sorgfältig um und verstaut den Laptop im

Schließfach. Dabei nimmt er wahr, dass auch der Mann vom Besucherplatz das Archiv verlassen will.

Fast gleichzeitig sind sie am Ausgang, geben an der Pforte ihre Besucherkarten ab und erhalten im Gegenzug ihre Ausweispapiere zurück. Dabei sieht Bernard auf die Uhren an der Rückwand der Pförtnerloge. In Mitteleuropa ist es zurzeit 12 Uhr 34; Donnerstag, der 16. Oktober.

Draußen regnet es. Bernard Einstein eilt mit gesenktem Kopf zur Haltestelle, erwischt auch bald einen Bus.

An der nächsten Haltestelle steigt er aus. Der überlange, silbergraue Mercedes S-Klasse, mit dem sich Dr. Wendtland gern herumchauffieren lässt, wartet bereits auf ihn und öffnet die Tür zum Passagierabteil, Bernard steigt ein.

»Schön, Sie mal wiederzusehen«, begrüßt ihn Wendtland. Bernard nickt, aber schweigt, sodass Wendlandt weiterspricht: »Sie waren im … Gewahrsam der CIA?« Er fragt dies nicht wirklich, sondern stellt es fest. »Alles überstanden?« Nun fragt er wirklich.

»Man hat mir nur Angst gemacht.«

»Erfolgreich?«

»Ja, erfolgreich. Und zu wenig geschlafen habe ich. Ich wurde verhört, es gab keinen Tag und keine Nacht mehr. Als ich zurück nach Berlin gebracht wurde, war ich erstaunt, dass ich nur eine Woche weg gewesen war. Zuvor war ich mir sicher, es wären drei Wochen gewesen.«

»Zeit und Raum sind relativ – aber das ist nur ein schwacher Trost. Es tut mir leid, Bernard, was man Ihnen angetan hat. Spätestens seit Ihrem Israelaufenthalt war der Einsatz klar. Wir tun, was wir können, um zu helfen … Was ist mit der israelischen Professorin, mit Frau Shalev?«

»Ich höre nichts von ihr und melde mich nicht bei ihr. Ich will das Schicksal nicht herausfordern. – Da ist noch etwas«, Bernard schaut ihm direkt in die Augen: »Man hat mir dargelegt, dass ich für einen Geheimbund arbeite, der an der

Wiederherstellung des Sozialismus im globalen Maßstab arbeite.«

Rainer Wendtland lacht schallend, klopft Bernard kurz auf die Schulter. Dann aber wird er wieder ernst.

»Gut. Soweit es mich und meine Freunde betrifft: Ja, wir sind nicht nur davon überzeugt, dass es unterschiedliche physikalischen Welten geben kann, sondern auch verschiedene gesellschaftliche. Und meine eigene Geschichte ist die eines ehemaligen SED-Nachwuchskaders bei der Staatsbank; das habe ich nach der Wende genutzt, erfolgreich. Das scheint die Fantasie Ihrer Landsleute aus Langley sehr angeregt zu haben.«

»Man hält Sie für eine Gefahr.«

»Und Sie?«

»Ich denke, dass Sie der einzige sind, der meine Recherchen ermöglicht und bezahlt. – Deshalb auch war ich auf Achse … In unserer Sache«, erklärt Bernard.

»Jetzt beeindrucken Sie mich abermals! Und haben Sie etwas gefunden?«

»Ja!« Er öffnet seine Tasche und entnimmt ihr die Fotokopien von vier Seiten Einstein-Text. Diese überreicht er dem erkennbar verblüfften Wendtland. »Wir kommen dem Geheimnis näher, aber wir haben es noch nicht geknackt«, erläutert Bernard dabei.

»Immerhin ein weiteres Stück vom Kuchen!«, gibt Wendtland begeistert zurück und streicht sich über seinen Kopf.

»Das ist es.«

Wendtland wirft einen Blick auf den Text. Er kennt mittlerweile Albert Einsteins Handschrift wie seine eigene, sieht die verqueren Gleichungen und will nur wissen: »Wo haben Sie das gefunden?«

»In einer Klosterbibliothek in Schussenried …«

»Wo ist das denn?«

»Im Schwäbischen Himmelreich … Einstein hatte einen Freund Anfang der Dreißigerjahre gebeten, auf das Papier aufzupassen. Der Freund, ein Bibliothekar, hat das getan und kurz vor seinem Tod, quasi im Sterben, seinem Nachfolger das Versprechen abgenommen, es in Gewahrsam zu behalten, bis jemand kommt, der Anspruch darauf erheben kann.«

»Und Sie als Einstein-Enkel sind der berufene Mensch dafür?«, vergewissert sich Wendtland.

»So sehe ich das, ja.«

»Ich ziehe meinen Hut … Und worauf läuft das Ganze nun hinaus?«

»Ich wiederhole mich, ich weiß: Meiner Meinung nach ist die Sache mit Absicht so aufgebaut, dass die Teile erst dann ihren Wert gewinnen, wenn man alles in der Hand hat, alle Stücke.«

Dr. Wendtland sieht Bernard abschätzend an. »Jedoch vorher …?«, will er wissen. »Was vermuten Sie?«

»Ich lasse mich jetzt auf Spekulation ein! … Sie wissen mit hundertprozentiger Sicherheit, was die Lambda-Theorie ist?«

»Selbstverständlich: die ›große Eselei‹ Ihres Großvaters …«

»Eigentlich eine Großtat …«

»Ist mir klar! Ich habe nur den Begriff benutzt, den der große Albert selbst dafür verwandt hat …«

»Nicht immer. Am Anfang – als er die Theorie 1917 in die Physik einführte – war er sehr stolz auf seine Überlegung. Dann kamen die Zweifel, am Ende sah er die Dinge wieder mit anderen Augen … Keine andere physikalische Größe hat ein solches Auf und Ab hinter sich wie die Kosmologische Konstante Lambda.«

»D'accord … Verstehe ich das richtig? Sie meinen, bei der geheimnisvollen Arbeit, hinter der Sie her sind, handele es sich um eine Variante der Lambda-Formel?«

»Wenn Sie damit die erweiterten Feldgleichungen meinen? Ja, Ich halte es für denkbar.«

»Sie ahnen, welche Auswirkungen das haben könnte …?«

»Mein Großvater muss die Folgen gefürchtet haben … nein, nicht gefürchtet – er muss schreckliche Angst davor gehabt haben, dass er recht habe und auf diese Weise das Grauen in die Welt setze! Oder, etwas weniger aufregend formuliert: dass er einen Zauberschlüssel in der Hand halte. Anders ist sein Verhalten nicht zu erklären …«

»Aber die Kosmologische Konstante ist nur ein Taschenspielertrick Ihres Großvaters gewesen!«, grinst Wendtland.

»Genau. Er hat die kosmologische Konstante ›Lambda‹ einfach erfunden – damit seine korrekten Berechnungen mit der damals etablierten Vorstellung des Kosmos übereinstimmen: Das Universum sei in sich geschlossen, gleiche etwa einer Kugeloberfläche: unbegrenzt, aber von endlicher Ausdehnung. Diese Überlegungen suchte er in Formeln zu fassen. Bei seinen Rechnungen und Berechnungen stieß Großvater Einstein aber immer wieder auf ein merkwürdiges Phänomen: Er konnte die Lösungen drehen und wenden, wie er wollte, stets zog sich der Raum zusammen oder dehnte sich aus. Es kam partout kein statisches Universum heraus, wie es nach aller Meinung sein sollte.«

»Ihr Großvater war wirklich ein Schlitzohr: Damit sich aus den Gravitationsgleichungen das vermeintlich statische Universum ergeben konnte, das jedermann, ihn eingeschlossen, für gegeben hielt, fügte er in seine Berechnungen einen Zusatzterm ein, eine Fantasiekraft.«

»Im Grund ein korrektes Vorgehen, zumindest mathematisch«, verteidigt Bernard seinen Großvater. »Weil die Konstante ja für einen klar umrissenen Zweck gedacht war, wählte er die Parameter so, dass Schwerkraft und Anti-Schwerkraft in Übereinstimmung kamen. Diese Zusatzgröße bezeichnete er mit dem griechischen Buchstaben Lambda. Alle waren's zufrieden, alles paletti. Wer sollte ihm widersprechen? Alberts Berechnungen ließen sich nicht durch Experimentieren oder Beobachtungen überprüfen. Man konnte sie nur als Rechenkünste akzeptieren oder lassen.«

Wendlandt nickt: »So hätte die Geschichte enden können: Ein begabter Physiker aus Deutschland hat eine weitere Theorie veröffentlicht. Na und?«

»Doch dann gab es diese astronomischen Messungen: erst der Beleg einer Verschiebung von Sternen, was nur mit Einsteins Theorie erklärt werden konnte, dann Hubbels Entdeckung, dass der Raum sich ausdehnt. Albert Einstein hatte dies zuvor errechnet! Umso peinlicher, dass er der Welt seine Kosmologische Konstante geboten hatte. Man kann verstehen, dass er sie so unspektakulär wie möglich beerdigen wollte. Doch seine Kosmologische Konstante, seine Lambda-Theorie, verschwand nicht einfach wieder aus der Welt, wurde nicht ad acta gelegt, wie es zuvor vielen anderen Theorien ergangen war, die sich überlebt hatten. Das rein mathematische Konstrukt wurde vielmehr in den Jahrzehnten nach 1930 mal unwichtig, dann wieder wichtiger. Und gegenwärtig ist sie wieder voll da. Ich kann nur sagen, würde mein Großvater noch leben, hätte er sicher seine helle Freude daran, wie sich an der größten Eselei seines Lebens die Forscher die Zähne ausbeißen.«

»Die Frage, ob es die Kosmologische Konstante überhaupt gibt oder nicht, hat ausschlaggebende Bedeutung für unsere Zukunft.«

»Inwiefern?«

Wendtland sieht Bernard fragend an; endlich bemerkt er: »Was auch immer mit Lambda beschrieben wird, es macht rund 72 Prozent der Kraft des Universums aus.«

»Mag sein …«, stimmt Bernard vorsichtig zu.

»Nein, so ist es!«, behauptet Wendtland, seiner Sache absolut sicher. »Hat Ihr Großvater in seinem geheimnisvoll verschlüsselten und merkwürdig über die Welt verteilten Papier Abweichungen von der mittlerweile allbekannten Lambda-Theorie vorgenommen?«

»Ich kann es Ihnen nicht sagen«, behauptet Bernard: »Ich weiß es nicht. Was wir haben – und ich habe Ihnen von allem, was ich gefunden habe, entweder das Original oder die Kopie gegeben …«

»Von allem?«, insistiert Wendtland.

»Von allem!«, wiederholt Bernard bestimmt. »Aber solange wir das Schlüsselteil nicht haben, haben wir nichts …«

»Und wo suchen Sie es?«

»Genau da, wo Sie mich gefunden haben, im Bundesarchiv … unter den Nazipapieren … Die Abweichung, die Albert Einstein vermutet oder errechnet hat – bei ihm ist es ja fast dasselbe –, muss irgendwelche schrecklichen Konsequenzen heraufbeschwören … Es kann nicht darum gehen, was die Sterne in Milliarden Jahren machen oder nicht machen … Das hat er nicht geheim gehalten! Ich bin sicher, er fürchtete nicht die Zukunft, er fürchtete seine Zeitgenossen … Entweder die Nazis oder die Russen oder meinetwegen auch die Amerikaner. Selbst Franzosen oder Briten waren damals noch Militärmächte von Gewicht!«

»Sie glauben, es geht im praktischen Sinn um Leben und Tod?«, folgert Wendtland.

Bernard spürt seine Anspannung. Er sagt erklärend und beschwichtigend: »Ich bin überzeugt, bei seinem Hals-über-Kopf-Auszug aus Deutschland Ende 1932 hat mein Großvater irgendein entscheidendes Stück Papier zurückgelassen, das den Nazis in die Finger gefallen ist. Sie konnten nur nichts damit anfangen. Ich beschäftige mich gerade mit Dr. Felix Pietsch, einem SA-Jünger an der Humboldt-Universität. Er war an einer Hausdurchsuchung in der Einstein-Wohnung beteiligt …«

Wendtland sieht Bernard an, als müsse er zu einem abschließenden Urteil kommen. Endlich sagt er: »Beschäftigen Sie sich weiter … Soll mein Fahrer Sie später zurückbringen?«

»Es wäre mir sehr angenehm!«

6.

Genf, 4. November

In Genf und deshalb natürlich auch am Genfer See ist der 4. November ein trüber Tag. Hochnebel, Dämmerlicht tagsüber. Die Ausflugsboote liegen verlassen am Ufer. Die gewaltige Fontäne im See versprüht zwar wie immer ihr Wasser, aber außer den Möwen in ihrer Nähe achtet niemand auf sie. In diesem Jahr ist der 4. November in der Schweiz der *Tag der Pausenmilch.* In der Znünipause respektive in der récréation, der ricreazione oder der pausa schenkt der Schweizerische Bäuerinnen- und Landfrauenverband allen Schulkindern einen Becher Milch aus. Damit will man sie motivieren, sich gesund zu ernähren.

Im Festsaal des *President Wilson Hotel* direkt am Genfer See, in einer Suite in den oberen Stockwerken, in der sonst Politiker wie Bill Clinton oder Shimon Peres, Royals wie der König von Saudi-Arabien und seine Frauen und Prinzen oder Weltstars wie Michael Douglas und Bill Gates sicher nächtigen und sprechen können, gibt sich General Clark leutselig.

»Was haben wir Neues?«

»Einiges, aber wenig Erfreuliches«, erwidert Weaver.

»Dann bitte ich erst mal um das Erfreuliche«, bemerkt Clark.

Aus dem Nichts erfolgt eine Explosion von ungeheurer Wucht. Kevin P. Clark und die beiden Ermittlerinnen Jennifer McTravish und Laura Weaver werden in kleinste Stücke zerrissen. Die Suite, in der sie sich befinden, und die Suite im Stock darüber wird in Schutt und Asche gelegt. Die Statik des gesamten mächtigen Gebäudes ist gefährdet. Aber das ist dann zweitrangig.

»Das sollte es gewesen sein«, bemerkt Dean Baquet, der von der Kapitänskajüte des an einem Anleger festgemachten

Ausflugsdampfers *Geneve* die Explosion verfolgt hat. Dann, als er bemerkt, dass Pascal Dédé nicht zusammenpackt, fügt er hinzu: »Willst du nicht Schluss machen?«

Pascal gibt keine Antwort, konzentriert sich vielmehr immer noch auf seine Abhörgeräte.

Baquet drängt: »Das war's doch wohl!«

»Ich will eine Bestätigung hören ... Ich hasse Überraschungen und alles, was wie Überraschungen aussieht.«

Vom Schiff aus sieht man mit dem Fernglas, aber auch mit bloßem Auge, Rettungsfahrzeuge, die zum *President Wilson* rasen, Polizeitrupps, die auffahren, bemerkt sogar bald die ersten Übertragungswagen des Fernsehens mit ihren gewaltigen Schüsseln auf den Dächern.

»Deine Sprengstoffkünstler sind jetzt wo ...?«, vergewissert sich Baquet.

»... bereits ausgeflogen«, antwortet Pascal. »Im wahrsten Sinn des Wortes und im übertragenen auch ...«

»Ich nehme an, Sie haben das nicht zum ersten Mal gemacht ... Sah sehr professionell aus!?«

»Ist nicht gerade meine Leidenschaft das ... Nein, ich mag das hier ...«, klopft er auf das Abhörgerät. Er legt die Gespräche aus der Telefonzentrale des Hotels auf den Lautsprecher, außerdem die Befehle und Infos, die im Wagen der Einsatzleitung der Polizei erteilt beziehungsweise empfangen werden. Nicht ein einziges Mal sagt jemand klipp und klar: ›General Clark ist tot, die Damen McTravish und Laura Weaver sind ebenfalls hinüber‹.

»Also gut, dann wird eben gewartet.«

Plötzlich hebt Pascal Dédé den Finger: »Ah, das ist es! Da haben wir's! Das war der Hoteldirektor ... Er will die amerikanische Botschaft anrufen, Clark und die beiden Schnepfen sind nicht mehr.«

»Na gut, dann machen wir hier Schluss!«, befindet Baquet. Er ist mit sich zufrieden; ein guter Tag, dieser 4. November.

7.

Sede Boker, 8. Dezember

Rose fährt sehr langsam durch den Ort; auf der Suche nach dem Haus 28, dem Haus des ermordeten Peter Grossman. Sie sitzt in ihrem offenen, auffallend gelb lackierten Mini, den sie nur bei besonderen Gelegenheiten aus der Garage holt. Heute ist eine solche Gelegenheit.

Sie muss nicht lange suchen. Kurz hinter dem Kakteengarten – das ist so etwas wie der Park der Siedlung – entdeckt sie das Haus, nach dem sie Ausschau hält. Vor der Tür befinden sich noch immer die über Kreuz geklebten Absperrbänder der Polizei: Betreten verboten!

Rose stellt ihren Wagen ab, sieht sich um. Niemand ist zu bemerken, niemand scheint sich für sie zu interessieren. Vorsichtshalber hat sie ein Kopftuch umgebunden und eine große Sonnenbrille aufgesetzt, aber sie wirkt mit ihrer knapp sitzenden Jeans und der entsprechenden Jeansjacke etwas deplatziert in der kleinen Wüstensiedlung. Man kann sie für eine Studentin halten oder für eine Schauspielerin, die nicht erkannt werden will. An eine Professorin denkt bei ihrem Anblick wohl niemand. Ohne Hast geht Rose über die freie, mit spärlichem, bräunlichem Gras bewachsene Fläche vor dem Haus 28. Dann versucht sie, ohne auf das polizeiliche Verbot zu achten, den Drehknopf an der Haustür zu bewegen. Damit hat sie keinen Erfolg. Darauf geht sie um das Haus und gelangt in den trüb stimmenden, kleinen Garten. Fast alle Pflanzen sind vertrocknet, das Fliegengitter vor der Tür zum Garten knarrt im unablässig darüberstreichenden Wind. Rose zieht das Gitter auf; es lässt sich ohne Anstrengung bewegen. Rose tritt dann zwei-, dreimal kräftig gegen die Haustür, die kracht – und schon ist Rose im Haus.

Das Innere wirkt ebenso tot und deprimierend wie der Garten. Alles ist mit Staub überzogen. Grossmans Bücher und Bilder stehen und liegen, wo und wie sie immer gestanden und gelegen haben. Offenbar hat niemand den Nachlass geregelt, und die Polizei hat wohl ebenfalls keine Durchsuchung durchgeführt.

›Warum hätte sie auch: Waren die Mörder Grossmans doch angeblich Terroristen, er nur Zufallsopfer!‹, erklärt es sich Rose. Sie durchstöbert nun alles, lässt sich sehr viel Zeit. In einem Ordner sind uralte Briefe, Zeugnisse, Beförderungen, Entlassungsurkunden abgeheftet.

›Nicht einen Privatbrief oder eine persönliche Erinnerung; keine Weihnachtskarte, keinen Geburtstagsbrief!‹

In der Spüle warten Teller und Tassen darauf, abgewaschen zu werden. Die Speisereste auf dem Geschirr sind angetrocknet, gleichen einer besonderen Glasur. Im Schlafzimmer liegt auf einem Hocker neben dem Bett eine alte Hose, militärisch sorgfältig gefaltet.

Rose öffnet den schmalen Spind. Er enthält einige Anzüge, Hemden, Krawatten, Unterwäsche, alles korrekt ausgerichtet. Hinter den Socken liegen zwei alte Uhren und mehrere, lange nicht mehr benutzte Pfeifen in Schachteln.

Nichts davon interessiert sie. Soweit sie erkennen kann, gibt es nur wenige Verstecke im Haus.

In der Küche ist eine kleine Kammer abgeteilt. Hier bewahrte Grossman in einem Metallregal die üblichen Putz- und Reinigungsmittel auf, sowie einen Besen, einen relativ neuen Staubsauger und zwei Bügeleisen. Allerdings gibt es kein Bügelbrett. Oben auf dem Gestell liegen zwei unterschiedlich große, robuste Lederkoffer. Sie sind in altmodischer Manier mit schweren Messingschlössern und breiten Ledergurten versehen. Vielleicht sind es diese Lederbänder, die Rose dazu bewegen, die Koffer herunterzuzerren und zu öffnen. Sie sind leer.

Rose will sie bereits wieder auf das Metallregal wuchten, da hält sie inne. Sie fährt mit der Hand über das Innenfutter. Dabei handelt es sich um einen sehr festen Stoff, hellgrün, mit einem dunkelgrünen Muster bedruckt und wohl noch das Originalfutter aus den zwanziger oder dreißiger Jahren. Rose tastet den Boden und den Deckel des größeren Koffers ab. Nichts Auffälliges. Dann nimmt sie sich den kleineren vor. Auf Anhieb ist auch hier nichts zu entdecken. Als sie aber über den Innenrand fährt, spürt sie eine auffällige Unebenheit.

Sie holt sich ein sehr spitzes Messer aus der Spüle, trennt vorsichtig das Futter auf und greift hinein. Einen Pack Papier zieht sie heraus. Der mit Tinte geschriebene Text – beinahe mehr Formeln als Schrift – ist in einem altmodischen Deutsch gehalten, offenbar von Albert Einstein selbst verfasst. Sie steckt den Packen ein, tastet noch einmal den Koffer ab, findet aber nichts Weiteres.

»Was machen Sie denn da?«

Vor Schreck fällt Rose der Koffer aus der Hand. Sie dreht sich langsam um: Da steht ein kleineres, molliges Mädchen und sieht sie misstrauisch an.

Rose sagt: »Alles in Ordnung … Ich will das Haus vielleicht nehmen … mieten …«

»Wie heißen Sie?«

Der erstbeste Name, der Rose einfällt, ist der ihrer Sekretärin Miri.

»Miri Sayfer …«

Schon während sie den Namen ausspricht, ärgert sie sich. Wenn jemand Miri sucht, wird er auch sie finden.

»Und? Nehmen Sie das Haus?«, fragt das Mädchen.

»Nein, ich glaube nicht …«

»Das haben die anderen auch gesagt …«, erwidert das Mädchen sehr ernsthaft.

»Na, dann wollen wir mal wieder … Wohnst du hier?«, erkundigt sich Rose, als sie zusammen mit dem Kind das Haus wieder verlässt.

»Ehm«, sagt das Mädchen. Es lässt Rose nicht aus den Augen, bis diese davongefahren ist.

8.

Girne, Zypern, 9. Dezember

Zahlreiche kleine, bunt bemalte Fischerboote mit Sonnendächern dümpeln im Hafen von Kyrenia, der Türkisch seit der Besetzung Girne heißt. Das Meer ist ruhig und tiefblau, selbst an den alten Kaimauern, die noch aus der Zeit der Venezianer stammen könnten. An der Pier haben Restaurants ihre Tische aufgereiht, die Altstadt mit ihren engen, steilen Gassen scheint wie ein Gletscher direkt ins Meer zu fließen, im Süden durch die mächtige Festung aufgehalten. Ein Mann in einem abgewetzten roten Overall trägt durch das Gewirr der Fischer, Händler und Touristen eine Fischkiste zu einem klapprigen Fahrzeug. Sein Handy klingelt. Sehr langsam stellt er die Kiste ab, holt das Telefon aus seiner Brusttasche und schaut lange auf das Display. Dann nimmt er es ans Ohr.

»Ja?«, meldet Bernard sich knapp.

»Ich hätte gerne die Innere … Dr. Yeni!«

Er erkennt Roses Stimme und erwidert knapp: »Sie sprechen mit der Inneren.«

»Doktor, wie ist die Operation verlaufen? … Sie wissen, wer spricht?«

»Selbstverständlich!«, erwidert Bernard. »Ich habe gute Nachricht für Sie: Der Eingriff ist ohne Komplikationen verlaufen, Ihr Patient ist bereits wieder auf den Beinen … Er hat mehrfach nach Ihnen gefragt.«

»Richten Sie bitte liebe Grüße aus und sagen Sie ihm, er kann sich freuen: Ich habe ein Geschenk für ihn!«

»Das wird ihn wirklich freuen … Holen Sie ihn ab?«

»Ich plane es … Allerdings kann ich mich im Moment nicht festlegen. Ich bin gegenwärtig zeitlich dermaßen eingespannt …«

»Gut, richte ich aus … Sie kommen aber vor Samstag?«

»Ich bemühe mich.«

Bernard drückt das Gespräch weg und will das Prepaid-Handy ins Meer werfen. Dann zögert er, steckt das Handy wieder ein und lädt danach die wenigen Kisten ab, die noch auf ihn warten. Anschließend lässt er sich seinen Lohn für den Vormittag auszahlen und verabschiedet sich von dem gutmütigen Fischer, für den er seit acht Tagen diese Handlangerarbeiten macht.

»Bis morgen!«

»Wenn ich morgen was für dich habe …«

»Ich bin hier …«

»Wir werden sehen!«

9.

Tel Aviv, 11. Dezember

Rose sitzt in einer Ecke des geräumigen Taxis, streckt die Beine möglichst weit aus und vermeidet es konsequent, aus dem Rückfenster zu sehen. Sie trägt ein dunkelblaues Businesskostüm, eine Perlenkette und hat ihre Augen hinter einer großen Sonnenbrille versteckt. Tatsächlich ist es draußen gleißend hell, auch wenn der Nachmittag schon vorangeschritten ist. Die Stadtautobahn ist bevölkert mit Pendlern, weiße Kleinwagen vor allem, links und rechts der Straße landwirtschaftliche Flächen, ein paar Gewächshäuser, Palmen. Ein grünes Hinweisschild taucht auf, dreisprachig: Ben-Gurion-Flughafen.

»Terminal 3«, weist sie nun den schweigsamen Fahrer an. Er versteht, sie will ins Ausland.

An einem Automaten druckt sie die Boardingcard für den Flug Tel Aviv–Berlin aus, geht danach zum Check-in, um ihr Gepäck abzugeben. Vor der Sicherheitskontrolle kauft sie noch an einem Stand für sich ein Sandwich, setzt sich damit auf einen der schwarzen Plastikschalenstühle in der Halle, die neben einem zentralen Springbrunnen platziert sind, und isst es. Sie versucht, ihre Hände mit einem Taschentuch zu reinigen, was offenbar nur unzureichend gelingt, denn sie sieht sich nach einer Toilette um. Als sie ein Toilettensymbol entdeckt, geht sie darauf zu, verschwindet hinter einem Pfeiler kurz aus dem Blickfeld der allgegenwärtigen Überwachungskameras. Rose weiß das. Sie biegt ab in einen Gang, der für das Reinigungspersonal reserviert ist. Zielstrebig geht sie auf die Tür einer Kammer zu. Als sie die Hand auf den Türgriff legen will, hört sie eine Männerstimme direkt hinter sich.

»Erlauben Sie mal! Wo wollen Sie denn hin?«

Ohne zu zögern, wendet sich Rose mit allem Schwung um, der ihr zur Verfügung steht. Dabei trifft ihre harte Reisetasche mit voller Wucht einen kleineren Putzmann mit arabischem Aussehen und spärlichem Bart. Der Mann taumelt, rutscht gegen die Wand. Offenbar versteht er nicht, was und wie ihm geschieht. Rose macht einen Schritt auf ihn zu, schlägt mit der Handfläche gegen seinen Hals. Der Mann geht endgültig k. o. und bleibt bewusstlos liegen.

Rose greift zum Türknauf, der sich auch drehen lässt – aber die Tür geht nicht auf. Hektisch sieht sie sich um. Sie beugt sich zum bewusstlosen Reinigungsmann, greift in seine Hosentaschen, sieht schließlich um seinen Hals, an einer breiten Schnur befestigt, die für das Personal reservierte Sesam-öffne-dich-Karte. Sie reißt sie ihm ab, streicht mit der Karte über das Türschloss, ein Ton erklingt und sie gelangt in die Kammer. Zielstrebig geht sie auf das Regal mit Reinigungsmitteln und Toilettenrollen zu, zieht es weg, drückt gegen eine Spalte in der dahinterliegenden Wand. Die Wand bewegt sich, macht den Eingang frei zu einem weiteren schmalen Gang. Als sie den muffig riechenden Gang betritt, geht Licht an; ausgesprochen grelles Licht sogar. Über und neben ihr verlaufen Rohre. In regelmäßigen Abständen gibt es Hähne und Schieber, mit denen man diese Rohre öffnen oder absperren kann. Ab und zu rauscht und gluckert es darin. Am Ende des Gangs – ihr kommt es vor, als sei er Hunderte von Metern lang – gelangt Rose ins Freie. Sie befindet sich, genau wie sie diesen Weg auch in Erinnerung hatte, in der Nähe einer Reparaturhalle. Zielstrebig geht sie an der Querwand der Halle entlang, bis sie in einen scheinbar toten Winkel kommt. Zwei Ziegelmauern versperren ihr nun den Weg. Man hat ihr beigebracht, dass einer der Ziegel eine Täuschung ist; in Wirklichkeit ist er ein Verschluss. Aber welcher der Ziegel? Sie sucht, wird hektisch, weil sie ihn nicht findet, tastet alles ab, kleine Schweißperlen bilden sich auf ihrer Stirn.

»Verdammt!«, presst sie zwischen ihren Lippen.

Dann endlich entdeckt sie den falschen Ziegel und drückt ihn in die Mauer. Nun schiebt sich eine der Wände zur Seite. Kaum ist ein Durchgang entstanden, geht Rose weiter und gelangt zu einer kleinen Straße. Scheinwerfer flammen zweimal auf, dann fährt Miri in Roses knallgelbem Mini heran.

Rose steigt ein, Miri prescht los.

»Langsam!«, verlangt Rose. »Ganz behutsam! Wir haben nichts verbrochen.«

Miri geht vom Gas.

»Hattest du Glück? Bringt mich jemand nach Zypern …?«

»Ja, Salomo – Salomo Zilbermann, du weißt schon, der Sonnyboy. Er hat ein Schnellboot … Ein unheimliches Geschoss, ein Powerboot mit ein paar Hundert PS. Das geht ab, sage ich dir!«

»Du hast ja interessante Bekannte, meine Schöne … Was macht er eigentlich beruflich?«

»An und für sich ist er Sohn: Der Vater hat eine sehr gut gehende Schönheitsklinik. Mehr muss ich ja dazu nicht sagen. Aber Salomo hat auch ein Händchen für Geld … Hat zwei Spielfilme mitproduziert und dabei ganz gut verdient!«

»Hauptsache, es reicht für ein Schnellboot … Es ist doch hoffentlich hochseetüchtig?«

»Ist das eine ernsthafte Frage, Frau Professor?«

»Jetzt halte mal da vorne. Ich ziehe mich um … Du hast doch den Koffer mitgebracht?«

»Wie verabredet.«

Miri hält an, Rose steigt aus dem Wagen und zieht sich vollkommen aus. Ab und an fährt ein Auto vorbei, Rose achtet nicht darauf. Sie zieht die Kleidung an, die Miri mitgebracht hat, alles neue Sachen einschließlich neuer, leicht drückender Schuhe. Nur so kann sie sicher sein, dass keine Wanze in ihrer Kleidung versteckt ist. Das getragene Kostüm schnürt sie zu einem Bündel zusammen und wirft es in den Kofferraum.

»Schön, dass du auch an einen dicken Pullover gedacht hast«, bemerkt Rose, als sie wieder einsteigt.

»Na ja, es sind ungefähr vier Stunden Fahrt übers Meer, rund 250 Kilometer … Er will dich in Agia Napa absetzen! Einverstanden?«

»Wo auch immer. Hauptsache, Zypern.«

»Agia Napa ist an der Südostküste der Insel … Er kommt gut hin und du kommst von da gut weg.«

»Alles bestens. Miri, du hast einiges gut bei mir!« Rose wendet sich ihrer Sekretärin zu: »Ich danke dir wirklich. Ich bin dir was schuldig.«

»Schon gut …«

»Von mir kriegt er Euros. Was erwartet er von dir für den Liebesdienst?«

»Ach, das hält sich in Grenzen … Er ist wirklich nicht übel. Sieht sogar ausgesprochen gut aus. Lass ja die Finger von ihm!«

»Versprochen! Aber gut zu wissen, dass du auch einen Schönheitschirurgen an der Hand hast …«

»Der Alte ist ein Arsch. Mit dem will ich nichts zu tun haben.«

»Trotzdem! Wer weiß, wofür man ihn noch braucht … Die Zeit ist unerbittlich, gerade zu uns Frauen!«

10.

Nikosia, 14. Dezember

»Ich war schon mal bei Ihnen ... vor einigen Jahren ... Damals hatte ich Zimmer 105. Ist das zufällig frei?«

Der grauhaarige Portier in altmodischer Uniform wirft einen Blick aufs Schlüsselbrett, sagt: »Sie können alles haben. Alles frei!« Er nimmt einen Schlüssel vom Brett und legt ihn vor Rose auf den Tresen: »Es ist allerdings ein Doppelzimmer! Wir haben auch ...«

»Mein Bekannter kommt später ... Dr. Yeni. Wir bleiben voraussichtlich drei Tage.«

Diese Ankündigung erfreut den Portier des *Achillion*, er reicht Rose jetzt sozusagen reinen Herzens den Schlüssel und bittet gleichzeitig um ihren Pass. Er wirft einen Blick darauf und steckt ihn in ein Fach.

Erst im Inneren des Hotels erkennt man, dass der Bau noch aus der venezianischen Epoche stammt, aus der Zeit, als die ›Erlauchteste Republik des Heiligen Markus‹ auf der Insel das Sagen hatte. Die Räume sind niedrig und dunkel, starke Säulen mit kunstvoll gearbeiteten Kapitellen tragen die oberen Geschosse und das massive Dach. Die Fenster sind kaum größer als Schießscharten für Bogenschützen. Und selbstverständlich gibt es als Prunkstück des Hauses einen quadratischen Innenhof, einschließlich Brunnen und antiken Mosaiken.

Rose durchquert diesen Innenhof, geht auf ihr Zimmer. Dort schmeißt sie ihre Tasche aufs Bett und greift zum Telefon. Es dauert eine Weile.

»Frau Hadad? Hallo! Schön, dass ich Sie noch erreiche. Hat sich mein Freund noch mal bei Ihnen gemeldet?«

»Ja, gestern ... Ich soll Ihnen sagen, es ist alles in Ordnung, er konnte mit einem Kollegen den Dienst tauschen ... Er will Sie heute treffen. Sie wüssten schon, wo ...«

»Na, das ist doch mal was Erfreuliches«, erwidert Rose.

Frau Hadad meint etwas erklären zu müssen: »Rose, Sie müssen entschuldigen … Wenn Sie es mir nicht übelnehmen, dass ich mich in Ihre Angelegenheiten einmische, dann gebe ich Ihnen einen guten Rat: Den Mann sollten Sie sich angeln! … Wir haben uns so nett unterhalten …«

»Ja, das ist seine Stärke … Vielen Dank, Frau Hadad.«

11.

Nikosia, 14. Dezember

»Guten Tag, mein Name ist Yeni, Dr. Yeni …«

»Sie wurden bereits avisiert«, unterbricht ihn der alte Portier. »Zimmer 105. Ich brauche bitte Ihren Pass. Haben Sie kein weiteres Gepäck?« Dem Portier fällt vor allem auf, dass der Doktor funkelnagelneu eingekleidet ist. Auch die Haare scheinen frisch geschnitten zu sein. Offenbar will er seiner Eroberung imponieren. Daraus schließt der Portier zweierlei: Erstens kann die Liebe noch nicht sehr alt sein und zweitens ist mindestens einer der beiden anderweitig verheiratet. Als Portier hat man Menschenkenntnis. Was ihn befremdet, ist die Tatsache, dass der Gentleman noch weniger Gepäck hat als seine Geliebte. Nach der großen Tasche, die quer über seinem Bauch hängt, könnte man ihn für einen Briefträger halten.

»Nur die Tasche. Ist meine Frau schon da?«

»Sehr wohl, Zimmer 105 … Sie können hier die Treppe nehmen; der Lift ist leider im Moment außer Betrieb. Guten Aufenthalt, Sir!«

»Danke!«

Bernard geht rasch die abgetretenen Stufen zum ersten Stock hinauf. Vor der Tür von Zimmer 105 steht, wie vergessen, eine Flasche Champagner in einem Kühler. Bernard nimmt Flasche und Kühler auf und klopft, ruft: »Roomservice!« und will ins Zimmer gehen. Die Tür ist abgeschlossen. Aus dem Zimmer kommt eine unwirsche Stimme: »Einen Moment bitte! Ich komme!«

Die Tür geht auf und Rose sieht ihn an, als wisse sie nicht, was er hier sucht.

»Du bist schon da? Ich dachte, du bist noch in …«, sagt sie endlich und zieht ihn in den Raum. Ihre Haare sind nass und sie trägt einen Bademantel. Offenbar ist sie gerade aus der Dusche gekommen.

»Kalimèra!« Bernard stellt den Champagner ab und will wissen: »Du hast doch hoffentlich mich erwartet …?«

Sie sieht ihm in die Augen und erwidert: »Spielt das eine Rolle? Mann ist Mann!« Gleichzeitig beginnt sie, ihn zu küssen und auszuziehen.

»Können wir nicht wenigstens vorher einen Schluck trinken?«, hält Bernard ihre Hand fest.

»Nein!«

»Wenn das so ist …«, gibt er sich geschlagen und ihre Hand frei.

Am späten Nachmittag liegen beide noch immer im Bett.

»Wie hast du das geschafft?«, will Rose nun wissen: »Wie bist du ungesehen nach Zypern gekommen?«

»Ungesehen? Das kann ich dir nicht garantieren. Ich kann nur sagen, ich habe mir alle Mühe gegeben. Um es in einem Satz zusammenzufassen: Es war umständlich und zeitraubend und teuer war's auch …«

»Geht es etwas weniger geheimnisvoll?«

»Eine der Schleuserbanden, die die Leute von Syrien nach Berlin schaffen, hat sich um mich gekümmert …«

»Wie?«

»Wie so was läuft! Erst ging's in einem Milchtransporter über die Alpen, dann ab Catanzara mit einem alten Frachtschiff übers Mittelmeer – wenn man den Kahn ein Schiff nennen will. Was ich gesehen habe, waren rohe Planken, Rost … Alles in allem ein Seelenverkäufer, der stündlich untergehen kann. Angeblich gibt es noch viel schlimmere … Eins muss ich zugeben, ich hatte Platz, eine ganze Kabine für mich. Das Schiff selbst war auf dem Weg nach Mersin, weitere Flüchtlinge zu holen.«

»Wo ist Mersin?«

»An der türkischen Riviera. Das ist im Augenblick das Mekka aller Menschenhändler, der große Umschlagplatz für Flüchtlinge aus Syrien … Die Typen haben von Mersin gesprochen wie Kardinäle vom Vatikan.«

»Und was kostet so was, so eine geführte Reise?«

»7.000 Euro …«

»Alle Achtung …«

»Im Preis sind allerdings auch zwei Pässe enthalten … Ich habe mir einen israelischen ausstellen lassen auf Dr. Yeni, wohnhaft in Jerusalem …«

»Und der andere?«

»Ein deutscher Pass …Und du? Wie bist du hierhergekommen?«

»Miri hat einen Bekannten mit einem Schnellboot … ein unheimliches Geschoss, ging ab wie eine Rakete.«

»Du vertraust ihm?«

»Ich hatte keine Wahl; ich hatte eine ganze Truppe an den Hacken. Irgendwie musste ich aus Israel rauskommen.«

»Wir riskieren Kopf und Kragen, um die Rätsel von Gravitation und Antigravitation zu entwirren …«

»Und uns in einem alten Hotel zu lieben, mein Held!«, sagt sie vergnügt und drängt sich erneut an ihn, streicht ihm über den Bauch.

»Kein Held, nur ein Glückspilz. Ich bin Physiker, theoretische Physik, nicht Indiana Jones oder James Bond. Ich habe Glück, dass ich noch japse … und nicht die geringste Vorstellung, wer jetzt alles wieder hinter mir her ist …«

»Der Shin Bet in jedem Fall.«

»Ohne jeden Zweifel!« Er wird sehr ernst, als er sie nun ansieht und fragt: »Rose ... Kommst du aus freien Stücken? Oder bist du in amtlicher Eigenschaft hier?«

»Du denkst, ich komme als Lockvogel des Shin Bet?«

»So was erfährt man für gewöhnlich erst am Ende; wenn die Geschichte kippt ...«

»Du hast ja ausgesprochenes Vertrauen zu mir.«

»Doch habe ich ... Wenn ich irgendeinem Menschen mein Leben anvertrauen würde, dann dir ... Warst du in Sede Boker?«

»War ich. Ja! Volltreffer! ... Aber noch mal zurück zum Anfang. So was sieht man ja normalerweise nur im Fernsehen ... Du bist also in Mersin an Land gegangen?«

»Nein. Die Besatzung hat mich irgendwo bei Girne am Strand abgesetzt, und damit war ich in Zypern. Das war vor einer Woche ... Ich hielt es für sicherer, im Norden zu bleiben, im türkischen Teil der Insel, bis du mir signalisierst ...«

»Wie lief es mit dem Übergang in den griechischen Teil?«

»Absolut unkompliziert! Hier in der Altstadt, in der Ledrastraße, gibt es einen nur für Fußgänger geöffneten Grenzübergang. Du zeigst deinen Pass, gehst einfach rüber, unter den Augen der UNO, und schon bist du auf der anderen Seite. Im Bus lag eine *Cyrus Mail.* Der Hauptartikel drehte sich um die Wiedervereinigung von Zypern. Vielleicht schaffen die beiden Hälften der Insel es ja doch, in absehbarer Zeit wiedervereinigt ...«

»Dafür hast du auch noch Zeit? Fürs Zeitungslesen?«

»Rose, Dr. Yeni liest alles, was ihm in die Finger fällt ...«

»Ein toller Mann, dieser Doktor Yeni!« Sie drückt ihm einen kleinen Kuss auf den Bauch.

»Rose«, stoppt er sie, bevor sie auf andere gute Gedanken kommt, »du hast mich jetzt lange genug auf die Folter gespannt! Was hast du bei Grossman gefunden?«

Sie grinst ihn an, lässt eine Locke ihres langen Haares kokett über die Schulter schwappen und schiebt es dann langsam mit der ihr eigenen, charakteristischen Handbewegung zur Seite, so als müsse sie endlich freies Blickfeld bekommen.

Dann steigt sie aus dem Bett, zieht eine Schublade der antiken Kommode heraus und fischt aus den Tiefen der Kommode den Packen Papier, den sie in Grossmans Haus erbeutet hat, setzt sich auf den Bettrand und reicht Bernard die Papiere.

»Phänomenal! Handschrift … und die Tinte auch!«, sagt er voller Erwartung.

Bernard holt die anderen Papiere aus seiner Tasche, fängt an zu sortieren.

»Aber das …«, greift Rose nach einem Blatt. »Ich dachte, wir hätten die Schiefelbein-Seiten verloren! Wie hast du die denn gerettet?«, will sie wissen.

»Geschickt«, erwidert er und lächelt sie an.

»Du kannst als Zauberkünstler auftreten«, sagt sie anerkennend.

»Habe ich auch schon gemacht!«

»Hast du auch schon gemacht? Wo?«

»Bei den christlichen jungen Männern von Albany, Kalifornien.«

»Wieder bei den ›christlichen jungen Männern‹ … Da hast du eine Menge gelernt«, befindet sie.

»Alles, Rose! Alles! Selbst die Liebe …«

»Was! Inwiefern das?«

»Die erste Frau, die ich umarmt habe, war die Mutter eines Freundes vom YMCA. … Meine Mrs. Robinson …«

»Wer?«

»Der Film! Ach, ich habe es vergessen: nicht deine Welt. Sie war schön! Hatte den passenden Namen de Maria … Mrs. de Maria!«

»Mein erster Freund war Chanoch Arouch aus unserer Straße. Er war zwei Jahre älter als ich, konnte leider dennoch nicht küssen.«

Während der nächsten Stunde brüten sie über den Papieren, wechseln nur hin und wieder ein Wort. Sie machen sich Notizen, rechnen, jeder für sich, nur kurz mal ein Hinweis wie »Schau hier!« oder das stumme Hinüberreichen eines Blattes, ohne den Blick zu heben. Bernard trinkt einen Schluck, betrachtet dann Rose, die noch immer nackend wie er auf dem Bett sitzt, lediglich das dünne Betttuch auf den Schoß gezogen. Ein feines Fältchen bildet sich auf ihrer Stirn am Nasenansatz, und sie hat die linke Augenbraue ganz leicht hochgezogen – so wie sie immer aussieht, wenn sie arbeitet, liest oder sich konzentriert. Er würde sie jetzt gerne an dieser Stelle küssen, aber als er sich auf sie zubewegt, befiehlt sie: »Nein!«, ohne auch nur hochzusehen. Bernard stoppt. Dann schaut sie ihn an: »Jetzt nicht!« Dann lächelt sie ihn doch an und schlägt spaßhaft mit dem Blatt Papier, das sie in Händen hält, nach ihm. »Komm, wir sortieren sie.«

Sie stehen auf, verteilen die Blätter auf und um das Bett, müssen das eine gegen das andere Blatt austauschen, die verschiedenen Seiten einmal neu sortieren. Es dauert eine Weile, dann sind sie sicher.

»Ich bin sprachlos«, bekennt Rose.

»Ja. Das ist der gesamte geheimnisvolle Einstein-Text. Das Rätsel, das Albert Einstein der Menschheit verheimlichen wollte, liegt vor uns.«

Die beiden sehen sich einen Moment lang an, wie sich Forscher beim Entdecken einer neuen Insel oder einer neuen Spezies ansehen, voller Stolz und voller Zweifel.

»So, jetzt mach die Flasche auf … Dafür habe ich sie bestellt!«, grinst Rose.

Sie trinken andächtig ein Glas einheimischen Champagners – »gar nicht mal so übel«, befindet Rose –, dann machen sie sich daran, den Text und die dazugehörenden Formeln zu erklären, soweit sie sie verstehen.

»Die Formel, auf die es ankommt«, zeigt Bernard auf das Papier. »Sie ist nicht mit einem Blick zu erfassen. Es hat Monate gedauert, um die Fragmente zusammenzuführen. Dank dir! Ohne deine Hilfe wäre mir nie aufgegangen, welche Teile fehlen, welche Ableitungen der Formel ergänzt werden müssen, wenn das Ganze einen Sinn ergeben soll.«

»Wir sind brillant!«, lacht sie auf, wird aber gleich wieder ernst. »Eine bislang unbekannte Formel von Albert Einstein … Das hier heißt dann, dass Elementarteilchen, die auf fast Lichtgeschwindigkeit beschleunigt werden, Stoßwellen erzeugen.«

»Ja«, bestätigt Bernard, »und dass bei Überschreiten bestimmter Grenzwerte, Turbulenzen im Raum entstehen.«

»Wie sollte das möglich sein?«, fragt Rose.

»Na ja, Einstein hält es für möglich … Also ist es möglich. Ich schlage mal vor, das Auslösen könnte sozusagen durch Fernzündung geschehen. Man schickt erregende Stoßwellen durch die Erde. Eine geringe Veränderung der Senderausrichtung würde Ziele an vielen Punkten der Erde anvisierbar machen.«

»Ja, er sagt es …« Rose deutet auf eine bestimmte Stelle des Textes und überlegt: »Hier sagt er eindeutig, dass die Ausnutzung der Raumzeit-Zähigkeits-Terme etwa zu Periodenverdopplung durch Oberschwingungen, durch den schnell rotierenden Erdkern, führen könnte.«

»Er fürchtete also, der Meister …«

»… dass diese Turbulenzen nicht nur lokale Ziele treffen könnten, sondern am Ende katastrophale Folgeschäden für die Thermik, die Tektonik, das Erdmagnetfeld haben. Sie könnten die ganze Erde und vielleicht noch den Mond aus ihren stabilen Gravitationsverhältnissen reißen. – Aber stelle dir nur mal die technischen Möglichkeiten vor, wenn das hier stimmt!«

»Ja, in der Hand eines gütigen Gottes«, bemerkt Bernard geradezu ehrfürchtig. »Er hatte wirklich allen Grund, diese Gedanken zu verbergen … Der Worst Case wäre eine globale, unumkehrbare Katastrophe.«

»Wenn es funktionieren sollte, dann liegt hier vor uns die Beschreibung und Berechnung des Gefährlichsten, was jemals ein Mensch erdacht hat. Wer immer diese Formel in der Hand hat und sie skrupellos missbraucht, eine entsprechende Technologie entwickelt, kann auf einen Schlag seinen Feind vernichten, alle Feinde, an jedem Ort der Erde; allerdings mit einer nicht unerheblichen Wahrscheinlichkeit, dabei auch die Erde zu eliminieren. Oder noch weit mehr als nur die Erde … Ich muss ein paar Schritte gehen … Ich kriege kaum noch Luft«, bemerkt Rose endlich, mit Angst und Ehrfurcht in der Stimme.

»Ich gehe mit dir«, sagt er, packt die Seiten zusammen und versteckt sie da, wo Rose ihren Teil des Textes gesichert hatte: hinter einer Schublade der alten Kommode. Dann sagt er mehr zu sich als zu Rose: »Das ist nicht gerade ein geniales Versteck! Da sind die Papiere bei uns besser aufgehoben«, nimmt die brisanten Texte erneut an sich und packt sie in seine Tasche.

Draußen nieselt es, aber es ist warmer Regen. Es herrscht reges Leben in den Restaurants und Kneipen in der Umgebung des Hotels. Die Juwelierläden haben Kunden, und Handwerker puzzeln in ihren Werkstätten in Höfen und Hinterhöfen. Ohne auf das Leben um sie herum zu achten, gehen Rose und Bernard stumm und ziellos durch die Altstadt, gelangen so zum Platía Eleftherías, zum Platz der Freiheit.

»Ich habe Hunger«, sagt sie jetzt bestimmt.

Bernard sieht sich um. »Da hinten, das mit den blauen Markisen macht einen guten Eindruck«, erwidert er.

Rose nickt, ihr ist alles recht. Sie hat von einer Minute zur nächsten beißenden Hunger. So ergeht es ihr immer, wenn sie eine Prüfung hinter sich hat oder einen Vortrag, vor dem sie sich fürchtete.

Im Inneren ist das Lokal, eine griechische Taverne wie aus dem Reiseführer, zum Glück nicht übermäßig besucht. Bernard bestellt und sorgt dafür, dass innerhalb von zwei Minuten eine Platte Vorspeisen und Wein auf dem Tisch stehen.

Rose macht sich über die Happen her. Nachdem sie den ersten Hunger gestillt hat, bemerkt sie: »Ist dir bewusst, dass wir in diesem Moment die mächtigsten Menschen auf der Welt sind?«

»Darauf würde ich nicht die Probe machen wollen …«, gibt er zurück.

»Na, dann eben theoretisch … Dann eben theoretisch die Leute, die über das Ende der Welt entscheiden können. Ist ja auch was!« Sie versucht ein Lächeln, aber es missglückt. Doch dann hebt sie ihr Glas, Bernard ebenso, und mit ernster Miene stoßen sie mit ihren Gläsern an.

»Was soll mit den Papieren geschehen?«, fragt sie.

»Es kommt darauf an, was wir wollen … Ruhm oder Geld?«

»Nach Möglichkeit beides …«

»Dann sollten wir sehen, dass wir dafür den Nobelpreis einheimsen …«

»Ja, ich lese schon die Schlagzeile: Professor Rose Shalev und Dr. Yeni mit dem Nobelpreis für Physik geehrt! Und darunter ein großes Bild, du im Frack und ich ganz hoheitsvoll und königlich – und König Carl XVI. Gustaf von Schweden überreicht uns die Urkunden! Und du machst ein Gesicht wie dein Großvater!«

»Aber ich strecke nicht die Zunge raus!«

»Das hoffe ich doch. Das wäre ja peinlich …«

Bernard wird wieder ernsthaft, als er sagt: »Rose, das Einzige, das für mich feststeht: Die Universität Jerusalem kriegt die Papiere nicht in die Finger … Eher schlucke ich sie Blatt für Blatt vor deinen Augen runter … Das kann ich meiner Mutter nicht antun! Welches Testament mein Großvater auch immer unterschrieben hat!«

Rose lächelt: »Die Geschichte hat sich ja sehr verfestigt, eure Beziehung zur Uni Jerusalem … Ich würde sagen, die erste Frage, die wir uns stellen sollten, muss lauten: Was wollte dein Großvater? Was wollte Albert Einstein?«

»Offenbar wollte er nicht, dass seine Theorie irgendjemand in die Finger fällt …«

»Aber er wollte sie auch nicht einfach vernichten … Das ist ebenso klar. Wenn er das gewollt hätte, hätte er das Papier in kleine Stücke reißen und ins Klo werfen können.«

»Er hat mal gesagt: Gott würfelt nicht.«

»Ja, das ist ein berühmter Satz, aber er gehört in einen anderen Kontext.«

»Ich vermute, in diesem Zusammenhang wollte er es Gott überlassen zu entscheiden … Die Teile sollten irgendwann einmal gefunden werden, in ferner Zukunft … In besseren Zeiten und von besseren Menschen. Weder von Stalin noch von Hitler noch von Roosevelt und schon gar nicht von deren Jüngern!«

»Roosevelt stellst du auf eine Stufe mit Stalin und Hitler?«

Bernard wehrt ab:

»Wie käme ich dazu? Aber offenbar hat mein Großvater, Pazifist, der er war, den Amerikanern in der Hinsicht auch nicht getraut. Ohne Gewalt entstehen keine Reiche, auch nicht das amerikanische Imperium.«

»Eigentlich ist es auch nicht so wichtig, was er wollte«, befindet Rose. »Was wollen wir?«

»Willst du über das Schicksal der Welt entscheiden?«

»Bernard, das tun wir … Ganz egal, was wir damit unternehmen.«

Er holt einmal tief Luft. Er spürt, sie hat recht. Statt sich aber mit dem Schicksal der Menschheit zu beschäftigen, fragt er: »Rose, gibt es ein ›Wir‹? Haben wir die Chance dazu?«

Sie lässt sich mit der Antwort Zeit: »Willst du das?«

»Ich habe mir das nie vorstellen können … auch nie gehabt, dass jemand die Hälfte von mir werden könnte … Ich habe mir noch nie vorgestellt, ich könnte verheiratet sein.

Ab und zu, wenn es jemand unbedingt wissen wollte, habe ich sogar eine frühe Ehe erfunden, viel zu jung geschlossen und viel zu schnell geschieden. Aber wenn ich daran denke, ich könnte dich verlieren, wird es mir kalt, sehr kalt, eiskalt …« Er sieht ihr in die Augen, als er fortfährt: »Ich will dich nicht verlieren, Rose. Unter keinen Umständen!«

Sie hält dem Blick einem Moment lang stand, dann wendet sie sich verlegen ab und sagt endlich betont munter: »Mein Gott, wie viele weltbewegende Fragen auf einmal … Hoffentlich bringen die bald die Moussaka!« Sie wendet sich nach dem Kellner um und fragt, wobei sie hastiges Reinschaufeln andeutet: »Wann?«

»Sofort!«

12.

Tel Aviv, 11. Dezember

Elyas sitzt in Unterwäsche vor seinem Fernseher im Schlafzimmer und sieht sich die Aufzeichnung der Politiksendung *MeHayom LeMahar* im Kanal 1 an. Der Moderator jagt seinen Zuhörern einen gehörigen Schrecken ein, indem er geheime Statistiken öffentlich macht, die voraussagen, dass im Land eine demografische Zeitbombe tickt. Nach seinen brisanten Statistiken leben gegenwärtig 6,08 Millionen Araber westlich des Jordans und nur 6,10 Millionen Juden, und es sei abzusehen …

Elyas hört, wie vor dem Haus ein Auto quietschend stoppt, jemand aussteigt und gegen die Tür klopft. Er nimmt an, die Militärpolizei bringt ihm eine Depesche. Diese Herren lieben solche Auftritte.

Darauf wuchtet sich Elyas aus seinem Sessel, zieht fluchend seinen seidenen Morgenmantel und seine Pantoffeln an und geht zur Treppe. Er muss sich dabei auf seinen Stock stützen, das Knie bereitet ihm wieder mal höllische Schmerzen. Er liebt es nicht, von null auf hundert funktionieren zu sollen.

Unten ist seine Schwester bereits dabei, die Haustür zu öffnen. »Ari!«, sagt sie überrascht, als sie sieht, wer vor der Tür steht. »Geht die Welt mal wieder unter?«

Sie tritt zur Seite und lässt Ari Ayalon, Elyas Stellvertreter, herein. Ari, die höfliche Natur, entschuldigt sich: »Tut mir leid, Hannah, um die Uhrzeit … Er ist doch da?«

Ehe Hannah darauf antworten kann, ruft Elyas: »Ich komme runter!«

Er quält sich die Treppe hinunter; unten sehen ihn sowohl Hannah als auch Ari mitleidig an. Elyas sagt darauf bissig: »Ari, freu dich nicht zu früh! Ich humpele noch nicht in den Ruhestand, ein Bein reicht mir vollkommen … Wenn du Karriere machen willst, such dir anderswo einen Posten!«

»Soll ich euch was bringen?«, erkundigt sich Hannah. Dafür erntet sie einen warnenden Blick, worauf sie sich wortlos abwendet und verschwindet.

»Ich nehme an, das ist kein Höflichkeitsbesuch«, sagt Elyas und geht mit Ari ins Wohnzimmer.

»Ich wollte nicht telefonieren …«

»Verstehe … Bald kommunizieren wir alle wieder wie die Familie Feuerstein …«

»Aus gutem Grund!«

»Ehe wir uns verspielen, Ari, was ist los?«

»Bernard Einstein ist aufgetaucht …«

»Interessant? Wo?«

»Im Bett deiner Rose …«

»Aha … Das ist allerdings interessant. Das rechtfertigt die Ruhestörung. Und wo sind sie jetzt? In Jerusalem? In Be'er Sheva?«

»In Nikosia, Zypern!«

»Und seit wann wisst ihr das?«

»Ich seit einer halben Stunde …«

»Und der Rest deiner Mannschaft …?«

»Zvi Meisner hatte Tagesschicht; der Neue ... Er dachte, es handele sich um ein reines Liebesabenteuer, Rose habe sich einen Arzt vom Krankenhaus Girne angelacht ...«

»Wie ist er darauf gekommen?«

»Die beiden hatten eine Spur gelegt, hatten das sorgsam organisiert! Einstein junior war über Wochen absolut verschwunden, keiner hatte eine Ahnung, auch die CIA nicht! Und dann ...«

»Was ist überhaupt Girne?«

»Eine Provinzstadt im türkischen Teil von Zypern; einen Dr. Yeni gibt's da wirklich! Aber der ist an die sechzig ...«

»Kein Grund, der Liebe zu entsagen!«

»Ich habe mir ein Foto von Rose und ihrem Galan kommen lassen; wie vermutet Bernard Einstein. Fast den ganzen Tag haben sie sich in ihrem Zimmer in einem kleinen Hotel in Nikosia eingesperrt. Zvi Meister hat sich nichts dabei gedacht ... eben Liebende. Die brauchen viel Zeit.«

»Wo haben wir den Idioten her?«

»Er hat auch seine Fähigkeiten, das hat er schon unter Beweis gestellt! Nur bei uns ist er etwas fehl am Platz ... Ich würde ihn trotzdem halten!«

»Warum?«

»Er lässt nicht locker ... Rose Shalev hat einige Handstände unternommen, um aus Israel rauszukommen ... Letztlich hat sie Zvi nicht abhängen können.«

»Hat sie es versucht?«

»Das kann man wohl sagen: Die üblichen Spielchen und ein paar Extrasperenzchen ... Sie hat sich nirgends abgemeldet, bei keinem von uns. Kein Wort über Nikosia, kein Wort über Einstein, zu niemandem ... Miri, ihre Sekretärin, schwört, sie wusste nichts von einem Ausflug ... Beim Mossad natürlich auch niemand.«

»Alles recht, Eifer ist ja ganz schön. Aber das reicht nicht. Man muss auch merken, was wichtig und was unwichtig ist ... Dieser Zvi wird versetzt!«

»Daran ist er gewöhnt. Er dachte ...«

»Das Denken hat mehr Leute umgebracht als alle Massenmörder zusammen ... Eine Scheiße! Wo sind sie jetzt?«

Ari zieht ein Handy aus der Tasche, telefoniert. Einige Minuten später kann er Elyas informieren: »Die beiden sitzen in einer Taverne am Famagusta-Tor in Nikosia und quatschen.«

Elyas will wissen: »Werden irgendwelche Papiere gewälzt?«

Ari erkundigt sich bei seinen Agenten, erklärt ihnen auf Rückfrage: »Papiere eben! Irgendwelche Papiere!« Danach versichert er Elyas: »Zvi Meister sagt, außer der Speisekarte hatten sie in der Taverne bis jetzt kein Stück Papier in der Hand! Die beiden trinken und reden. Er meint, sie sind unheimlich verliebt.«

»Das ist es, was ich hören wollte ...«, knurrt Elyas.

Danach tritt eine Pause ein. Endlich fragt Ari seinen finster dreinblickenden Chef: »Und jetzt?«

»Was erwartest du?«

»Deine Entscheidung!«

13.

Nikosia, nach Mitternacht, 12. Dezember

Der Kellner bringt eine weitere Karaffe Rotwein.

»Willst du die ganze Nacht hier verbringen?«, fragt Rose irritiert.

»Ich habe das nicht bestellt ...«

»Ich auch nicht!«

Der Kellner behauptet: »Geht aufs Haus! Der Wirt freut sich immer, wenn er ein glückliches Paar sieht ... Kali tichi! Viel Glück!«

»Efcharisto polli«, bedanken sich die beiden.

»Wir sind tatsächlich glücklich …«, erklärt Rose: »Wir haben heute eine komplizierte Arbeit abgeschlossen …«

Sie trinken und fühlen sich in »Ich-hätt'-getanzt, heut-Nacht«-Stimmung, wie man früher gesagt hätte.

»Wir werden uns entscheiden müssen, Rose.«

»Ja, ich weiß. Aber noch nicht heute Nacht. Morgen ist auch noch ein Tag.« Und unvermittelt: »Wie bist du auf den Gedanken gekommen, dass ich noch mal bei Grossman suchen sollte?«

»Sein Buch … Ich hatte von Anfang an den Eindruck, als wolle er damit einen Hinweis geben und gleichzeitig etwas verstecken … So lange wir nicht das Muster hatten – solange wir nicht wussten, dass es Albert dem Großen gefallen hat, seine Arbeit in ein Geduldsspiel zu verwandeln – bin ich nicht weitergekommen …«

»Sind *wir* nicht weitergekommen«, sagt sie glücklich und küsst ihn.

Als sie später durch das nächtliche Nikosia zu ihrem Hotel zurückgehen, schweigen beide ernst und gedankenverloren.

»Jeder wird sie haben wollen«, sagt Bernard unvermittelt und schaut Rose an. »Jeder Geheimdienst der Welt würde uns die Formel mit Handkuss abnehmen. Amerikaner, Russen, Chinesen, Inder, wer wollte nicht die ultimative Waffe? Wer will nicht mit dem Untergang der Welt drohen können?«

»So eine Drohung nutzt sich erfahrungsgemäß rasch ab!«, Rose gibt zu bedenken: »Wer glaubt an den kollektiven Selbstmord? Da ist jede normale Atombombe eine wirkungsvollere Bedrohung.«

»Haben wir schon mal über die *Gesellschaft der Freunde* gesprochen?«

»Wir beide nicht, nein.«

»Aber man hat dir von dieser Truppe erzählt?«

»Elyas schätzt sie als politische Hasardeure ein …«

»Wer ist Elyas?«

»Mein Führungsoffizier beim Shin Bet.«

»Sie sind darüber informiert, dass ich …?«

»Sind sie. Aber nicht von mir. Elyas hat angedeutet, dass du von den Russenfreunden finanziert wirst … Er fragt sich nur, warum du das Geld von ihnen nimmst … Aus politischem Eifer? In der Nachfolge deines Großvaters? Oder aus praktischen Gründen?«

»Rose, als ich mich auf Dr. Wendtland eingelassen habe, dachte ich tatsächlich, ich hätte es mit einem wohlhabenden Physik-Freak zu tun … Es ginge ihm um Naturgesetze und sonst nichts … Ich schwöre es dir!«

»Wie hast du ihn kennengelernt?«

»Rein zufällig … Ich war eingeladen zu einem Kongress der *American Physical Society* in Tempe, Arizona … Wir haben uns abends an der Bar getroffen; ich kannte die Koryphäen dort nicht, höchstens von ihren Veröffentlichungen, ich kannte niemanden. Ich war ausgesprochen dankbar, dass ich überhaupt jemand zum Quatschen hatte … Er sagte mir, er sei Bankier, habe in Berlin eine eigene Bank, wäre aber für sein Leben gern Physiker geworden … Ich habe natürlich ein bisschen mit meinem Großvater renommiert … Womit hätte ich sonst renommieren sollen? Und an diesem Abend oder am nächsten Morgen rückte er mit einer verrückten Geschichte heraus: Angeblich hatte Albert Einstein eine Theorie zur ›Antigravitation‹ oder vielleicht auch nur zu einer Art ›Supergravitation‹ entwickelt, die er vor der Welt verborgen halten wollte … Heute nennt man das eben ein ›Schwarzes Loch‹, den Begriff kannte man damals noch nicht.«

»Und wie ist er darauf gekommen?«

»Die Geschichte stammte angeblich oder tatsächlich, was weiß ich, sie stammte jedenfalls von einem russischen Physiker. Der hatte am Ende der Sowjetzeit – in der kurzen Epoche, in der der KGB seine Archive öffnete, einen

Bericht einer russischen Spionin gelesen … Einer Madame Soundso, mit der mein Großvater in den dreißiger Jahren tatsächlich ein Verhältnis hatte, die Frau eines Bildhauers. In einem Bericht hatte sie geschrieben, Albert Einstein habe ihr im Vertrauen von einem Geheimnis erzählt, das ihn umtreibe, eine Möglichkeit, die Welt mit einem Schlag zu vernichten … Er habe seine Gedanken und Berechnungen dazu schriftlich niedergelegt, aber sie so versteckt, dass nach menschlichem Ermessen niemand darauf zugreifen könne … Die KGB-Menschen hatten den Bericht ordnungsgemäß weitergeleitet, aber er war irgendwo im Dickicht der vielen Ministerien und Akademien verschwunden. Die Russen hatten die Sache nie ernsthaft verfolgt und anscheinend auch sonst niemand … Wendtland bot mir an, die Suche zu finanzieren. Er war auch bereit, den Misserfolg zu verkraften. Ich gebe zu, das Angebot hatte was! Einstein entdeckt Einstein!«

»Bernard, und wenn diese ›Gesellschaft der Freunde‹ *tatsächlich* eine Bande von Hasardeuren ist, zu allem bereite Fanatiker? Wenn du solchen Leuten die Formel in die Hand drückst, ist die Erde wahrhaftig verloren! Buchstäblich! Nichts bleibt dann von Shakespeare, Newton oder Einstein, von den Pyramiden oder der Akropolis – alles ist im Bruchteil einer Sekunde dahin, wie nie gewesen … Und die anderen, die dich verfolgen: Die haben ebenfalls nichts anderes im Sinn, als sich einen praktischen Teil aus der Formel rauszufiltern. ›Lassen sich die Kräfte in irgendeiner Weise zähmen? Können wir daraus Nutzen ziehen? Kann man daraus Waffen zimmern?‹«

»Woher weißt du die Hintergründe?«

»Mein Institut wird vom Verteidigungsministerium bezahlt. Und ich gehöre zum Shin Bet. Vergessen?«

»Vielleicht … Anfangs habe ich Wendtland tatsächlich für einen begeisterten Laien gehalten, ich schwöre es dir! Er war an allem interessiert, was Physik ist.«

»Und wann kamen dir Zweifel?«

»Wir hatten mal ein langes Gespräch über die technologischen Entwicklungen der späten 1930er Jahre, somit auch über die Nazis und was deren Wissenschaftler drauf hatten ... Hast du schon einmal etwas von der ›Glocke‹ gehört? Eine von Hitlers Wunderwaffen?«

»Du sprichst jetzt von diesen Raketen auf London? Diese V1 und V2?«

Bernard winkt ab: »Ach, viel, viel utopischer! Es ging um völlig neuartige Antriebsformen.«

»Und wir reden nun über diese mysteriöse Glocke, weil ...?«

»... weil Dr. Wendtland mir davon berichtet hat. Weil er bei dieser Gelegenheit zum ersten Mal die Maske ein wenig gelüftet hat: Dr. Wendtland ist begeistert von der Idee einer Superkraft, einer Superwaffe, das Nonplusultra. Diesen Zug an ihm hatte ich zuvor nie bemerkt.«

»Bernard, das sind Geisteskranke, mit denen du dich eingelassen hast!«

»Das behauptet die CIA auch.«

»Lüften wir das nächste Geheimnis? Gehörst *du* zur CIA?«

»Wahrhaftig nicht, nein ... Aber wir haben uns mal sehr gründlich ausgesprochen ... Die Berliner Vertreter der Agency haben vor gar nicht langer Zeit ein intensives Gespräch mit mir geführt.«

»Aha, man hat sich sachkundig gemacht ... Du glaubst doch nicht, dass es purer Zufall war, dass Dr. Wendtland dich eines Abends an der Bar in ... Wo war das noch?«

»In Tempe, Arizona, bei einem Kongress der *American Physical Society* ...«

»Wie kommt denn ein Mensch dorthin? Nach Tempe, Arizona ... Doch nicht freiwillig ... Die haben dich gezielt ausgesucht und angesprochen.«

»Könnte sein.«

»Egal! Was hast du jetzt vor? Willst du diesen Leuten etwa die Theorie deines Großvaters überlassen? Willst du ihnen die Weltvernichtungsformel in die Hand drücken?«

»Rose, ganz behutsam! Bis jetzt haben wir nur eine Theorie in der Hand und sonst nichts!«

Bei ihrem Gang durch das schlafende Nikosia achten Rose und Bernard nicht darauf, wo sie sind und wohin sie gehen. Sie sind mit Menschheitsfragen beschäftigt, nicht mit dem Stadtplan. Auf diese Weise gelangen sie nach zwei, drei Stunden an den Rand des Athalassa Parks. Das ist einer der wenigen Parks der steinernen Stadt Nikosia und einer der wenigen Orte, an denen die heimischen Obdachlosen geduldet werden. Auf einer Fläche mit Bäumen und Büschen und nahe am Ufer des Athalassa Sees haben sie sich zum Schlafen ausgestreckt. Man sieht Gestalten in Schlafsäcken; die meisten der Männer und Frauen, die hier liegen, haben nur eine Decke über sich gezogen. In zwei ehemaligen Ölfässern lodern Flammen; ein Wächter steht daneben. Er bewacht das Feuer, vor allem aber seine Gefährten.

Bernard fragt ihn: »Dürfen wir einen Moment ans Feuer?«

Der Wächter nickt. Bernard geht zu einer Tonne, blickt auf die Flamme in dem Fass. Rose tritt neben ihn.

»Rose … Und wenn wir die Seiten einfach ins Feuer werfen? Wollen wir die Welt vor allem bewahren?«

»Liebster«, erwidert sie ruhig. »Für mich gibt es nur eine Möglichkeit, ich habe die Einstein-Papiere dem Shin Bet abzuliefern. Darauf habe ich einen Eid geschworen!«

»Falsch! Für dich gibt es dieselbe Möglichkeit wie für mich: ins Feuer damit! Und zwar auf der Stelle! Nicht irgendwann, jetzt! Mit jeder Minute, die wir sie mit uns herumtragen, wächst die Gefahr, dass wir überfallen werden, dass jemand sie uns abnimmt und uns anschließend mit einem Kopfschuss erledigt. Danach kann es uns wirklich gleichgültig sein, wie lange die Erde weitermacht …«

Er holt den Pack Handschriften aus der Tasche, präsentiert sie ihr.

»Bis jetzt ist es nur Papier! Wem wir sie auch geben, ob für Geld, für die Ehre, wegen eines Eides, für was auch immer – damit verraten wir die Menschheit!«

»Hast du noch größere Worte?«

»Rose, jedes Verbrechen, das denkbar ist, passiert auch. Vielleicht nicht in den nächsten vier Wochen, aber es geschieht. Dieses allerdings nur einmal.«

»Andererseits! Du hältst einen weiteren Geniestreich deines Großvaters in der Hand! Etwas, das kein anderer je gedacht hat …«

»Er hat sich davor ebenso gefürchtet wie du und ich! Wenn er keine Bedenken gehabt hätte, stünde diese Variante der Einstein'schen Bewegungsgleichungen längst im Lehrbuch, nicht anders als seine Originalformeln!«

Er nimmt einige Seiten des Textes, reicht sie Rose.

Sie zögert. »Damit könnte man womöglich die Existenz Israels garantieren …«

»Da gibt's doch ebenso viele Verrückte wie in der ›Gesellschaft der Freunde‹ …«

Entschlossen wirft Bernard die ersten Seiten des Packs ins Feuer. Sie sieht ihn noch einmal an, folgt dann seinem Beispiel. Das Papier braucht einen Moment, dann lodert es hell auf. Er wirft weitere Seiten ins Feuer.

»Hände hoch!«, schreit jemand plötzlich. »Die Hände hoch!«

Bernard lässt sich fallen. Der Angreifer begeht jetzt einen entscheidenden Fehler: Er schießt und weckt damit die Penner. Es kommt zu Handgemenge, zu weiteren Schüssen, zu Chaos. Rose versucht zu fliehen, dabei wird sie von Zvi Meister überwältigt. Der stößt sie zu Boden, ein weiterer Agent des Shin Bet drückt sie ins harte, stoppelige Gras und legt ihr Handschellen an.

Bernard ist verschwunden.

14.

Jaffa, 8. und 9. März

»Frau Shalev, Sie wissen, dass Hochverrat vor diesem Gericht mit dem Tod geahndet werden kann?«, fragt der vorsitzende Oberst mit fester Stimme.

»Das ist mir bewusst«, antwortet Rose, die vor dem Richtertisch im gesicherten Militärkomplex nahe Jaffas steht.

»Dieses Gericht ist nicht zuständig!«, ereifert sich der uniformierte Pflichtverteidiger, den man Rose zugeordnet hat. »Frau Professorin Rose Shalev ist inoffizielle Mitarbeiterin gewesen, keine Soldatin, nicht einmal Beamtin des Shin Bet!«

»Wir nehmen Ihren Protest zur Kenntnis, Herr Hauptmann Mizrachi«, sagt der Oberst nüchtern, wird dann aber schärfer: »Und würden Sie uns jetzt bitte fortfahren lassen! – Also, Frau Shalev. Dies ist eine Vorverhandlung. Vorverhandlung und Prozess werden bei absoluter Geheimhaltung durchgeführt. Es wird nach israelischem Militärstrafrecht verhandelt. – Ja, Herr Hauptmann, wir haben Ihren Protest notiert! – Die Öffentlichkeit ist nicht zugelassen, wird sie auch später in der Hauptverhandlung nicht; als einzige Beobachterin ist Miss Maggie Parker von der CIA anwesend. Haben Sie das alles verstanden?«

»Ja.« Rose blickt dem Oberst direkt in die Augen.

»Fürs Protokoll: ›Die Angeklagte Rose Shalev ist am Sonntag, 8. März, vor dem Sondergerichtshof vorgeführt worden, Vorverhandlung, Vorsitzender Richter Oberst Ivo Goldschmidt. Beigeordneter Verteidiger ist Hauptmann Yaron Mizrachi, die Anklage vertritt Hauptmann Ivan Stern.‹ Also, Frau Shalev, Ihnen wird vorgeworfen, Dokumente vernichtet zu haben, die Israels Sicherheit betreffen. Haben Sie das gemacht?«

»Nein. Ich war lediglich zugegen, als die Dokumente, von denen Sie sprechen, vernichtet werden sollten.«

»Und haben nicht eingegriffen … Was für Dokumente?«

»Skizzen einer Theorie über Gravitation.«

»Ja«, sagt der Oberst und blättert in seinen Unterlagen. Offenbar will er über diesen Punkt nichts weiter wissen, da er fortfährt: »Bekennen Sie sich der Unterlassung für schuldig?«

»Nein. Niemals. Es ist keine Schuld. Es war das Richtige.«

»Das werden wir entscheiden.«

Rose beantwortet alle Fragen klar und eindeutig. Sie weiß aber, dass man nicht mit ihr zufrieden sein wird: Sie hat Israel die ultimative Waffe vorenthalten, und das in einer Situation, in der sich jeder einzelne Israeli bedroht fühlt! Die Palästinenser sind zu neuen Formen des Aufruhrs und des Terrors übergegangen. Autofahrer rasen in Gruppen von Fußgängern, Kinder stechen Nachbarskinder nieder. In den letzten Tagen vor dem Prozess haben sich zahlreiche Schreckenstaten ereignet. Am Sonntag hat ein palästinensischer Jurastudent jüdische Touristen aus den USA am Jerusalemer Löwentor mit einem Messer angegriffen und schwer verletzt. Eine Frau musste mit ihrem kleinen Kind im Arm erleben, wie ihr Mann vor ihren Augen verblutete. Ohne Rücksicht auf die schreckensstarre Frau durchsuchte der Angreifer sein Opfer, fand bei ihm eine Waffe und schoss damit auf die Menschen, die den Touristen zu Hilfe kommen wollten. Schließlich streckte ihn ein Polizist mit zahlreichen Schüssen nieder. Am gestrigen Abend zogen jüdische Jugendliche mit dem Slogan *Tod den Arabern* durch die Straßen Jerusalems, drangsalierten arabische Küchenkräfte und versuchten, in die Altstadt vorzudringen. Am frühen Morgen wurde ein fünfzehnjähriger Israeli erschlagen, darauf wurden die Täter erschossen – und es ist anzunehmen, dass sich der Wahn noch steigert.

15.

Pasadena, 4. April

»Was ist das für eine Sache?«, hält Robert M. Brookes, der neue CEO des CAINE Institutes, der Chefsekretärin Hallstroem eine Akte vor die Augen, auf der ›Einstein‹ steht.

»Sir, ich bin hier nur die Sekretärin. Ich bin weder offiziell noch inoffiziell in irgendwelche Projekte involviert, sondern bin für das Vorzimmer des Aufsichtsratsvorsitzenden zuständig: Telefonate weiterleiten, Sitzungen vorbereiten, Terminkalender …«

»Ja, ja, ja, Hallstroem, ich weiß, ich weiß. Aber ich weiß auch, dass Sie in diesem Irrenhaufen die Einzige sind, die alles mitbekommt. Ich bin neu hier, niemand sagt mir die Interna. Warum haben Charnick und Clark auf dieses lahme Pferd gesetzt und so viel für Recherche ausgegeben? Für den Etat habe ich bei Monsanto ganze Regenwälder niederpflügen können …«

Sie schaut auf die Akte, sagt dann: »Einstein? Fragen Sie die Physiker. Dr. Johannson ist Physiker, er wartet schon.« Mit diesen Worten geht sie zurück in ihr Vorzimmer, und Brookes wagt es nicht, sie aufzuhalten.

»Schicken Sie ihn herein!«, ruft er noch hinterher und denkt, was für einen Drachen er da geerbt habe. Aber er wird sie niemals feuern, sie ist viel zu wertvoll. Und nach dem ersten Jahresbonus wird sie ihn schon mögen …

Tatsächlich drückt er dem betagten Dr. Johannson einfach die Akte in die Hand, und der erstaunte Materialphysiker, der eigentlich wegen der Neustrukturierung seiner Abteilung für wehrtechnische Erprobungen zugegen ist, sagt einfach: »In Ordnung.«

Als er Stunden später anruft, ist sein Urteil klar.

»Herr Vorsitzender, hier war jemand auf der Suche nach dem Stein der Weisen.«

»Nee, nee, kommen Sie! Ich bin ein Finanzmensch, ein Kaufmann. Was heißt das, was Sie mir sagen wollen?«

»Die Sache ist zu schön, um wahr zu sein. Viel zu schön. Da ist Ihr Vorgänger auf einen Alchimisten reingefallen! Es sind offenbar alle hinter einem Schatzsucher hergelaufen. Ein eindeutiger Betrug, wenn Sie mich fragen, Einstein hin oder her. Es gibt nichts, wirklich nichts Handfestes als Ergebnis. Ganz im Gegenteil: Alles nur Spekulationen.«

»Was? Und das bei dem Budget?! Das ist eine himmelschreiende Schweinerei! Und ich soll das jetzt verantworten?! Also, tut mir leid um Charnick. War ein Arschloch, aber man wusste immer, was man von ihm zu erwarten hatte. Tja, ich werde es öffentlich machen müssen, damit nichts an mir haften bleibt.«

»Sir, ich werde in spätestens zwei Jahren sowieso in Rente gehen. Es könnte mir also egal sein. Sie sind aber neu in der Firma, haben sicher Interesse daran, dass man Ihre Zeit als Erfolgsgeschichte verbuchen wird. Sie haben ja noch ein bisschen was vor sich … Was meinen Sie, wird passieren, wenn die Branche erfährt, dass hier Spinnereien nachgegangen wird und offenbare Betrüger Millionenbeträge ergaunern können? Und möchten Sie wirklich die Behörden unsere Büros durchsuchen sehen, wenn klar wird, dass das CAINE mit etlichen gewaltsamen Todesfällen in Verbindung stehen könnte?«

Einen Moment lang schweigt Brookes, dann atmet er vernehmlich und beschließt: »Nein.«

Er dankt Johannson und versichert ihm, dass die Umstrukturierung seine Sektion sicher nicht nachteilig betreffen werde. Für sich denkt er: ›Diese Geschichte wird genauso lautlos beerdigt wie die übrigen Glanzleistungen Charnicks. Wer ist nur auf die Idee gekommen, diese Pfeife an diesen Platz zu setzen!‹

16.

Berlin, 7. April

Üblicherweise treffen sich die Mitglieder der *Gesellschaft der Freunde* einmal im Monat und für gewöhnlich in der Mitte des Monats. Aber schon am 7. April ist in den Klubräumen am Berliner Gendarmenmarkt das nächste. Der obligatorische Vortrag beschäftigt sich dieses Mal mit der Philosophie der Gegenwart. Professor Ranzner von der Freien Universität Berlin hat für seinen Vortrag den Titel *Noch immer im Schatten von Marx und Engels?* gewählt. In weitschweifender Weise (man bedauert seine armen Studenten!) legt er dar, dass und warum es dem Land gegenwärtig an Philosophen von Format und Wirkung fehlt. Dafür macht er Skeptizismus, Relativismus und pluralistische Unbestimmtheit im philosophischen Denken verantwortlich.

Nach dem langatmigen Vortrag sieht man mehr ratlose Gesichter als üblich. Dr. Wendtland dankt dem Klubfreund dennoch sehr herzlich für seine Ausführungen.

Der engste Kreis bleibt noch auf eine Zigarre im *Tabakskollegium* zusammen. Auch hier verabschiedet sich einer nach dem anderen, bis endlich nur noch Ernst Harnecke, Professor van der Linde und eben Wendtland zusammen sind. Auch Harnecke macht Anstalten, sich zu seinem tristen Zuhause aufzumachen, da fragt Wendtland: »Habt ihr noch eine Viertelstunde?« Ehe die beiden auch nur eine Silbe herausgebracht haben, geht er zur Tür, verriegelt sie von innen und schaltet das diskrete rote Licht an, das dem Personal sagt: ›In den Raucherräumen will man nicht gestört werden!‹ Gleichzeitig werden damit alle Vorrichtungen gegen etwa mögliches Abhören aktiviert. Wendtland erklärt seinem Freund Linde: »Ernst hat zusammengestellt, was uns das Unternehmen Einstein bis jetzt gekostet hat … Er kommt auf etwas über 23 Millionen …«

»23.325.600 Millionen!«, bestätigt Harnecke.

»Dafür haben wir praktisch nichts erhalten. So, wie es aussieht, hat sich der israelische Geheimdienst den jungen Einstein geschnappt! Oder Einstein junior war von Anfang an mit ihnen im Einvernehmen!«

»Typisch jüdisch!«, bemerkt van der Linde dazu und Harnecke wagt daran zu erinnern, dass er vom ersten Augenblick an Vorbehalte hatte: »Rainer-Maria, wir waren uns über die Risiken von Anfang an im Klaren!«

»So ist es! Wenn du willst, schreibe ich dir ein Zeugnis: ›Ernst hat rechtzeitig auf die Gefahren aufmerksam gemacht.‹ Die Frage ist doch jetzt: Schreiben wir die Sache ab? Oder versuchen wir, zu einem Arrangement mit den Israelis zu gelangen?«

»Mit den Israelis? Wir? Die sprechen doch nicht mal mit uns!«

»Das will ich nicht sagen … Unser Freund Cholopow … Juri Cholopow wäre durchaus bereit, einen Kontakt herzustellen – mit kompetenten Leuten!«

»Darf ich offen sein?«, unterbricht ihn Harnecke.

»Wenn nicht du und wenn nicht jetzt, wer dann und wo?«, erwidert Wendtland.

»Erstens, Chopolow ist selbst einer vom auserwählten Volk! Und wenn ich eins und eins zusammenrechne, halte ich es für denkbar, dass die Sache so abgelaufen ist, wie sie von den Israelis dargestellt wird … Bernard Einstein stand unter permanenter Beobachtung und Verfolgung. Er wurde unablässig von unterschiedlichen Geheimdiensten und von penetranten Privatschnüfflern gejagt. Und jetzt hatte er unverhofft das größte Geheimnis aller Zeiten in den Händen. Da ist es doch psychologisch denkbar, dass er durchdreht und die Papiere verbrennt!«

»Denkbar ist alles! Immer … Die Frage ist nur: Existieren die speziellen Formeln von Albert Einstein noch oder sind sie wirklich verbrannt?«

Professor van der Linde schaltet sich ein: »Und die andere Frage wäre: Hat Bernard Einstein die Berechnungen vielleicht im Kopf? Kann er sie abrufen?«

»Du würdest also noch nicht aufgeben?«

»Ich würde weitermachen, im Stand-by-Modus, aber weitermachen.«

»Ernst, was sagst du?«

Harnecke zögert: »Wie gesagt, wir haben bis jetzt eine beträchtliche Summe in das Projekt investiert …«

Wendtland sucht ihm die Entscheidung leichter zu machen: »Ich bin bereit, jeden Euro, der ab jetzt anfällt, aus eigener Tasche zu übernehmen!«

Harnecke wehrt ab: »Das ist doch Unsinn! Es geht doch nicht um eine private Spielerei! Wir haben die Sache verfolgt, um unserem großen Ziel näherzukommen. Wenn ihr tatsächlich überzeugt seid, das Unternehmen Einstein ist in Zypern noch nicht zu Ende gegangen, dann sollten wir so vorgehen, wie Linde vorgeschlagen hat.«

»Gut, dann weiter mit halber Kraft vorwärts«, zieht Wendtland das Resümee.

»Ich würde das aber auch von den Übrigen absegnen lassen!«, bemerkt Harnecke dazu.

»Ernst, was denkst du von mir!«

17.

London, 3. Mai

Am Abend dieses Tages trifft sich Dean Baquet mit potenziellen Auftraggebern im *Hutong*, ein ausgezeichnetes chinesisches Restaurant mit fantastischem Blick auf die London Bridge, die Themse, auf St. Paul's Cathedral, ja, eigentlich auf die gesamte City of London. Das Restaurant – Spezialität: Gerichte aus Huabei, Nordchina – befindet sich im 33. Stockwerk des Hochhauses *The Shard* und gehört seit seinem Bau zu den Sehenswürdigkeiten der Stadt. Baquet ist nicht allein. Seine Partnerin Chavela del Rosario Fuentes Rubio, ›Miss Chavela‹ genannt, begleitet ihn. Bei der Unterredung im *Hutong* gibt sie sich als ›Frau an seiner Seite‹, charmant, witzig, aber im Großen und Ganzen scheint sie von der Materie wenig zu verstehen. Es geht um die Befreiung mehrerer Ingenieure der *Statoil.* Die beiden Manager, mit denen Baquet und Chavela verhandeln, sind Norweger. Sie sprechen akzentfrei Englisch und haben wohl in Cambridge oder Oxford studiert. Gewisse Oberschichtmanierismen verraten sie immer wieder. Seit Jahren ist ihr Konzern auch in Venezuela tätig. Dort müssen in regelmäßigen Abständen Mitarbeiter von Kidnapperbanden freigekauft werden. Nun ist der Verdacht aufgetaucht, dass die Entführer direkt aus der Statoil-Zentrale in Caracas angeleitet werden. Man hat sich an Baquet gewendet, weil er bislang nichts mit dem Konzern zu tun hatte.

Nach einer Stunde entschuldigt sich Baquet, sucht die Toilette auf. Als er sich am hocheleganten Waschbecken die Hände wäscht, bemerkt er im Spiegel einen jungen Mann, der ihm bekannt vorkommt. Der hat ein flottes Bärtchen, trägt ein dunkles Kordsakko und teure Turnschuhe und wirkt wie ein erfolgreicher, junger Maler. Ehe Baquet schalten kann, hat der Mann den Raum verlassen.

›Das ist – Bernard Einstein! Unfassbar! Als Franzose verkleidet.‹

Er schüttelt seine Hände ab, geht so rasch zum Ausgang, wie es noch höflich ist. Im Vorraum sieht er, dass der Mensch bereits am Fahrstuhl wartet.

»Hallo! Bernard«, ruft er.

Der Fremde fühlt sich nicht angesprochen, zuckt jedenfalls nicht und dreht sich schon gar nicht um. Vielmehr steigt er in den Fahrstuhl, dessen Tür sich sehr rasch hinter ihm schließt. Baquet rennt zum Fahrstuhl, ruft dabei: »Nehmen Sie mich mit!« Als er am Fahrstuhl ankommt, ist der Fahrstuhl weg. Er schlägt gegen die Tür, was ein älteres Paar, das sich gerade dem Fahrstuhl näherte, erstarren lässt.

›Die Treppe! Nein, hier ist die dreiunddreißigste Etage! Keine Chance, ihn abzufangen.‹

Es dauert scheinbar Minuten, bis der nächste Fahrstuhl kommt. Baquet fährt damit hinunter zur Halle. Weit und breit nichts von Bernard Einstein zu sehen. Er rennt auf den Bürgersteig vor dem Hochhaus, sieht sich suchend um. Am Fuß des Shard drängen sich die Gassen und überfüllten Straßen von Borough Market und von Southwark.

›Irgendwo hier muss der Kerl doch sein!‹

Aufs Geratewohl hastet Baquet zum nächsten U-Bahn-Eingang. Das ist zufällig die Station London Bridge in der Duke St. Hill. In der Halle ist nichts von Bernard Einstein zu sehen. Baquet fährt mit der Rolltreppe in die Tiefe hinunter; zu den Bahnsteigen der Jubilee Line. Auch unten niemand, der nach Bernard Einstein oder einem französischen Künstler aussieht.

»Wieso warst du plötzlich verschwunden?«, verhört ihn später Chavela; »ich hatte schon Angst, dir hätte jemand ein Messer …«

»Ich war hinter Bernard Einstein her!«

»Dean, das wird zur fixen Idee … Halb Baltimore haben wir nach ihm abgesucht …«

»Der Typ ist nicht abgesoffen! Und der hat auch nichts verbrannt! Dafür verwette ich mein letztes Hemd!«

»In Ordnung! Aber ehe wir uns wieder um Einstein kümmern, befreien wir die drei Ingenieure der Statoil und kassieren vier Millionen!«

»Chavela, ich bleibe dabei: Bernard Einstein ist irgendwo, wo eine große Bibliothek in der Nähe ist. So ein Typ versteckt sich nicht in der Südsee und wird auch nicht Zeitungsredakteur in Neufundland. Der treibt sich dort rum, wo Bücher sind!«

»Sehr wohl, rey de la creación …« Als er nicht aufhört zu grübeln, sagt sie: »Massa, unsere Maschine geht morgen früh um 8 Uhr 15 ab Heathrow, Umstieg in Lissabon. Ankunft Caracas 16 Uhr 35. Wir fliegen mit der TAP.«

»Von mir aus … Wenn wir zurück sind, gehe ich die Leseausweise sowohl der London Library als auch der British Library durch … Früher oder später schneide ich diesem Bastard die Kehle durch.«

»Aber erst, nachdem er die Formel herausgerückt hat.«

»Darauf kannst du wetten!«

18.

Saint-Omer, 31. Mai

»Bonjour, Denis! Na, schon gelesen: Ihr Amerikaner macht jetzt auch hier an der Kanalküste mit eurem *Starbucks* unsere Zivilisation kaputt! Der nächste soll im Juli in Saint-Omer eröffnet werden.« Antoine lächelt nie, seine Anzüge wirken zu groß und für einen knapp 20-Jährigen wie Verkleidungen.

»Und das ist erst der Anfang: Ich selbst plane einen Drive-in in der Kathedrale. Man wird durchs Portal fahren und am Weihwasserbecken bestellen können; hinter dem Altar fährt man raus, bekommt seinen ›Decaf Espresso Roast‹ mit Karamellaroma und bezahlt.« Antoine verzieht angeekelt das Gesicht und schiebt seine langen Haare hinters Ohr, aber bevor er seinen ätzenden Protest äußern kann, fährt sein Kollege fort: »Und ich hab auch an die Ureinwohner wie dich gedacht: Du kannst in den Seitenschiffen deinen archaischen Riten weiter nachgehen, meine Kunden machen dann ein paar Fotos beim Vorbeifahren. Eine perfekte Win-win-Situation«, antwortet Bernard grinsend.

»Ja, mach dich nur lustig, Denis! Du kannst ja nach Disneyland zurückgehen, wenn hier alles in Trümmern liegt!«

»Und ich werde meinen Kindern sagen können: ›Ich habe die alte Welt gesehen, bevor sie unterging.‹«

»Madame Leroc, werfen Sie diesen Yankee raus!«, wendet sich Antoine an die Frau mit den grau-weißen, langen Haaren, die ganz an der Wand hinter ihrem Schreibtisch sitzt und auf einen Bildschirm blickt. »Er verspottet einen echten Franzosen! Einen Patrioten! – Man soll mit dem Auto durch die gesamte Kathedrale fahren können?«

Bernard nickt.

»Wie wär's, wenn ihr jetzt arbeitet?«, mischt sich Madame Leroc ein, die Chefin der Immobilienagentur, bei der beide beschäftigt sind, ohne aufzusehen. Sie ist schön. Ihre weißgraue Mähne, die sie zu einem störrisch zusammengehaltenen Zopf geflochten hat, lässt sie auf den ersten Blick viel älter erscheinen. Aber wenn man in ihr Gesicht sieht, erkennt man eine selbstbewusste Frau, die offenbar gerne Frau ist: Sie betont ihre weiblichen Formen durch einen geschlitzten Rock, der den Blick auf erstaunlich schlanke Beine ermöglicht, und das tiefe Dekolleté ihrer Bluse, die prall gefüllt ist, ohne dass es obszön wirkt. Ein bisschen vielleicht. Doch das ist beabsichtigt, denn sie inszeniert sich und ist dabei berechnende Geschäftsfrau durch und durch. Mehr als 80 % ihrer Kunden sind Männer fortgeschrittenen Alters, die nach einem langen Arbeitsleben vermögend und wegen ihrer zu jungen Freundinnen begierig auf eine Immobilie am Strand sind.

»Antoine, du bist zu spät«, bemerkt sie. »Um zehn Uhr musst du schon in Arques sein, die Zahnarztvilla – schau auf deinen Plan! Und Denis, alles in Ordnung in Le Marais? Stehen meine Häuser noch?«

Madame Leroc hat Bernard erlaubt, für den Anfang in einem ihrer leer stehenden, noch unverkauften Häuser zu übernachten. Tatsächlich handelt es sich gleich um eine ganze Siedlung von Ferienhäusern am Rand des Naturschutzgebiets Le Marais.

»Ja, Madame Leroc. Meine kleine Geisterstadt steht noch. Sie wird nicht besser von Tag zu Tag, aber hat Charme: Vollkommen allein dort. Es riecht nach Wald, Moder und manchmal nach Landwirtschaft. An anderen Abenden kommt dieser Wind vom Meer her, mild und salzig. Ich bekomme dann immer Hunger nach frischem Seefisch und Fruits de mer. Gestern Abend war Wahnsinn: Mit den Gezeiten wechselte das Licht; morgens sanfte Seenebel, dann goldgelbe Sonnenstrahlen.«

»Du hast zu viel in unserem Verkaufsprospekt gelesen«, argwöhnt Antoine.

»Wenn ich den Prozess gegen meinen Ex-Mann verliere, kannst du darin wüten und machen, was du willst – dann gehört nämlich alles ihm. Wenn ich gewinne … Es sind jetzt schon drei Monate – irgendwann wirst du Miete zahlen oder dir etwas Neues suchen *müssen*. Es wird bald alles spruchreif sein, mein Anwalt sagt, vielleicht noch ein bis zwei Wochen.«

»Schon klar. Aber ich liebe die Ecke dort wirklich.«

»Wer nicht?«, schaut ihn Madame Leroc nun direkt an. »Selbst ich.«

Bernard fährt nach der Arbeit mit dem Geschäftswagen an die Klippen der Kreideküste, beobachtet dort stumm, wie sich der Tag mit einem dramatischen Sonnenuntergang verabschiedet und Britannien sich dabei schemenhaft am Horizont abzeichnet. Ansonsten verlässt er den Ort nie, obwohl die Stadt nicht weit von Calais entfernt ist und auch nicht weit von der belgischen Grenze. Von Calais aus wäre man mit dem TGV in einer Stunde in Paris und in einer Stunde zwanzig Minuten Fahrtzeit in London. Saint-Omer selbst hat einen Bahnhof, der wie die Oper einer Metropole aussieht. Der Ort müsste eigentlich mit seinen alten Kirchen und historischen Gebäuden, Kopfsteinpflaster in den Gassen und pittoresken Märkten ein Touristenparadies sein, ist es aber nicht. Das ist das zweite Wunder in der Stadtgeschichte. Das erste besteht darin, dass die kleine Stadt fast vollständig vom Zweiten Weltkrieg verschont blieb. Über die Leute, die hier leben, durch die Bank freundliche, sehr unaufgeregte Menschen, macht das übrige Frankreich gern Witze. Für den Rest des Landes sind die Bewohner hier an der Kanalküste nur die Ch'tis.

»Und? Noch keine Freundin gefunden?«, fragt Anne-Marie Leroc am darauffolgenden Tag direkt, als Antoine unterwegs ist. Sie fasst dabei in ihren dicken, langen Zopf, der sich über ihre Schulter ins Dekolleté gelegt hat. Sie ist sieben Jahre älter als ihr neuer amerikanischer Mitarbeiter, etwas rubenshaft, aber herzlich und auf eine angenehme Art gerissen – weil sie sofort zu erkennen gibt, was sie will. Bernard hat sie schnell klargemacht, dass sie ihn sehr schätzt, erfasst er doch ungemein rasch die Usancen ihres Gewerbes. Außerdem spricht er mehrere Sprachen und hat vom ersten Augenblick an Sympathien für die Ch'tis gezeigt, die lieber Bier als Wein trinken und den ständigen Umschwung des Wetters gelassen hinnehmen.

»Ich genieße die Ruhe.«

»Verstehe ich sehr«, sagt sie und geht zurück zu ihrem Schreibtisch. Sie findet es angenehm, dass ihr Amerikaner geradezu mönchisch lebt. Der Himmel bewahre sie vor Männern, die hinter jedem Rock her sind!

Bernard fährt in dieser Zeit ein einziges Mal nach Paris. Da lässt er in einem kleinen Fotoatelier, das auf abseitige Aufträge spezialisiert ist, verschiedene, mit einer Minox-Kamera aufgenommene Filme entwickeln und abziehen.

»Minox hat man heute eigentlich nicht mehr … Es war die klassische Kamera der Spione!«, bemerkt Monsieur Lebelle, der Besitzer des Ladens für Filme, Abzüge und Objektive, als er den Auftrag annimmt.

»Ich weiß, heute hat man Handys … Aber ich habe die Kamera zum Abschluss der High-School geschenkt bekommen und sie hat mir mehr als einmal sehr gute Dienste geleistet.«

»Das war nicht als Kritik gedacht … Entschuldigen Sie.«

»Nein, nein. Alles in bester Ordnung!«

»Was ist das eigentlich, wenn ich fragen darf«, deutet Monsieur Lebelle auf den Stapel an Dokumenten, die er für Bernard entwickelt hat.

»Oh, das … Natürlich dürfen Sie: eine Doktorarbeit im Fach Physik. Die Diplomarbeit meines stolzen Bruders, die möglicherweise demnächst veröffentlicht werden wird. Durch und durch unverständlich, wenn Sie mich fragen, mit zahlreichen Berechnungen und Formeln. Wir müssen einen Verlag finden, aber das ist sehr schwer bei so einer Materie.«

Monsieur Lebelle hat Verständnis für das Problem.

»Hurraaa!«

Antoine und Bernard schauen erschrocken zu Madame Leroc, die nun beginnt, ein Stück Papier an ihre Brust zu drücken und sich zu drehen. Als sie die verständnislosen Blicke ihrer Mitarbeiter sieht, reißt sie die Arme hoch und ruft: »Frei! Ich bin frei – und der Schuft zahlt dafür! Was für ein Datum haben wir heute?«

»Den 31. Mai«, antwortet Bernard.

»Oh, den muss ich mir im Kalender markieren: ›Anne-Marie Leroc, geschieden! Rechtsgültig, nicht mehr anfechtbar!‹ Und Le Marais – gehört mir!« Dann, im geschäftsmäßigen Ton: »Ab morgen in den Verkauf! Mr. Boon: Sie können sich schon mal nach einer neuen Herberge umsehen! Aber erst: Wir feiern heute Abend das Ereignis! Im ganz kleinen Kreis bei mir, im Bauernhaus.«

»Madame, ich kann heute nicht!«, jammert Antoine. »Heute ist Vereinssitzung!«

»Du und deine Freunde! Wie kann ein junger Mensch nur so seine Zeit verplempern? Mit Fischen?«

»Madame, Sie sehen das falsch: Wir sind Jäger, im Kampf mit der Kreatur … Monsieur Clement hat vergangenen Sonntag einen 70-Kilo-Wels rausgeholt! 70 Kilogramm!«

»Unser Postbote Clement? Solche Monster schwimmen hier bei uns in Flüssen und Seen? Oh Gott, ich werde nie wieder im See baden! – Aber Sie, Denis, Sie werden doch Zeit haben!«

»Sehr gerne, Madame Leroc. Direkt nach der Arbeit?«

»Nein, nein, ich brauche etwas Zeit. Kommen Sie um acht.«

Als Bernard um 20 Uhr das luxuriös umgebaute Bauernhaus unweit Saint-Omer Chapelle, inmitten sanfter Hügel und saftiger Wiesen, erreicht, ist es noch hell. Er steigt aus seinem Auto, die Kieselsteine knirschen unter seinen Schritten. Er bleibt kurz stehen, um die Luft einzuatmen. Salzig.

Auf sein Klingeln öffnet Madame Leroc im Bademantel und mit einem Handtuch als Turban um ihren Kopf geschlungen.

»Denis! – Ach, Herrgott: Sie ja auch … Die Feier: Es konnte fast keiner kommen, und da habe ich den übrigen auch abgesagt. Nur Ihnen nicht!«

»Kein Problem, Madame Leroc. Dann sehen wir uns morgen im Büro«, wollte Bernard sich gerade wieder umdrehen.

»Nein, nein, nein! Blödsinn! Sie bleiben. Ich mach uns ein paar Crêpes mit Lachs. Und Käse und Baguette habe ich sowieso immer da. Einen Burgunder natürlich. – Bleiben Sie bitte, es ist mein Glückstag!«, nimmt Madame Leroc ihn bei der Hand und zieht ihn über die Türschwelle. »Gehen Sie in die Diele, machen Sie bitte Feuer im Kamin«, zeigt sie ihm die Richtung und geht dann vor ihm weg zu einer Tür, die in einen anderen Raum führt, ohne sich noch einmal umzusehen. Ihr kurzer Bademantel wippt unter ihren Hüftschwüngen, und Bernard findet, dass dies alles kein Zufall sein kann …

Bernard erfährt heute zum ersten Mal, dass ihr Vorname Anne-Marie ist. Sie duftet gut, und ihre auffälligen Haare werden heute Abend nicht wirklich trocknen, da Sie und Bernard später nicht nur Crêpes und Hummer essen, Champagner trinken, sondern nach einer Stunde sich auch zum ersten Mal küssen werden. Und weil sie sich dabei über das reiche Angebot an Speisen und Getränke wälzen, findet der zweite Akt unter der Dusche statt. Er verbringt die Nacht in Saint-Omer Chapelle, in den Armen einer warmen, weichen Frau, die sich auf die Zukunft freut.

»Du holst deine Sachen aus Le Marais hierher«, bestimmt Anne-Marie lächelnd am nächsten Morgen.

Einen Moment wartet Bernard grinsend, dann küsst er sie dafür. Es fühlt sich gut an, so gut wie schon lange nicht mehr. Den dicken Briefumschlag, den er immer mit sich herumträgt, wird er im ehemaligen Kuhstall vorläufig verstecken können. Bis er etwas Besseres findet. Er wird Ballast loswerden können. Hier, mit dieser bodenständigen Frau. Er weiß es. Das Leben wird endlich wieder einfach werden …

Er blickt sich um, sieht das zerwühlte, überdimensionale Bett; der Blick aus dem Fenster über die wilde Landschaft, einen träumerischen Chagall an der Wand, Großbildfernseher, auch hier im Schlafzimmer ein Kamin nebst Holzscheiten und Kaminbesteck, die Kaffeetassen von heute Morgen, die Reste von Croissants, die Tageszeitung zerwühlt und zerknickt. Er kann nicht aufhören zu grinsen.

Da bleibt sein Blick an einem Foto in der zerstreuten Zeitung hängen. Er erstarrt. Die Buchstaben beginnen zu tanzen. Er greift danach: »Prof. emeritus Perec verkündet Durchbruch«. Fiebrig liest er »verschollene Einstein-Dokumente«, »Fortschritte wie seit Jahrzehnten nicht mehr«, »nahe dran«, »eine andere Welt« …

»Denis? Was ist los? Denis!«